纸片恋人 [上]

楚寒衣青 著

敦煌文艺出版社

Contents 目录

001　第一章
　　　恋爱吧 App

027　第二章
　　　宿鸣谦

065　第三章
　　　万圣节活动

083　第四章
　　　认真思思，在线关怀

125　第五章
　　　旅行思思，在线闲逛

PAPER LOVER

151　第六章
　　　纸性恋

181　第七章
　　　性感西木，拒绝女装

219　第八章
　　　通往现实的窗户

261　第九章
　　　北京之行

307　第十章
　　　牵起的双手

Chapter 1

第一章
恋爱吧App

Word的白背景在室内闪着幽幽的光。

栗说星已经在电脑前坐了两个小时。面对着空白的文档，他的姿势逐渐变化，从双手放在键盘上，脊背直挺，到双手抱胸，背靠椅子，再到两腿高跷，头颅后仰，越来越松垮随意。

时间"嘀嗒嘀嗒"地向前走，屏幕左下角的QQ图标也"嘀嘀嘀"地响个不停，一副灵魂出窍样子的栗说星终于烦了。

他收回了架在桌面上的两条腿，一挺身，在椅子上坐正了，鼠标一滑，点开了跳动的粉红色Kitty猫头像。

果不其然，老生常谈。

熊猫：

"在吗？"

"西木子，距离你上一次说要给我番外已经五天了。"

"距离你上上次说要给我番外已经240个小时了。"

"距离上上上次已经35×24×60分钟了。"

"西木子，你要好好写文，天天向上，才能养小栗子，小小栗子，栗子娘，小小栗子娘……"

栗说星又幽幽地叹了一口气。

熊猫是他的作品的简体版版权编辑，签了他的上一本书。别看这人爱用粉红色Kitty猫和卖萌的图片当头像就以为他是个萌妹子，其实他是个五大三粗的老爷们儿，一口气干一瓶啤酒不是吹牛的。当时与几位作者、编辑碰面喝酒，栗说星被他们绑上酒桌灌酒，在喝高之际稀里糊涂地签了约，然后就过上了逢五天必被人催稿的日子……对方来得比他的水电费账单都勤快。

栗说星腹诽了一句，将双手放在键盘上，敲下一行字："您好，我现在外出取材，不在电脑前，有事稍后聊。（此条为系统自动回复）"

熊猫："……"

熊猫发出怒吼："所以焦糖西木，你又'鸽鸽鸽'了？又'咕咕咕'了？你这是想要了我的命啊！"

栗说星是现阶段网络上最大的男频文学网站——终点小说网的签约作者，笔名是焦糖西木，因为他在网站注册成为作者的时候正在吃焦糖栗子，把"栗"字一拆开，就是"西木"了……总之，这不是重点。

栗说星继续回复熊猫："您好，我现在外出取材，不在电……"

熊猫"啪"地甩上一张截图，截的是栗说星上一部历史武侠小说《大争》下的反面留言：

"西木公公又太监了。"

"死死死太监又双叒太监了。"

"有些书完结了，它其实没有完结；有些人还活着，但他是个太监。"

"后半本写的什么鬼，大开反向金手指，感动了公公的自我'杰克苏'之心？"

"今天，现在，我只发出一声怒吼：番外呢？！"

发完截图，熊猫也没有消停。

他继续说："看看这些留言，你就没有一点警惕心吗？你就没有一点愤怒心吗？你就没有一点想辩解的心吗？……"

栗说星："没有。"

熊猫："你果然在。"

栗说星撇撇嘴，跟着发图，把《大争》评论区下和微博上又多又长的正面反馈给熊猫发过去，谁还不会发图了："爱说什么说什么，我不在意。"

明明很在意吧，熊猫看着被刷屏的聊天框想。他语重心长地说："就算不辩解，也写个写作心路，把后半程的情节发展向读者剖白一下，说不定在剖白的过程中，你就有了写番外的灵感呢？"

栗说星："不。"

熊猫不理解："为什么？"

栗说星自负道："我的写作心路只有我自己能理解。"

熊猫："……"神经病！从催稿的第一天起，一连催了35×24×60分钟的时间，各种方式都用过了，熊猫也黔驴技穷了。他决定使出自己的"撒手锏"。

熊猫缓缓道:"上次我们一起喝酒,你可是按了手印的。"

栗说星看着出现在聊天框中的文字,下意识地回忆上一次喝酒的事情……

碎片似的画面闪过脑海,好像真的有张条子,他在大家的起哄下没看内容就按了手印,内容是……是……

熊猫默默地发了一张字条截图,上面是栗说星自己按下的手印——

我,焦糖西木,本人。

宣布,如果三个月内不写完《大争》番外,就再写十万字结尾!

大家见证,不写就自宫!

栗说星冷静道:"我和你有什么仇、什么怨?"

冷冷的文字冷冷出现。

熊猫:"我们没仇、没怨。西木公公,我是你的文粉啊。"

这"粉"的战斗力,真是太可怕了。

栗说星内心无比郁闷,但时间毕竟不可能倒流。他现在唯一能做的,也就是"说不过干脆别说了,惹不起总躲得起吧"。

他下了线,倒在沙发上,准备刷微博。没有灵感,写什么番外?不如刷微博找灵感,说不定刷着刷着就有感觉了呢?

栗说星心不在焉,点图标时不小心歪了一下,手指滑到了一旁。

手机黑屏几秒,粉红色的心出现在屏幕正中央,怦怦跳动两下,细细的星芒出现在周围的黑暗之中,随后化成流光,聚集在粉色心下,化作三个字——恋爱吧!栗说星愣了一下,看着这十分陌生的画面,内心一片茫然。

这是什么?我下载过这个吗?莫非是上次批量下载游戏的时候下载下来的?几秒钟后,开场Logo消失,出现了一条长长的责任声明:

本游戏为一款恋爱养成游戏。

玩家将在游戏中遇见属于自己的恋人,这是陪伴玩家一生的人,若玩家同意进入游戏,即代表玩家同意签订恋爱契约。

契约如下:一、……

太长了，懒得看，栗说星直接点了"同意"。

砰的一声，契约章盖在责任声明上，随后两者一起消失。

游戏正式开始。黑暗消失了，一个Q版的房间出现在屏幕上。

房间的装饰很简单，雪白的墙壁，黑色的地板，窗户和门都是磨砂的，能隐隐约约看见东西，又什么都看不清楚。除此之外，房间里还有桌椅和床铺，床铺的边缘坐了一个Q版小人儿。

小人儿有着中长发、灰色眼睛，穿着蓝白色条纹睡衣，正四下张望着。

栗说星只看了一眼，屏幕上就跳出一个取名框来，旁边还有新手引导文字：

请玩家为恋人取名字。

栗说星胡乱打字："weotuotuodk。"

没有成功。难道要用中文？

"王汪汪。"还是不成功。

"李喵喵。"依旧不成功。

三次失败之后，取名框变成灰色，一个名字突兀地出现在取名框内。

旁边的新手指引也自动变化：

您已经为恋人取名"宿鸣谦"，取名成功，即将进入游戏。

栗说星"吐槽"："什么破游戏？不能自定义姓名，你弹出取名框干什么？"

新手指引继续：

恋人需要您的陪伴与关爱，您可以抚摸恋人，每次抚摸将随机增加1～3点好感度，当好感度达到5点，即可解锁聊天系统。

算了，继续吧……栗说星抬手戳了床边的小人儿一下。

小人儿向旁边挪了一点，一个数字徐徐从他脑袋上升起——+0。

嗯？栗说星狐疑地看了一眼新手指引，又抬手，戳了床边的小人儿一下。

小人儿再向旁边挪了挪，新的数字出现——-1。

栗说星沉默了。不知不觉中，他从躺在沙发上变成了坐在沙发上。他拿着手机，对着屏幕看了好一会儿后，抬起手指，继续戳！

然后——-1、-1、-2、-1、-3、-3、-3、-3、-3……

等手指终于从屏幕上挪开了，他和小人儿的好感度已经变成了——-24。

距离好感度5，整整差了29。栗说星清醒了两分，不再那么心不在焉了。他在沙发上稍稍坐正，拿手指摩挲着下巴，研究起游戏来。

手机屏幕画面清爽，并没有类似系统界面的按钮，可能还没有解锁。

左上角一颗空空如也的心，里面有一个"-24"，这应该是好感池。

栗说星先点了一下那颗心，没有什么动静。他的手指转了个方向，挨个儿点屏幕上的桌、椅、床、地面……当手指滑过水壶时，水壶倾斜，一杯白水出现在桌子上。

总算来了一个可互动的。栗说星试着动了一下水杯，发现这个新出现的水杯是可以挪动的，于是他将水杯挪到小人儿身前，看着水杯出现在小人儿手中，杯中的水被小人儿喝下去。

他耐心等待，大概有一分钟那么久，勉勉强强、拖拖拉拉的数字——+1，从小人儿脑袋上飘出来，投入好感池中。

原来是这个。

栗说星找准了东西，不耽搁，开始不停地戳水壶。

一戳、二戳、三戳——+1、+0、-1。

嗯？栗说星紧急刹车，眼睁睁地看着小人儿手拿水杯，从床上走到桌子旁，将水杯放到了桌面上。

接着，一个气泡出现在小人儿的脑袋上，上面写着："喝饱了，不需要。"

栗说星看着小人儿："你这样，有点矫情了吧？"但小人儿听不到，动作如常。三秒钟后，栗说星率先收回目光，不和小人儿计较。记住这个教训，栗说星默默思考：喝水之后应该就是吃饭，接下去是不是要找找锅碗瓢盆在哪里？

栗说星扫了一眼游戏，没发现桌子上有和饭菜有关的道具，倒是屏幕上左右各有半扇磨砂玻璃门，看上去好像能够进入别的地方。

他挑了右手边的门点了一下。

游戏跳出旁白：

你发现了浴室。

接着，选项框出现：

是否清洗宿鸣谦？
是/否。

游戏里的小人儿都是需要保持清洁度的吧？

栗说星没多想，按照一般规律，选择了"是"。

下一刻，磨砂门打开，一条半透明的光道出现在游戏中，还有一个手掌样的图标出现在小人儿身旁，游戏出现新的提示：

请长按选中恋人，将恋人移动至浴室前。

按照游戏提示，栗说星点中小人儿，直接将小人儿从床上提了起来，向浴室的位置滑去。在提起拖拽的过程中，他发现小人儿一直在胡乱挣扎，看上去像一只被抓住龟壳悬了空而惊慌失措的小乌龟，挺可爱的。

他将小人儿放到浴室前，有点爱怜，还特意摸了摸对方的身体，将小人儿摸得一个趔趄，抓住了浴室的门框。

可下一秒，抓着门框的小人儿突然翻脸，他没有进入浴室，而是重重地把门拉上！"砰！"栗说星吃了一惊。

这还不够，紧跟着，"-50"的好感度闪电一样跳出小人儿的头顶。小人儿转身跑回床上，拉起被子裹在身上，面朝墙壁，背对栗说星。

游戏旁白：

宿鸣谦狠狠关上了浴室的门，并向你冷冷地翻了一个白眼。

栗说星目瞪口呆。我？他？这也行？这款游戏是弱智吗？他彻底没耐心了，果断回主屏幕拖拽App删游戏。

但是删游戏并未成功。

栗说星发现自己无法删除这个App。他连着尝试了好几次也没成功，手机反倒弹出了好几次"未知错误"的提示框。

栗说星停下手,看着手机屏幕上的App。App的造型特别简单,一颗粉红色的心,下面是"恋爱吧"三个字,简洁清爽,充满恋爱的气息。

可惜是个流氓软件。

算了,没事玩什么游戏,还玩出一肚子火气来。栗说星觉得很无聊,扔下手机,坐回电脑前,重新打开文档开始写文,还顺势看了一下时间——20:30。

他是从15点开始准备写文的,现在时间已经过去五个半小时了,文档的进度……三个字——番外一。

气闷中,栗说星还有一点点心虚。他只是想好好地玩个游戏而已,怎么还会倒霉地碰到流氓软件?总不可能真是等待番外的万千读者的怨念化成了诅咒……

空荡荡的房间凝聚出一丝冷意,他神经一紧,不自觉地挺了挺脊背,灵感火花频频迸溅,飞快地在文档上打下了第一行字。

有了第一行字,接下去就简单了。也不知道是不是被晚上的游戏刺激了,栗说星的灵感源源不断,半点没有走神,一气呵成了6000字,把"番外一"彻底解决了!

当打完最后一个字的时候,他在座位上狠狠伸了个懒腰,抻了抻因为坐得太久而僵硬的身躯,顺手把文档传给了熊猫。

非工作时间,编辑一般不在线,但在栗说星传完不到两分钟,熊猫的头像就"唰"地亮了起来:"你你你,太阳打西边出来了吗?你居然写完了?!"

栗说星:"6000字。你还在?"

熊猫激情打字:"我把你设置成了特别提醒,保证你一发消息我就能收到。"

栗说星:"……"

熊猫此时已经把文档下载到电脑了。他看着全新出炉的文章,惊喜之余,连忙旁敲侧击:"下午我来找你的时候,你不是还一个字没动吗?怎么晚上就写出了6000字?是不是被什么刺激了?"

栗说星:"……"

这家伙,整个是"自来熟",上次也是他灌酒灌得最凶!

栗说星高冷作者的人设都差点拿不稳了。他冷淡回应:"没什么。"

熊猫并不甘心,循循善诱:"西木子,你仔细想想,这个刺激源看起来很有效,一个晚上就让你吐出了6000字,明天再被刺激一下,又是6000字,后天再被刺激,就算你有了抗体打个折扣,写了3000字,区区三天,就写了15000

字,划算得简直让人不敢想象,比合同的规定字数还多了5000字!"

栗说星面无表情地看着屏幕,悄悄翻了个白眼,关电脑,下线。

将近午夜12点,差不多该睡觉了。睡觉之前,有点无所事事。栗说星随意滑着手机屏幕,听了两首歌,刷了网红视频,再看看今日热搜,总算有了点儿困意。他倚着床头打了个哈欠,眼睛眯了一下,原本指向时钟的手指再一次不小心抖了一下,把游戏点开了。

这一次,小人儿并不在游戏的房间里。栗说星的困意霎时飞走了,脑筋有点儿转不过弯来,心想:难道游戏里的人物也会消失?

就在这时,淅淅沥沥的水声响了起来,栗说星仔细看了一下,才发现浴室的磨砂门上有个淡淡的灰色影子。

原来不是消失了,是去洗澡了。栗说星松了一口气,没多想,将手指按在浴室的磨砂门上,直接把门滑开,就看见磨砂门后,站在水流之下的小人儿身体赤裸,周围有几个沐浴液泡泡……

"唰啦"一声,水声猛地截断,喷头被关了,小人儿"唰"地扯下架子上的浴巾挡住身体。这在栗说星看来没什么区别,反正都是白色的。

可尖刀一样的文字气泡随即从小人儿脑袋上突突地刺了出来,小人儿接连质问:"你在干什么?"

"偷看我洗澡?"

两句话结束,游戏突然弹出新手提示:

> 宿鸣谦正和玩家说话,玩家可以在此时回复宿鸣谦。回复将影响好感度。

等、等一下,栗说星顾不得震惊于这款游戏的智能程度,赶忙用手指戳和新手提示一起弹出来的灰色回复框,可是横戳竖戳长戳短戳,怎么也戳不动。

只有系统提示一路刷新:

> 解锁聊天功能请将好感度提升至5。
> 解锁聊天功能请将好感度提升至5。
> 解锁……

焦急而无声的30秒之后，小人儿穿好了蓝白条纹睡衣，第三个文字泡出现在他的脑袋上："变态！"

同时冒出一个"-50"。

总好感度——-123。

栗说星霎时眼前一黑。我……到底做错了什么？他又急又气，猛地在床上坐直了，死盯着屏幕，恨不得穿越进去揪着小人儿的耳朵好好跟他解释两句，可是这个期望太过荒唐，显然不可能实现。还有什么办法？应该有别的方式！我下午就解锁了喂水的功能，这个游戏的AI还挺高的……

栗说星的目光突然捕捉到了桌上的水壶，灵光一闪，点了水壶，水杯再度出现。

栗说星选中水杯，但这次他没有将水杯拖给小人儿，而是把水杯当作笔尖，在半空中写——S-o-r-r-y。

写单词的过程中，栗说星一直观察着小人儿。

他看见从杯子升空活动的那一刻起，小人儿的头上就一直在冒数字——-1、-1、-1、-1、-1……

栗说星心里发慌，甚至忍不住出声："扣什么？你仔细看看，我可是在好好地和你说抱歉！"

话音才落，突然冒出一个"+1"。

栗说星的抱怨一下子中止了。

那缓缓升起的"+1"，难能可贵，居然带给栗说星一丝努力没有被辜负的恍惚感动……不对，这都什么跟什么，哪能因为这么点事情就感动。

他赶紧摇摇头，想把脑海中的恍惚甩干净，也不再看让自己胸闷的游戏，赶紧关了手机睡觉。

睡觉之前，他还在心中默念：这游戏太邪门儿了。等明天起来，我就出门刷机，把这破游戏彻底删了！

或许是睡前想了些事情，整个晚上，栗说星罕见地没有睡好，梦一个接着一个，不论在哪个梦里，总有那个小人儿和冷冷的"变态"两个字。

好不容易，天大亮了，栗说星疲惫地睁开眼睛，梦里的情景并没有随着他的清醒而被淡忘，相反，他更加清楚地记起了梦里发生的一切。他静默了两分钟，没起床没洗脸，手臂一伸，从床头柜上捞过手机，点亮屏幕，打开游戏。

情绪是驱动人类行为的第一动力，现在，栗说星就带着起床气打开游戏，撸起袖子准备打小人儿！

但刚开游戏，还没来得及找到小人儿，旁白框先一步跳了出来。

栗说星眯着眼睛一看，发现旁白框里多了一长串内容：

宿鸣谦正在查看窗户。

宿鸣谦："这是哪里？"
宿鸣谦："看不到户外。"
宿鸣谦："……"

宿鸣谦回到床铺，蜷缩身体。

宿鸣谦："门窗锁住，不能离开。"
宿鸣谦："……"

宿鸣谦将头埋入被子。

宿鸣谦："……"

宿鸣谦起床。

宿鸣谦："有人在吗？"
宿鸣谦："……"
宿鸣谦："你在吗？"
宿鸣谦："……"

长长的文字框拖到后面，全是宿鸣谦的省略号，此时无声胜有声，一排省略号正代表着他十足的内心戏。

"这话……不对。"累归累，栗说星的职业敏感还是在一刹那间被触动了，把拖下去的滚动条拉回开头，"看这些话，总感觉有点隐藏背景，难道系统背景设置中，出现在玩家手中的'恋人'不是自愿的，而是被强制抓来关押的……"

这又是什么意思？

栗说星觉得有点莫名其妙，思考了几秒钟后决定放弃。

想那么多干什么？我是进来出气的！他贯彻自己开游戏时的目的，曲起手指，先敲了两下小人儿的脑门，又戳两下小人儿的脸，再把因自己的力量而倒在床上的小人儿从床头戳到床尾，再从床尾戳回床头，戳到小人儿团成一个球，飞速把自己藏在被子里，只露出发顶和一双灰色的眼睛。

一套做完，栗说星总算出了一口恶气。

他正要退出游戏，一条文字泡突然出现在小人儿的脑袋上："你来了。"

好感度：+1。

栗说星盯着屏幕，看着那一点好感度一路上升，化作一颗超小的粉色心，注入好感池中。

加好感了，被我欺负反倒加好感了，抖M（注：指有受虐倾向）属性的恋人。

栗说星："……"

没等栗说星反应过来，又一个文字泡出现在小人儿脑袋上："我们谈谈吧，为什么将我关在这里？"

栗说星的思维有些混乱，不由得放下手机，按住脑袋，冷静思考起来。应激反应真实，问答颇有逻辑，现在的恋爱养成手游已经能做到这个地步了吗？

精致的游戏当然能够吸引人的目光。栗说星继续将目光投向屏幕，发现在刚才沉默的时间里，小人儿又说了一句话："你不愿意和我沟通吗？"

栗说星没有不愿意，主要是不能沟通。他拿起杯子，再度书写。

我、没、有……写三个汉字真的复杂，栗说星写到一半就放弃了。他选择了更简洁的表达——N-o。

小人儿似乎看明白了，从被子里钻出来，露出上半身："你不能说话？"

现在不能说话，只有好感度达到5，系统才能解锁聊天功能。但就算把这长长的一句话写下来，估计游戏也无法将其解析出来。

栗说星想了半天，也只能简化——Y-e-s，N-o。

小人儿默不作声，灰色眼睛一直盯着水杯。

莫非没有看懂？栗说星暗自揣测了一下，又开始比画——N-o-w，Y-e-s，A-f-t-e-r，N-o。四个单词比画完，栗说星手指头都被磨红了，累。

小人儿："没看懂。"

不能说话又不能写字，这该怎么办？栗说星有点郁闷，一时半会儿也不知道到底该拿这个游戏怎么办，想解锁对话系统就要使好感度达到5，现在的好感度是——-127！心灵仿佛受到了攻击，栗说星自言自语："算了，别折腾了，还是按照最初的计划，把手机拿去刷机吧……"

还没等他关掉游戏，新的对话框就跳出小人儿头顶："你不能说话，但是你愿意和我沟通。"

他用陈述的口吻描述完现在的情况，停顿一下，紧跟着说第二句话："我们用更直观的方式沟通，用'√'和'×'来表示，我问你答。"

够聪明啊！栗说星顿感意外，甚至觉得是有个人在远程操控小人儿来和他对话了。但他仔细想想又觉这不可能，这种全程陪玩的尊贵享受，一般是百万"氪金大佬"（注：氪金，网络游戏中的充值行为）才有的待遇。小人儿之所以能这么聪明，可能是最近的游戏AI系统有了突破性的进展，但还不稳定，所以这款游戏才老在"沙雕"（注：网络用语，意为"傻"）和机智之间反复横跳。

他再次将目光挪向屏幕，看见短暂的停顿之后，一个个文字泡接连浮现——

小人儿："你想和我交流。"

栗说星："√"

小人儿："但你不能说话。"

栗说星："×"

小人儿："你暂时不能说话。"

栗说星："√"

小人儿："你能控制房间里的一切。"

栗说星："√"

小人儿："你控制着房间，只有在你允许之后我才能动用房间里的东西。"

栗说星："√"

小人儿："门窗都是锁着的，我不能出去。"

栗说星："√"

小人儿："你能够打开门窗放我出去。"

做出了约定，两人之间的交流效率突飞猛进，栗说星开头还欣喜于沟通的顺畅，结果两句问答过后，就发现自己有点答不上来对方的疑问了。

他开始思考：前面几句都是基于事实的描述，所以对错很简单。

后面几句就变成判断题，"控制房间"那道题还可以回答，但最后一问的"放我出去"，就值得思考了。栗说星迟迟没有回答，小人儿脑门上跳出了新的文字泡："你暂时不能放我出去，是吗？"

和之前询问能不能说话的模式一样，这种问答法够机智。

也许距离人工智能统治人类的日子不远了。栗说星谨慎地打钩。

"但我很想出去。"小人儿继续问，"是否有其他离开的办法？"

这我怎么知道？万一游戏本身就没有做室外内容，那你一辈子也出不去啊！

栗说星思考着，手上的回复变慢了，于是文字泡接二连三地跳出来：

"请你帮助我。"

"帮帮我。"

栗说星抵在屏幕上的手指抖了一下，让一个钩变成了一条歪斜的曲线。

他吃惊地看着屏幕中的小人儿。在对话的过程中，屏幕中的小人儿已经从床上来到了地上。小人儿站在地面上，仰着头，眼睛一直盯着悬浮在半空中的水杯，像正透过屏幕，盯着自己。

栗说星突然放下了手机。

他从床上坐了起来，揉把脸，甩甩头，开了脑洞："这不会是游戏公司的套路吧？先用一堆乱七八糟的理由扣好感度逼疯玩家，再让'恋人'根据系统内置的文本和玩家对话……仔细想想，因为我不能回答，所以对话的节奏一直都是由游戏小人儿掌控的，这样他自然能够毫不突兀地自说自话到结尾，于不动声色间将玩家骗入陷阱，与小人儿共情，深深记住这款游戏进而沉迷氪金。

"看，我现在就记住了这个小人儿叫宿鸣谦，灰色眼睛，中长发，穿着病号服一样的睡衣。这策划啊，现在的游戏……"

自我分析完毕，栗说星目光一溜，又溜到了手机上。虽然似乎分析出了游戏制作者的根本目的和险恶用心，但栗说星毫不犹豫地拿起了手机。

玩游戏是为了什么？有趣和刺激。现在他就觉得挺有趣的。他果断答复宿鸣谦，给了对方一个标准的——√。

如果他是脚本作者，这个问题就是这一长串对话的关键结束语，只要选择了正确的答案，必然有一个玩家期待的结果……

果不其然，在他回复之后不久，宿鸣谦头上显示了数字——+30。

Yeah！栗说星"啪"地打了个响指，感觉自己摸索到了玩游戏的正确方法。

他一直盯着宿鸣谦看，预感接下来小人儿还会提示自己点什么。

没过多久，宿鸣谦脑袋上就浮起了新的泡泡："这里有食物吗？我饿了。"

与此同时，一个饥饿的小表情应景似的出现在宿鸣谦的脑门儿上，一闪一闪的，提示栗说星应该给他找食物了。

栗说星看着界面琢磨了一下，房间里有一左一右两扇磨砂门，昨天开了一扇，是浴室，剩下另一扇如果没猜错，应该就是……

他心随意动，点了一下，磨砂门驯服地滑开，露出藏在后面的小厨房。

栗说星扫视一眼新出现的厨房区域，先注意到镶嵌在墙面上，和卧室里如出一辙的磨砂窗户，看不见外面。又发现这里麻雀虽小、五脏俱全，柜子、料理台、水池、冰箱和炉灶都不缺，台面上还有一个天蓝色的电饭煲，也算为比较单调的厨房添了一抹明媚的色彩。

这个电饭煲一看就不一样。栗说星戳了一下电饭煲，果不其然，一碗热腾腾的米饭马上跳了出来。他的手指再一滑，这碗米饭就落入了宿鸣谦的手中。

也不知什么时候，本来待在房间里的小人儿已经走到了厨房门口，他手里端着碗，目光却没有停留在碗上，而是向前落在电饭煲上。

对方在想什么？栗说星饶有兴趣地思考着。

可惜小人儿没有表情，栗说星也钻不到小人儿的身体里读取代码，只能看着小人儿脑门儿上慢吞吞地跳出来的文字泡："菜呢？"

栗说星被问倒了。对啊，菜呢？他犹豫地戳了一下冰箱，旁白跳出来：

冰箱之中空空如也。

他又犹豫地戳了一下柜子，旁白接着跳：

柜子之中空空如也。

他再去戳炉子，这下，旁白不跳了，一个新的菜单跳了出来：

今日菜品特供：

炒青菜：5好感。

炒鸡蛋：10好感。

栗说星一时无语，忍不住又看了一下好感池——好感度：-97。

买不起……或许是栗说星迟迟没有动静的缘故，门口的小人儿脑袋上再度冒出一行字来，十分贴心："没有关系，饭也能吃饱。"

好感度：-1。

这行字跳出来以后，宿鸣谦不再停留在厨房门口，而是端着碗回到了卧室，坐在桌子旁，一口一口地吃着饭。栗说星再次无语，说什么不在意，明明非常在意。

可是小人儿干吃白饭的样子确实可怜。

于是，栗说星做了自己唯一能做的，给小人儿点了一杯水。

"谢谢。"又一行字冒出宿鸣谦的脑袋，接着，好感度：+1。

这回的好感来得倒是爽快，可惜一进一出，也不过打个平手。

栗说星看了一会儿，小人儿已经吃完了白饭，端着碗和杯子到厨房，规规矩矩地打开水龙头把它们洗干净。接着，又一个文字泡冒出来了。

宿鸣谦："昨天我研究了屋子，没有能打发时间的东西。你能弄一些书进来吗？"

文字方才出现，一声"叮咚"，游戏又蹦出了新的内容：

限时礼包：

超值阅读经典礼包跳楼价

原价68元，现价1元

必得：

卧室装饰书架×1

贡献值×68

三选一得：

名著精选礼包×1

科幻精选礼包×1

> 历史精选礼包×1
> 超值优惠，跳楼价格，机不可失，时不再来！
> 一切为了你，我心爱的恋人（爱）。

看到屏幕上跳出的氪金界面，栗说星镇定自若，一点儿也不觉得奇怪。

毕竟游戏开发者也是要吃饭的，没有氪金，怎么能生存。

栗说星在短短的停顿后，看着小人儿按下购买键。这个时刻，他已经被游戏里的小人儿迷住了，完全忘记了自己睡醒起来的时候还打算去刷机。现在他只想着：毕竟爱情也是需要金钱浇灌和滋养的，我能够理解。

最主要的是，一块钱，你买不了吃亏，买不了上当，就"氪"这一次！

付款全过程平稳顺畅，从来没有游戏会在这里挑战玩家的耐心。下一刻，一个崭新的铁制书架出现在房间里。

宿鸣谦的视线下意识地追随过去，随即，大大的"+60"冒出他的脑袋！

"非常谢谢你。"

"不用客气，你高兴就好。"

栗说星自言自语，在满意回答之后，还温柔地摩挲了一下小人儿的脑袋，随后惊喜地发现小人儿虽然躲了一下，但没有掉好感度。

他又扫了一下界面，发现好感池中的总好感已经变成了"-37"，旁边又多了一个新的图标，那是一个金灿灿的勋章，中间有数字"68"。

栗说星点了一下。

旁白跳出来：

> 贡献值可用于兑换珍稀物品。

栗说星有点明白了，这个游戏里的好感度和贡献值应该就是普通游戏里的金币和钻石吧。好感度可以通过日常互动积攒，再在日常活动中花掉，比如给宿鸣谦加个菜；而贡献值需要通过氪金来积攒，目前来看，和人民币的比例是1：1。

他简单分析之后，发现宿鸣谦已经从书架上拿下一本书，坐在桌子旁看了起来。

铁制的书架有三层：一层是满的，两层是空的。

满的那一层放上去四本书，栗说星点了一下，跳出书架菜单：

阅读《红楼梦》。

阅读《西游记》。

阅读《水浒传》。

阅读《三国演义》。

其中《西游记》的选项是灰色的，表示这本书已经被小人儿取走。

书籍一页页在小人儿的动作下翻过，桌子前的小小光片从左边挪到了中间……直到饥饿挑动栗说星的神经，他才恍然从这个单调又无聊的画面中回过神来。不磨蹭了，关了游戏起床吃饭。

一个人在家里，早餐也简单。栗说星开了一盒牛奶，把谷物倒进去，慢悠悠地吃完之后，拿起手机开始搜索这款游戏的攻略。他先搜"恋爱吧攻略"。

网页跳出密密麻麻的结果：

No.1：恋爱游戏

No.2：少女，恋爱吧！

No.3：恋爱哟

No.4：……

都不是栗说星要找的内容。他再更精确地搜索"恋爱吧好感度攻略"，依旧不是。

他继续搜索"恋爱吧宿鸣谦攻略"，还不是。

栗说星放弃搜索这个无比大众的名字又无比小众的游戏，决定求助一下场外，找个认识的专业人士问问。

打开QQ，进入终点吃货群，就看见六味小僧、十零陵、蛋定自若三个人正在群里聊得火热。这群里的人差不多都是和栗说星同期进入终点小说网的老作者，关系都还不错，除了作者马甲，彼此现实中的身份也不是什么秘密。

比如文章主角总是佛修的六味小僧，现实生活中还真是个和尚，据传当年他的寺庙紧跟互联网潮流，让他在网络上做点关于寺庙的宣传工作，他冥思苦想许久之后，决定来终点网写关于佛的故事，把自己的寺庙化成故事中的一点。

然后他红了，现在他的寺庙成了全国知名网红寺庙。

十零陵也有趣。他主职是足球教练，副职写足球竞技文，爱好赌球，逢买必输，不买也不一定赢。

至于蛋定自若……这个男人实在不简单。

他写文10年，每天更新6000字雷打不动，甚至会写更多，但直至现在，专栏里还只有一本书。这当然不是因为他写了一本365×10×6000字的书籍，而是因为，他每写完一本，必然遭遇一次网络严打，严打之后，他上一本完结文必然消失，所以他的专栏里永远只有一本正在连载的小说。

为了破除这个魔咒，蛋定自若曾给自己改了很多个作者名，比如：

能屈能伸、泰然自若、处变不惊、随遇而安、审时度势、安之若素……

可惜并没有什么用处。

蛋定自若还是那个心灰意冷的蛋定自若。

栗说星没关注三个人在说什么，直接"敲"人："@索任，你知道一款叫作'恋爱吧'的游戏吗？"

这位是终点游戏频道的当家作者兼职业余游戏UP主（注：在视频网站、论坛等上传视频、音频文件的人），对于游戏了解很深，有关游戏的问题，找他问问准没错。

被"敲"的对象一时半会儿没有出现，聊天的三个人纷纷中止谈话，同他打招呼。

蛋定自若："稀客，西木公公居然出现了。"

六味小僧："阿弥陀佛，西木施主，许久不见了。"

十零陵："今天西木子怎么不报数了？需要帮你@桑无鬼比比谁写得更少吗？那家伙一年只用写14万字，日均383.5个字，昨天他完成了目标，写了384个字。"

蛋定自若："我赌西木公公昨天写了500字。"

六味小僧："和尚加注。"

栗说星："6000。"

他矜持地等待着众人的赞叹，并暗暗冷笑：最近一段时间，大家都猫了冬，七天里见到的最高字数是蛋定自若的6613，我的6000字赢面不小，除了蛋定自若，足可血屠众人！

没有人说话的半分钟过去了,随后,三个人若无其事地转移话题。

蛋定自若:"继续刚才的话题,隔壁组女编辑潜规则男作者的八卦是真的吗?"

六味小僧:"和尚也想知道是真是假。"

十零陵:"好啊,和尚你六根不净。"

六味小僧:"阿弥陀佛,所谓色即是空,空即是色,和尚不过求真而已。"

蛋定自若感叹:"那家伙走了什么狗屎运啊?真是太叫人羡慕了。"

十零陵想象:"是心动的声音。那个编辑怎么不来找我呢?我坚持锻炼,八块腹肌、人鱼线一样不缺,只要她给我一句话,我现在、立刻、马上就打飞的飞过去!"

六味小僧一本正经:"阿弥陀佛!"

索任突然出现:"@焦糖西木,'恋爱吧'?你说的是恋爱游戏,还是'恋爱哟'?"他回复栗说星后,又对其他人说:"你们就那么确定潜规则的是个女编辑?终点的编辑一般都是男的啊。"

群内忽然沉默。

六味小僧:"施主请慎言。"

蛋定自若狂流汗:"你这个菊花盛开的男人,不要随便打断我们的遐思啊!"

索任:"呵呵。"

栗说星:"不是你说的那两款,游戏名就是'恋爱吧'三个字。"

索任:"没听说过。"

栗说星:"我截个图给你看看。"

索任:"嗯。"

栗说星回头拿手机,把手机页面和游戏界面分别截了图上传到群里。

索任:"没见过这个游戏。"

栗说星:"奇怪了……"

索任:"也没什么奇怪的。你这个可能是私人制作,还没有彻底完成或者没通过审查上传平台,所以没有进入公众的视线。"

栗说星觉得索任说得很有道理，这样似乎也能解释这款游戏为什么有些难以理解的BUG，也许这款游戏真的还没有彻底做完。

蛋定自若突然蹦出一句："游戏里的小人儿是男孩子吧？"

栗说星随口回答："是啊，怎么了？"

蛋定自若："你……你玩一个恋爱养成游戏，居然选择了男小人儿？！"

六味小僧迟疑了："阿弥陀佛……"

十零陵"嘶嘶"抽气："西木公公，你终于还是露出了你的真面目。"

栗说星被一言点醒。对啊，这款游戏为什么没有恋人性别选项？难道……制作者默认玩游戏的都是女孩子吗？

栗说星感觉有点怪怪的，忍不住瞟了一眼游戏。

一眼看去，他"咦"了一声："好感度-29？我记得好感度之前是-37啊。"

游戏里的好感度悄无声息地自己增加了！

栗说星觉得很惊奇。

他没工夫理群里的那些人了，离开电脑，捧着手机窝在沙发上看。他耐心十足，眼睛一眨也不眨。

等了一分钟，两分钟，三分钟……直至快五分钟的时候，突然——+1。

一点小小的好感度从正看书的小人儿脑袋上冒了出来。

栗说星恍然大悟，宿鸣谦喜欢看书。给宿鸣谦书看，他就会不定时加点好感度。蚊子腿也是肉，这一块钱花得还真划算！

栗说星看着看着，突然重燃了刷好感度的信心。

他突然觉得这款游戏的定价还是挺有良心的。

说实话，不就是一块钱……嗯，不就是68块钱的事吗？

我只要再"氪"一个"68"，马上就能增加68好感度，立刻就可以解锁聊天功能，等我和宿鸣谦能够直接对话时，就和他聊聊他喜欢做的事情，然后把那些东西都给他买齐了，接下去放着不管，也能够让小人儿源源不断地生出好感度来，还是很划算的。

栗说星一时心动，没控制住自己蠢蠢欲动的手，点开了氪金界面。系统的氪金界面做得倒是挺华丽的，但只开了书架和书籍列表，除此之外，其他格子都是灰色的，还没有解锁，可能要自己和小人儿更亲密一点后才会解锁吧。

栗说星没有停顿，又买了科幻系列的书籍，依旧是"68元"。

付款结束,购买成功,新的一排书籍塞满了书架的第二层。

原本坐在桌子旁的小人儿被新的动静惊醒,抬起了头,看见这一幕,片刻,脑袋上飘出新的数字——+25。

栗说星惊呆了,不该是"+68"吗?为什么吞了他一多半的好感度?

难道同样的事情做两遍,好感度会有所衰减?

没等栗说星从打击之中回过神来,新的文字泡跳出宿鸣谦的脑袋:"又替我带了书?谢谢你,我非常开心。"

说得动听……你倒是给我多加点好感度啊!

栗说星看着小人儿,欲哭无泪。

足足过了五分钟,栗说星才缓过神来。垃圾游戏,费我钱财!

他看着左上角的"-3",一时间心如死灰,直接切主界面删游戏!

但是游戏依旧删不掉。

栗说星冷静了一会儿,将手指从"删除"键上挪开。"氪"都"氪"了,就算要删,也要把这些钱玩回本后再删。而且小人儿看书是会增加好感度的,现在距离好感度5只差一步,我再等一等,就能够等到聊天框解锁了……

他思忖着又回到了游戏中。结果定睛一看,不知什么时候,小人儿已经不坐在桌前看书了!

栗说星:"……"你是故意和我作对吗?他复杂地看着小人儿,看他走过房间,来到书架前,将手里的书塞进去,又翻别的书看。

一本本书籍从书架上来到宿鸣谦的手中,它们的封面各有不同,仔细看去,能看见书名和些许图案,当宿鸣谦将它们翻开的时候,甚至能看见内页上模糊的文字痕迹。

这游戏也是有趣,栗说星百无聊赖地想,该好好做的内容不好好做,没啥意义的细节倒是做得很丰富。但不可否认,小小的人儿蹲在小小的书架底下认认真真翻书的样子,还蛮可爱的。

栗说星看了一会儿,从打击之中恢复过来了。

他觉得小人儿有点可爱,心就不免动了一动,心想:三层书架还有一层没有被填满,这临门一脚,我究竟是踹还是不踹呢?

不是"680",不是"6800",只要"68",就能把好感带回家!

你买了不吃亏,你买了不上当!

栗说星的手指，在氪金的位置左右徘徊。

他是有点犹豫。钱，不是问题。但买同样的东西会使好感度衰减，万一这回氪金之后，好感度连"9"都没有，那可怎么办？要不再点几杯水给小人儿，看能不能加点好感？正想着事情，栗说星突然发现游戏里的小人儿把书架上的书都拿了下来，逐一排列，放置于桌面上。

栗说星颇感纳闷。

这是干什么？难道小人儿是想让书本晒晒太阳？这么无聊吗？正想着，他就看见宿鸣谦再度回到书架之前，埋头卸下了铁制书架的一条腿。

栗说星继续看着，看宿鸣谦拿着这根铁管，一路走到窗户前，举起手中的钢管击打窗户。

栗说星："……"旁白担心他看不懂，适时跳出解释：

宿鸣谦正用书架攻击窗户。

宿鸣谦正试图逃跑。

什么意思？他"氪"了68块钱的小人儿长本事了，还学会逃跑了？

栗说星被"雷"得不轻，一时竟只能目瞪口呆地看宿鸣谦敲敲打打。

好在游戏也担心频频打击"氪金爸爸"会把人劝退，因此尽管栗说星发了半响呆，那被铁管敲击的窗户还是纹丝不动，坚固如初。

虽然小人儿想逃跑，但显然并没能成功地打通逃跑的路径。

栗说星悬在半空中的心，晃悠悠地落回了原位。

他按着胸口，缓缓吐出了一口浊气。虽然盘里的鸭子蓄势待飞，但毕竟还没有飞出去不是？我还是可以挽回的，只要我再"氪"一个68，把好感度提到正数……

道理是这个道理，但栗说星的心依旧冰凉冰凉的。

你我本无缘，全靠我花钱啊！

左思右想到了最后，栗说星一咬牙一剁手，又"氪"了"68"！

这是最后一次了！这个"68""氪"完之后，我绝对不再花钱了，垃圾游戏休想再骗我钱财！

花了钱，新的书籍同时出现，栗说星的眼睛一眨不眨地盯着小人儿。

突然出现的新书显然吸引了小人儿的注意力。敲击窗户的小人儿停下了手,脑袋转向一旁的书架,眼睛一眨不眨地看着书架上新出现的书。

宿鸣谦:"……"一行省略号跳出他的脑袋。

省略号之后,又一个数字跳出来——-1。

小小一个负数,似乎代表小人儿内心的波动。

没等栗说星反应,又一个数字跟着跳了出来——+15。

还有一句话:"你又替我买书了吗?谢谢。我不知道你也在,吓了我一跳。"

栗说星的注意力在数字15出现之后就挪到好感池中,看着上面的数字从-4变成11后,他舒了一口气。砰的一声礼花响,消失了许久的系统精灵伴着彩带与玫瑰再度出现,聊天框也在同一时间弹出:

亲爱的玩家,恭喜您完成任务,现在您可以和恋人对话了,请先和他打声招呼吧,不同的对话将会产生不同的好感值……

栗说星不等系统精灵显示完毕就开始用聊天框打字。他对小人儿独自逃跑的行为耿耿于怀,需要一个解释:"我还以为在我答应帮助你离开这里之后,我们已经对彼此有了初步的信任。没有想到,你居然选择独自逃跑。"

房间里又发生了一点变化,有一些淡蓝色的光点浮现出来,并在半空中汇聚成一面光屏。

光屏与宿鸣谦的视线平齐。

一行行文字出现在光屏中:"你真让我失望。"

黑色的字映衬蓝色的光,闪出冰冷迷幻的瑰丽。

宿鸣谦沉默着,将震动藏在心底。从昨天醒来开始,他的脑海就一片空白。可是一片空白的脑海,也知道这样的情况让人无所适从。

"对不起。"宿鸣谦先向看不见的人道歉,"我只是有点着急。这里除了我,什么也没有。世界,不该是这样的。我的世界,不该只是这样而已。"

对方的回复居然这么快,而且字里行间还充斥着哲学问题,现在的纸片人都这么时髦了吗?

但我又没办法和你解释你是一堆数据,只能生活在数据堆中……

栗说星有点意外,想了想,回答说:"世界不是这样的,但你的世界就是这样的。"话说完了,他再看屏幕,看见磨砂的玻璃窗户扫下来灰色的光雾,蜷缩在宿鸣谦的脚前，而宿鸣谦站在原地，不言不动。

接着，一句话跳出小人儿的脑袋："是这样吗……我想再问你一件事。"

栗说星："什么？"

"我为什么会出现在这里呢？我昨天醒来，脑海一片空白。"

栗说星看见这一句话的第一个字就猜到了后续。

宿鸣谦继续说话："我失忆了。你能告诉我，我过去的情况吗？"

毫不意外，非常老套。栗说星回答不上来这道问题，索性模仿女频小说里的常见霸道总裁，套路应对："对现在的你而言，过去不重要，我才重要。"

说完之后，栗说星突然有点后悔。

等等，这样回答之后不会减好感度吧？如果好高度减到5，那已经解锁的聊天功能会不会重新锁上？但出人意料的是，小人儿的好感不加也不减，他只是站在那里，长久地沉默着，不知道在想些什么。

系统死机了？栗说星想到这个可能。他用手指动了动画面，但一切正常。

那就是我说得太复杂了，系统正在演算？栗说星又想。他顺势看一眼时间，发现居然都上午11点了，干脆关了游戏，回到电脑前，准备干点正事，比如写写文什么的。

刚回到电脑前，就收到了别人的消息，是他在终点的责编菖蒲。

菖蒲："在吗？西木，要和你说一件事情。之前发上去的申请，主编已经通过了，等你正式开文，网站会给你安排开屏推荐和专题采访。我过来和你确定一下，下周一能够准时开文吗？"

终点网站的开屏推荐指的是App开启时候的广告，专题采访则会出现在网站的页面上，都是非常好的推荐位置。

栗说星："可以。"

菖蒲："开屏推荐需要文名和广告词，待会儿你发给我就行了。专题采访麻烦了一点，需要你写一个采访词。不过我知道你一向不爱写这个，所以之前就帮你写好了，你看看有什么不对的地方就改改[亲亲]。"

栗说星正想说"今天写完采访词"，看到这句话就缓缓咽了下去，接收了菖蒲传来的文件，打开看了一眼后原封不动地传回去。

栗说星："可以。"

菖蒲："欸，你居然连一个字都懒得改吗？"

栗说星看着自己还没有打完的"你写得很好",停顿一下,缓缓删了。

菖蒲:"广告词你想想,记得在这周内发给我。对了,你的新文有多少存稿了?"

栗说星吸取教训,一次把话写完:"十万大纲,一万正文。"

菖蒲:"[哭][哭][哭][哭]。"

她发了一连串泪如雨下的表情。

但栗说星沉稳如故,不急着发表意见。他知道对方肯定会再说话。

果然,菖蒲没过两分钟就又开口了,语气还非常乐观:"没事,等你正式写文之后多写点就好了,记得要时不时加更一下,我相信你,西木!3000字是最最最少了,你绝对不能再少了哦!"

栗说星没有回答。什么话都被对方说了,他只需要发省略号就好了。

菖蒲:"不打扰你了,正式发文了敲我一下。"

栗说星:"嗯。"他想了想,还是没把自己虽然写了1万字,但依旧没有将主角名字取好的事情告诉菖蒲,如果知道了这一点,不利于编辑和作者之间的情感和谐……

他结束了对话,转而打开新文的文档。文档里的文字不算太多,但这是三易其稿之后的正式版,要真算字数,其实也有五六万了。

就是名字,虽然前后也取了不少,但总是缺了些感觉,一直没有正式定下来。打开了文档,栗说星又从书桌里翻出本子。本子里夹着一页纸,上面写了他这段时间想好的备选的名字。

他拿出一支笔,对这些名字挑挑拣拣。

韦盛、徐同光、陈方、秦乐成……宿鸣谦。

宿鸣谦?墨色的痕迹滑过视网膜,带来些熟悉的感觉,栗说星飘忽的精神顿时收拢,定睛一看,才发现不知什么时候,自己居然把"宿鸣谦"这三个字写在了草稿纸上。

别说,这个名字还挺好听的。

Chapter 2

第二章

宿鸣谦

既然好听……栗说星沉吟片刻，先将宿鸣谦这个名字在网上搜索了一下，意外地发现几乎没有重名之后，才将其替换入文档之中，从头阅读。

读起来也很顺，栗说星干脆把这个名字放在文档里，直接回顾起新文的大纲与世界观设定。上一部写了历史武侠文，这一部，栗说星选择的题材是现代灵气复苏文，命名为《九渡》。

最初的灵感来源于蓝色床单上的白格子。

某天夜晚，栗说星躺在床上，无所事事地抠着床单，突然产生了一个想法。

传说天下有九州，九州生九鼎。但是从来没有人见过天下的九州，所以它们都成了纸堆中的代称与虚指。

如果，它们并非笼统的概念，而是人们会错了意呢？

假设文明本身是具有生命力的，每个文明发展到一个层次后，就会遇到属于它的"进化之劫"，宛如修士渡天劫，成功飞升，失败陨落。

这种"进化之劫"共分九次，对应"九鼎"和"九州"。

九鼎，是开启九个文明的钥匙和规则。

九州，是九个不同纬度，但全部没有通过"进化之劫"的死亡文明。

九鼎选中九州，以鼎中的独特规则将发展体系千奇百怪的死亡文明降临到即将进化的地球上。这些死亡文明可能是修真文明，可能是魔法文明，可能是鬼怪文明；文明的主人也未必全是人类，细菌、植被、动物、硅基生命、意识体等不可思议的存在均有可能成为世界的主人。

但是，这些文明都死亡了。它们在自己的"进化之劫"中失败，留下一片废墟，沦为别的文明的试炼物。但在试炼的过程中，这一死亡文明会在宇宙法则的干预下，随着时间的推移从1%到100%逐步"复苏"，回归到文明的巅峰状态。因此在这一试炼之中，只有两种结果，地球文明成功击败死亡文明，掠夺吞噬死亡文明的知识与能量，进而参与下一试炼；或地球文明失败，受到重创，乃至彻底死亡，成为别的文明的试炼物。

此时此刻，地球上又一次的"进化之劫"即将降临，灵气慢慢复苏，人类的生活悄然变化。

一部分人类觉醒了天赋能力，一部分奇珍异宝重现世间，一些隐世门派突兀出世，某某科学家攻克了预计百年后才可以完成的项目。

更有一块全世界的人都不曾见过的大陆，凭空出现在太平洋上。尽管这块大陆就像海市蜃楼一样无法碰触，但其奇诡之态，依旧引发了全球围观热潮。

在此热潮中，主角宿鸣谦刚刚捡到了一片奇怪的锈铜片……

从蓝色床单上的九个白格子引发的想法基本如上。

栗说星花了差不多一个半月的时间将这一世界观进行细化。

他详细地设定了九鼎的规则，确定了依次降临地球的各种文明以及地球上的势力划分，各职业体系的战力对照，再把基于这些设定之下的、文明降临后的地球大事记写了下来。所有世界观做完之后，正文就好写了。漂亮的骨骼塑造完毕，丰盛的血肉当然随之而来。所以栗说星写文从不卡文，只是总会在写完之后，冒出更好的想法。

不过……又一次动笔之前，栗说星突然犹豫了一下。

他发现自己一想到主角叫作宿鸣谦，就忍不住想到小人儿；一想到小人儿，就想到小人儿的种种性格，再想到由这些性格衍生出来的情节。

单纯借个名字没什么，怕就怕写着写着不由自主地代入了，这名字同性格一起，是不是有些抄袭的嫌疑？

这样一思考，他的手就忍不住从键盘转向了手机。

关了游戏的十五分钟之后，他再一次打开了游戏……

进入游戏，他一眼就看见小人儿蹲在书架前。

栗说星心中"咯噔"一下，跳出了一些不好的想法。

莫不是……但游戏旁白适时跳出：

宿鸣谦正在修理书架。

宿鸣谦已将书架修理完毕。

玩家获得铁制书架×1。

原来管拆还管修啊！这算是意外之喜，栗说星一时还挺高兴，顺手发了一条消息给宿鸣谦。他发现了，如果不出声就直接碰宿鸣谦，宿鸣谦是会被吓到的。为了好感度，栗说星还是小心地呵护着这胆小的家伙："我回来了。"

宿鸣谦意外："你刚才离开了？"

栗说星："……"这话要怎么接！

下一秒，宿鸣谦又开口，语气似乎有点为难："有一件事可能要你帮忙。"

栗说星："什么事？"宿鸣谦："我刚才出了一身汗，但这里没有换洗的衣服。你能给我几件替换的衣物吗？"

文字泡方才冒出，"叮咚"一声，新手指引重新出现：

> 您的恋人需要一些新的衣服，请您点击商城系统，选择衣物栏目。

虚拟的手指再度出现，点在了氪金界面上，氪金界面也发生了些许变化，图标不仅变成了粉红色的商店，还从屏幕的右侧挪到了屏幕的上方。

栗说星跟着指引点开一看，发现原本只有书架和书籍的商店解锁了好几个新的格子，里面有衣服与布料。

虚拟的手指点中商店里的蓝色衣服，新手指引继续：

> 商店里出现了新的物品：蓝色工作服。您需要支付18贡献值，充值可得贡献值。
>
> 是否购买：是/否。

栗说星谨慎观察了一下蓝色工作服：

> 蓝色工作服：18贡献值。
>
> 一款没什么设计感但颇为耐脏的工作服，是工作的不二伴侣。

他再看看自己的贡献值，游戏左上角的金黄色勋章里，贡献值闪闪发亮。栗说星琢磨了一下，点开商城充值页面，发现里面居然有一个贡献值首充得双倍奖励的活动：

> 超值大惊喜，实惠大折扣，首充得双倍贡献
> 6元：6贡献×2
> 12元：12贡献×2
> ……
> 18888元：18888贡献×2

最后一栏的数字，栗说星一开始还以为自己看错了，忍不住上了手，一个数一个数地数过去……然后他倒抽了一口冷气："怕了怕了，不敢不敢。我只是一个穷困潦倒的小作者，真的'氪'不起啊。"

他赶紧把自己看向蓝色工作服的目光挪开，选择拒绝。开玩笑，18贡献值可是18块钱呢！有这18块钱，我都可以给自己买一件新T恤了！

暂时还是委屈小人儿穿着身上那套衣服吧。

然而拒绝以后，新手提示并没有消失，而是闪烁了一下，刷新出新的内容：

> 贡献值可用于购买游戏珍贵物品，如果玩家没有足够的贡献值，也请不要焦急。请玩家点击商城原材料栏目，选中栏目中的普通布料。

栗说星按照提示逐一点选：

> 普通布料：+2好感度。

一匹很普通的布料，没有任何特色，可以做一套衣物：

> 新手指引：游戏包含制造功能，可以用各种原材料制成恋人需要的成品。使用原材料制作成品，虽然不如用贡献值兑换的成品精致，但划算很多。在制造过程中，也可以和恋人进行有爱的互动哦。

嗯？栗说星捏了捏下巴。看这描述，莫非是游戏里"肝"（注：网络用语，指慢慢熬、慢慢玩）的部分。毕竟一款游戏，要么"氪"要么"肝"，而我选择……"肝"！新手指引继续：

现在，请玩家先行离开房间。

接着，一条透明的光带出现在房间内部，栗说星沿着光带滑了一下，看见屏幕的下方，房间的另一侧出现了一扇木制大门。

毫无疑问，这是通往外界的道路。栗说星正想开门，脑筋忽然一转，先和宿鸣谦说话："你不是想出去吗？我现在就带你出去。"

"？！"一个抖动的文字泡先出现在小人儿的脑袋上，随后，小人儿的身躯也狠狠地震动，如实地显示出他对这句话有多么震惊！

"现在知道该怎么做了吧？你乖乖听话，好好讨好我，我当然会满足你的愿望。"栗说星挑起嘴角，一边打字，一边点了一下屏幕，打开房间的大门。敞开的大门带来飞卷的风，浮游于空中的尘埃自门外倾泻进入，光在乍亮之后缓缓收敛，属于门外的一切，映入栗说星的眼中。

房间的外面紧连着一片庭院。但这庭院看起来年久失修，到处都是荒草和碎石。荒草碎石之中，又有一条小路，蜿蜒通向庭院一角的旧仓库，小路之上，光带再次出现，指示栗说星将宿鸣谦挪向旧仓库。

栗说星照例做完，就见屏幕上的画面一变，小人儿出现在仓库的一角。这里有个工作台和一面正对着小人儿的穿衣镜。

此时，小人儿身上的睡衣已经被脱下了，只剩一条蓝色的中裤套在身上。

二头身的小人儿无论什么造型都很萌，栗说星兴致盎然地戳了戳对方的肚脐眼，再按着小人儿的肩膀左右转动，来回欣赏。

一切都发生得很快。宿鸣谦还没有从真的出了房子的惊愕之中回过神来，就被拖着进入了一间新的房子，站在镜子面前，身上的衣服还突然消失了。

这些都算了。更值得在意的，还是现在正施加在身上的力量，没有了衣物的阻隔，这些碰触……宿鸣谦难以忍耐地皱起了眉。

总喜欢这样碰触我，藏在虚空中的，是位女性吗？

他忍了又忍，牢记着要讨好人，总算没有让不悦浮现在脸上。

但他并不知道，在别人的视线里，自己的脑袋上，正缓缓飘出一个——-1。

负数一出，栗说星急忙收手，又去看左上角的好感池。

好感池中，10点好感度如今只剩下7点，2点花在布料上，1点刚刚被扣减。

栗说星顿感心痛：算算这可是半匹布，可以做半套衣服呢！

他又看向宿鸣谦，除了不开心，更带上了一些疑惑："怎么随便碰一下都会掉好感度？这家伙的性格是不是太冷淡了？是所有的恋人都是这样的性格，还是我的小人儿变态了？"

游戏并没有回应栗说星。

新手指引精灵还在锲而不舍地点击旁边的工作台，示意栗说星跟上自己的步骤。

栗说星想了又想，自觉还是好感度不够高的缘故。毕竟之前他稍稍一碰就掉好感度，现在他碰了两下才掉好感度，多少是有些区别的吧？

他依照新手指引，选中工作台，点击台面上的普通布料，顷刻，布料平展于宿鸣谦的身前。

新手指引：

请玩家选择想制作的款式。

布料旁的空白处立刻弹出衣物的款式，有长袖长裤和长袍两种选项。

栗说星随便选择了长袖长裤：

请玩家依照虚线，剪出上衣及裤子的前片。

镜子旁的小人儿突然平举双手，分开双腿，整个人呈"大"字形站在原地，任由淡淡的虚线隔着布料描绘出他的身体轮廓。

这只是个很简单的系统模式而已，但不知道为什么，进入这个状态之后，小人儿特别紧张，几乎第一时间，脑袋上就蹦出了文字泡三连击：

"你在吗？"

"发生了什么？"

"为什么我不能动了？"

这模样，简直像小动物被架上了烧烤架那样惊慌失措。

栗说星暗暗嘀咕一下，因为害怕又掉好感度，所以很快回复："没事，别紧张。我给你量个尺寸就把你放下来了。"

这句话让小人儿稍稍安稳下来。

唉……虽然只要我高兴，我就能够对小人儿做任何事情。但小人儿手上也握有我的命脉，好感度啊……

所以大家和平共处吧，你对我好，我也对你好。

栗说星不耽搁，很快就按照系统的要求，先把上衣和裤子的前片剪出来，再将后片剪出来，前后都剪好之后，用手指捏着两片拼合好，就成了新的衣服。

新手指引跳出来：

衣物有染色和文样功能，请为制成的衣服染色或者文样。

两排菜单跳出来：

染色：5好感度起
文样：2好感度起。

栗说星发现自己没有选择的余地。

他度量着好感池的总额，谨慎购买了价格最低的自定义文样。

这个自定义文样的选项是纯黑色的，没有样板图案，在衣服上画什么都行，不嫌累的话，还可以把白色的衣服整个画成黑色的。

栗说星当然没有这么闲。他思考着：省事点可以在衣服上画个横表示任务完成，文艺点可以在衣服上添点小花小草增加花色，但好像这两种都不好玩，那还有什么好玩的呢……

栗说星琢磨来琢磨去，忽然灵光一闪，大笔一挥，在衣服上写下三个字！

新手指引适时再现：

玩家已经为恋人制成了一套新的衣物，虽然还有很大的进步空间，但这份由您亲手制作的礼物，依旧被恋人高兴地收下了。玩家可以多方尝试衣服的染色与文样功能，为心爱的恋人制作出独一无二的漂亮衣服。[爱]

这行字结束以后，唠唠叨叨的新手指引终于消失了。

栗说星有点不忿,什么叫作"还有很大的进步空间"?我觉得我裁剪得很好啊!他点击镜子,给小人儿选择了新的衣服,然后看见……一个歪斜的白口袋,套在小人儿的身上。

白口袋的正面,胸腹的位置,还有三个墨色大字——不准逃!

笔法峥嵘,气势恢宏,非常夺人眼球!

嗯……其实……有点……嗯……

完了。穿上这套衣服,不会掉好感度吧?栗说星心里惴惴不安,忍不住瞟了一眼好感池中单单薄薄的数字"5",再屏息凝神,看向小人儿。

突然飞到身上的衣服似乎让屏幕中的小人儿愣了一下。

他站在原地,犹豫地低下头,看上去正在观察自己身上的衣服……不一会儿,他又动手,先揪起衣服的领子,低头嗅了嗅;又提着衣服,仔仔细细地整理了领子,把露出来的左半个肩膀塞回衣服里;最后用手指拂过衣服的针脚皱褶处,把它们捋平整。

这一整套动作不紧不慢,十分细致,随后,小人儿的脑袋上跳出一个数字"+10"和一句话:"谢谢你。"

虽然这个道谢有点敷衍,但栗说星还是感到很欣慰:"其实小人儿也不是那么难养嘛!"

他决定给小人儿一点奖励,也差不多该吃午饭了,就给他加个菜吧!

于是,栗说星从制造工坊出来,回到房间,刚点了炉子,游戏的旁白就冷不丁地跳了出来:

宿鸣谦趁你不注意藏起了一把铲子。

他似乎想用这把铲子做些什么。

栗说星:"……"

他要晕了。如果人类的心情也可以具象化,栗说星相信,在这一刻,他的脑袋上一定蹦出了一个"-100"好感度。他对这个小人儿感到深深失望,同时非常愤怒!

他把手机丢在卧室,又把自己锁在书房,然后打开文档,激情码字。

至于主角的性格问题,哼,没有了宿鸣谦,我栗说星就写不了文了吗?!

栗说星负气写文，化愤怒为动力，全身心投入写作之中，一写就是一天半的时间，除了吃饭、上厕所和晚上睡觉，全程坐在电脑前打字。等实在写不动了，一看字数，总共16900字，算上原本的1万字存稿，稿子总共有26900字了。

又一天的夕阳光晕透过窗户，洒在洁白的瓷砖上，渲染出层层叠叠的绯色，像远山的霜林，一片温暖的红。

栗说星瘫在沙发上，长长地吸气，长长地呼气，再用力拉伸背脊，舒缓疼痛的脊椎。写的时候没注意，等写完了他才发现整个脑袋都僵了……还饿，饿得能够吃下一头猪。

栗说星回到卧室，摸出丢在柜子里的手机，点开外卖，给自己叫了一顿丰盛的大餐。

等待的时间总是那么无聊。栗说星随意地看了看QQ和微博，再度打开了游戏。

没错，还是那款"恋爱吧"。游戏虐我千百遍，我待游戏如初恋。

他镇定地点开游戏，一开始还没发现小人儿，再定睛一瞅，才发现小人儿蹲坐在厨房和卧室的交界口处，双手抱膝，脑袋微斜靠墙，一动也不动，不知道究竟在想什么。

游戏里也没有音效，时间还和现实时间一致，也是黄昏，但没有晚霞，没开灯的屋子灰沉沉的，像笼罩在某种沉郁的气氛之中，而靠在墙脚的宿鸣谦，缩成小小一团，超可怜的样子。

栗说星并没有被小人儿可爱的外表骗到。他内心波澜不惊，之前的接触已经让他明白，这家伙才不是什么小可爱，分明是个小坏蛋。

他不急着动手戳小人儿，而是先打开旁边一直闪烁的游戏旁白，准备先看看这一天的时间里，小人儿都做了些什么事情，是不是拿着铲子出门挖了个地道好逃走？

游戏旁白一跳出来，长长的内容就刷了屏。

这一次的内容比上次的内容长得多，还有了时间的区分。

栗说星从头开始看。

　　昨日，AM12：00
　　宿鸣谦回到房间。

宿鸣谦:"你还在吗?"
宿鸣谦:"……"

  宿鸣谦吃起了白饭。
  宿鸣谦去庭院散步,走到了庭院的边界。
  宿鸣谦回房看起了书。

  昨日,PM6:00

宿鸣谦:"你回来了吗?"
宿鸣谦:"……"

  宿鸣谦吃起了白饭。
  宿鸣谦拿出书,翻到描写食物的部分,对着书吃起了白饭。
  宿鸣谦没有把饭吃完。
  宿鸣谦去了制造工坊。

  今日,AM7:00

宿鸣谦:"……"

  宿鸣谦没有吃饭。
  宿鸣谦前往庭院,用铲子铲了两铲土,堆放于房门旁边。

  今日,AM12:00
  宿鸣谦:"……"
  宿鸣谦把白饭端上桌子。
  宿鸣谦呆呆地坐着。
  宿鸣谦眼角似乎闪烁着泪。他抬手擦了擦眼角。
  宿鸣谦前往庭院,将土堆成人形。

宿鸣谦用铲子贯穿土人的胸口。

宿鸣谦左顾右盼，似乎有点害怕。

宿鸣谦将铲子从土人胸口拿出来，又把土人堆平，将一切恢复原样。

宿鸣谦若无其事地回到房间。

今日，PM5：30

宿鸣谦："骗子。"

宿鸣谦："有人吗？"

宿鸣谦："谁来和我说说话？"

宿鸣谦前往庭院，在野草前站立许久。

宿鸣谦拔了些野草。

宿鸣谦回到厨房，把野草炒熟。野草变黑了。

宿鸣谦看这盘黑漆漆的菜看了很久。

宿鸣谦把菜倒进垃圾桶。

宿鸣谦坐在墙角。

栗说星一字不落地把旁白看完了。

他倒抽一口冷气，内心剧烈波动起来。

这……这又可爱又可怜的小东西，真的是我认识的小坏蛋吗？

不知道是不是游戏此刻的画面光效太好的缘故，看着这样的小人儿，栗说星居然有点心疼，态度也变得慎重了些，一行字琢磨两回才打出来："你在干什么？"

死寂的空间发生了变化，点点蓝光再度像萤火虫一样浮现在半空，随后汇聚成一片光屏，点亮宿鸣谦的黑发与灰眼。看不见的人终于出现了，坐在角落的宿鸣谦没动，但他涣散的眼神有了焦距，凝滞的思维也开始转动。

比伤害更可怕的是孤独。

比孤独更可怕的是未知期限的等待。

直到等待戛然而止，巨大的惊喜从天而降，宿鸣谦根本控制不住自己的情绪，脱口而出："你回来了！"

一个"+100"骤然跳出小人儿的脑袋。这个庞大的数字把栗说星震得目瞪口呆，连原本要打些什么字都忘记了。

怎么回事？我刚才只是打了一句话而已，什么特别的事情都没做，怎么就得到了这么大笔的好感度？就算我一天没有上线，系统也不用这么大方吧？这样岂不是很容易卡时间刷好感度……

栗说星这样想着，下意识地往好感池看了一眼。好感度——-2。

栗说星："……"

他做了一道小学数学题，之前离开的时候，好感池的好感度是17。

中途他退出游戏，好感度如何增减不知道，现在+100后，好感池的好感度是-2。

也就是说，他离开的这一天多，小人儿独自待着，默默生气，"-1""-2""-3"……一共负了119个好感度。

算清楚了这笔账，栗说星赶紧删除脑海中的卡时间刷好感度的想法。虽然看着好感度的扣减和增加相差不大，只要缩短一点离线时间，似乎是能够赚上些好感度的。但按照这个游戏的心机程度，他真开始玩卡时间大法，游戏说不定就敢在他不在的时候照扣好感度，他出现的时候好感度不加……总之，一切都是游戏公司的阴谋！

不过这次的好感度增减倒不是全无作用，至少帮他确定了一个系统设定："原来好感度达标以后开启的功能，并不会因为好感度降低而再次锁定啊。"

栗说星看着正在使用的聊天功能，自言自语："这款游戏总算有了一个不那么智障的设计。人家都说游戏公司用手做CG（注：动画），用脚做游戏，这家游戏公司八成就是用脑做AI，用臀做其他吧……"

他自顾自地思考着，没注意游戏里的小人儿，直至有几句话从小人儿脑门儿上冒出来："你还在吗？"

"能和我说说话吗？"

"这里很无聊，我想和你说说话。"

栗说星的注意力被拉扯回来了，饶是他玩游戏一般不怎么走心，也被这几句话戳了一下。国产游戏的生存环境还是很舒适的，用臀做其他没有关系，只要用脑做好一样，依旧可以把玩家留下来，实例就在眼前。

栗说星打字回应："我在，你不要害怕。"

宿鸣谦："我没有害怕。"

一个"+1"出现在他的脑门儿上。

虽然嘴上不承认，但身体还是很诚实的嘛。

栗说星照顾小人儿的自尊心，体贴地转移话题："我看你这几餐都没有好好吃东西，我给你弄点菜进来。"他说着，先点了点厨房的炉子，炉子跳出菜单，依旧两样，和上次不同，估计是随机刷新的：

凉拌木耳：5好感度。

啤酒鸭：25好感度。

一荤一素，搭配不错，不过……

栗说星再瞧一眼好感池，望洋兴叹。真的买不起啊！崽崽，对不起，爸爸不是个好爸爸，家里穷，连累你吃糠咽菜了。

他离开炉子，又打开系统商店。自从上回开启制造工坊，系统商店跟重装升级、盛大开业了似的，里面什么都卖。

栗说星打开其中的食物栏，查看里面售卖的物品。

这里食物的卖法和炉子中的卖法不太一样，不是快餐式的单菜贩卖，而是打包出售，看着确实要高端一点儿，毕竟后者是尊贵的金钱呢：

日常便当：8贡献值。

汉堡套餐：10贡献值。

小饭馆超值套餐：30贡献值。

还没等栗说星文明地对这些标价发表意见，宿鸣谦又开始说话了。

一天不见，小人儿热情了好多！宿鸣谦："你怎么知道我好几餐没有好好吃东西？你一直在观察我吗？那为什么不回应我？"

栗说星思考着要给小人儿买哪一个套餐，回复上就有点漫不经心："我刚刚回来的，没有一直在观察你，所以也不可能及时回应你。我之所以知道你在干什么，是因为你干了什么，在我这里都有记录……"

宿鸣谦："24小时视频监控？"

栗说星："差不多是这个意思……好了，我选好你的晚餐了！"

他思考出了结果，小人儿都这么软了，还考虑什么呢？怎么也要给他一点儿奖励，就决定给小人儿买30贡献值的那个套餐了！

栗说星将套餐买下，在"是否直接使用"中选中了"是"，顷刻，小屋的桌子发生了变化，食物出现在桌子上：清炒丝瓜、功夫牛肉、糖醋鱼、老鸭梨汤、栗子布丁。

五样食物挨个儿摆上桌子，虽然分量不多，但看着十分精致，三菜一汤，荤素都有，还贴心地备了一份饭后甜点，可以说十分丰盛了。

这游戏总算没有一坑到底！栗说星长吁一口气，对小人儿说："你的晚饭来了，快吃吧，喜欢这些菜吗？"

宿鸣谦："谢谢。"

好感度：+3

栗说星："……"他真是参悟不透这个游戏的好感度系统。

不过被这个系统虐了这么多天，栗说星也习惯了。他很淡定地无视这个少得可怜的数值，继续和宿鸣谦闲聊："喜欢就好。不过家里穷，我也不能每天都给你点这些菜，也许你明天就只有一盘小青菜、小木耳了。"

宿鸣谦："没有关系。"

他说完，短暂沉默后，又出声，计划得明明白白："今天的菜分量很足，我一餐吃不完，剩下的可以放进冰箱留到明天，省着点儿吃，应该还能撑上一整天。"

这么贴心？又口是心非暗地里要降好感度了吧。

栗说星已经熟悉这个套路了，一直等着负好感跳出小人儿的脑袋。但他等了又等，小人儿脑袋上干干净净，一点儿好感度降低的苗头都没有。

小人儿是真的这样打算的。栗说星愣住了，意外之下，心口好像被小箭戳了一下，有点愧疚，也有点心疼。

此时，宿鸣谦再度开口："门外还有一片荒地，不知道你能不能找来一些青菜种子，我可以把种子种下去，这样一来我们就不用买菜了，想吃什么菜，直接从菜地里拔就好了。"

系统提示适时跳出，大煞风景：

> 应恋人要求，商店进了些新货，玩家可以随时查看哟。

栗说星从莫名的心疼中回过神来。

醒醒，这是一款恋爱养成游戏，不是在线交友游戏，游戏里的小人儿再可怜、再可爱，也是假的，是AI系统，是干巴巴、冷冰冰的"0"和"1"！他感叹一声："看来AI做得太棒，也不一定全是好事。要是人人都有一个完美的电子情人，机器人就会兵不血刃地掌握世界，啊……"

栗说星一边"吐槽"一边顺势看了一眼商店，系统商店里多了一个庭院的类目，点开一看，里面有一个新增物品：

> 杂蔬种子包：1贡献值。
>
> 混合蔬菜种子包，内含10颗蔬菜种子，3日成熟。

10颗种子1块钱，至少能吃十餐，对比之前的套餐报价，简直良心上天，但……这个新增物品是不能购买的灰色。

栗说星又点一下，系统跳出提示：

> 购买此物品需解锁庭院系统，请玩家先解锁庭院系统。

"我走过最长的路，就是你的套路啊。"栗说星无可奈何，关掉商店，又将目光转移到小人儿身上，打字交流："我有件事想跟你说。"

恰好同时，小人儿脑袋上也冒出一行字："我有些事想和你说。"

两句几乎一样的话同时出现。

栗说星微微意外，又打一行字："什么事？你先说。"

宿鸣谦放下筷子，吃进嘴里的食物有着非常美好的味道，不知道比白饭好吃多少倍。饥饿的胃在浅尝之后，因为想要更多，剧烈蠕动，但宿鸣谦并不太在意，他在思考一些别的事情，一些关于自己的处境及"监视者"的事情。

监视者可以对我做任何事情，我却无法对他做任何事情。

监视者是这里的上帝，我是他眼中的一只蝼蚁。

宿鸣谦心情平静。这是一个必须接受的现实，但并非死路一条，在这个现实之中，藏着一个绝大的好消息。

上帝并不完全将自己当成上帝，他是可以沟通的，虽然有些脾气，但本质上是一个随和的人。我现在必须要做的最紧要的事情是和上帝建立一个稳定、友善的沟通环境。

宿鸣谦开口说话，字斟句酌："这里只有我一个人，我很寂寞。所以……你能在固定时间过来和我说说话吗？能在来的时候叫我一声，走的时候也叫我一声，让我和你打招呼与道别吗？"

伴随宿鸣谦的文字泡，新手指引施施然出现：

> 恭喜玩家！经过几天的接触，您的恋人已经开始期待您的陪伴了。是否满足他需要您陪伴的小小要求呢？如果满足，游戏将开启每日签到功能。

栗说星悟了。小人儿是新手指引的一部分，承担着触发剧情、指导玩家的重任。当好感度……嗯……

栗说星看了一眼好感池。好感度——-2。

好吧，不是好感度的问题。当游戏小人儿觉得自己需要什么的时候，就会提出要求，系统进而会解锁相应的玩法及物品，供玩家满足小人儿。

相较把好感度量化，到多少点开启什么功能的模式，这种算法虽然复杂，但更具趣味，没玩进去就算了，一旦玩进去了，就有点停不下来。

毕竟未知才是最吸引人的。

果然买的不如卖的精，玩的不如做的脏。栗说星感慨一声，干脆利落地点了"满足"选项，开启每日签到功能。

一个小小的日历出现在屏幕的边缘。颜色沿袭其余图标，粉白相间，十分清新。

栗说星跟着虚拟手指点开一看，日历弹出，标题上写着——本周·食物周。下面一共七个格子，前六天的签到奖励都是食物，并且各不相同。第七天的奖励除了食物，还多了一个小小的转盘，用手指点上去，系统有提示：

> 连续签到七天，将免费获得抽奖券一张。

看见这种奖励,栗说星的眉头就舒展了。小"氪"怡情,大"氪"伤身。显然游戏也考虑到初期的好感度不会太高,所以利用签到功能,变相地给玩家一点补贴。

至于抽奖券,有不奇怪,没有才奇怪。

他简单了解了新出来的东西,把今日份的橙汁收入囊中,也没忘记小人儿。

"你的意思是——"在回答之前,栗说星回头看了一眼小人儿方才说的话,"我要在固定时间来,在固定时间走,来时和你说一声,走时和你说一声?"

宿鸣谦:"是的。"

栗说星饶有兴趣:"我有一个问题。你根本没有办法看见我。就算我没有离开,也可以和你说离开了,那这个要求又有什么意义呢?"

宿鸣谦:"这不是要求,这是约定,约定就是意义所在。"他停下,第二句话冒出来,"相反,你刚才说的话才是没有意义的。在这里,你能做所有的事情,你没有任何骗我的必要。"

逻辑满分啊!栗说星击节赞叹:"崽崽,我越来越喜欢你了!你的约定我答应了,我大概——"他想了一下自己的作息,又想了一下游戏的内容,"我每天中午12点上来一趟吧,刚好和你一起吃个饭,休息休息。"

"对了,我还有一件事想要你同意……嗯,这么说不准确。"栗说星纠正措辞,"有一件事我想征询一下你的意见。如果不同意,你大可以拒绝。你放心,不会有任何后果。"

谈话渐入佳境,栗说星再一次想起了自己小说主角的问题。

栗说星试探:"我正在写一部小说,我觉得你的名字很不错,想把它作为我小说主人公的名字……你介意吗?你喜欢成为一部小说的主角吗?如果介意,我就把名字改了。"

这段话有点长,小人儿愣了一会儿,是不是不能理解?

意料之中,人工智能毕竟不是人类。虽然早有准备,栗说星还是感到有点失望。就在他打算做点什么之前,又一个大大的"+100"出现在了小人儿脑袋上!

栗说星愣住了。

居然真的可以理解,栗说星大吃一惊的同时,更是满头雾水:可是……好感度系统到底是怎么计算的?怎么这样也能加这么多的好感度?

栗说星实在忍不住了,问:"你很高兴吗?"

宿鸣谦："我很高兴。"

栗说星觉得匪夷所思："为什么？"

宿鸣谦歪歪头："难道你和别人说这件事，别人不高兴吗？能有更多人认识我，知道我，是一件很好的事情，我很期待那一天的到来。"

这倒也算个标准答案。这真的是个标准答案吗？

栗说星还没纠结完毕，小人儿再度开口，主动询问更多相关内容："你使用我的名字的时候，也会将我的性格描述进去吗？"

栗说星还记挂着抄袭嫌疑，下意识地回答："没这个打算。"

宿鸣谦大胆地提出要求："但我希望你直接使用我的性格。这样他们看到的我，才是真实的我。"

他有点紧张，不知道监视者是否愿意答应这个要求，可这个机会真是太难得了。

只要监视者真如他方才所说，愿意将他写入文中，那么他的存在就将被人注意，每多一个人注意，关押着他的地方就会在无形中变得脆弱一些。当有足够多的人发现他，他所在的世界，这个孤岛，必将被外来的力量打破。

但监视者会同意吗？监视者愿意打破孤岛吗？或者，换一个思路，监视者真的有心建立一座孤岛吗？

宿鸣谦迫切地想知道答案，这些答案对他来说无比重要。然后他看见，光屏上出现监视者的文字："可以倒是可以……"

实话实说，小人儿提出的要求虽然让栗说星感到有点意外，但这确实不是什么大事。

但栗说星觉得自己还是应该提醒小人儿："我可以按照你的性格写主角，不过艺术是感性的，虽然我按照你的名字和性格写人物，但是写出来的人物不一定能让你觉得'这就是我'……我这么说，你能理解吗？"

话音落下，又加了100好感度！

What？！栗说星一眼看清，心中"唰"地飙出一个英文单词。

这都是今天的第几个100了？

系统这么让玩家舒适，反而引起了玩家的强烈不适啊！

栗说星总觉得好感度系统让人一言难尽。

小人儿脑袋上还在冒文字泡，今天的小人儿有点话痨："我理解艺术的主观性。所以我想看看你的书,看我成为主角的书籍是怎样的,我还可以以自己为原型,给你提供人物发展和行动的意见。"小人儿又补充,"当然,请你放心,我是不会干涉你写作的。"

"我……"栗说星打了一个字就停下了。他觉得对话渐渐奇怪起来,有点怀疑自己被套路了。但从开始到现在,他在这件事情上都收200好感度了,万一现在拒绝,系统不会倒扣他1000好感度吧?

左思右想,栗说星还是服软了,毕竟好感度真的很难拿……

"好吧,没什么问题,只要我能把文章弄进来,我就把它拿给你看看。"

宿鸣谦:"……"

明明只是一行显示着宿鸣谦正在思考的普通省略号,不知为什么,栗说星竟感到一阵紧张。他生怕宿鸣谦再说出什么奇怪的话让自己来解释、答应,赶紧离线:"好了好了,今天在这里的时间超标了,我要去工作了,再见!"

说完,不等小人儿回应,栗说星就关了游戏。

但关闭游戏五秒钟后,他突然想到一件事,再度打开游戏。

栗说星:"还有一件事,冰箱里有一盒橙汁,是我刚才放进去的。这几天我会陆续放食物进去,你想吃什么就吃什么,不用替我省钱。你只需要保持心情愉悦就好。"

说完,他真的下线了,两句话依次出现在面前的光屏上,厨房里传来了冰箱门开合的响动。

接着,什么动静也没有了。

宿鸣谦等了好一会儿,四下还是安安静静的,于是站起来,走进厨房,打开冰箱,一盒盒装橙汁放在冰箱的正中央。

宿鸣谦看着这盒橙汁,紧绷的身体和心脏一同开始放松……然后,他把橙汁当成监视者,抬起手,戳一下,又戳一下,再戳一下。直到把橙汁彻底戳倒,才若无其事地关上冰箱。

栗说星当然不知道游戏中发生的一切,下了游戏,也没什么说的,吃饱饭休息一会儿之后继续写文。

职业作者的日常就是这么无聊,吃饭、睡觉、写小说,偶尔玩个游戏、看看电影,偶尔出门以散步的速度跑个步。

也不知道是不是中午和小人儿说了会儿话放松了脑袋,下午栗说星文思泉涌，速度较之往常的手残时速1500字快了不少，写到最高兴时，时速可达2500字，只花一个多小时就写完了一个章节！

顺风打仗，越战越勇。一个晚上，栗说星不只为自己的《九渡》存了两个章节6000字，还忙里偷闲，把《大争》剩下的3000字也写完交稿了。

写完9000字，已经22点多了。这一次，熊猫没有再上线回应，估计已经睡着了。

栗说星也不在意，站起来喝了口水，活动活动手指和脖颈，接着又坐到电脑屏幕前，文章的情节还在大脑里翻滚。虽然时间有点晚了，但现在的状态挺好，要不然……就熬个夜，再写一两章？

栗说星正独自沉吟，突然，挂着的QQ跳出一条提醒。

终点吃货群：
@焦糖西木：西木子，你是不是快开文了？
栗说星点开QQ群看了一眼，发现@他的是索任。
栗说星："下周一。"
索任："[OK]安排上了，等你发文了就给你推荐。"
蛋定自若："刚发文推什么推？推了也没有几个人去看，大家都养肥。而且西木公公有个App开屏推吧？根本不用人给他做直通车。"

栗说星瞥了一眼蛋定自若，无论一天中的哪个时间段，群里聊天总有他的身影，也不知道他是怎么在每天保底6000字的情况下还抽出手来聊天的。

不过蛋定自若虽然无聊，说的倒是大实话。

栗说星也纳闷索任为什么要突然给自己推荐，刚开文没必要，写多了……其实也没必要。

索任若无其事："也没什么，就是最近更新不是很给力，读者有点怨言。所以推一下西木子转移他们的注意力。每次我推完西木子，读者不仅不再骂人，还会给我打赏，让我好好写文，天天向上，别学某位公公。"

群里寂静。
随后，潜水者纷纷冒头。

蛋定自若："安排了。"

十零陵:"安排了。"

六味小僧:"安排了。"

桑无鬼:"安排了。"

蛋定自若:"桑无鬼,你别浑水摸鱼,群里就你一个年更14万字,你安排什么了?"

栗说星嘴角一抽:"我说你们差不多一点儿!今天我1.5万字了!"

群里再度寂静。

下一秒,索任开口:"总存稿字数多少?"

蛋定自若复活:"阿索,你不愧是写游戏的,操作就是犀利。公公,你说说你的总存稿字数吧,有10万吗?"

索任淡淡:"多了。"

六味小僧:"阿弥陀佛,小僧猜测5万字。"

十零陵:"不至于吧,7万字总要有的。"

桑无鬼:"按我了解,3万,不能更多了。"

栗说星有点心累,不想说话,准备继续写文。但缩小聊天框再回到文档时,他突然找不到状态了,脑袋里全是那些家伙的"安排了"。

"安排了"也就罢了,他们现在居然还没玩够,还在圈他出场报总存稿字数。

这些家伙……

栗说星的心更累了。他决定缓缓,于是打开手机,进入游戏。

游戏与现实的时间完全同步。现实是凌晨,游戏里也是凌晨。

游戏里房间的门开着,淡淡的月光挥洒在庭院之中,一个小人儿正吭哧吭哧地弯腰割草。

这是在干什么?大半夜的割草好奇怪啊。栗说星颇感奇怪,记着傍晚时的约定,先打了声招呼:"我来了,你在干什么?"

打完字发出后,屏幕里的小人儿停止了动作。

片刻,小小的"+1"出现在小人儿的脑袋上。

小人儿转向了房间,这正好是栗说星的视角位置。

栗说星看见小人儿脑袋上突然冒出一个微笑的小表情。

"我想过一段时间你也许会带来一些能种的种子,所以先把庭院整理整理，割掉杂草，开垦土地。这样，等种子来了，就可以直接种下去了。"

栗说星震惊了。这……这崽崽，怎么一转脸变得贴心又可爱？

栗说星还没反应过来，庭院中的小人儿已经将手中的杂草和镰刀放到庭院的一角，换了锄头，扛着在庭院里来回走了一圈后，停在庭院距离房子最远的角落，进行开垦。

仿佛银纱织就的月光洒下来，温柔地将小人儿拥抱于怀中。

小人儿就在这样的环境之中辛勤工作。干了一会儿，他似乎有点累了，还杵着锄头直起腰，抬起小手擦擦脸颊，霎时，白皙的脸颊多了一道褐色的痕迹。

小白猫变成了小花猫，真是美好又温馨的一幕啊……

嗯？等等……割草用的镰刀和耕地用的锄头是从哪里来的？之前不是只有一把铲子吗？栗说星一个激灵，从美色中清醒过来。

他赶紧打开系统旁白。

系统旁白很忠实，将他不在线时发生的一切事情都记录了下来：

 今日，PM6：30
 宿鸣谦打开冰箱。
 宿鸣谦玩弄橙汁。

 今日，PM8：00
 宿鸣谦进入制造工坊。
 宿鸣谦在工坊翻找。
 宿鸣谦好不容易找出镰刀和锄头。
 宿鸣谦挥舞镰刀。
 宿鸣谦微微一笑。

 今日，PM9：00
 宿鸣谦开始割草。
 宿鸣谦割了一堆草。
 宿鸣谦看着堆积在地上的野草和石头，又环视周围，沉思良久。
 宿鸣谦捡了一把草和一块石头。

宿鸣谦把野草和石头放入厨房的垃圾桶里。

野草和石头消失了。

宿鸣谦把垃圾桶搬出去。

警告！室内家具不能离开房屋！

宿鸣谦提着垃圾桶，眼巴巴地看向庭院。

宿鸣谦放弃了垃圾桶。

宿鸣谦将杂草堆在角落，把碎石捡起，排在小道的边缘。

……

后面还有一些零散的记录，但不太重要，栗说星没有多看，他又被这游戏惊到了。

之前，他的关注点全在小人儿的AI上，对这款游戏的AI赞不绝口，但现在，他突然发现，这款游戏的物理演算好像也很牛啊！居然还可以把普通的石头滚来滚去再当作装饰物。栗说星再一次看向庭院。这一次，他将屏幕挪动，把视角对准庭院的位置，仔仔细细地观察庭院的变化。

经过小人儿小半个晚上的努力，杂乱生长在庭院中的野草已经有一部分被清除了，正整齐地堆在角落。连接房子与制造工坊的庭院小道，原本在风吹雨打之下断裂斑驳，如今也被宿鸣谦用小石头装点了边缘，有了些野趣。

究其原因，其实宿鸣谦只是不知道该把这些石头丢到哪里，所以想了个办法，把它们废物利用。

这到底算是逻辑推理范畴，还是艺术创造范畴？

栗说星再度陷入困惑，前者现有科技可以实现，后者现有科技真的不能实现吧！

恰在此时，QQ再度弹出消息。

终点吃货群：

"@焦糖西木：大家已经为你的存稿字数开了盘口，我押10万、阿索7万、老桑3万，你赶紧出来公布答案。"

栗说星一眼看见，拍了一下脑袋：我自己苦恼个什么劲，写科幻的专业人士就在群里啊！

他赶紧打开QQ群："@桑无鬼，老桑，问你个问题。"

桑无鬼："嗯？"

栗说星："是关于游戏的一个问题。"

桑无鬼："帮你@索任，游戏类的问题我不是很清楚。"

索任："？"

栗说星简短地解释了一下："不是纯粹关于游戏的问题。这款游戏我之前和索任说过，是一款恋爱养成游戏，游戏里的养成小人儿智商意外地高。"

他把庭院里的石子路和小人儿能够同自己自由交流两项事情都交代了。

索任先说话，他有点意外："你确定这不是游戏贴图？"

栗说星回想着自己看的系统旁白，说："不像，像实时演算。"

索任："这个在3A大作中是可以实现的。至于手游，我确实还没玩到过这种。"

桑无鬼也接上，他差不多猜中了栗说星的想法："你觉得有真人在背后操控游戏人物，要不然游戏角色不可能这么顺畅地和你交流，是吗？"

栗说星："我确实这样想过。"

桑无鬼："我也觉得真人扮演的可能性颇高。但如果你只是单纯地想问我人工智能能不能和人类自由交流与艺术创造，那我的回答是……能。"

栗说星："解释解释？"

桑无鬼："这个要认真解释起来有点复杂……"

栗说星："没关系，你可以慢慢解释。"

桑无鬼："所以我们直接看结果就行了。这是去年的新闻《首部人工智能原创诗集即将出版》。[链接]"

蛋定自若："……"

索任："……"

栗说星："……"

桑无鬼："明白了吗？"

栗说星抽抽嘴角："……明白了。"

事实胜于雄辩。既然人工智能都能写诗了，那和人类说说话、聊聊天又有什么了不起的？真是少见多怪！

蛋定自若也感慨："黑科技啊。"

索任评价："最近黑科技文还挺流行的。"

桑无鬼："知道科技的魅力了吧？"他又说，"其实别看我上面发给你的标题嚼头十足，里头还真没什么黑科技的成分。这段时间人工智能暂时没什么特别革新。倒是脑神经那边听说有些革命性的突破，不过具体是什么，暂时也不知道，要等这个领域的大佬们正式举办研讨会之后，才会有具体的消息传出来……"

群里的话题已经"歪"了，栗说星扫了一眼，见没人再催问自己的存稿字数，就无声"遁"了。他把目光重新挪到手机上，月光一样温柔，小人儿还在勤勤恳恳地锄着地。

他的手指无意识地在屏幕上滑着，将画面从左拖到右，又从右拖到左。

他轻轻地嘘了一口气，自己也不知道到底是松了一口气，还是有些莫名的遗憾。

总之，栗说星靠着椅背，盯着屏幕，发了一小会儿呆，再度抬起手，戳了一下庭院角落的杂草。

并不令人意外，杂草堆立刻跳出互动选项：

> 是否清理野草堆？是/否。

栗说星选择了"是"。

一眨眼，堆在角落的野草"咻"地消失了，嗝也不打一个。

这一幕吸引了小人儿的注意力。

当栗说星看见宿鸣谦转过脑袋时，心情又好了起来。他自言自语："不管怎么说，这个游戏还是很牛的，它的实时演算可是堪比3A大作呢，玩到了这款能和3A大作相比的手游的感觉……"

就三个字——心里爽。

栗说星嘴角翘了翘，翘完还没放下，系统的新手指引又来了：

> 亲爱的玩家，经过几天的相处，您的恋人已经适应了这里的环境，并将其当成了自己的家园。为了早日欣赏庭院的美景，您的恋人已经拿着工具进入庭院，动起手来。对此，您难道能够无动于衷吗？

这段话显示完毕，久违的任务跳出屏幕：

恋爱任务：清理庭院

请玩家和恋人一同清理庭院。

任务时限：三天

任务奖励：专属称号"同心协力"×1；庭院秋千×1。

栗说星点了"接受"，半透明光带出现在庭院之中，虚拟手掌随之出现，示意栗说星将宿鸣谦拖到指定位置。

栗说星正要按照系统提示去做，心头突然一动，手也跟着顿了顿。

等等，之前每次突然做点什么，都会吓小人儿一跳，进而扣减好感度。

这一次也按照系统指引做，小人儿肯定会再掉好感度。

所以，能不能……

栗说星抱着尝试一下也不吃亏的心态，用输入法和宿鸣谦商量："越早清理完整个庭院，就能越早拿到种子。嵩嵩，我们合力把庭院清理清理，现在先把这些野草都割了吧。"

"好。"一个简单的回应跳出来。

宿鸣谦放下锄头，拿起镰刀，走到杂草丛生之处，开始弯腰割草。

栗说星目光炯炯，盯着新手指引，看见新手指引变淡消失，代表这一步已被完成。他得意地一扬眉："看来只要达到新手指引的要求就能过关，至于是怎么达到的，倒不是很重要……"

第一个步骤指导结束，新手指引开始第二个步骤的指导。

宿鸣谦割了草后，野草落在地上。虚拟的手掌随之出现在野草上面，示意栗说星点击野草，将野草丢弃。

这种不会扣好感度的指示，栗说星欣然遵从了。

宿鸣谦在前面，他在后面。

宿鸣谦收割野草，他清除野草。

两个人合作，进度快了不止一倍，还不到十五分钟，生长在庭院里的杂草就被清理得一干二净了，原本荒芜的庭院变得开阔，旁边还翩翩飞来一只蓝色蝴蝶，绕着宿鸣谦转了两圈。新手指引已来到第三步，新的光带再次出现在宿鸣谦与庭院的枯木之间，枯木旁还有一个作势劈砍的半透明小斧头。

栗说星一眼扫过，全然明白了系统的意思。他再度和宿鸣谦沟通："现在该砍树了,我们去制造工坊把斧头拿出来然后砍树吧。"

宿鸣谦:"……"

宿鸣谦:"半夜砍树?"

栗说星没觉得有什么不对劲:"嗯。"他看着庭院,估测道,"砍完了树,我们还要清理碎石,开垦土地,说不定还要挖个水池什么的……"

宿鸣谦:"……"

宿鸣谦抬头看着月亮:"今天太迟了,我有点累了。"

栗说星醒悟:"没体力了?是不是需要吃点东西补充补充,橙汁可以吗?"

宿鸣谦:"……"

宿鸣谦:"我真的累了,我需要休息,食物并不能让我不累。"

栗说星发现了,在这段和小人儿的对话之中,小人儿每次正式开口说话之前,都会先冒出一串省略号来。

这是怎么回事?之前没这毛病啊!栗说星没想明白,下意识地说:"原来食物不能补充你的体力?那我找找什么东西能补充你的体力。"

他的手指已经点开了游戏商店。好感度不能补充体力,贡献值总能买体力吧。他玩得正入味,一点儿也不想停下来,不就是钱吗?老子花了!老子今天就要把庭院弄好,把任务做完,拿到秋千和称号!

但是……他没有找到体力值的购买选项。

栗说星一惊:"什么玩意儿?体力值呢?你抓紧出来让我'氪'了,我还要和小人儿继续清理庭院呢!"

栗说星当然没能将体力值的购买选项叫出来。

系统又不是他开发的,他仔细想想,觉得这事需要由宿鸣谦来处理,毕竟之前都是对方需要什么系统就解说什么。

于是,栗说星打字和宿鸣谦沟通,还特意斟酌了一下语句,便于对方理解:"崽啊,我们还要一起清理庭院,你仔细想想,有什么东西能够增强你的体力,我帮你买!"

"……""……""……",三行省略号逐个跳出。

宿鸣谦不想再和监视者沟通了,也许今天真的太晚了,导致监视者的逻辑思维都出现问题了。他放下手中的工具,礼貌地说:"晚安。"

宿鸣谦说完进门,一路往浴室走去。虽然真的很累,累得眼皮都快要合起来了，但不能这样上床……

不能脏兮兮地上床！

宿鸣谦干脆利落的拒绝行为让栗说星有点蒙。他忍不住想：难道这款游戏真的没有体力值购买选项，强制到了12点就必须上床休息，不睡觉就不是乖宝宝？

这……这游戏体验未免太烂了吧，不会是传说中的防沉迷系统吧？

可我一个26岁的成年人，凭什么被防沉迷！我只想用氪金解决一切问题，氪金的功能不就是用来解决玩家的一切问题的吗？！

栗说星兀自震惊之际，系统旁白突然跳了出来：

　　宿鸣谦太累了，他在浴缸里睡着了。

　　情况有些不妙。

　　请玩家赶紧为恋人做点什么。

栗说星："……"

他又仔细看了两眼，发现确实没有具体指示可供选择，顿时醉了。

这游戏真是牛大发了啊，还给玩家开放式的任务做？

关键是，要怎么做？在外头弄点响动能不能惊醒浴室里睡着的小人儿？

栗说星试着敲了敲浴室的门，没有声音；他又试着打碎水壶自带的玻璃杯，结果压根儿打不碎，当然也没有声音。

他有点为难。看样子，只能打开门进去看看情况，再伺机而动。

但是……总觉得这是个坑。栗说星冷静地思考着，浴室这种东西，我已经第三回面对了。

在前两次中，我每次都要在这里丢50好感度，第二次还被崽崽骂变态，现在第三次……也并没有能够洗刷耻辱的自信，倒是觉得待会儿还会被扣50好感度并被骂变态×2。

但栗说星觉得自己没有选择的余地，被扣好感度就被扣好感度，被骂一声就被骂一声，反正都习惯了，总好过真发生点什么不妙的事情。

栗说星做好心理准备，直接将门拉开，坦然迎接小人儿的愤怒。然而四下静悄悄的，没有文字，也没有好感度的降低显示，只有水还在默默地流淌着。

栗说星循声望过去，看见了待在浴缸里的小人儿。

白瓷的浴缸被放在角落里，透明的水流已经从浴缸的边缘溢了出来。小人儿的脑袋歪在浴缸上，头发沾湿了，贴在肉嘟嘟的脸颊上……

　　有点可爱啊。真的挺可爱。未免太可爱了吧！

　　栗说星倒抽一口气，抬手按住怦怦乱跳的心脏，又忍不住用手滑动屏幕，上上下下、左左右右，仔仔细细地欣赏完小人儿，方才恋恋不舍地抬起手，想将小人儿戳醒。

　　但在指尖真正碰到小人儿之前，栗说星忽然注意到挂在浴缸旁边的浴巾。

　　等等，我记得上一回进浴室，崽崽拿过一条浴巾用来遮住身体。

　　也就是说……浴巾是可互动元素。

　　栗说星试着用手碰了一下，浴巾果然能动。

　　以此类推，浴缸也是可以互动的？他又用手碰了一下浴缸，不仅能够点击，还能跳出互动菜单，上边两个选项：一个是"关水"，一个是"放水"，前者估计是关掉水龙头，后者应该是把浴缸里的水都放了。

　　有能够互动的东西，解决问题的方式就多样化了。

　　栗说星有了全新的想法。他不再急着把人戳醒，而是先把浴缸里的水放了，等水差不多只剩个底后，再拿起旁边的浴巾，覆盖在小人儿的身上。

　　浴巾一接触到小人儿，就自动翻卷，把小人儿裹在其中。

　　直到此时，栗说星的笑容终于变态。他用手按住浴巾，稳稳地、慢慢地把被裹成了一个大白茧子的小人儿提起来。宿鸣谦没有醒，睡得可熟了。

　　栗说星开始轻轻地晃动手指，把小人儿摇一摇啊摇一摇。

　　宿鸣谦依旧没有醒，只抿了抿嘴，皱了一下眉头。

　　栗说星没忍住心头的蠢动，冒着吵醒小人儿的风险，拿手指轻触了一下小人儿的脸颊。宿鸣谦还是没有醒，但他似乎感觉到了一点瘙痒，动了一下脖子，拿脸颊蹭了蹭浴巾。

　　栗说星终于小心翼翼地把小人儿放到了床上，再抽掉浴巾，拉起被子，将小人儿盖住。所有的都做完了，一个好感度也没有掉。简直完美！

　　某种莫名但强烈的自豪感和满足感充斥着栗说星的心灵，他单手托腮，开开心心地观赏着屏幕中熟睡的小人儿，直到……

　　好感度：-1。

　　栗说星："……"他有点蒙，但好感度并没有因为他的蒙而停止扣减。

第一个负数飘出来之后，又是一个"-1"，再是一个"-1"，还是一个"-1"。正当栗说星无所适从之际，系统开始旁白：

> 宿鸣谦梦见自己在砍树。
> 宿鸣谦梦见自己在清理石头。
> 宿鸣谦梦见自己在开凿水池。
> 梦中的宿鸣谦恨恨地丢下工具，一阵生气。

栗说星："……"这也行？！

栗说星对着系统的旁白，恍惚了，甚至忍不住捏着手机抖了抖，想把这款游戏脑袋里进的水全部倒出来。

但这毫无用处。为避免自己在连续的"-1"刺激中做出更激烈的行为，栗说星不得不先关了游戏，洗把脸、刷个牙，上床静心睡觉。

睡着之前，他迷迷糊糊地想：明天要早点起来，上游戏看看小人儿醒了没有，我还要和他解释一下关于他怎么从浴室转移到床上的事情，不然好感度……

一夜无事，只是时不时有个"-1"跳出来骚扰栗说星一下，像小人儿软软的指责。等栗说星再度醒来，窗外的天还是暗的。他打开手机看了一眼，时间刚过6点，还很早。

但说不定小人儿已经醒来了呢？

栗说星手指一滑，点开App，直接进入游戏。

游戏外的天是暗的，游戏里的天也不亮。厚厚的铅灰色云层笼罩在庭院的上方，将天空遮得密不透风，唯有属于太阳的一丝光芒，自重重阻隔中穿透出来，染出几片鱼鳞金。小人儿就在这样将明将暗的颜色之间，面朝墙壁，背对栗说星，睡得很熟，只是偶尔抖抖睫毛，也不知道到底梦见了什么。

还没醒呢，但换了一个姿势。

好感池的好感度是187，昨天最终扣了16点好感度。

还好还好，不多不多。栗说星的心放下了，手却有点想动，想掐掐捏捏小人儿肉嘟嘟的脸，把他从床上弄起来和他玩。为了好感度，栗说星控制住罪恶的手。他冷静地关了游戏，简单解决了生理需求后，打开文档，准备写文。

但没能在第一时间和小人儿沟通交流，完成昨天晚上就惦记的事情，栗说星毕竟有点意难平。所以，在正式开始写文之前，他先给自己定了半小时的闹钟，提醒自己上游戏巡视。他一边定着时一边不忿地暗想：这破游戏的体力值究竟是怎么算的，为什么睡了一晚上还没有彻底恢复？

我都醒了，崽崽居然还没醒！

宿鸣谦缓缓地从睡梦中醒来的时候，还有点迷糊。他觉得自己好像在砍树、清理石头、挖池塘，又好像在浴缸里泡着水。

但他既不在工作，也不在洗澡。

他正躺在床上，视线正对着这几天渐渐熟悉起来的房子。

这是怎么回事？昨晚发生了什么？

宿鸣谦困惑地坐了起来。随着他的动作，盖在他身上的被子滑了下来，一丝凉风袭上他的皮肤。宿鸣谦低头一看，发现自己浑身赤裸。

不等他做出点什么，光屏出现，文字随之显示："崽，你醒了？昨天晚上你在浴缸里睡着了，我怕你着凉，就进了浴室，把你搬到床上。"

宿鸣谦："……"

文字还在继续："你现在感觉怎么样？有没有不舒服，需不需要我给你弄点药品？"

宿鸣谦："……"

昨天我又被监视者看光了，她在关心我有没有生病。

宿鸣谦想，心情略微复杂。

而系统将之表现得明明白白："-10" "+1"。

游戏里的小人儿终于睡醒了，栗说星已经抱着手机从电脑前挪到了沙发上，他看着屏幕上飘出的好感数值增减一乐。

加加减减，昨天的事情总共才减了25好感度，比50好感度少上一半呢！

栗说星算完了账，十分开心。他打字："你的衣服放在哪里？我在卧室里没有找到它们，需要我给你再做几件吗？你早上想吃什么？我刚才看过了，今天有豆浆油条和稀饭配菜，我两个都给你点了怎么样？"

宿鸣谦："衣服在浴室的洗衣篮里。是干净的。脏衣服放进去就会变干净，很神奇。早上吃什么都可以。"

栗说星遵照小人儿的话，先拿了衣服，再买早点。

早点依旧从炉子里出来，共两份：

豆浆油条套餐：5好感度。
稀饭小菜套餐：5好感度。

栗说星大手一挥，颇为阔绰地直接两份都要。

怕什么，买买买！昨天节省下来的25好感，现在多买一份早餐，还富余15呢。早餐上了桌，栗说星也回到卧室。

一进门就看见床上的被子高高拱起，轻轻耸动。小人儿正藏在里头，窸窸窣窣地换衣服，换衣服的过程中，居然还有好感度不停歇地冒出来："-1""+1""-1""+1""-1""+1"。

来回拉锯，循环往复。这让人知道，不管他到底在想些什么，都真的很纠结。栗说星："喀……"不知为什么，真的好想笑。

好不容易，被子掀开了，穿着妥当的宿鸣谦从床上下来，沉稳地走进浴室，刷牙、洗脸，然后坐在饭桌旁，刚端起热腾腾的豆浆喝了一口，蓝色屏幕再度出现，监视者又有话说："崽，你是不是不喜欢整理庭院？"

"如果你不喜欢，我们可以不整理。"

"我觉得你房间里缺少一个衣柜。我给你买一个吧。"

"买完了衣柜就再去制造工坊做衣服。这次我要给你做一组十二套衣服，让你一个星期都换不完。"

还在暗暗思考着昨晚事情的宿鸣谦放下了碗。话真多，监视者从昨晚开始就不对劲儿了。他想了想，委婉地拒绝了监视者："我想整理庭院，只是昨天太晚了。今天时间刚刚好，可以开始工作了。你是不是也要工作了？"

正在打字的栗说星再一次目瞪口呆。

我看见了什么？游戏人物在劝人好好工作，不要摸鱼？

厉害了，这游戏咋不上天呢！

他心情复杂地打字："我……确实应该去工作了。"

宿鸣谦："那我早上先把庭院里的简单工作做完，等中午你来了，我们再一起整理。"栗说星还能说什么？什么都被小人儿说完了，他只好回答："没有问题，我中午再来。再见。"

宿鸣谦："中午见。"

光屏消失了，宿鸣谦继续吃早餐。没人打扰，他吃完早餐，又安安静静地看了一会儿书，才起身出门，拿起工具，继续整理庭院。整理了十五六分钟，宿鸣谦忽然喊了一声："你在吗？"没人回应，光屏没有出现。

宿鸣谦又蹲下身，随意拣了一根枯枝，在土地上写下一行字："你是变态。"

依旧没人回应，没有文字，也没有动静，看来监视者真的不在。

宿鸣谦用脚抹掉了文字，继续工作，动作更加轻快，对方遵守承诺——+10。

被游戏劝退，栗说星微薄的羞耻心终于被触动。他反思了一下自己，锁了手机，关了网络，坐回电脑前，开始噼里啪啦地写起文来。

集中了精神，效率奇高，原本从6点30分到10点只写了4000字的栗说星，从10点15分开始，一路专心写到11点50分，回头一看，不到两个小时的时间，居然完成了5000字，一不小心突破了自己的巅峰时速。

一个上午，总共写了9000字。写完文的栗说星一推键盘，整个人瘫在椅子上，有种身体被人掏空的满足感。

他缓了一会儿，先打开网络，网络刚开，终点吃货群就疯狂地在他的电脑右上角闪现。这群最近怎么了？天天跳，时时跳，还把我当召唤兽！

都不用好好写文了吗？猫冬长膘上瘾了吧，等我爆出字数来吓你们一跳！

栗说星腹诽一句，还是打开了群，一眼看见熟面孔都在线，蛋定自若还@了他。

蛋定自若："@焦糖西木，明天周一，你确定明天发文？不再犹豫一下，不再考虑一下？"

这是怎么了？为什么这家伙的语气贱兮兮的？

栗说星茫然不解，再往下看，其余人居然还顺着蛋定自若的话讨论了起来。

索任："他可能不知道今天是什么日子。"

六味小僧："心如静水，波澜不惊，西木施主有慧根。"

桑无鬼："不可能吧。这事连我不看小说的同事都知道，西木子怎么会不知道？"

十零陵："喊西木子出来问问不就知道了，再圈他一下？"

栗说星："你们到底在说什么？9000。"

索任："……居然现在还有心情报数。"

十零陵："[抱拳]西木纯爷们儿，铁血真汉子。"

桑无鬼："还真不知道啊？"

六味小僧："红尘俗事，何必烦扰？"

栗说星："到底怎么了？说人话。"

蛋定自若简单直接："哦，寂流的《万乘之主》今天在首都召开了发布会。全国顶尖的五家文学网站、三大视频网站、业内最牛的游戏公司，还有票房身价百亿的大导、影帝齐聚发布会。版权成交金额一个亿，版权开发一期投入金额就直达十亿。上百家媒体对这场新文创盛会大书特书，微博那边热搜直接被屠，现在我加入的所有写手群都讨论疯了，大家都打趣，把一辈子写的字加起来，都赶不上他一笔赚的钱。"

栗说星也是一愣，这两天他一有空闲就上游戏，连微博都没开，这件事还真不知道："厉害了。"

十零陵感慨："前无古人，后无来者啊！"

索任一向比较客观："前无古人是真的，后无来者就不一定了。"

桑无鬼："这种盛况，两年之内应该不会再有了。"

六味小僧淡定："世事无常态，未来不可知。"

桑无鬼又问："你们觉得这次的开发会成功吗？"

蛋定自若："这谁知道？看命。"

十零陵有着小众作者的心酸："不清楚，不过还是期待成功吧。上限做高了，盘子做大了，大佬吃肉，我们也能跟着喝点汤。"

索任："是这样。"

众人有一搭没一搭地讨论，蛋定自若突然蹦出一句："公公，你真是可惜了。寂流当年是屠了你才上位的。"

群里略静了静。

栗说星一眼瞥见，淡定回答："过奖了。我算什么？充其量只是被他屠的第一个，有幸做了最初的尸体而已。当年指间不是也被他屠了吗？指间可是远古神呢。"

这件事其实是这样的。3年前，栗说星和寂流前后脚开了同题材的文，从新书一路缠绵到上架，之后还共同争夺月票榜，那本书成绩好，栗说星也"拼肝"爆发过，中途月票数一度反超寂流，但最后还是被寂流踩在脚底，错失第一。

在当时，这件事确实让人感到遗憾，毕竟月票第一奖金1万元呢。

不过，现在再回头看看，就能知道，首月月票第一，只是寂流写的那本小说封神之路的开头罢了……那段时间也是神奇，众多"大神"纷纷开文，写手圈都觉得接下去的半年月票榜肯定腥风血雨，杀成一团。没想到腥风血雨是真的，杀成一团倒没有。寂流以一己之力，将众多"大神""巨神""远古神"屠了个干干净净，把月票第一的宝座坐稳了整九个月，中途还顺手把终点的订阅纪录刷新了，可谓以力证道，踏尽诸神，问鼎至高！

蛋定自若依然耿耿于怀："公公，如果你在第一个月拿到月票第一……"

栗说星不以为然："那结果也不会有什么不一样。他那本就是气势如虹能封神。"

蛋定自若非常扼腕："我管他能不能封神，只要那个月你赢了，那我也就赢了啊！当年我和别人开盘口押你必夺第一，结果你这废材太监，害我输掉了底裤。"

栗说星直接给蛋定自若发了一个中指。

十零陵加入聊天序列："其实西木说得对，只是被屠一下而已。真正惨的是指间，每次有新神想证道，都会把他拉出来杀一遍。没记错的话，三年前是一次，五年前还是一次……"

指间风雨："七年前还是一次。"

众人聊天之中，指间风雨悄然出现。

他算是终点建站时期就上位的"远古神"了，最神之际，和其余两个"远古神"一起扛起了终点站，合称"终点三巨头"。可惜时光如流水，他虽然很红，但到底没有了最开始的那种舍我其谁的气势。

指间风雨淡然道："习惯了。没什么好说的，爱屠就屠吧，又不是只有我一个人被屠，大不了和西木抱在一起唱首《菊花台》。"

他真的唱了起来："菊花残，满地伤，你的笑容已泛黄……"

栗说星："滚！"

索任："你们别歪楼。西木，寂流这本声势搞得这么大，大家的注意力也都被吸引走了。你跟在他后面一天发，有点吃亏，要不，推迟两天吧。"

蛋定自若："没错，趁着还没生出来赶紧塞回去。三年前还没被他压够啊？"

六味小僧也说："小僧同意，佛曰不争，佛不曰送死。"

其实他们说得没错。但栗说星沉思一下，还是拒绝了："算了，现在被压和一月后被压，都是被压，没啥区别。"

众人："……"

众人纷纷抱拳，肃然起敬："睿智还是你西木睿智。"

蛋定自若忽然又说："不过，你们有没有觉得现在的情况和三年前有点像？"

栗说星评价："要论被压的姿势的话，是很像。"

蛋定自若："公公你还被压出心得来了。"

栗说星："既然无法反抗，那就享受吧。"

他是真没有和寂流争锋的心，反正他一人吃饱全家不饿，现在赚的钱也够养老了，没必要折腾，写写喜欢的故事分享出去就够了。

十零陵笑道："其实公公和指间都还算好了，就算被压，也是有名有姓，颇具尊严。在你们的身体之下，还有许多尸体连姓名都不配拥有啊。"

蛋定自若附和："是啊是啊……不对，话题都被你们扯哪里去了，我想说的才不是公公被人用什么姿势推倒，我想说的是众多大神纷纷开文这一敏感情况啊！"

索任第一个反应过来："众多大神是几个大神？"

蛋定自若加重语气："七个！"

指间风雨叹息："七个大神，可以召唤一条神龙了。"

栗说星也明白过来了。说来这也是终点的惯例了，终点开站这么多年，除了草创期群雄逐鹿，"新神"想争位，最少得PK掉七位"大神"。

久而久之，大家戏称其为"黑暗七龙珠召唤大法"。

索任："距离寂流冒头已经三年了，也差不多该出新神了。"

十零陵："仔细想想，还真是恐怖如斯啊！"

栗说星："说不定是三年前的事情重来一遍，寂流为自己的王座再添一块基石呢？"

索任："……"

六味小僧："……"

指间风雨："……"

十零陵："……扎心了，公公。"

蛋定自若挠墙："寂流那胖子还要红多久啊，来点像公公这样英俊的新面孔吧！"

群里哀号声四起，栗说星却没再接话。因为他突然发现，现在已经十二点半了，距离他和小人儿约定的时间足足迟了半个小时！

栗说星赶紧登录游戏，一进去，目光就锁定了屋中的餐桌。

储存在冰箱中的饭菜已经摆上了桌子，但每样都完好无损。

小人儿坐在桌子旁边，没有在他固定的时间里用餐，而是捧着一本书，一页一页地翻看着。他是在等我吗？栗说星不期然地想。但他有些犹豫，觉得这似乎不太可能，直到——"-1"冒出小人儿的脑袋。

崽崽还真是在等我！这AI绝了！确认过"-1"，栗说星的心就定了。他赶忙打字："我来了，不好意思，之前出了点事耽误了一下。"

宿鸣谦："没事。"

栗说星觉得自己应该补偿这么乖巧的崽："我再去给你买一个菜。"

宿鸣谦摇头："不用，桌上的菜已经够多了。等吃完了再买吧。"

栗说星越发愧疚："下次时间到了你就直接吃饭吧，不用等我。"

宿鸣谦："……"

突然冒出一个"-1"。栗说星一愣，发生了什么？我说了什么奇怪的话吗？栗说星尝试着解释："这样你就不会挨饿了。"

冷不丁冒出一个"-1"。栗说星继续解释："你饿了我会心疼。"

还是冒出一个"-1"。栗说星迷惑了。到底怎么了？难道今天小人儿喜欢玩"-1"？崽啊，我不叫你崽了，我叫你爷，大爷，你再把好感扣下去，我们又要家徒四壁了！

他索性直接问："你为什么生气？"宿鸣谦："我们约定过，每天中午你会来一趟，我等你吃饭。"他问，"你现在想反悔吗？"

栗说星愣了半天，才从这句话中品出点什么。他想了想，又解释："我不是打算违反约定，是觉得自己有时候难免被有些事情绊住，不能准时进来看你。"

宿鸣谦："不能准时不重要。"

骗人，你"-1"扣的是假的？栗说星觑着小人儿，暗想。

宿鸣谦继续："重要的是，你要出现，我想见到你。"

Chapter 3

第三章
万圣节活动

栗说星的手指放在屏幕的键盘上。

他输入一句话，删掉；又输入一句话，删掉；再输入一句话，还是删掉。

写文十年，到了现在，栗说星已经很少再为一句话斟酌这么久了。

片刻，还是觉得没找到手感的栗说星索性暂时关掉对话框，只是神色复杂地看着屏幕中的宿鸣谦。崽啊，你醒醒，就算把我的好感度刷爆了，游戏里的好感度也是不会增加的。

家里也还是穷困的。

你的小零食、小衣服、小玩具、小家具，也是没有的。

所以……

"小坏蛋。"栗说星嘀咕着，用手指轻轻点了一下小人儿的脑门儿。他看见那小小的脑袋随着自己的手指向后一晃，椅子上坐着的宿鸣谦还摇着身体，就赶紧抬起手按住脑门儿。

"天天扣我好感度的小坏蛋。"

栗说星再度动手，改点脑门儿为揉脑袋，又看见宿鸣谦将按着脑门儿的手挪到了脑袋上，改一只手为两只手，旁边还蹦出一个绕来绕去的懊恼麻线团小表情。

栗说星预感不妙，赶紧收回手指。

可惜太迟了。一个"-3"冒出来。

别！

宿鸣谦放下手："不好意思，我刚才的要求可能过于冒犯了。"

又一个"-3"冒出。

等等！

宿鸣谦："毕竟你也有你的生活要过。"

再一个"-3"冒出。

住脑啊!

宿鸣谦:"我……"

我知道你超凶了!栗说星欲哭无泪,以超快的手速点开聊天框打字敲回车:"我答应!!!"

宿鸣谦被栗说星一长串的感叹号镇住了。一个已经在他脑袋上冒出了半个头的"-3",不上不下地僵在半空,最后在栗说星的虎视眈眈下渐渐消失。

它缩回去了。

宿鸣谦:"你真的答应?"

栗说星敢说"不"吗?他一再肯定:"我答应我答应。"

宿鸣谦:"我不想强迫你。"

栗说星坚决表示:"不强迫不强迫。"

宿鸣谦:"也许过段时间你就厌烦我了。"

栗说星叹了口气:"崽,你这么可爱,我怎么可能会厌烦呢?"

宿鸣谦:"那么,我们说定了?"

栗说星的指尖在键盘上徘徊了一下。他看见屏幕中的小人儿坐得端端正正,清澈的眼睛直直地注视着前方的蓝色光屏,光屏的光映在他的脸上,浅淡而鬼魅。对方正等着我的回应呢,栗说星想,玩一个游戏居然玩出了约定,该说这款游戏终于让人感觉它是一款恋爱游戏了吗?

他遵循心跳的感觉,回了小人儿三个字:"说定了"。

敲完这三个字后,栗说星思考了一下,又写道:"好了,快吃饭吧,你不饿吗?我给自己定个提醒闹钟去。以后如果真的有事不能来,就先过来和你说一声……"

他发出了这段文字,略等了等,直到看见小人儿遵照自己的话动筷子之后,才切出游戏,打开闹钟。说到做到。为避免下一次再因为写文、聊天忘了时间,栗说星真的给自己定了一个11:55的循环闹钟。定完之后,他思索片刻,没有立刻关掉闹钟,而是又补了一个11:50和12:00的。

这样才能保证万无一失。栗说星满意地切回游戏。游戏里,小人儿还在吃饭,虽然只有二头身,但依旧吃出了慢条斯理的优雅感。

我的崽崽可爱又漂亮,真是个小天使。

栗说星由衷地欣赏这样的画面，它非常适合作为开胃菜肴佐餐下饭。

不过现在，外卖还在路上，栗说星暂时还没饭可吃，所以他一边看着小人儿吃饭，一边随意点着游戏里的菜单。

先看看左上角好感池里的好感度剩下多少。

又打开商店系统，研究有没有更新物品。

再点击游戏旁白，观察自己不在时小人儿在干什么。

然后……嗯？嗯……

栗说星看见了那个"变态"，内心平静无波，甚至有点惬意。

不就是变态吗？习惯了。我就知道，变态会迟到，却不会缺席。

小天使虽然飞了，但小恶魔也好玩。玩天使还有点负罪感，但玩恶魔就让人特别期待了。栗说星嘴角带着神秘的微笑，看着宿鸣谦不紧不慢、安安稳稳地吃完了午餐，又收拾桌子，把碗筷清洗干净，最后走到大门的位置，脑袋上冒出一句话："现在开始工作吗？"

栗说星轻松回应："嗯……"

宿鸣谦："先处理庭院中的枯树？"

栗说星依旧："嗯……"

宿鸣谦没再说话。他打开了门，拿起工具，走到距离自己最近的树木面前，开始砍伐。系统的新手指引再度跳出来，合作模式和之前的拣野草没有太大区别，也是在宿鸣谦砍中树干的时候多点击两下屏幕，这样能够帮助恋人增加力气，处理原本无法处理的大件障碍。

两个人沉默地工作着。栗说星坐着敲击屏幕、躺着敲击屏幕、正着敲击屏幕、反着敲击屏幕……也不知道敲击了多少回屏幕，忽然，一声"叮咚"，提示任务完成！

同一时间，游戏里也发生了变化。先是一枚闪闪发亮、上面写有"同心协力"四个字的徽章跳到屏幕中央，接着，庭院之外唯一的健康、茂密，并没有被砍伐的树木之下，出现了秋千的虚影。

两条系统提醒同时跳出：

是否领取称号？是/否。

是否挂上秋千？是/否。

栗说星全选"是"。秋千挂上大树,迎风摇动;称号化作新的图标,闪亮地出现在屏幕边缘。

栗说星先点开图标,发现这是称号兑奖页面,每个称号都对应一个奖励,现在,只有一个称号是解锁状态:

称号:同心协力

奖励:万圣节庭院装扮·今天开始南瓜派对(限时24小时)

附加属性:好感度×2

你与恋人的通力合作终于获得了回报,置身庭院之际,一旦恋人对你产生了好感度,即以两倍计算(一个小小的附注:一旦产生了负好感,也以两倍计算哦)。

这奖励,很大方啊。

栗说星的眉头挑了起来,有点期待。他直接领取了奖励,使用在庭院上面。这一使用,就发现庭院布置并不是瞬间完成的,还有三分钟的装扮倒计时。

"奇奇怪怪的设计。"栗说星嘀咕了一声,也不是很在意,又朝庭院看去,发现小人儿已经被新挂上的秋千吸引了注意力,正站在秋千旁边,抓住绳子,摇动秋千,一副思考者的模样。

栗说星:"要坐吗?"

宿鸣谦:"……"

宿鸣谦:"好。"

他坐上了秋千,坐好一会儿后,一股力量施加在秋千上,推着他来回摆动。

他正在想一些事情。监控始终在运行,上午写下的那行字,现在肯定被监视者看见了。原本以为会被质问,也做好了被质问的准备,可是不知为什么,监视者没有询问,也没有生气。透过冰冷的屏幕,他第一次开始思索,藏在看不见的位置的她,会是什么模样。

树影婆娑,碎金轻晃,在风穿过大树,飒飒吹至脸庞的时候,宿鸣谦低声开口:"虽然还不知道你的名字,但是谢谢你。"

你能做很多事情,却没有做。冷风之中,暗含一缕芬芳。

然后,一颗南瓜头突兀地从地面长了出来!

宿鸣谦一呆，第二颗、第三颗南瓜头也跟着长了出来。它们环绕在宿鸣谦所在的秋千周围，在地上一蹦一跳，有……有点可怕，也有点滑稽。

宿鸣谦不禁抓紧了手中的绳索，立刻感觉绳索的手感不对。

他转头一看，秋千的绳子不知什么时候变成了拼接起来的白蜡烛！

顺着蜡烛再向后看，原本茂盛笔挺的树木瞬间脱光了树叶，取而代之的是许多倒挂在树上的猫头鹰。这些猫头鹰睁一只眼闭一只眼，每只猫头鹰的脖子上都围着三角小布巾，颜色还各不相同，从下向上远远看去，仿佛一串小彩旗挂在树梢上。

宿鸣谦赶紧松手，向树的反方向挪了挪，没等他做出下一步行动，面前光屏一闪，新的文字飞快地出现："别怕别怕，这是我送你的礼物。清理庭院辛苦了，现在就好好享受吧。"

冰冷的文字带着神奇的力量，安抚了宿鸣谦紧绷的心。

宿鸣谦定定神，重新抓住变成蜡烛的绳索，又看向庭院。

不知什么时候，一层绿绒草毯子覆盖了光秃秃的褐色地面，越来越多的南瓜头出现在庭院的地面上，它们有的戴帽子，有的披披风，还有的身上居然长了一把小扫帚。它们非常活泼，不停地在地面跳动着，每跳动一下，就有些色彩斑斓的糖果从地里长出来……

宿鸣谦不知不觉下了秋千，站在柔软的草地上，弯腰从草地上拣起一颗糖果，审视片刻，还是不敢放进嘴里。他捏着这颗糖，尝试走近一颗南瓜头，看见这颗南瓜头忽地亮了起来，似乎在为他照亮周围的路。

宿鸣谦抬头一看，发现不知什么时候，天空变暗了。

漠漠的昏黑从天空压将下来，却不显得压抑，因为一盏又一盏的南瓜灯同时亮起来，将焕然一新的庭院映照得神秘奇幻。

忽然，嘚嘚的马蹄声和辘辘的车轮声同时传入宿鸣谦的耳朵。

宿鸣谦循声看去，一匹健壮的黑马，拖着南瓜模样但异常华丽的马车，悠然地从外面驶入庭院，停在一角。

光屏再次闪烁，内容刷新："嵌，我们一起装饰的庭院，是不是很漂亮？这是我送给你的礼物，也是你送给我的礼物。"

文字映入瞳孔，宿鸣谦这时几乎产生了错觉。我和她是平等的。他明知道是错觉，依旧感觉浓浓的快乐自心底涌出，汩汩翻滚。

电脑的屏幕上，粉红色的女频页面在栗说星的面孔上留下淡淡的绯色。

他嘴角微翘，滑动鼠标，在排列着密密麻麻小说的女频网站中挑选自己需要的那一部小说。

开放式的恋爱养成游戏嘛，想通过言语攻略小人儿的内心，需要的是细腻的笔法和共情的心。

我懂，我都懂，专业的活儿就交给专业人士来做，写感情戏还是女频写手牛！

栗说星平常也会开小号看看女频文，对于女频的写手也不陌生。

他结合自己的小人儿的特性，开始挑选作者。

"首先，崽的性格还是挺独立的。"

所以柔若无依菟丝花的文章全部删掉。

"其次，崽被强迫了还是会很生气的。"

所以霸道总裁小逃妻的题材也全部删掉。

"再说，每当我表达沟通或者同意他的要求的时候，他就很开心。这样想想，崽的性格很'攻'啊……"

所以最适合的就是——栗说星看着自己圈定的四本书，《女帝×× 》《女侯爷×××》《女少将××××》《女战神×××××》。

他再看屏幕，在他打完字不久，一个大大的"+50"出现在屏幕上，并在双倍效果之中，化作数字"+100"投入好感池中。

首战告捷！

栗说星心中得意，一时飘了，没控制好，顺手又给小人儿发了一条消息："[爱你][蹭一蹭][爱你][蹭一蹭]。"

一串表情十分亲密，几乎在发出去的一刹那，栗说星就看见小人儿脑门儿上跃出一个缠成麻线团的纠结小表情来。

栗说星心头一惊，糟糕。这套庭院加好感是双倍，扣好感也是双倍……

没等他想好再写点什么补救补救，一行小小的数字就从小人儿脑袋上冒了出来——"-1""+1""-1""+1"……

小人儿表面不动声色，脑内再度左右互搏。

栗说星啼笑皆非。崽啊，你每天都要思考这么多深沉的内容，游戏制作者知道吗？

正好庭院已经彻底装扮完毕，栗说星索性暂时关了聊天框，开始欣赏起新的庭院装扮。

"南瓜派对"的皮肤似乎有黑夜效果，明明游戏里的时间才14：30，但庭院已经彻底黑了，草坪上跳动的南瓜溅出萤火虫一样的橘光，倒挂枝头的猫头鹰的翅膀张合之间，洒下月光似的银箔，金、银二色掺杂在其他鲜艳的色彩之中，抹去了万圣节的阴森恐怖，只剩下奇幻和瑰丽。

栗说星看着站在庭院中间被光点环绕的宿鸣谦，只见对方独自纠结了一会儿之后，似乎也放弃了纠结，只看着周围的光点，再张开手，平摊于面前，安静地等着浮动于空中的微光落在自己的掌心。

栗说星不只在小人儿的手中看见了光，也在小人儿的眼里看见了光。

当置身于这满是光点的庭院里，那一直显得冷淡内敛的灰眼睛，似乎终于倒映出了世界的绚彩霓虹。

这一幕有点漂亮。

"要是有和庭院配套的衣服就好了……"

栗说星看着小人儿身上简陋的服装，喃喃自语。

嗯？等等，只听说过游戏骗"氪"，没听说过游戏拦着人氪金。

限时24小时的庭院皮肤是百分之百的氪金大陷阱，这个大陷阱之中，就真的没有几个配套的小陷阱？

栗说星不相信。他扫视着庭院装饰，很快将目光锁定在停留于庭院一角的马车上。

停在角落里的马车非常引人注目，它的车厢是南瓜形状的，可外壁晶莹剔透，宛如由水晶雕琢而成，在红绒的窗帘布下，闪着星夜的色泽。

栗说星点了一下马车，果不其然，马车跳出一块招牌来，上边写着——辛德瑞拉的换衣间。

难道……

栗说星饱含期待地向下望去，看见招牌底下挂着两套衣服。

旁边明码标价：

限时活动

万圣节服装礼包优惠价

小恶魔·王子装：68贡献值

小恶魔·公主装：68贡献值

小恶魔·王子装&小恶魔·公主装：128贡献值

一年一度的万圣节来到了！南瓜们各就各位，Party即将开始。值此热闹佳节，不打算为你的爱人置办一套新的衣饰，让他闪耀全场吗？

栗说星倒抽一口冷气，男装小王子，女装小公主，还犹豫什么？心动不如行动。128贡献值就能把心动买回家！

购物的欲望就是这么强烈、冲动，无法阻止！

栗说星屈服于欲望，当场打开了充值界面，拿好钱包，准备充值。

不过进了充值界面，他发现一个小问题，这个游戏的首充双倍活动还没有参加，充值档次有很多，可首充双倍只有一次，充哪一档合适呢……

最节省的充值法当然是充值50块钱，加个双倍，就有100块钱了，再凑上原本剩下的38块钱，共138块钱，买了衣服还余10贡献值。

但他总觉得只有一次的双倍充值活动用在50块钱上不太合算。

万一这次之后还往这个游戏里氪金，就太亏了。

他看着充值界面沉吟，手指在充值界面的各项数值上滑过，最终停留在"648"上，还是这个吧！好像现在大家都流行"氪"个648，这个数字应该是经过众多玩家的检验了吧。

栗说星"氪"了，"氪"完之后还是有点心疼的，可当贡献值变成两件小衣服后，心疼又变成了喜滋滋。

他仔仔细细地观察到手的东西，还别说，这款游戏坑归坑，在皮肤系统和衣服制作上还是非常精美的。

在小恶魔王子装的套装里，有一对长在脑袋上的犄角、一只金链子单镜片眼镜、一柄长手杖，衣服则是大披风加西装的款式，领口处还镶嵌着一颗椭圆形的红宝石。

至于小恶魔公主装，栗说星看得更专注了。公主装里，没有脑袋上的犄角，但背后多了一双恶魔翅膀，小小的、可爱的，在栗说星的注视中还时不时抖两下扇扇风。撇开这对小翅膀，另有一顶小巧的皇冠、一双带有长长丝带的鞋子和镂空了整个背部的哥特式小裙子。

栗说星深深凝视着小裙子，又深深凝视着自己的崽。

他很想——

但——

"庭院皮肤的效果下，好感度加也加双倍，扣也扣双倍。"

"庭院皮肤的效果下，好感度加也加……"

栗说星闭着眼睛，催眠一样念了好几遍，终于暂时控制住了自己的罪恶念头。

他先点选浴室里的衣物筐，在宿鸣谦没有提出需要衣柜的情况下，商店里是没有衣柜卖的，所有的衣服都会暂时存放于这里。

好在衣物筐和衣柜的用法差不多，都是点一下会自动显示里面装的种种衣物，可以随意选择。栗说星选择了小恶魔王子套装，将其放置在床上，再和宿鸣谦聊天："崽，我给你带了一套衣服，放在床上，进房间里看看？"

光屏再度闪出的时候，宿鸣谦正走向水晶马车。

这辆突出醒目的马车在吸引栗说星注意的同时，也吸引了宿鸣谦的注意。

不过，当看到监视者的留言之际，宿鸣谦还是放弃了前方一步之遥的马车，依照文字的指示，向房间走去。

就算再漂亮的死物，也比不过哪怕还看不见的活人。

进了房间，一眼就看见放在床上的衣物，宿鸣谦看得愣了愣，这一套衣服实在有点复杂。

他沉吟片刻，稍作整理，先把配饰都挑出来放在桌子上，又拿了套装的衬衣和裤子，依旧躲进被子里窸窸窣窣一会儿，再出来时，身上已经穿上了崭新的衣物。

他整理整理穿在身上的衣服，又将马甲、外套、披风挨个儿套上。

最后还有眼镜、手杖和犄角。摸到犄角的时候，因为觉得有些幼稚，宿鸣谦多问了一声："这个也要？"

光屏一闪："嗯嗯嗯！"

看这语气，是真的想让我戴了。

一个装扮而已，宿鸣谦也没什么好"逆反"的，直接套上。

光屏再闪："真可爱。真！的！超！可！爱！"

宿鸣谦有点不知道说什么："嗯……那就好。"

屏幕之外，原本瘫在沙发上的栗说星在看见小人儿换完衣服之后，情不自禁地坐直了身体。

他嘴角的笑容变得更奇怪了。他开始迫不及待地指示小人儿回到庭院，站在树下，拍一张照片；坐在秋千上，再拍一张照片；抱着南瓜脑袋，又拍一张照片；上到马车上，再拍一张照片。

拍照片的时候，栗说星也没忘了和小人儿做点别的互动。

比如长在地里的南瓜脑袋其实是会逃跑的，一旦小人儿真的用手碰触南瓜，南瓜就开始蹦蹦跳跳地躲避起来了，动作居然还挺灵活的，栗说星颇费了一番工夫，才把南瓜赶到小人儿怀中。

而等小人儿坐上马车，水晶样的南瓜车厢就变成半透明的了。

栗说星能够看见马车的内部：里面放着小小的茶几，上边摆着些茶点，周围有几个靠枕，还藏着两三本书，是个布置得很温馨的小型休息室。

坐在车中的小人儿开始翻书，栗说星则点了点拉车的马，发现自己居然可以控制这匹大黑马，带着马车在庭院中走来走去。

辘辘轻行，光如浮影。

宿鸣谦："真的很漂亮。"

"我也这样觉得，值了！"栗说星颇感惋惜，"可惜这个是有时限的。"

宿鸣谦没有觉得很意外，万圣节本来也只是一年过一次的节日而已。

他环视着周围，这是即将消逝的虚假，而藏在这虚假中的唯一真实……

他的目光集中到光屏上，看着光屏，也透过光屏看从未出现的监视者。

宿鸣谦忽然出声："你……"

与光屏同时出现的文字打断了他的话："好了，今天有点迟了，我该走了，你好好玩。明天我还有点事，今天晚上不能来陪你了，食物我已经买好放在冰箱里，你晚上不要等我。"

栗说星打出这句话的时候正看着时间，不知不觉，时间已经到了16点，一个下午过去了三分之二。

明天就要发文了，还是抓紧最后的时间写点存稿吧。

栗说星的脑袋大了一圈，依依不舍地放下手机，放下之前，也没忘再问一句："崽，你刚才想说什么？"

你能不能出声？我想听听你的声音。这是宿鸣谦刚刚想说的话，但他把这两句话咽了回去。

　　监视者现在有事，找一个她更空闲的时间再提要求吧，这样成功的概率高一些。

　　他简单地说了句"没事"，又和监视者道别，光屏就在宿鸣谦眼中渐渐淡去了。光屏消失以后，宿鸣谦又在庭院里自由活动片刻，便回到了房间，准备更换衣服。也是在这时，他意外地在衣物筐中发现了一套和自己身上的服装一样复杂的女装。

　　宿鸣谦："……"

　　这……和我身上的衣服相配套，是给她自己买的吗？

　　会穿这样裙子的女人，年龄应该并不大，但这几天她一直叫我"崽"，好像把我当成儿子养似的。还有，我并不是娃娃脸。为什么监视者要对一个应该已经成年了的男人说可爱？

　　更正常的说法，不是帅或者俊吗？

　　但人都不在，宿鸣谦的疑问当然也得不到解答。

　　他不算生气，只是有点困惑："真是个奇怪的人……"

　　宿鸣谦捧着手上的衣物，仔细叠整齐，暂且放置在床的角落里，随后直起身体，环视屋子一圈："感觉还是需要一个衣柜。"

　　第二天10点。

　　栗说星承诺的开文日子终于到了。他首日三更，更完之后，再打开微博，给差不多有半个月没发新微博的账号"除了个草"。

　　焦糖西木："《九渡》已开，首日三章[链接]；新的征程，新的使命。"

　　栗说星的微博有十万"粉丝"，不过因为他日常不怎么发微博，所以实际人气不算很高，开文这样的大事，发出去了小十分钟，底下的评论也才五六条，还是抢"沙发"和加油的。

　　他又切回终点页面，刷新了一下网页看数据。数据还成，也就十来分钟的时间，已经有上千条推荐和好几百收藏了，毕竟时间很短，目前也看不出更多的东西。

　　栗说星淡定地将目光掉转到作品讨论区，这里的留言就比微博上有趣多了：

　　"万丈高楼平地起，九渡签到我第一！建个签到楼，每100楼撒一次币。顺便开盘押明天西木子会更新多少字,第一个猜中的那位得10000终点币。"

"这开头牛,西木子你还是我们认识的那个西木子。"

"西木公公再次出宫采买了,公公好久不见,真是风采如昨啊[心]。"

"小弟是新人,一脚踩进了陨石坑,就想问问各位大佬,这位作者的更新怎么样?为什么要叫他'公公',是不是有长期断更的前科?"

"经常断更不加更,日常3000没6000,公公啊公公,你真是我们的公公啊(振声)——"

"上联:一遇西木无尽处;下联:每日三千苦难逢。横批:虽非公公胜似公公。"

"上一本看盗文对不住了,十票已投,盟主已给,三个月后我们再见[龇牙]。"

"三个月哪够,明明要养三年!先打赏个盟主包养了,西木子你加油鸭!"

看到这里,栗说星撇撇嘴,全是瞎扯!

我哪里经常断更了,明明是外出取材,再说我也时常加更,一个月里总也有加更三次吧……

他为自己鸣了不平,继续向下看:

"西木写的文是仙草,西木本人是毒草,仙毒结合,无比销魂。"

"昨天看了寂流的《万乘之主》,今天西木就开了《九渡》,又有文追了。"

讨论区里的讨论刚刚拉到这里,栗说星的QQ弹了出来,菖蒲找他。

菖蒲:"西木在吗?"

栗说星:"?"

菖蒲:"昨天寂流开发布会的事情你知道吧?"

栗说星:"知道。"

菖蒲:"寂流这本书声势很浩大,从昨天发布会之后,打赏就一直没停过,App都被他们刷屏了。刚才我去打听了一下,他们好像会搞个八白盟成就。"她感慨道,"一个盟主1000块,800个盟主80万,其中还有1万块的白银盟和10万块的黄金盟,寂流的粉是真多、真有钱。"感慨完,她又纳闷,"其实都搞出了八百盟,不知道为什么不搞个千盟……"

栗说星顺口解释了一下:"寂流不寂,八百相伴。这是寂流粉专用的口号。"

菖蒲讶异:"这你也知道?"

废话，这口号就是三年前和我PK的时候"寂流粉"喊出来的，至少半个月，天天见到，傻子也能记住了。

栗说星心里这样想着，倒也没有直接说，只是说："我看过他的书。"

他还真看过，对方写书确实有两把刷子，还蛮好看的。

想到这里，栗说星反手打开了寂流新书的页面，他扫一眼对方的文案和开头，发现是本仙侠小说。

这是个老题材了，但同一个题材，甚至同一个情节，不同作者写出来的模样与风范是不一样的。

如果把一本书比作一幅画，寂流这本书的开头，恰到好处地描述了一幅远景：淡淡烟霞，薄薄水色，山中仙子，似真似幻。

确认过开头，是自己的菜。栗说星把文章加入了收藏，再顺便用小号打赏了100个终点币并留言："公众日更6000，上架日更1万，养一年就能看了。一年后再会。"

刚写完这行字，QQ又传来消息。

菖蒲："……等寂流的八百盟凑齐，会有一个开屏，海报已经做完了。所以我特意和上边说了一下，把我们的开屏挪到一周后，和寂流错开一点时间，没有问题吧？"

栗说星无所谓："可以，上架再开屏也行。"

菖蒲颇为自信："不可能挪到那时候的。我还想给你争取个后续的二次开屏推荐，正写活动策划书为你积极争取呢！"

栗说星："……还能有二次？"

菖蒲："一般是没有，所以我在思考要怎么写策划书才能打动主编。"

栗说星："不用这么麻烦。"

菖蒲斩钉截铁地说："要。"

栗说星："……"

菖蒲："西木，你这本书的开头和大纲我都看了，开头好，创意牛，有很不一样的气象。"

栗说星："谢谢。"

菖蒲："所以我要给你足够的推荐和曝光。"

栗说星："……"

菖蒲很认真："我要把你送上订阅前三，月票前三，我要见证一篇爆红的文在我手里诞生！"

栗说星看着这激扬铿锵仿佛开战宣言的话语，思考半天，回答："祝你成功。"

菖蒲："……"

发省略号的换人了。菖蒲抓狂："你可要有点进取心啊西木公公！存稿！爆更！推荐！赚钱！不要再上架之后日三千，让万人骂你了，好吗？！"

他强任他强，清风拂山岗；他横由他横，明月照大江。

三千字是有的，加更是没有的。众人要骂，那就让众人骂吧，反正他们总是一边怒骂一边真香（注：网络用语，意为前后语意不符，自己推翻自己），栗说星淡然地想着。

为了作者和编辑的情谊，他没把这些话打在QQ上，而是礼貌道别，佛系下线，再"葛优瘫"在沙发上，开了游戏看崽崽。

别说，昨晚没上线，今天还怪想他的。

然后，一间崭新的房子就出现在手机屏幕上。不过一个晚上不见，朴素的房间就变了个样，窗户和门框上都挂上了彩虹色的三角串旗，桌面上多了一盏小型南瓜灯，窗户底下放着一顶倒置的帽子，里面塞满了糖果。

除了这些，铁制书架周边也发生了一些变化，多了一块毛茸茸的地毯和两个靠枕，看上去像个小型休息室，宿鸣谦正坐在那里，倚着靠枕看一本科幻书。

栗说星愣了半天："……崽。"

宿鸣谦一下抬头："你来了？"

栗说星："为什么房子变样了？"

宿鸣谦微微疑惑："变样，你是指什么？"

栗说星："就是，房间里多出的这些摆设……"

宿鸣谦："我从庭院里收集来的。"

栗说星："……"

宿鸣谦："毕竟过节，房子里也应该喜庆一点儿，所以我稍微布置了一下，怎么？你不喜欢吗？"

栗说星："……"他一时之间竟然不知道是该"吐槽"小人儿居然会布置房子，还是该"吐槽"这游戏竟能做得如此精细，连庭院外的小摆件都能放进屋子里来……

不过……

这个庭院皮肤可是限时的，那从庭院里拿来的这些东西，是可以留下的，还是限时的？栗说星不由得点了一下桌上的南瓜头，立刻，菜单跳出来：

名称：南瓜小灯

出自：今天开始南瓜派对（限时版，倒计时5：08：23）

看来游戏还是正常的游戏，一点便宜都不会让玩家占。

栗说星释然了，回答宿鸣谦："没有，我很喜欢。刚才只是有点吃惊，崽崽真厉害，还会自己布置房子了！"

宿鸣谦："……"

冒出一个"-1"，效果加成一下，变成"-2"。

宿鸣谦："今天你怎么这么早过来？"

又来……算了，习惯了。不过"-2"而已，栗说星处变不惊："事情做完了，就早点上来了。"

宿鸣谦："我记得你之前说，你会写小说。是小说写完了吗？"

栗说星："那倒没有。不过小说发表了，也算一阶段事情完成，可以休息一下……"突然冒出一个"+5"！

宿鸣谦："你的小说发表了？"

栗说星有点蒙："嗯，你……"再次冒出一个"+5"！

宿鸣谦："别人已经可以看你的小说了吗？"

栗说星："没错，你……"第三次冒出一个"+5"！

宿鸣谦："那我也可以看了吗？"

栗说星终于把话说完："你很高兴？"

宿鸣谦："很高兴。"

说着又冒出一个"+5"。好感增加犹如龙卷风，栗说星已从不明所以到麻木。

在庭院皮肤的作用下，现在游戏里的天色还是漆黑的，他上线本来是打算趁着还在双倍效果的时间里，继续用从女频小说那边参考来的情话和小人儿聊天刷好感度的。

但现在看来……似乎崽崽对我的文更有兴趣一点……

或许是栗说星半天没有说话的缘故,屏幕里小人儿的脑袋上又冒出了一个文字泡,还是刚才那句话。

宿鸣谦:"我能看看你的小说吗?"

栗说星终于输入:"能倒是能,但是……"

倏然冒出一个"+25"!栗说星被镇住了,拒绝的句子就在指尖,可是居然有点打不出来。

就这一点点的时间里,已经加了近一百的好感度,这效率简直太高了,仔细想想,似乎我一说到自己的事业,小人儿就会特别开心……

这难道是内嵌的专门用来提升好感的关键话题?

栗说星忍不住将目光转向了电脑,电脑屏幕上显示的依旧是终点的页面。他从沙发上挪回去,先复制了原文,本来都粘贴进对话框了,想想又删了。

无他,原文真的太长了,不管怎么想,小人儿也是不可能看懂的吧。

还不如这样——

栗说星挑挑拣拣,把文下关于小说的评论截取下来,复制进游戏的对话框,发送。

光屏一闪,内容出现。宿鸣谦看见了监视者发来的东西,那是……关于文章的评论。

他眸光闪烁一下,这不是他最初的要求,可是结果比他最初的要求好一些。

他并非真想看监视者的小说,他想知道的是关于外界的所有信息。

这些评论透露了很多内容。监视者的文章叫作《九渡》,九渡的主角也确实叫作宿鸣谦。

有关监视者文章的评论并不少,看得出发布的内容还不多,大家都在猜测后续的情节。

监视者的文章很受欢迎。

监视者……

宿鸣谦的目光集中在了一条评论上。这条评论除了讨论剧情,还说了一句话:"西木子一直写得这么好!"

监视者的笔名,叫作西木子,一个挺女性化的笔名。宿鸣谦不动声色地将这个名字藏在心里,继续往下看,但后面没有更多的信息了。于是他说:"大家都很喜欢你的小说。"

对着自家的崽,栗说星也没谦虚:"是有不少人喜欢。"

宿鸣谦又问:"那你的小说什么时候能红呢?"

栗说星:"……"

Chapter 4

第四章
认真崽崽，在线关怀

栗说星又被这款游戏"秀"了一脸,关注我的事业就算了,居然还关注我的事业何时腾飞。

虽然从前者关注到后者仿佛理所当然,但是,崽啊,你真的只是一款恋爱养成App,而不是劝学上进App?我们专注一下本职工作,好吗?

栗说星打字的手指都是颤抖的:"你很关心这个?"

宿鸣谦:"嗯。"

栗说星觉得费解:"为什么啊?"

宿鸣谦卡顿一下,眸光轻闪,声音里带着一点紧张和心虚。当然,这些细节并不会在简简单单的文字中出现:"因为书越红,对作者就越好,而且写故事的人,也希望自己的故事被更多人看见吧……"

你的故事被越多的人看见,我的名字也就被越多的人看见。

也许暂时不能起到什么作用,但这是关于我的消息从这里出去的第一步。

懂了!看来崽崽只是在关心我而已,本质上和"天冷了多加衣服""今天有没有好好吃饭"没太大区别,就是游戏制作者的思想层次比较高,还懂得从事业出发去关怀男性。

栗说星自动曲解和补全了宿鸣谦的想法。他安抚小人儿:"不要担心,我还是挺红的,不少人看我的书,养家糊口没有问题。"

然后小人儿的脑袋上冒出一个"+10"。

果然!栗说星美滋滋地继续说情话:"养你也没有问题哦。"

但是小人儿的脑袋上又冒出一个"-3"。

哈?没等栗说星反应过来,游戏里小人儿的脑袋上已经冒出了新的文字泡。

宿鸣谦:"你能找来些木板吗?我想试着做个衣柜,衣服开始多了,需要一个衣柜才能放下。"

粟说星的思路被小人儿牵走了。他放弃追究那个莫名冒出的"-3"，跟着说："稍等，我看看。"发完消息，打开商店，店铺内果然上架了衣柜，还是两款，一款是好感值的，另一款是贡献值的：

塑料布衣柜：50好感值。

实木雕花衣柜：100贡献值。

再翻翻原材料的位置，塑料布的原材料超级便宜，比衣服的布料还便宜，1好感度就能买一块；实木原材料也有，卖得也不算贵，25好感度一块，算下来，自己制作的话，塑料布衣柜是6好感度左右，实木衣柜是150好感度左右。

现在好感度367，实木衣柜也是负担得起的。

不过……

粟说星看了一眼自己的贡献值——1206。既然都有这么多贡献值了，那还买什么塑料布、做什么苦工？反正留着又不能生小贡献值。

买了！粟说星直接把实木雕花衣柜"氪"了。一手交钱，一手交货。顷刻间，实木衣柜出现在房间里，木色厚重，线条利落，边角还装饰有祥云图案，看着就比房间里的其他家具尊贵不少。

粟说星满意之余，更加关注小人儿的反应。

只见屏幕里的小人儿淡定地来到衣柜之前，先将柜门打开，朝内观察片刻，从中取出了买衣柜自带的衣架和防尘袋，又走回床铺的位置，从角落里拿起了一叠衣服，抖落开来，舒展裙摆。

嗯……嗯？！懒懒的目光倏然炯炯，粟说星挺直了背脊，看着小人儿把小恶魔公主套装平放在床铺上，抚平蕾丝，梳理缎带，一切都弄整齐之后，才挂上衣架，套入防尘袋，放置在衣柜里。

至于剩余的皇冠、翅膀以及鞋子，宿鸣谦也整理得很仔细。

他又取了一个防尘袋，将它们挨个儿放进去，然后折成规规整整的正方形，放在裙子的下面。玩了这么久的游戏，粟说星还是第一次看见小人儿这么小心地对待什么东西。

难道……

粟说星开始在危险的边缘"大鹏展翅"了。

栗说星和宿鸣谦交流："你觉不觉得这条裙子挺漂亮的？"

宿鸣谦其实觉得这条裙子太复杂了："看着很漂亮。"

栗说星试探："那，你觉得它适合上身吗？"

是问我她穿这条裙子适不适合吗？宿鸣谦依旧对答如流："应该挺适合的。"

栗说星忍不住了："那你喜欢它吗？"

宿鸣谦："还行，挺喜欢的。"

栗说星兴奋起来："那你要不要——"

宿鸣谦："嗯？"

一个看着就很无辜的文字泡从小人儿的脑袋上跳了出来。

过于兴奋的栗说星稍稍冷静，等一下，我家的崽一向擅长口是心非，还很傲娇，总是喜欢随便扣好感。

虽然现在他看似对这条裙子颇有好感，但毕竟没有直接表示想穿上的意图，所以还是缓缓吧，心急吃不了热豆腐。

攒点好感度不容易，别因为一条裙子就回到一贫如洗……

栗说星依依不舍地收回大张的翅膀，远离危险区域，继续回话："没，我就是想问问你，你喜欢哪些女孩子的衣服？我把你喜欢的买来给你看怎么样？"

光屏上闪烁的字让宿鸣谦陷入沉思，他试图解析这句话更深层次的意思，一个女孩子会在什么关系下问男人喜欢什么样的衣服？

面对这种关系，这个男人又该如何回答？

宿鸣谦思考清楚这两个问题，也明白如何应对这句话了。他委婉地说："什么都可以。我喜欢不如你喜欢重要，我相信你买的都很漂亮。"

暴击。暴击×2！暴击×3！

三箭穿心，栗说星一阵眩晕，等回过神来时，手指已经将那套小恶魔公主服滑到了宿鸣谦的跟前，并收获小人儿一个疑惑的小表情。

冷静……冷静冷静冷静！

现在还是双倍好感效果期间，万一扣好感了，真的要倾家荡产的！

栗说星忍痛放手，让裙子回到衣柜里。他手痒，心更痒，胡乱点着游戏里的按键，迫切地希望做点什么来发泄心中的冲动，结果一下就点到了商店的上新板块，还看见了其中的皮肤礼包：

庭院皮肤限时24小时折扣礼包
庭院皮肤：万圣节·今天开始南瓜派对
价格：1000贡献值（原价1888贡献值）
获取途径：贡献值购买、抽奖、种南瓜

庭院皮肤上架不奇怪，不上架才奇怪。不过……

栗说星的目光集中在价格上，再看看自己剩余的贡献值，内心有一丝怀疑。

这款破游戏该不会记录了我的充值数据，然后特意把折扣打到我刚好买得起的价位，好一下子清空我的贡献值吧……

但怀疑归怀疑，男人冲动了什么都会做。栗说星依旧心潮澎湃，特想讨好小人儿，遂打字问宿鸣谦："你喜欢现在的庭院吗？现在的庭院是限时的，五个小时后就会消失。如果你喜欢，我就把它买下来，这样你就可以一直看着它了！"

宿鸣谦否决："不用这样，我不需要。"栗说星的购物欲空前顽强："真的吗？不用考虑钱的问题，买个装饰也不是很贵。"

宿鸣谦再次拒绝："我不想每天都生活在黑暗之中。"

这个理由好充分！栗说星清醒了一点儿。他仔细想想，觉得庭院皮肤虽然漂亮，但天天只能看见黑夜，也确实让人受不了。宿鸣谦又说："整个庭院真的不需要，不过庭院中的一些东西能够留下来吗？"

栗说星："这个不行……"

这句话刚打到一半，栗说星眼睁睁地看着商店界面闪烁一下，上边贩卖的庭院礼包产生了变化。

原本孤零零只能选择"氪"和不"氪"的大礼包直接变成了一个大类目，点进去一看，南瓜头15贡献值、猫头鹰30贡献值、糖果地120贡献值、水晶南瓜马车300贡献值……

栗说星："……"

真是游戏的亲儿子啊，提个要求解锁一个设置。他硬生生改口："这也是可行的，你想买什么？"

宿鸣谦抬手指了指书架前自己布置的小休息区："地毯、茶几、茶具套装和两个小枕头。"栗说星在长长的物品列表中找到了这四样东西。很便宜，一共也就70贡献值，他心无波澜地把小人儿要求的东西凑齐了。

系统也很智能地把房间里对应家具背后跟着的"限时"二字去掉。

栗说星:"可以了,现在你布置的休息区不会消失了。"

宿鸣谦满意:"谢谢。"他又提醒栗说星,"别忘了在这几天买好蔬菜种子,我们清理庭院就是为了种菜的。"

栗说星:"……"

他完全忘了还有这个设定。说起种菜……

栗说星停顿了一下,突然想到刚才在皮肤礼包的详细界面上看见的"种南瓜"三个字。

他再回头看了一眼,发现备注:

> 种南瓜:每当玩家收获一颗南瓜,即有10%的概率获得"南瓜头碎片"。集齐99块碎片,可兑换南瓜派对皮肤。

他再翻种植类目,发现除了杂蔬种子包,商店又进了新货:

> 南瓜种子包:3贡献值
> 备注:南瓜种子包,内含10颗南瓜种子,3日成熟。

对着这两条信息,栗说星陷入了沉思。

他问小人儿:"崽,你讨厌吃南瓜吗?"

宿鸣谦:"不讨厌。"

他又问:"那一直吃南瓜可以吗?"

宿鸣谦:"一直是多久?"

栗说星估算:"大概一个月吧!"

宿鸣谦:"……""-1""-1""-1"……

宿鸣谦:"一个月有点太长了,但如果实在不行……"

小人儿似乎想委曲求全,但与他的话语完全相反的,是他脑门儿上越掉越凶的好感度,不过眨眼的工夫,就掉了6点!

但栗说星心中毫无波动,甚至有点想笑。

早就知道说出这句话会减好感度了,毕竟上次只吃了三天白饭就哭了,现在面临吃一个月南瓜的危险,能不急吗?

但养只崽崽的爽点,除了和他聊聊天,替他换换衣服,就是时不时地欺负他,看他着急,看他生气,再把他安抚下来让他蹭蹭你啊。

栗说星虽然喜欢欺负小人儿,但打字速度并不慢,所谓作是必须作的,死是不能死的:"开玩笑的开玩笑,你别当真啊崽。我怎么会舍得让你吃一个月的南瓜呢?我们每天有鱼、有肉、有青菜,营养吃饭,健康生活!"

宿鸣谦:"嗯。"

小人儿看着也没有很高兴。

可"咻"的一下,好感度就停止了扣减,小人儿脑袋上干干净净,一片晴朗。

今日调戏——完成。

今日欺负——完成。

今日安抚——完成。

做完了今日日常"工作"的栗说星心情甚好。

虽然真的很想靠种南瓜把皮肤解锁了,但我家这个娇气的崽崽啊,果然还是舍不得让他天天辛苦干农活儿的!

栗说星哼着小曲,打开商店,决定多买点蔬菜种子,少买点南瓜种子,也免得小人儿趁自己不在的时候偷偷掉好感……

说着说着,面前的光屏忽然消失了,厨房里倒是传来了"乒乒乓乓"的柜门开合声。

宿鸣谦将最后一件衣物收入衣柜,循声走进厨房,刚好看见冰箱的门合上,惊鸿一瞥间,里头仿佛又多了一些之前没有的食物。

接着,光屏再度出现:"种子放在厨房的壁柜里,三包杂蔬种子和三包南瓜种子,你想吃什么就种什么,还有冰箱里的食物,我也补充了一些。"

宿鸣谦手掌一收,相似的句子让他在看见的一刹那就读懂了监视者更深层次的意思:该丰富的丰富了,该补充的补充了。我要走了,下回见。

宿鸣谦飞快地思考,这两天监视者对我的态度非常好。

今天监视者的文章正好发表,这是一个更深入借由她的文章了解外界的机会,不能让监视者就这样离开!

光屏上已经出现了新句子的开头:"时间差不多了,我……"

宿鸣谦仓促开口，赶在这一句显示完全之前把话说出："名字！"

但光屏已经把句子显示完全，如他所想的冷冷的一句："时间差不多了，我要走了。"

这句话显示完全后，光屏渐渐变淡了。宿鸣谦不知道监视者是否还在监控，或者是否愿意理会自己。

他有点紧张，正准备把自己要说的话补全，快要消失了的屏幕颜色突然加重，新的句子显现出来。

光屏："什么名字？"

紧张的心舒缓了，宿鸣谦将话说出："我直到现在还不知道你的名字。"

说完，他没有停止，试着更进一步："我刚才看评论，发现他们叫你'西木子'。这是你的笔名吗？我也可以这样叫你吗？"

一句话接一句话地跳出屏幕，在小人儿脑海上排出整齐的队列。

就是内容有点囧……

栗说星复杂地看着那个"西木子"，明明都把关于作者名字的评论删掉了，没想到还是有漏网之鱼。其实读者说这个名字的时候还是很正常的，但一到小人儿嘴里，就越发娘里娘气……

他纠正："西木就好，不用子。"

宿鸣谦："为什么？"

怎么一说到这件事情，小人儿就有一种打破砂锅问到底的精神？

栗说星思考着要不要转个话题，毕竟对着娱乐对象解释自己工作的事情，真的很奇怪。

宿鸣谦接上一句："是因为你的笔名叫西木，后面那个子是先生的意思吗？"

不……

并不是的。

是栗子的子和娘子的子。栗说星觉得自己必须严肃解释了："我的作者名是焦糖西木，正常情况下，大家都叫我西木，西木子是一种调侃的叫法。"

宿鸣谦又抛出一个问题："因为和你熟悉、关系好，所以这样调侃你吗？"

栗说星："实际距离远，心理距离近。"

宿鸣谦："？"

栗说星在沙发上换了个姿势，自然而然地将心里话告诉了游戏里的小人儿。

栗说星："我没有开读者群，也很少回评论，基本没有和读者聊过天，更别说面对面。从客观距离来讲，我和他们并不接近，距离挺远。但我觉得，我认真写一本书，他们认真看我的书，借由小说这一媒介，我把我想说的说了出来，他们把他们想看的找了出来，我和他们达成了思想上的统一。所以事实上，从心理方面，我和他们确实很熟悉，关系很好，而且互相喜欢。"

长句子打完了，发送了，栗说星从文艺光环中清醒，突然感觉自己上面那段话发得好像有点智障……

还好对面是个程序……

不不，这个程序也挺精明的，我还是再随便写两句别的把这段话顶掉吧。

栗说星着手编辑新的内容，但还没"敲"出两个字，小人儿脑袋上已经跳出了文字。

宿鸣谦："我想看你文章的内容、读者对你文章的评论和其他相关的东西。"

这句之后，还有一句。

宿鸣谦："我也希望能和你熟悉起来。西木，我有这个资格吗？"

熟悉的游戏画面，熟悉的二头身小人儿。玩了这几天，各种操作都熟悉了，按说也没有多少新奇感了。

但……就是……

栗说星忙于输入的手指再一次停了下来。他眉头微蹙，心情奇怪，说不清此刻自己到底是什么感觉。

就是……总有些时候，感觉和自己对话的不是AI，而是真实存在的人。也只有真实存在的人，才能明白你的所思所想，和你产生感情上的共鸣吧？

过于古怪的感觉让栗说星没有立刻回答宿鸣谦。他将游戏放在一旁，把自己从沙发上"拽"起来再"放"到电脑前，打开QQ，在终点吃货群里搜索了一下，单"敲"索任："阿索，问你个事。"

索任正好在线："？"

栗说星："你觉得……"

他本来想再问问智能AI的事情，但一想，关于这个问题，自己都问两遍了，索任和桑无鬼也说得挺清楚，再问实在"鬼打墙"，于是他打打删删，删删打打，最后用作者式的委婉，憋出一句："你觉得到底是人类贴心，还是游戏人物贴心？"

索任："游戏人物。"

栗说星震惊了："你一秒都不需要迟疑的吗？"

索任觉得奇怪："为什么要迟疑？本来就是游戏人物更贴心。"

栗说星："可是……"

索任："你到底想说什么？直说。"

栗说星剖析了一下内心，直说："我觉得我最近有点太沉迷于一个游戏人物了，这个状态好像不太健康，我正在反思。"

索任明白了："你害怕自己过于沉迷游戏人物。"

其实我是害怕自己总对一个游戏人物产生错觉，导致认不清对方定位，进而产生超过正常的沉迷情绪……简单概括一下就是害怕沉迷，确实和索任说的一致。

栗说星默认了，索任不解反问："这有什么好害怕的？"

栗说星举例："害怕的理由还是很多的，比如花费时间、金钱，还有感情……唉，这么说吧，我觉得我对游戏人物过于真情实感，老产生一些不应该有的错觉。"

索任："……时间、金钱、感情是吧？"

他开始发问，难得洋洋洒洒地打起字来。

索任："你玩游戏玩到一半想写文，能写文吗？"

栗说星奇道："当然能。"

索任："你陪妹子逛街逛到一半，能写文吗？"

栗说星："……好像不能。"

索任："那你为这个游戏人物花了多少钱？"

栗说星："几百块吧。"

索任："和妹子出去，你不吃饭吗？不买包吗？一顿饭好点500块，一个包好点10000块。"

栗说星："……哟。"

索任："现在，终于，你把游戏人物攻略了，游戏人物会背叛你吗？"

栗说星："这怎么可能。"

索任："现在，终于，你把妹子追到了。但小说刚好上架爆更，你从眼睛睁开写到眼睛闭上，一连半个月楼都没下，跟失踪了一样，妹子决定踢了你。"

栗说星："……"

索任："而你回头一看，游戏人物依然对你笑盈盈的。"

他总结："我能理解你想选妹子，但不能理解你害怕沉迷游戏人物，游戏人物能对你做什么？明明个个都是忠犬，天荒地老也等你回头看它一眼。"

栗说星："[抱拳]听君一席话，胜读十年书。所以这就是你直到现在还追不到妹子，只能菊花盛开的原因吧。"

索任："滚！！！"

栗说星还想发言，但消息已经发不出去了，在刚才那一秒，索任将他拉黑了。

"啧，真小气啊。现在还为这个生气，我就从来不为'西木公公'生气。"

栗说星颇感遗憾，删除了那句"谢谢你了"。

他重新拿起了手机，和索任的简短对话让他从另一个角度看清楚了这件事情。

对方说得没错，游戏人物根本不能对我做些什么，最了不起也不过让我为游戏人物充点小钱而已。

既然这样，我还有什么好犹豫和徘徊的？那当然是想怎么玩就怎么玩，想怎么发展感情就怎么发展感情喽！

一切顺其自然。

栗说星心很大，拿起手机，第一时间就回复了宿鸣谦："我也很想把文章的相关东西发给你来加深你对我的了解，但是系统不能发送图片，复制的话太长、太乱了。"

等了半天，等来这句话。宿鸣谦怔了怔，一时不太确定这是真的还是监视者的借口："这个光屏这么高级，居然没有传图功能？"

是啊！栗说星也想"吐槽"。

这个光屏这么高级，为什么没有发图功能？

他还没把附和的话打上去，屏幕上突然跳出几行字。

系统："……"

系统决定进行简单升级。

系统需要进入后台肝代码。

请玩家一个小时后再上线。

手机刹那间黑屏，栗说星被踢出了游戏。

栗说星："？？？"

讲道理……

小人儿卖萌也就算了，毕竟真的萌。你一个系统，卖什么萌？以为学会了卖萌就不会被人叫作垃圾游戏了吗？栗说星看着手机桌面，愣了半天，然后再点击恋爱吧App，试图强行进入游戏。可惜这一次，游戏连开机画面都没出现，直接给他个黑屏加上黑屏正中央的红色倒计时。

栗说星："……"

等等，我还没有和崽崽道别呢。扣好感度怎么办？！他敲了敲屏幕，可游戏依旧只反馈给他岿然不动的黑屏和倒计时。

算你狠！一个小时，我等就是了！

栗说星依依不舍地放下了手机，坐回电脑前。

刚刚开文，虽然有点存稿，但还是要努力码字，争取让存稿越来越多。他打开文档，码了五分钟的字，突然想起崽崽说的想看小说，忍不住打开前台，刷新了一下页面，观察发文之后的数据。

打赏方面，四个盟主，不少掌门和堂主，五五开之后，后台收入也有三四千。点击方面，两个小时会员点击已经有了1万多，算很不错。

收藏……嗯？收藏涨得不慢嘛，这都有4000了。

看个数据就一两分钟的事，栗说星关了网页继续写文，写了三分钟，又想起崽崽说想看小说内容，于是倒回开头，第N次欣赏自己的作品，顺便改了两个错别字。

改完之后，栗说星再一次开始写文，这回他刚敲下新的文字，就再度想起——崽崽还说过想看小说的评论。

但小说不是每天都有很多评论的，想让评论多一点，我得开个单章拉拉评论。

念头转到这里，栗说星的手指已经离开键盘，移向鼠标。

……

一个小时后。

栗说星看了文档字数统计，300字。

栗说星又看了文章网页页面，F5都被按烂了。

他以手撑额，终于体会到，原来刷后台真的能刷到作者断更。

我原本以为只有游戏、电影、小说可以的……

内心酝酿的写作情绪已经被机械地刷新摧毁了，正好一个小时也到了，栗说星不再勉强自己，直接关了文档，重新打开游戏。

游戏正常进入，熟悉的画面再度跃然屏幕之上。

栗说星先看好感池，准备看一下自己突然下线让崽崽掉了多少好感度。

但出人意料，好感度稳稳当当，一点也没有掉。

这……栗说星微微一怔，在屏幕里寻找小人儿，发现小人儿正待在厨房里，来来回回，磨磨蹭蹭，看着有些奇怪。

嗯……

栗说星琢磨了一下，觉得有点奇怪，于是开启系统旁白，研究研究。

系统旁白：

> **今日，AM10：30**
> 宿鸣谦忽然感到困倦。
> 宿鸣谦陷入沉睡。
>
> **今日，AM11：30**
> 宿鸣谦清醒过来。

宿鸣谦："怎么睡着了……"

> 宿鸣谦进入厨房。
> 宿鸣谦检查柜子。
> 宿鸣谦拿走了两包南瓜种子。
> 宿鸣谦将包装拆开，把种子装入口袋，在路过垃圾桶的时候，不小心掉了一颗种子。
> 又不小心掉了一颗种子。

又不小心掉了一颗种子。

……

不小心掉完了两包种子。

宿鸣谦审视最后一包种子。

他没对这包种子做什么。

栗说星："……"我的崽，你厉害了啊！这不是开玩笑。栗说星真的觉得小人儿有点厉害！

最开始什么都不知道的时候，小人儿明刀明枪地干。知道有监控之后，就开始偷偷摸摸地干。现在还自动进化，在偷偷摸摸干上又添加一层伪装来迷惑我！

但我有上帝视角，综观全局，没有秘密。

栗说星乐了一会儿，也不说破宿鸣谦的小秘密，而是点开输入框，准备看看系统刚才究竟升级了些什么东西。

点了输入框，最先出现的是一封系统信件：

亲爱的玩家：

在一个小时的简单修补之后，系统已经完成升级，为聊天系统添加了发图功能与皮肤功能。

感谢玩家的耐心等待，特此送上此次升级的补偿。

贡献值×100。

南瓜碎片×20。

聊天框皮肤券×1。

"嚯！"栗说星颇感惊喜，"破游戏终于大方了一回啊，果然发家致富靠维护！不过这个南瓜碎片……"

他想起自己刚才在系统旁白里看见的小人儿的表现，顿感纠结。原本感觉这是小人儿AI程序的自发升级，还觉得小人儿超聪明的，但现在看来……

"不会是系统一心想骗我'肝'，所以才特意找了小人儿丢种子这个由头给我补偿吧。虽然这符合玩家财产不会随便消失的原则，但不就是6块钱嘛……"

我乐意给崽丢着玩,不用你多事,把我聪明的崽崽还给我啊。"

栗说星嘀咕道,系统当然没有回应他。

于是,栗说星只能收取所有的补偿。

系统信件消失,屏幕的边缘又多了一个邮箱按键。紧接着,输入框跳了出来,与输入框一同出现的,还有新手指引:

> 亲爱的玩家,输入框已经升级完毕,游戏为聊天系统添加了发图功能与皮肤功能。点击输入框左上角的图片按钮,玩家将可以选择图片插入输入框发送;点击输入框左上角的皮肤按钮,玩家将可以为光屏更换漂亮的皮肤。现在,请玩家点击皮肤按钮。

原来任意聊天框皮肤说的是这个。

栗说星点了一下:

> 皮肤分为免费、好感值购买、贡献值购买三类。

栗说星:"……"

他抽了抽嘴角,一个聊天框而已,至于搞得这么花里胡哨吗?刚才升级一小时,其实根本不是为了开放发图功能,而是为了开放新的氪金点吧。

但是,系统毕竟送了我一张免费券。

栗说星的目光集中在五花八门的新皮肤上,免费的东西……要不,试试?

监视者离开得并不太久,现在又回来了,光屏再一次出现在了宿鸣谦面前。

上面显示一行字:"崽崽,你喜欢什么风格的聊天框?"

还未等他对这句话做出回应,面前的光屏突然变了,从蓝色变成了褐色,从长方形变成了不规则的形状,看着像一块土地,而这块土地的边缘,突儿地长出了一棵樱花树,樱花开得烂漫,轻轻在风中飘散各处。

宿鸣谦下意识地朝身上一摸,没有任何东西。

是投影,樱花树存在没有五秒钟,面前的聊天框又变了。不规则的土地变成了重叠的白云,白云拥挤在一起,不时飞过两只小鸟。

这个皮肤也持续了五秒钟,五秒钟后,第三个皮肤出来,第四个皮肤出来，第五个皮肤出来……这些皮肤风格多变，特效绚丽，十分漂亮，就是……看着挺累。宿鸣谦看着这仿佛没有尽头的花样，内心有点迷惘，在终于有一款不那么花哨的银白色金属质感光屏出现的时候，他顾不上客气，赶紧选择："就这个吧。"

光屏："这个？这个不是贡献值皮肤……"

宿鸣谦不是很听得懂，但他果决强调："就这个。"

光屏："好吧，那就这个，你喜欢最重要。"

宿鸣谦松了一口气，下一秒，在银白色金属框内出现了一张图。

那是一个网页，《九渡》发表的网页。

宿鸣谦的注意力猛地集中，目光先落在书名、文案和作者这些最醒目的信息上，这些信息和他之前得知的一模一样，监视者非常诚实。

他又看其余内容，作品讨论区是他最为关注的地方，上面有日期和对于作品乃至作者的讨论，文字能够透露很多消息。

然后他发现，讨论区里的某些讨论被打上了马赛克。但又不是全句都打，而是句子里的一小部分被抹去。结合上下文猜测，缺的似乎是作者的名字。

西木把"西木子"这三个字涂掉了？

这是宿鸣谦的第一反应。但他再仔细看看，发现不全是这样。有些马赛克明显更长一点儿。所以……除了"西木子"，西木还有另外的昵称。

他暗暗记下了这点，又浏览其他位置，看见了月票、打赏，这样的名目颇为陌生，但差不多能猜到意思。

接着，他突然在页面的边角位置看见了作者简介部分，信息如下：

作者：焦糖西木

等级：白金

简介：网络文学白金作家，擅长多种题材，网络文学风云人物之一。

自白：糖炒栗子真好吃。

作品数：7

创作字数：1456.4万

创作时间：3751天

这不对，宿鸣谦忽然意识到有点不对劲儿。他之前猜测，监视者并不是真正将他关入这里的人，将他关入这里的另有其人。

可这么久了，他只与监视者一个人接触过，再加上，囚禁着自己的环境比科幻小说中幻想的都先进……

所以有两种可能。

第一种，监视者身份颇高，自己是其余人送给监视者的礼物。

第二种，监视者身份很低，只是替幕后人看门的存在。

之前，他一直倾向于第一种可能性，因为在交谈中，他并没有从监视者身上感觉到那些扭曲愤懑的心态，对方言辞从容轻松，和其聊天并不疲惫，试着亲近也不困难。

直到现在，他意外地发现，焦糖西木写作十年，字数1400万，是一个正正经经的小说作者，小说是她正式的职业，她看着似乎写得不差，被一批人拥护着、喜爱着。这当然是一个很好的职业，但并不符合这两种猜测。

事情的真相究竟是什么？

宿鸣谦有了一丝茫然，浓浓的迷雾笼罩着他。他站在看不清前后左右的地方，不知究竟要如何界定真实与虚假。或者……怔了一会儿后，宿鸣谦从这几天相处的种种中挖掘出了一个新的猜测。

这只是一个意外，不仅对于我是一个意外，对于监视者也是一个意外。

我们被意外联系在了一起。

发出图片以后，栗说星耐心等待。他看见小人儿伸出手，按着屏幕，滑来滑去，从头到尾看了足足有五分钟，却总不出声。

无所事事的等待之中，栗说星情不自禁地产生了疑惑，这个页面真的有那么好看吗？

他试着发了一条新消息："嵩？"

新的消息像闹钟，惊醒了沉浸在自己世界的小人儿。一直盯着屏幕的小人儿终于有了反应，一个气泡出现在他的脑袋上，也变成了银白色金属模样，看来和之前买的聊天框皮肤是一套的。

小人儿问他："你写了十年小说？"

这关注点是不是有点清奇？栗说星想，随手打字："严格来说不止十年，最早是拿笔在练习册上写的。"

宿鸣谦："那你今年多大……"

栗说星："26。"

宿鸣谦："和我想的一样年轻。"

那当然，不然你以为我几岁？

栗说星表态："我风华正茂。"

小人儿的脑袋上冒出一个"+1"。

宿鸣谦继续："十年前你才16岁。16岁的时候，为什么会想写小说？"

这个问题……

栗说星思考了一下才开始回答，不是因为有太多可说的了，而是因为可说的太少了："没什么特别的理由，就是喜欢看小说。看多了，脑海里开始有乱七八糟的故事……然后就开始写了。"

宿鸣谦："坚持十年，并不容易。"

栗说星："这个还真是不容易。"

宿鸣谦："还好你成绩不错。"

栗说星："意外之喜。"

这个时刻，他产生了和索任一样的纳闷：崽崽究竟想说什么？直说不就好了。

宿鸣谦露出试探的触角："那，成绩的优劣是怎么看出来的？以什么为衡量标准？"

栗说星盯着触角，开始科普："这个要看是上架前，还是上架后。上架前，就是点击、推荐、收藏，数据越高的文潜力越大，等到上架后，就只看订阅了。"

这些名词都很简单，宿鸣谦能够理解。他想了解的不是这些谁都知道的简单东西，而是一些更为专业的内容。

无论真相究竟如何，现阶段他能接触到的只有监视者。

他也唯有一条路可以走：越来越接近监视者，越来越了解监视者。

宿鸣谦想了想，继续说："我能看看终点网站的主页面吗？"

栗说星："哈？"

宿鸣谦："不可以吗？"

并没有什么不可以的。

栗说星动了动手，将整个终点网主页的文截给宿鸣谦看："这就是终点网站的主页。"

宿鸣谦仔细研究："书很多。"

栗说星："当然，现在的话，终点有两三百万本作品了。"

宿鸣谦："能出现在首页上的，是这些作品中最优秀的吗？"

栗说星："应该说是这段时间内比较优秀的作品。"

宿鸣谦有点迟疑："但我没有看见你的作品。"

栗说星："……"

宿鸣谦想了想："是你的作品还不够优秀的缘故吗？"

栗说星保持微笑："不是的，是因为我的作品刚刚发表。刚刚发表的作品，不会立刻上榜。"

宿鸣谦："但《万乘之主》也是刚刚发表，它上了签约作者新书榜，还有周推荐票榜和新锐会员点击榜。"

栗说星："……"

他的笑容渐渐消失，但不是因为寂流又出镜，而是因为——

栗说星："崽，你怎么知道《万乘之主》也才刚刚发表？"

宿鸣谦："之前你给我看的讨论区有人说，寂流的文比你早一天发表。"

栗说星松了一口气，解密了，吓死我了。他还以为寂流的广告一路做到了游戏里。

"这个情况是这样的……"他先简略跟小人儿解释了一下寂流的情况，又说，"简单来讲，寂流现在是Bug级的，不能被纳入正常的讨论范围，把他踢出基准线就对了。我的小说，看现在的数据还成，估计写到5万字的时候能上新书榜。正常情况下，5万字能上新书榜已经很不错了。"

银白屏幕上，黑色的字体一行一行地闪现，闪现之间，还伴着键盘被敲击的"嗒嗒"音效声。

一款和监视者十分相称的聊天皮肤。宿鸣谦想。

他从对方的语气中听出了些东西，于是在短暂的沉默之后，选择告诉对方自己真实的想法，以免产生不必要的误会："寂流怎样和我没有任何关系。西木，我只在意你的文。我之所以发现寂流，只是因为他的成绩似乎比你好。这让我有点不高兴。"

栗说星有点愣，虽然小人儿说得很令人感动，但在感动之余，他更从这段句子中嗅到了一点儿让人感觉不妙的东西。

他决定试探一下。栗说星小心翼翼地说："崽，你是不是觉得，一旦选择去做什么事情，就一定要做到最好？"

宿鸣谦："当然。"

栗说星："差一点儿也不行？就一点点。"

宿鸣谦："不行。"

事情清楚了，不祥的预兆变成了现实。

我家的崽不仅想红，而且他还是个"TOP癌"。

栗说星不禁沉默了。他有点恍惚，有种莫名地正面对自己编辑的感觉……还是编辑进化版——编辑Plus。

毕竟菖蒲的目标不过是让他拿到前三，而小人儿的目标，可是瞄准第一，想把寂流直接踢掉。

这个要求是真的有点高，并且他还有预感，就算他今天插科打诨过去了，接下去，明天、后天……第N天，小人儿还是会将话题重新提起的。

而一天按三餐上游戏的他，甚至没办法像逃避编辑一样逃避小人儿。

栗说星沉默了很久，久到小人儿的脑袋上再次弹出一个文字泡："西木？"

栗说星回复："我在。"

他一个字一个字地打，还试图垂死挣扎："你说得有道理。我们一旦开始做什么事情，就是奔着最好去的。但毕竟，你努力，别人也在努力，我们可以操纵努力的过程，但不能操纵努力的结果，所以，我们要有良好的心态，过程靠拼，结果靠命……"

宿鸣谦反问："但没有得到自己最想要的结果，不正是失败的最具体的体现吗？西木，如果一开始你就思考着得不到最好的结果怎么办，实则你就在默认你在这件事上将会失败。"

是的，挣扎果然还是失败了。

栗说星心里凉凉的。他意识到自己不可能和小人儿在这件事情上取得意见统一了，对方的"TOP癌"绝对病入膏肓了，这AI究竟是出于什么目的设计成这样的……

那就只有启动备选方案二。

等新书差不多冲到寂流下面的时候，就把寂流P掉，伪装自己已经登顶，并把图发给小人儿。

栗说星看了看网页，叹了口气，自言自语："老寂，对不起你了。回头我会给你打赏的。家里的崽，得顺着毛摸啊……"

等小人儿看到我在签约新书榜上位列第一，应该就能得到满足，不会再提这事了……吧？

此话题告一段落，游戏内外，两个人各自沉默。

栗说星倒还看着游戏，看见小人儿双手按着光屏的边缘，似乎正在进行什么操作……这样操作了片刻，他从光屏上揭下一张纸来！

光屏还能这样操作？栗说星颇感惊叹，惊叹过后，突然觉得这张纸的页面排布看着特别眼熟，再定睛一看，不正是终点网站的主页吗？

厉害了，我的游戏，你不会是想……

游戏真是这样想。

宿鸣谦揭下了终点网站主页的图后，又揭下了《九渡》的网页。他把两张纸拿在手里，坐在桌子前细细打量，还不忘问："我看签约新书的榜单上有个潜力值，这些潜力值是怎么计算的？"

栗说星回忆片刻："我记得是根据点击、推荐、收藏计算出来的。"

宿鸣谦："嗯。"

这一声之后，又没有了动静。栗说星等了片刻，闲着没事，索性刷新一下网页看看数据，就见原本500条的讨论量猛增至1800条，大略一扫，居然全是针对他新的单章的。

"开单章拉评论，认真的？"

"在终点看了这么久的书，看遍了求投票、求订阅、求打赏的单章，第一次看见有求评论的单章。"

"还说公公终于有了进取心，学会了开单章拉票，说不定过两天还能学会加更拉票，心里正美滋滋，再仔细一看……天真，怪我太天真，总被你辜负。"

"我手里拿着几张票，本来要投下去的。现在——刺啦——公公，你听见声音了吗？"

"新书刚开你就浪，浪得我们有点方（注：网络用语，慌）。"

"求什么都无所谓，我就想问一个问题：更新呢？"

"要是更新没安排，就把公公安排了。"

喂，我开单章拉的是评论，不是你们对我的"吐槽"啊。

103

再说我刚刚首日三更,你们就要求我再更,过分了吧?

栗说星不得不开第二个单章,申明自己的想法和态度。

标题:关于评论

正文:写文这么久,一直也没拉过评论。这回拉评论只是为了和大家多做些更加深入的沟通与交流,如同谈恋爱那样,互相走入彼此的内心。

单章刚刚发出就有人抢位置。

"占楼。"

"留爪。"

"第三。公公不愧为公公,三章正文,两个单章,牛。"

"这个单章……我怎么看着不是那个味道。"

"真不是那个味道。公公大内太监做久了,终于暗暗变态了?"

"滚啊!谁要和一个公公谈恋爱。"

"公公,你是一台没有感情的写文机器,好好写文,别想其他。"

"公公,不要失落,只要你能保持每天三更,我就把菊花献祭给你。"

"三章哪里够!至少也要每天十章。每天十章,我就是你的人了。"

"不,十章买不了我的节操,除非每天十一章!每天十一章,我和我的钱包就都是公公的了!"

栗说星:"……"

我真的不需要你们的人、钱包和菊花。按理来说,开文当天开了两个单章实在不该再开了,但栗说星真的觉得自己还是得再说点什么,要不然回头大家就不是叫他西木公公,而是叫他西木娘娘了……

他的双手再度放在键盘上,正要打字,眼角的余光忽然瞥见游戏里冒出一个文字泡来。

他仔细一看,小人儿正在说话:"算出新书潜力值计算公式了。公式如下:潜力值=(周点击×5+周推荐×2+周收藏×2)/1.8"

栗说星:"???"

小人儿还在发言:"公式很简单,不用多加分析。从权重来看,点击占比最高。想占据优势位置,还是应该在点击上多下功夫。"

栗说星："？？？"

在长长的诡异的沉默里，栗说星抹了一把脸。

我家的崽，真有点牛。他突然开始担忧：P图真的骗得过他吗？

"另外，还有……"忽然，又一个文字泡跳出了小人儿的脑袋。

栗说星生理性紧张了："还有什么？"

宿鸣谦："能拜托你一件事情吗？"

栗说星更紧张了："你先说说是什么事情。"

别是马上就要他做个登顶计划书，然后从现在开始严格执行，每天7点起床回顾一下计划，每天晚上12点睡，再回顾一下已完成的计划吧？

宿鸣谦："你能帮我在搜索引擎上搜索一个内容吗？"

还好不是计划书！栗说星松了一口气。松完这口气，他才意识到……游戏里的小人儿让自己帮他上百度搜索指定内容。

这件事有点奇怪，但栗说星已经见怪不怪了。他从容地问："搜索什么？"

宿鸣谦："宿鸣谦。"他说了这一句，似乎觉得不足以完全将事情解释清楚，于是又补了一句。

宿鸣谦："就搜索'宿鸣谦'这三个字。"

崽崽的心，海底的针，栗说星已经学会不去猜测小人儿究竟在想什么了。他得到了答案，拿手指在键盘上敲了两下，就把"宿鸣谦"三个字放进百度里搜索出来了。

密密麻麻的搜索结果出现在网页上。

排第一的是他的文。

排第二的是他的盗文。

排第三的还是他的盗文。

……

一直翻到百度搜索结果的最后一页，也没有找到第二种搜索结果。

这在栗说星的预料之中。他在开文之前就拿名字在百度搜索过了，当时也没有任何信息。他将这些页面都截了图，正准备发给宿鸣谦的时候，灵光一闪，手上一转，将发图变成打字："我可以做这件事，不过……"

宿鸣谦："不过？"

栗说星："崽崽你是不是也该帮我做点事情？我们互相帮助。"

宿鸣谦："当然，你想要我做什么事情？"

这个文字泡冒出来之后，小人儿从椅子上站了起来。他在房间里走了一会儿，进入厨房，又在厨房里站了一会儿，打开水龙头，洗手。

栗说星本来是不以为然的，小人儿坐累了活动活动多稀罕啊？

但这时候，系统旁白突然一跳。

他点开一看，上边刷新出三条消息：

> 宿鸣谦在室内走来走去。
>
> 宿鸣谦开始用力洗手。
>
> 宿鸣谦似乎有些紧张。

这时，又一个文字泡跳了出来。

宿鸣谦说："是什么事情？只要我能够做到的，我都愿意去完成。"

栗说星不禁按了一下嘴唇，这款游戏……在模拟人的感情上真的是出神入化。

栗说星一下子没有了调戏小人儿的心："不难，是你能做到的。崽啊，你就好好把南瓜种了，行吗？"他保证，"你种下去就好了，真的不会逼你吃一个月的南瓜的。"

宿鸣谦："……"

宿鸣谦："哦……"

他踢了一脚垃圾桶，悄悄地。傻崽，一切暗地里的小动作都是会被系统旁白记录的。

栗说星面无表情了三秒钟。三秒钟后，他破功笑场，一边笑一边把自己截的图片发给宿鸣谦。

发完图片，栗说星又打字："你的名字取得很不错，我发文之前就在网页上搜索过了，别说同名同姓的人了，就连公司名字啊，网络ID啊，也没有和这个名字相近的。它的搜索结果干干净净……"

结果，好感度：-1、-2、-10。

小人儿看着光屏，面无表情，但接连出现在脑袋上的负好感，坦白无误地说明了一切。

栗说星："……"他简直不敢相信自己的眼睛：我满足了你的愿望，你却掉我好感度？这未免也太冷酷无情、太无理取闹了吧！

栗说星要为自己讨个说法，但在他打字之前，游戏里的小人儿先一步说话了。

宿鸣谦："一点儿其他痕迹都没有？"

栗说星没明白。

宿鸣谦："我只记得自己的名字。可是现在，搜索结果告诉我，没有任何关于这个名字的痕迹。这个名字没有任何意义，它只承载了一片空白……或许你不想听我说这些。我心里有点乱，对不起。"

栗说星这回明白了。他的一根手指无意识地敲着屏幕上的按键，一下，两下，三下……

同样的字母接连出现在屏幕上，组成了一个无意义的句子。

栗说星又把这句话删掉了。难以想象，他看着一个二头身的小人儿说一个老套的背景设定，居然看出了一点儿心酸来。

不过共情也没有什么不好，毕竟浸入式的游戏体验才是最棒的，所以现在可以开始哲学Battle了！

栗说星整理了一下思路，做好准备，开始答题。

第一句点名主旨："过去只是过去，现在才是当下。"

第二句强调观点："你缺失了自己的过去没错，但现在的每分每秒，你也在制造新的过去。"

第三句得出结论："你想追逐过去没有任何问题，但我觉得，真正承载着你的，不是过去，而是你自己。你自己，就是最真实的你。"

安静，游戏里的小人儿没有任何反应。

没有好感度变化，也没有旁白剧透。

栗说星开始紧张，就像考试时，自己答出了一份很满意的答卷，等老师评分时的紧张。

直到一句话突然冒出小人儿的脑袋。

宿鸣谦问："如果是文中的我面对这件事，你觉得他会怎么做？"

他在问我，我的主角遇到这个情节会怎么应对？

栗说星绕了一下才绕过来，接着果断回答："做男人当然要大步前进，他会在前进的过程中找到自己的过去，创造自己的过去！"

又是安静，小人儿的双手撑着洗手池的边缘。

片刻，他抬起脑袋。

宿鸣谦："西木，遇见你挺好的。"

好感度：+50。

宿鸣谦："我会好好种南瓜。"

好感度：-10。

喜与惊来得像龙卷风。100分的考卷被扣了20分的卷面分。

栗说星："？？？"

崽啊，你可以不用扣后面那点好感度吗？

栗说星被无理取闹的小人儿弄得有点心累。他决定今天到此为止，正好把自己的心脏从过山车上拿下来，休息休息，放松放松，等到下午好好写文，天天向上，努力养家，满足崽崽的"TOP癌"……

唉，有了家室，从此就和过去不一样了。他简单地和小人儿道了别，下了游戏，再给自己点上一份外卖，又回到电脑前，刷新了一下页面：

收藏：12000

点击：4.12万

推荐：2.16万

作品讨论：5300

栗说星盯着作品讨论，不明白在刚才短短的时间里发生了什么，怎么讨论数一下子从1800飙升到了5300？

总不能是我开的新章被他们硬生生"槽"出了3500条吧？

他点开了章节，还没看，QQ就弹出了消息。

终点吃货群：

"@全体成员，大家出来吃口瓜。"

栗说星打开QQ一看，施展全员大召唤术的是蛋定自若。这家伙总是奋斗在八卦的第一线。

蛋定自若："纸坛里一个帖子说，终点网刚发新书的作者开单章不拉票、不打赏，改拉评论，一拉还拉两章。"

索任："哈。"

指间风雨:"哪儿来的萌新?"

十零陵:"没人给这位萌新科普一下终点网的成绩计算法?"

六味小僧友好善良:"是哪位萌新?小僧这就过去助他一臂之力。"

大家都冒了头,蛋定自若才大喘气地"敲"出下一句话:"但开单章拉评论的不是萌新,是一个开新书的大神,正文才三章,评论一拉拉两章。"

索任:"?"

指间风雨:"……"

十零陵:"你说的是这个帖子?[链接]"

六味小僧念出标题:"[闲聊]:现在终点网的操作已经这么骚了吗?作者为了求点评论甚至得献身和读者谈场恋爱了?"

栗说星被大召唤术召进了群,都没来得及说点什么,大家已经讨论过两轮了。

蛋定自若说的"纸坛",全名是纸观天下,是网文圈的作者最爱混的一个论坛。

里头除了男频女频的收稿方向、收稿价格等"干货"消息,还集合了作者与作者、作者与读者的恩怨情仇,内容丰富,是众多作者休闲的第一去处。

不过,栗说星对这些八卦一直不怎么感兴趣,平常看到了也当作没有看到,但这一次有点不一样。

他觉得上面的内容莫名眼熟,忍不住点开了论坛链接,就看见上面的标题之下,众多"哈哈哈哈"笑了两三页,楼主突然蹦出来再说一句:"开单章拉评论的不是萌新,是大神。发文没两天收藏破1万,推荐破2万。楼主去看了开头,以我个人浅薄的见识,本书必爆。"

又是齐刷刷的两三页省略号。

大家不笑了,开始讨论:

"解码了。真·大神。他在想什么?手瘸了?被鬼上身了?不仅拉评论,还一拉拉两章。"

"说个笑话,你被鬼上身扑街了首订才50,大神被鬼上身扑街了首订才5000。"

"同解码。是我追的那个,之前从来没见他开单章拉评论,这位天残手连开单章拉票都少。"

"我仔细研究了他的单章,发现还真像楼主说的,为了评论愿意忍辱负重和读者谈恋爱。"

"什么忍辱负重？明明是左拥右抱！"

"大神忍辱负重还是很有意义的，读者纷纷下场，看这评论冲的，开文当天就秒杀全站99.9%的文的讨论区。"

"拉评论没有任何意义啊。编辑排榜看点击、收藏和推荐，谁在意评论？"

"签约作者新书榜的潜力值计算公式一改，不就有意义了？"

"呸，弱小限制了我的想象……"

"别乱说，终点没公告啊。"

"要是大神的信息渠道和我们一样，人家还叫大神吗？"

"所以终点那边真的要改新书榜了？要加入评论的权重了？"

"纸糊们，我发现了一个有趣的对比。同期开文的宇宙之主和这个渡劫之神相比，宇宙之主小说的点击、推荐、收藏，都数倍杀后者，但后者的讨论，数倍杀前者。

"已知：宇宙之主全平台推广，与终点签署的是非独家合同。

"已知：渡劫之神终点平台独占，这么多年没挪过窝，是自家铁杆大神。

"问：新书榜谁第一，最终谁爆红最符合终点网利益？"

这层楼的楼主真可谓"节奏大师"，"节奏"一出，整个帖子里的"画风"又是一变。

"结果出来了，大家可以散了，都回家乞讨评论去吧。"

"讨论区的权重要加到多高才能让渡劫之神压过宇宙之主？终点网的小作者30万前别说评论了，票子都没人投几张，这一改，小作者永远出不了头了吧？"

"怒骂三连，脏话三连。"

"别介，纸糊们实在一点儿，既然干不过大神，就要学会享受他的踩躏。"

栗说星满脸蒙地看到这里，再度被群里的人@了。

这一次，蛋定自若直接圈他。

蛋定自若："@焦糖西木，公公别潜水了，快出来信息共享一下。我们开个匿名，悄悄地交流，开枪的没有。"

栗说星："……"

指间风雨接上："大神！终点真的要为你改潜力值计算公式了？"

十零陵感慨："原来这就是你不介意和寂流撞的原因啊……失敬了，苟富贵，勿相忘！"

栗说星黑着脸："瞎说什么呢？我怎么不知道终点要为我改公式了。"

众人："……"

蛋定自若代表众人发言："不改公式？"

栗说星："当然不。"

蛋定自若："不加权重？"

栗说星："肯定不。"

蛋定自若直接问："那你为什么开单章拉票，更三章正文拉两章评论？"

栗说星："……"

是啊！我为什么这样做呢？他一时失语，半天回答："因为我鬼上身了……"

众人："说实话！"

栗说星屈服了，改口说实话："其实我也没办法啊，我家属想看评论，我能怎么办，只能开个单章拉拉评论。"

众人集体不信，并认为焦糖西木真的鬼上身了。谁有了家属还敢放话和读者谈恋爱？

蛋定自若劝道："公公，其实现实的恋爱没什么搞头的，要不然你像我一样，把自己写到文中当配角，满足一些在现实生活中满足不了的情节，比如被绿帽啊，被强迫啊……"

指间风雨："西木，我懂你。在我写文写到十年之痒的时候，我也差点自闭，趁着还是公众，赶紧出去走走，等你上架了，只能写死在电脑前了。"

十零陵有着老大哥般的关怀："西木年龄也到了，是时候解决个人问题了。要不我介绍隔壁女足的队员给你认识一下？个个盘靓条顺，凹凸有致，就是对于你而言，可能体能太好了点。"

六味小僧提出了另一个方向的建议："西木施主，六根清净，可得正果。你来我的佛寺吧，我可以给你安排最好的大师斩断你心中的烦恼根。"

索任也实话实说："西木，你真的有点变态了。看了你的单章，我感觉菊花一凉，都有点不想追你的文了。"

栗说星给了他们所有人一根中指。

他受不了这群人，彻底屏蔽了群，还没缓上一口气，就发现菖蒲的头像正在状态栏上跳跃。

午休时间，编辑找我干什么？栗说星有种不祥的预感。

栗说星点开了头像，发现五分钟前，菖蒲给他发来一段语重心长的话。

菖蒲："西木，做人还是要低调一点儿的，不能太过嚣张，有些事情提前曝光了，我们的工作就不好展开了……"

栗说星："我不是，我没有。"

菖蒲头痛，说得直白了点："纸坛都闹得风风雨雨了，不少编辑被他们的签约作者问是不是要改算法了，你还说不是？你还说没有？"

栗说星反问："你是终点的编辑，要不要改算法你不知道吗？"

菖蒲："虽然我是终点的编辑，但你和老大的关系比我和老大的关系好啊。"

栗说星："……"

菖蒲："……"

两个人都沉默了。片刻，菖蒲反应过来："你真没接到要改算法的消息？那你为什么开单章拉评论？"

果然来了，同样的问题你们要问几遍？！

栗说星吸一口气，复制、粘贴："因为我鬼上身了。"

菖蒲："呃……"

对方的头像突然黑了下去。大概几分钟后，黑了的头像又亮了起来。

菖蒲再次说话："老大进办公室了。他今天居然比平常早一个小时上班，八成是为了你这事……"

菖蒲的话才刚闪现在屏幕上，又一个头像出现在栗说星的状态栏。这个头像整体漆黑，只有中心一点火光，闪烁跳跃时，就像有朵小小的火焰在栗说星电脑里一闪一闪的。

这就是上班从下午开始，生活在中国却放浪地过着美国时间的终点六组主编——夜游。

夜游一上线，就说了句话："西木，你牛。刚开文就搞得整个编辑部都在问我新书榜是不是要改算法了。"

栗说星："这怪我吗？"

夜游："不怪你怪谁？"

栗说星："当然怪纸坛里的那位节奏大师。"

夜游显然也知道那位"节奏大师"："那话说得真，我看的第一眼差点信了。"

栗说星："我也信了。"

夜游："我觉得他不是写官场的就是写历史的。"

栗说星补充："还有可能是写宅斗的。这么多年了，我从来没有感觉自己红过，直到这一次。"

两个人你一言我一语地说了半天。

夜游忽然叹了口气，发牢骚道："不过就是论坛里上下嘴皮子一碰的一条谣言，搞得终点半个站不安生。我还睡着呢，就被人打电话从床上叫起来了。"

栗说星特意看了一下时钟：下午1：30。

他面无表情，无法对夜游的抱怨感同身受："习惯就好。"

夜游："你这个罪魁祸首用这么风轻云淡的口吻说话真的好吗？"

啧，真是麻烦。虽然置身谣言的旋涡，但栗说星依旧不动。

隔着屏幕，有什么好动的。

栗说星："那你赶紧辟谣吧。"

夜游："暂时不辟。"

栗说星："？"

夜游："几个主编刚才碰了一下头，觉得虽然谣言很无稽，但谣言中也不是没有值得思考的内容。比如将评论引入潜力值权重计算公式这一点，其实就是个思路。隔壁的女频网站，就曾成功地通过留言成为全文学网中读者黏性最高、收藏订阅比最高的网站。现在，终点的'本章说'做起来了，也有这块土壤了，我们在讨论，如果真的引入评论权重，引导作者和读者相互交流，是否会适当增加读者对网站的黏性，进而提高作者的收益。"

栗说星："……"

栗说星突感不妙："等等，万一你们最后通过了这个议题，改了计算公式，那我……"

夜游哈哈一笑："那你就是我们编辑部的亲儿子，下一个要证道的大神了。怎么样？开心不开心，意外不意外？"

开心你妹啊！栗说星拒绝背黑锅，并想把键盘塞到对方嘴里："我强烈请求组织打消改算法的想法，不要随便搞事，要为作者间的和平安定做出表率性的贡献！"

夜游："欸，别激动，放平心态。西木啊，你要习惯，有些事情虽然是假的，但说的人多了就变成真的了。"他用一个玩笑结束此次对话，"也许我们真的会捧你和寂流打擂台呢？"

栗说星不信夜游最后说的那句话。最初的激动过去之后，他也冷静了下来。

甭管终点最终改不改计算方式，都要经过内部提案、内部讨论、内部投票，还会将新功能投放到签约作者群进行通知、收集意见、试运行。

一套程序走下来，快点儿一两个月，慢点儿两三个月也走不完。

而一本书的新书期，头尾相加不过30天。到了那时，《九渡》早下新书榜了，不管终点把算法改成什么样，反正至少两年之内和他再也没有关系了。

厘清了情况，栗说星也没啥好说的，打开姗姗来迟的外卖，简单吃过午饭之后，回到电脑前，拔了网线，关掉手机，给自己制造一个基本没有打扰的安静环境，随后沉下心思，开始写文。

身为一个作者，你可以狂，可以浪，可以玻璃心。

但不能不写文，也最好别写得太烂。

心是沉下来了，但这回进度推得不是特别理想。这在写文上很常见，明明大纲、细纲都不缺，心里知道接下去到底应该怎么写，偏偏就是写得极其不顺手，总让人感觉燃不起来，有点毛病。

一般这个时候，就是真的写得有点毛病了。

栗说星果断放下小说，随便找一本书来翻翻，翻完之后又换上衣服下楼跑了几千米。

等跑完之后再回到房间，堵塞的思维已经通畅，栗说星将不对的内容一键删除，大刀阔斧改正之后，从头再写。

这一写下去，时间着实不短。除了第二天中午的时候，栗说星还惦记着小人儿，记得上线打个招呼签个到，就一直将自己绑在电脑前写个不停。

等这段漫长的状态彻底结束时，时间已经到了第三天。

暖暖的阳光照射在电脑后的窗台上，几只麻雀停歇此处，叽叽喳喳，也不知道在聊什么八卦。

栗说星统计了一下最终字数，总共3万多。他丢开电脑，心想：红不红，太玄学了，不考虑。不过这本确实不卡，写得很顺，还挺爽的。

默默爽完之后，栗说星再度想起游戏里的小人儿，一时惦记了起来，忍不住登录游戏看一眼。

三天的时间，庭院变了个样子。原本华丽的南瓜派对装饰已经不见了，阳光再次降临这小小的地方，院子的角落不仅开垦了出来，还种上了作物，都水润嫩绿，生机勃勃，将庭院装点得野趣横生。

栗说星格外关注南瓜苗。十颗种子，十个南瓜，一个也没少，如今全圆滚滚、黄澄澄地压在褐色的土地上，体积庞大，发育优良，看着快可以摘来享用了。

栗说星挨个儿点了一下作物，发现每个作物都有个倒计时，被点击了就弹出来，应该是它们成熟的剩余时间。

时间最短的，只有一分多钟就成熟了，时间最长的也只剩下五分钟。

还有五分钟，就能收获30棵植物和10个南瓜，想想还真有点儿小激动！

栗说星正暗暗期待，蓦地，房门打开，小人儿提着一个水桶走出房间，来到庭院。

一天多没和小人儿好好相处了，他定睛一看，发现小人儿身上也有了些改变。

他正穿着那身自己做的"不要逃"套装，托剪裁的福，衣襟依旧是斜的，露出了大半个肩膀，剩余的部分则像个麻袋。像麻袋也就算了，这件衣服也不知是不是在穿着的过程中沾上了泥土，看起来灰扑扑、脏兮兮的，使小人儿看起来像是谁家捡来的孩子。

栗说星："……"

他忍不住反思了一下：我的养崽方式应该没有问题吧？怎么崽崽看着这么可怜？

他打字："我来了。"

前去种地的小人儿一顿，脑袋先向四周转了转，旋即提着水桶继续向前，只有个小小的文字泡跳出脑袋。

宿鸣谦："工作忙完了？"

栗说星："你怎么知道我在忙工作？"

小人儿挺小，水桶颇大。他看着觉得挺累的，忍不住伸出手指在水桶上按了一下，看能不能将水桶提起来。

还真能，水桶被栗说星接过来，按在指尖下，一路挪到作物边缘放下。

好感度：+1。

宿鸣谦手上一空，终于能够抽出手来整理整理自己的衣服了。他回答："简单推理。"

年轻的人，要么忙工作，要么忙恋爱。

如果有恋爱可忙，怎么可能还会对他投放额外的感情？

当然只有工作一个选项了。

栗说星："差不多，写够了大概五天的稿子，过来轻松一下。水桶是用来干什么的？"

宿鸣谦解释："浇水。本来应该是松土、施肥、浇水的，但是我没有找到肥料，这两天你也忙，我就试着只松土和浇水了，它们看起来也长得挺好的。"

是挺好的。栗说星觉得这些菜长得生机勃勃，也明白了宿鸣谦身上的肮脏是从哪里来的了。

一时间他有点愧疚，崽崽真的挺辛苦！

他决定补偿对方："崽啊，我觉得你的衣服还是少了点，要不然我再给你做几套衣服换着穿？这一次我们做白T恤，一共做五套，胸前写字，就写'锄禾日当午'，怎么样？"

宿鸣谦："……"

"如果不够，"栗说星又表示，"还可以再加五套，继续写上下一句诗，'汗滴禾下土'。"

宿鸣谦："……"接连冒出两个冷淡的"-1"。

宿鸣谦拒绝说话，并低下头，拿起水勺，开始洒水。

第一瓢水洒在空中，和阳光汇合，变成五颜六色的时候，忽然一声"叮咚"，第一棵青菜成熟了！

接下去，"叮咚"声连绵不绝，像一曲田野小调，整个田里的菜蔬依次成熟了！

宿鸣谦被这特效弄得一愣："这是成熟了？"

栗说星肯定地回答："成熟了！"

屏幕上，这些蔬菜都多了一只虚拟的小手，一起一伏，正召唤着他收获它们。

但在收获之前，必须得做一件事。

栗说星打字："崽，你想吃什么菜就留下来，剩下的菜我拿去卖掉。"

宿鸣谦沉吟片刻，在蔬菜区拔了一些蔬菜。

杂蔬种子包还真是杂蔬种子包，栗说星打眼一扫，什么小青椒、西蓝花、大白菜，居然都能看见，30颗种子看着有15个品种。

然后他发现小人儿在这15个品种之中，每种只拿三分之一，剩下的三分之二都放在地里。

一个蔬菜种子种出的菜大概是一盘的分量，三分之一就是三分之一盘。

栗说星忍不住问："每种分量够吗？"

宿鸣谦："每种不够，但几种混在一起做一盘就够了。"

栗说星："几种混在一起？"

宿鸣谦："嗯。"

栗说星："这样好吃吗？"

宿鸣谦："都是青菜，应该不冲突。我想尝尝我种的每种菜的味道。"

他这样说着，却一点儿也没有碰隔壁南瓜的意思。

栗说星："……"

也行吧。不知道为什么，他脑海里闪过了那盘出现在旁白中的漆黑野菜。他摇摇头，挥去了那个可怕的想法，继续和小人儿对话："还有，崽……"

宿鸣谦："？"

栗说星发出疑问的声音，故意问："为什么南瓜这么少？我记得当时两种种子我买得一样多。"

宿鸣谦："……"悄悄冒出一个"-1"。

他说："南瓜种子……比较不好种，在种植的过程中，耗损大。"

栗说星恍然大悟，虚伪地说："原来是这样？"

宿鸣谦："是这样。"又悄悄冒出一个"-1"。

栗说星又假装惋惜地说："看来不能靠种南瓜赚钱了，真可惜。"

宿鸣谦："……"又悄悄冒出一个"-1"。

同时，他低下头，将双手背在身后，用脚碾了一下土地。

栗说星觉得自己从这个小动作中看出了什么，正在这时，系统旁白闪了出来：

宿鸣谦有点懊恼。

宿鸣谦低声说话。

宿鸣谦："早知道……"

栗说星觉得自己真的很坏，因为他又问了一声："知道什么？"

宿鸣谦吓了一大跳。

宿鸣谦："没什么。"

大力地冒出一个"-3"！

喀喀……虽然已经没有双倍好感度效果了，但还是得收敛着点，差不多就行了。

毕竟死不能一次性作完，一次性作完就真的死了。

栗说星语气恢复正常："好了，你把想要的菜拿进冰箱里放着吧，我把其他的都卖掉。"

宿鸣谦："嗯。"

他抱起蔬菜，往回走的时候悄悄松了一口气。

于是跌下去的好感度又无声地提升了一点儿。

栗说星一眼看见，真的很想劝自家的崽崽……崽啊，你知道吗？你这样口是心非，傲娇又忐忑，"奶凶"混合"奶萌"的样子，只会让人想往死里欺负的。

他看着小人儿将蔬菜抱进厨房，把它们挨个儿塞入冰箱之后，洗了手，又走到卧室的衣柜前，取出王子装的衬衫和裤子，进入浴室。

大概三分钟的时间，磨砂的浴室门重新打开。换了一身衣服的小人儿再度出现，衬衣笔挺，西裤修长，又变成干干净净、漂漂亮亮的小王子了。

小王子手里还拿着那套工作服，他将工作服放入衣物筐中，等待几秒钟，拿出来，再叠好，塞入衣柜里。

一系列动作干净利落，有条不紊。

栗说星觉得崽的干净属性肯定很高，绝对不像自己，全靠家政续命。

他这才将注意力转移到剩余的蔬菜上，用手划了一圈，就把蔬菜全部收获了，还额外从10个南瓜中得到了3个碎片，算算有30%的概率，比游戏数据上说的10%高了不少。

碎片自动进入系统仓库，蔬菜则堆放在庭院，再拿手指一点，跳出了"一键贩卖"的选项。

栗说星分辨了一下，发现南瓜的卖价比较高，一个南瓜1点贡献值，青菜则是整批卖的，一组十棵青菜5个贡献值，因为宿鸣谦雁过拔毛，所以三组青菜都掉到了3贡献值。

算算原价6贡献值，现在卖出价19贡献值。基本上翻了三倍，还是很不错的，毕竟现在规模还小，如果勤劳肯干，种满庭院，还是可以发家致富的，住上大别墅，开起小轿车……

嗯？栗说星觉得有点不对劲儿，好像还有什么地方漏了。他仔细一想，突然发现，这场种植之中，自己基本没有出什么力，全程都是小人儿在干活儿，也就是说，这款游戏的概念是：小人儿靠"肝"，玩家靠"氪"。想不"肝"，献祭钱包；想要钱包，奴役小人儿。

弄清楚了情况，栗说星无语片刻，也只能再骂一句："垃圾游戏，迟早要完。"说完，一键卖了所有蔬菜，左上角的总贡献值变成了1155，同时伴有金币落袋的愉悦特效音。

栗说星的心被勾得痒痒的，突然开始想卖更多的东西，享受一下金钱积攒的感觉。

但是……他环视了屋子一圈，小屋的建设还在初期，没有能卖的东西。唯一能够卖掉的，大概就是……

栗说星的目光转向衣柜，从中拿出了自己制作的那件衣服，试图卖掉。

然而这一次，贩卖功能是灰色的。他不死心地点了几次，都没能将灰色的功能键杵动，倒是系统旁白闪烁了几下。

栗说星又有了不祥的预感，他点开系统旁白：

您好，您制作的衣服材料普通，款式差劲，并不具备收购的价值。

您好，您制作的衣服……

您好，您……

三条一模一样的消息出现在旁白框内。

栗说星看得清楚，深吸了一口气，忍了忍，没忍住："垃圾游戏，我告诉你，要不是看在崽崽的面子上，你已经完了！"

游戏不动如山，说不收购，就不收购，就在这时，一个文字泡忽然出现：

> 玩家休想威胁系统，扰乱市场！

不知什么时候，宿鸣谦来到了桌子旁，正透过窗户向外看去："外面的南瓜没有了。"

栗说星不管游戏了："我把它们都卖了，怎么了？"

宿鸣谦若有所思："原来我真的不用吃南瓜！"

还记着这件事呢，栗说星觉得有点好笑，再度保证："你真的不用吃。"

宿鸣谦："嗯……"

忽然冒出一个"+3"，又冒出一个"+3"，再冒出一个"+3"。

一连串的"+3"一个接一个地蹦出来，手拉着手，肩并着肩，挨挨挤挤地在宿鸣谦的脑袋上形成了一条小小的溪流。

一刹那，好感池中的数字也飞快变化，一眨眼就是一个新的高度。

有点壮观，栗说星一时惊呆了，这是……发生了什么？

什么都没有发生，只是宿鸣谦心中最后一点担忧，悄无声息地解开了。

从这里醒来并忘记过去的一切，他一直在担忧。

最早担忧自己的安全和自由，接着担忧自己被强迫，后来担忧自己被勉强。这些担忧一直困扰着他，让他始终放不下心中的警惕，完全接受对方的劝解和善意。

直到现在，宿鸣谦才发现对方真的没有任何勉强自己的意思与行动。

她或许会说一些奇怪的话，但那也只是朋友之间的玩笑，我不应该太过在意。

宿鸣谦接受了自己的处境，也接受了这个独特的朋友。

她叫西木，宿鸣谦挺高兴的。他弯了弯嘴角，于是一个小小的"超开心"表情就出现在他的脑袋上，落在栗说星的眼睛里。

栗说星看着一路上攀的好感度最终停在503。

陌生的音效在此时响起。

屏幕上，系统旁白飞速闪动，点开一看，一行行系统文字出现：

系统：宿鸣谦对玩家产生了认可，宿鸣谦与玩家的好感度大幅提升。

系统：玩家与宿鸣谦的好感度突破500，完成系统隐藏任务——阳光的初遇。

系统：玩家获得以下任务奖励：抽奖券×1、阳光罐子×1。

系统：玩家获得抽奖券，抽奖功能正式开启。

栗说星发现了，这个游戏出新功能的速度是永远不会让人失望的；换言之，它开发氪金点的能力也是从来不让人失望的。

不过话说回来，没有抽奖功能的游戏，真的是游戏吗？

栗说星关掉了系统旁白，在屏幕边缘的各个按钮上搜寻了一下，很快发现了新的抽奖图标。

那个安放在角落的小小的透明瓶子，里面似乎装着彩色的心。

他将其点开，屏幕切换到抽奖界面。

星河一样的空间里，倒悬着一个巨大的许愿瓶。许愿瓶是透明的，里面装着很多琉璃炫彩的钻石心，瓶口的位置有一个小小的细口，应该是落心用的。

再看许愿瓶的两边，一边放置着栗说星的一张抽奖券，另一边放置着一个小人儿模样的小玩偶。

栗说星用手指点了点这个玩偶，玩偶没有任何反应。

他又用手指点了点抽奖券，这次倒是可以点击的。

同一时间，系统跳出指引：

抽奖界面中，玩家可以将抽奖券交给玩偶。每获得一张抽奖券，玩偶就会拿着小篮子到许愿瓶下接许愿心。许愿心需由玩家摇晃许愿瓶掉落。抽奖物品分为四个等级，概率从高到低依次为绿色、蓝色、紫色、金色。其中，获得绿色物品的概率为70%，获得蓝色物品的概率为20%，获得紫色物品的概率为9%，获得金色物品的概率为1%。

栗说星在脑子里过了一下，明白了。

绿色是N卡，蓝色是R卡，紫色是SR卡，金色是SSR卡。

系统再次提示：

> 检测到玩家带有抽奖券，是否开始抽奖？

栗说星选择了"否"。他关掉抽奖界面，打开签到列表。如果没有记错，一周的签到已经到了尾声，明天就是最后一天，那时候也会送一张抽奖券。

还是等明天一起来吧，两张抽奖券，好歹获得好东西的可能从1次变成了2次，倍杀了。

栗说星准备下线了，下线之前，和小人儿打招呼："崽，我走了，明天见。"

宿鸣谦："明天见。"

他心中想着：希望明天早点来。

明天不早也不迟，按时来到。

这又是阳光灿烂、万物温柔的一天。

这天上午，栗说星一醒来，就想到了游戏里的小人儿，进而想到了游戏里的两张抽奖券。

今天要进游戏抽奖，在开始写文之前先去抽个奖吧。

用什么样的姿势抽奖比较容易抽到好东西呢？栗说星这样想着，忍不住拿起手机，发了微博，求助"粉丝"："求问大家，用什么姿势抽奖比较容易抽到好东西？"

发完之后，栗说星进浴室洗脸、刷牙，再出来，微博上已经有了留言，那些不同ID的"粉丝"简直像约好了似的，一水儿地提同样的话：

"更新。"

"用更新的方式。"

"用更新攒人品的方式。"

"用爆更攒人品的万灵妙药解决一切疑难杂症。"

他们这样一溜儿留了五六七八条，终于有条不一样的了：

"西木子，我是出了名的游戏抽奖金手指，不管什么游戏，我都能帮你抽，抽不到好东西剁头给你。要求不高，今天你要更10万字。"

栗说星淡定地看完，淡定地无视了他们。他打开微博搜索，搜了一条近期转发数据最高的锦鲤转发到微博里，然后双手合十，拜一拜："锦鲤大仙，记得保佑我抽到好东西，阿门。"

拜完了，洗洗手，打开游戏，先拿了这周签到送的抽奖券，再隔着被子戳戳小人儿，把还睡觉的小可爱戳起来。

闭着眼睛的小人儿睁开了眼睛："……西木？"

栗说星："我来了！"

他耐心地等着小人儿爬起来，和自己一起分享抽奖时间。

结果……

宿鸣谦揉了揉眼睛，看一眼时间，双手拉高被子，彻底遮住自己，再蜷缩起来，继续睡觉。

还有几个文字泡，隔着被子冒了出来：

"别吵我。"

"要睡觉。"

"有什么话。"

"待会儿说。"

Chapter 5

第五章
旅行崽崽，在线闲逛

一连四个气泡依次排列在被子上，让栗说星有了一瞬间的恍惚，突然生出了戳泡泡的冲动，想把这些文字泡挨个儿戳破，再挤挤小人儿，让他再吐点泡泡出来……

不过这个想法有点危险，栗说星暂时住手。他看了一眼时间，都8点了，小人儿居然还没睡醒。

这种赖床的设定，怎么说呢，真的非常真实，乃至于有点感觉膝盖中箭，隐隐作痛……

栗说星下意识地摸了一下自己的膝盖，决定暂时不闹小人儿了。

既然困，就让崽崽睡吧。现实中的大家要工作和学习，老睡不着就算了，都是游戏人物了，还不能决定自己睡到什么时候吗？

栗说星这样想着，也不再闹宿鸣谦，只用手指扯扯被子的边缘，将被子扯下去一些，解放出小人儿的脑袋，让他能够平稳呼吸。

做完了这件事情，栗说星点开抽奖界面。

星空再一次铺陈于屏幕之上，装满钻石心的许愿牌同时悬浮于半空之中，抽奖券从一张变成了两张，布偶倒是还坐在原位，看着没什么变化。

栗说星搓了搓手，默默祈祷一声后，按住抽奖券，将其挪到布偶身上。

在薄薄的抽奖券接触到布偶手掌的那一瞬间，原本安安静静的布偶突然动了。它从地上站了起来，先将栗说星手中的抽奖券接过来塞入自己衣服的小口袋中，又从背后摸出了一个篮子。

篮子是竹子编的，边缘缠着一圈黄白小花和些许绿叶，很可爱，但最可爱的还是那零星盖在绿叶上面的小人儿Q版头像。

这些头像有的微笑，有的皱眉，有的委屈，有的嫌弃，寥寥几笔，简单生动。

布偶抱着它的竹篮子，迈开脚步，"啪嗒啪嗒"向前走，一路走到许愿瓶下后,将双手平伸,高举着篮子,等待钻石心的下落。

就是这个时候了!栗说星摇晃许愿瓶,看见许愿瓶中浩瀚的钻石心像沙海一样翻滚抖动起来,片刻,一颗心脱离了它的兄弟,滚过狭长的通道,落到布偶的竹篮子中。

一丝光从心中绽放,金色、紫色、蓝色、绿色,四种颜色依次一闪而过,再接着,颜色开始快速而杂乱地变化着,最终停留在金色。金色,金色,真的是金色——

"靠!"栗说星脱口而出。他的视网膜明明捕捉到了金色光芒绽开的样子,可在最后一秒,一道强烈的绿光自钻石心中冲出,将金光完全吞没,随后彻底绽放。

绿光之中,一样物品从钻石心的中央跳了出来。

那是一个小小的瓶子,瓶子里装着透明的液体。

这是什么?栗说星茫然地戳了一下,系统立刻跳出介绍:

名称:雪岭梵宫(5mL)

备注:一款限量版的珍贵香水,因为过于珍贵,此时出现的只是体验版中样。

栗说星:"……"

你说你给我一瓶珍贵香水也就算了,我勉强认可。结果你给我一瓶珍贵香水的中样,你是对我个人有什么意见,还是你奖池中的东西都这么破烂?

还没有从错失金色物品的遗憾中缓过神来的栗说星看着游戏,满怀郁闷。从游戏里切出来,他重新打开微博,将自己刚才转发的锦鲤再度转发,并配上文字心得:"产生了反向效果。"

微博发表没有两分钟,评论已到。点开一看:

"哈哈哈哈哈哈哈WTMXS。"

"料不到抽奖竟如此遵循人品守恒定律。"

"西木公公用事实告诉我们,做人不能做公公。"

"西木子,我的承诺还有效,10万字,帮你抽奖。"

评论简直不能看。我和你们没话说!

栗说星获得了双重郁闷。他决定回到游戏，但回到游戏之前，他将"雪岭梵宫"放进搜索栏里搜索了一下。

他觉得这款香水的名字有点耳熟，好像听到过……

这不是错觉，因为现实中真有这款香水，而且还真的挺贵的……

游戏设计者八成懒得取名，所以从现实中抄了几个名字进去吧。

栗说星无语片刻："好吧，近万元的限量版香水……确实挺珍贵的。"

这么一耽搁，等栗说星再次进入游戏，就发现房间里的小人儿不知什么时候起床了，还正拿着他刚才抽到的香水观察。

不仅观察，他还拿着这瓶香水，对着空气喷了一下，仔细地嗅了嗅，嗅完之后掉转喷头，又对着自己喷了两下。

栗说星："醒了？"

宿鸣谦："醒了。"

栗说星："这香水……"

宿鸣谦："味道挺好闻的，我很喜欢。"

一个"+5"和一个微笑的小表情共同出现在小人儿的脑袋上，证明小人儿正实话实说。

栗说星："……"

他的心情有点微妙，总觉得今天的崽崽和昨天的崽崽有点不一样，好像更加奔放了一点儿。

栗说星想到了昨天完成的那个隐藏任务。

原来好感度的差异，真的会影响小人儿的种种行为。

这款游戏，终于成功为自己挽回尊严了。它确实是一款恋爱游戏。

不过……如果说负好感会引发小人儿逃离，那么500以下的正数应该是和平相处模式，现在超过了500，小人儿就奔放了一些，更加随性地和自己相处，要是好感度再加加，比如破800、过1000了，小人儿的态度会不会再上一个等级，比如黏在腿上就撕不下来了？

栗说星还真有点儿想看那一幕，就……

他看了一眼左上角的好感池。垃圾游戏，好感度太难加了！

日常辱骂完毕后，栗说星也不生气了。其实从小人儿表示自己喜欢香水那一刻起，他就开心了。

玩游戏是为了什么？养崽。

抽奖是为了什么？抽到崽喜欢的、想要的东西。

既然小人儿喜欢，不论它是金色还是绿色，正装还是中样——

"不不，金色、绿色没有关系，反正只是个颜色而已，正装和中样还是有差别的。回头中样用完了，我还得买个正装回来，嗯……正装在游戏里的商店应该有卖吧？"

栗说星暂时没去商店看，手里还有一张抽奖券没有用完。再度打开抽奖页面，栗说星的心态发生了转变，他不追求金色光芒了，开始追求再来一个好玩点儿的东西，好让他再度解锁崽崽的一些新样子。

平常心，使用抽奖券。

平常心，摇动许愿瓶。

钻石心再度掉进篮子中。

四色光芒依旧闪现。

栗说星平静无波地看着屏幕，直至看见金色光芒冲出钻石心，里面跳出一张闪闪发光的票券。

上一次没有做好迎接失败准备的栗说星，这一次又没有做好迎接成功的准备。

他有点蒙，不知道自己是不是应该摆出庆祝的姿势，毕竟这回抽中的奖品，看着比上一个还奇怪……

"考虑到这款游戏的属性……"

栗说星犹豫了几秒钟，不庆祝了，先点击票券，看到底是什么东西：

名称：飞机票

备注：这是一张目的地未知的飞机票。使用本飞机票，会在庭院中打开一道任意门，当宿鸣谦穿过任意门，即可到达那未知的目的地。是时候了，让你的恋人来一场说走就走的旅行吧。

"这……"栗说星看着备注，神情迷惑，"既然作用是在庭院中开一道通往任何地方的任意门，那直接把这东西叫作任意门不就好了，叫什么飞机票？"

现在不是"吐槽"的时候。

栗说星又仔细研究了飞机票。庭院中出现一道门，使小人儿穿过这道门，到达未知的目的地，开启一场说走就走的旅行。很眼熟，像某款火爆的游戏。

阿爸阿妈上线五分钟，替崽收拾行李，崽就出门浪个三五天，中途只有明信片能够寄回，而阿爸阿妈还要在家里提心吊胆：

崽在外面有没有挨饿受冻？

崽在外面有没有受到欺负？

崽在外面有没有被人下锅煮了吃？

伴随自己的猜测，栗说星的神色越来越一言难尽。

我想抽的是能让我看着崽崽在我眼皮底下玩闹、任性、撒娇的东西，而不是把我的崽崽送走，让我变成望崽石的东西啊！

这款游戏在让人失望上，真的从来没有让人失望过！

栗说星气得打开了系统的邮件功能。这个功能是昨天才开启的，开启的时候他发现，邮件的通信录里，内嵌着一个ID为001的收件人，肯定是游戏的客服或者管理员！

栗说星打开邮件，编辑内容，正式向游戏发出抗议："你们给我的那张飞机票是什么意思？我绝不接受，绝对不会让他出门旅游的！要是他在外面挨饿受冻了，遇到危险了，被人欺负了，谁负责？你们负责吗？不求设计有多惊艳，你们能不能给点正常的东西？让我好好养恋人！"

他编辑完了，点击发送。

邮件发出。然后光屏一声"嘀嘀"，一封邮件忽然出现。

宿鸣谦："？"

一个问号徐徐从他的脑袋上冒出来，他还是第一次在光屏之中看见这种东西。他试着点了一下，邮件打开了。

栗说星刚刚写完的邮件内容全部出现在他的视线里。

宿鸣谦："……"

宿鸣谦缓缓念着邮件中的句子："'绝对不会让他出门旅游的'……"思绪在这一刻变得混乱，而期望在混乱之中飞速生根发芽，长成参天大树。

宿鸣谦："西木，这是你写的邮件吗？"

宿鸣谦："西木。"

宿鸣谦："我想旅游，我想出门去看看。"

现在出现在屏幕中的，是小人儿的文字泡吗？

不，不是的。那些不是文字泡，而是蠢蠢欲降的好感度。

屏幕这一闪真闪到了栗说星的腰。他简直不敢相信，自己发送给管理员的信件，居然到了游戏小人儿的手上。

这是什么概念？这是上学时给校长打老师的小报告，结果校长看也不看直接把信转交给了老师的概念，更要命的是，校长连替信件打个码都懒得打，所以这封信还不是匿名的，是实名的！

这骚操作，你敢信？但栗说星不得不信，因为在那三句话之后，小人儿再度开口。宿鸣谦："西木，我知道你在，不要沉默，回答我。"

好感度没有掉，但小人儿用这种口吻说话，似乎比掉好感度还要让人紧张。

栗说星无法回避了，先打了两个字："……我在。"他想了想，开始苦口婆心，"崽啊，外面有什么好玩的呢？就像我在邮件里写的那样，我害怕你出去会遇到危险。"

"邮件"，这个关键词再度进入宿鸣谦的脑海。

短短的一封邮件里暴露了太多东西。

比如他现在可以出去旅游，比如西木提及自己在养恋人，比如信中的你们……

这些都值得深究，但宿鸣谦现在没有办法思考那么多。

他所有的注意力都被"出门旅游"吸引了。

如果真的能出门旅游，他就将回归到人群之中，没有人能够再囚禁他。到时候这里……一个念头忽然掠过宿鸣谦的脑海：离开这里，我能够去哪里？除了西木，我还认识谁？

他缄默了一两秒钟，第二个念头又冲入脑海：不管我能够去哪里、我还认识谁，这里都不是我的世界，我的世界不止这个狭窄的空间。

宿鸣谦缓缓地说："西木，我想出去。我觉得……"

你应该能够——

宿鸣谦："你明白我的想法。"

栗说星此时已经坐回电脑前了！虽然时间还早，但他抱着不试白不试的心态，进了终点群里，@全员。

栗说星："@全体成员，谁有哭哭的表情包发我一份？等，急！"

大概五分钟的时间，群里的成员陆续冒泡。

六味小僧第一个出来，给了栗说星一堆佛系哭哭表情包。

接着是十零陵,给了一堆足球系表情包。

然后指间风雨、索任出现了,他们的表情包也颇有特色,前者是玄幻仙侠派,后者是游戏派。

蛋定自若姗姗来迟。

但他凭借一人的力量,用表情包的数量和质量"吊打"上面四个人。

没人废话问"为什么"。大家都是兄弟,你提了要求我做到。

就这么简单霸气。

栗说星收图收到手软,看众人出现得这么齐全,也不好达到目的拔腿就跑,还是关心地问了一句:"这么早全都在,你们是刚睡醒还是还没睡?"

六味小僧:"不早了,小僧的早课做完了,山门也已经人声鼎沸了。"

十零陵:"早上带队训练呢。"

指间风雨:"没睡,正要去睡,昨晚和朋友出门,喝酒喝了一晚上,才散。"

索任:"刚刚把新的游戏视频上传了,还要写更新,写完再睡。[骷髅]"

蛋定自若:"一不小心打游戏打到现在,都怪索任这厮,没事介绍给我一款新的3A大作。西木,你怎么也这么早,熬夜写文没睡觉?"

毫不意外。有正式工作的,都起床了;没有正式工作的,都还没睡。

栗说星平静地打字:"不,我也是为了打游戏才这么早起床的。"

打完这句话,他就回到了游戏之中。

小人儿还在等待他的回复。他深吸一口气,打开聊天框,先打一行字:"崽,我现在的心情就是这样的。"

说罢,把刚才从群里拿来的所有表情包粘贴上传,全部发送!

一个大哭的表情包跳了出来。

又一个跳了出来。

又一个跳了出来。

各种风格的大哭表情包刷满了屏幕,刷得宿鸣谦心中的沉重消散不少。

他有点想笑,可是又有点郁闷。他不知道该不该将对方发来的话和图片理解成西木再一次的委婉拒绝……如果对方下定决心要拒绝他,他能怎么办呢?

宿鸣谦自问着。但我不能怎么办,我没有能和对方谈条件的筹码,也没有能够威胁对方的东西。

她答不答应这件事情,只取决于她是一个什么样的人……以及她究竟有多喜欢我。宿鸣谦低下了头，有些茫然。他不确定应不应该哀求西木，以及……就算他愿意哀求西木，西木愿意答应他吗？

栗说星正自在忐忑，从发出表情包之后，他就开始紧张。

为什么我玩一个游戏能玩出学生时代面临考试也没有的紧张感？

栗说星按了按胸口，在内心"吐槽"了一下自己，接着就发现屏幕中的小人儿低下了头。栗说星有种不祥的预感，接着，屏幕上的系统旁白也开始闪烁，不祥的预感很严重。

栗说星打开了系统旁白，看见上面显示：

宿鸣谦低下了头。

宿鸣谦心情混乱。

宿鸣谦非常失落。

警告！宿鸣谦非常失落，请玩家赶紧做些什么！

栗说星："……"

他还是第一次在旁白里看见"警告"两个字。

如果非要拒绝，会掉多少好感度呢？

栗说星强笑打字，在好感度清零之前自我拯救："不过，如果崽你真的想出门逛逛，我也是同意的。但是……"

突然冒出一个"+50"！

宿鸣谦："真的？"

栗说星："真的，但是你要注意安全，你要带好我给你准备的行李，还要记得每天都回我的邮件，不能失联……"

再度冒出一个"+50"！

宿鸣谦："好。"

栗说星不打字了。他看着两个"+50"，突然感觉自己被安抚了。

唉，虽然放崽出门不是我的想法，但崽想出门啊，我能怎么办？当然满足他。栗说星认了，不再消极抵抗，转而主动出击，思考该给小人儿准备什么行李。

他再度把某款火爆的旅游游戏拉出来做了一个对照组。

首先，要准备一个野外生存背包，能把所有生存必需品都塞进去的那种。

其次，应该给崽准备一个大大的行李箱，放置衣服、裤子、用惯的小枕头。

最后，不能忘记各种各样的食物和水，这两者可是生命的保障线。

最后的最后，好像还要带护身符，确保崽不会在外面迷路回不来！

栗说星将自己的想法全部写在聊天框里，告诉小人儿，在句子的最后，他说："……好了，上面这些东西，你重复一遍，并说出自己想要，这样我才好买给你。"

对方发来的消息真的很长，都拉满一个屏幕了，还没有完。而且宿鸣谦觉得对方和自己对于旅游概念的理解好像不太一样。

旅游不是只需要带手机和钱包就好了吗？为什么西木给他准备的东西，像是要去什么深山老林，而且环境危险，物资匮乏似的。

不过算了，对方高兴就好。

宿鸣谦坐在椅子上，他的耳朵听见自己强而有力的心跳声，他的眼睛看见映在玻璃窗户上的，自己嘴角隐隐约约的微笑。他顺从西木，将那些东西都念了出来，表示自己想要。

栗说星在系统商店里买齐了所有的东西，再亲手将一件件东西装入行李箱和背包之中，检查再检查之后，还是觉得崽崽的衣服不够用。

于是栗说星："崽啊，你的衣服太少了，我们去制造工坊中做点新装？"

宿鸣谦顿时想起上回做衣服的情况："不用，我觉得已经够多……"

他一句话没有说完，一个哭泣的表情就出现在光屏之上。

宿鸣谦硬着头皮："真的够……"还没有说完，又一个大哭的表情出现在光屏之上。

宿鸣谦屈服了："好吧，我们去做点衣服。"别哭了，好吗？

两个人的意见达成统一，先后进入了制造工坊。

栗说星面对自己买来的好布和被固定住的半裸小人儿，沉思片刻。

随后，他制作出了四套衣服。

这四套衣服的背后，都有一行诗。

合起来就是——慈母手中线，游子身上衣，临行密密缝，意恐迟迟归。

本来还该有两套，不是不想做，而是手指写多了字，有点累，算了，意思到位就可以。做好了衣服再来到庭院，所有的东西都准备好了。

一个大箱子，一个大背包，一项用于遮阳的帽子，一个可以斜挂在身上的行军水壶和挂在水壶上的护身符。

是时候了……

栗说星依依不舍地叮嘱道："崽，你马上就要走了，出门在外，要注意安全。"

宿鸣谦："……"

栗说星："该吃吃，该喝喝，千万要懂得照顾自己。"

宿鸣谦："……"

栗说星："还要记得每天都回我的邮件，不能随便失联，不然我会很担心的，半夜都睡不着觉……"

从制造工坊里出来后就黑着脸的宿鸣谦本想沉默是金，可是……还是没有忍住。他内心隐隐崩溃，提醒栗说星："你才26岁，我们的年龄差应该也不是很大。"

所以不要再像对待儿子一样对待我了。

我宁愿做你的恋人，也不要做儿子。

栗说星将小人儿的一切回答都当成青春期的叛逆。

时间差不多了……

该出门了。早点出门，总能早点回来，所以迟去不如早去。

不慌，稳住，至少我还有邮件系统，只要愿意，一天发十封邮件也没有问题。栗说星说服了自己。他狠狠心，正准备使用机票，突然，屏幕里，小人儿又说了一句话。

宿鸣谦："买点南瓜种子吧。"栗说星顿时一愣，不明白话题怎么跳到这里了，南瓜种子和现在有什么关系吗？

他发了一个问号给宿鸣谦。宿鸣谦解释："刚才买了这么多东西，应该花了不少钱。你上次不是说种南瓜再卖了能够赚些钱吗？我去旅游之前帮你把南瓜种下去，这样你每天浇浇水，等到三天之后，就可以再收获一次南瓜了。钱也许不多，不过多少是一点儿。剩下的……"

说到这里，宿鸣谦其实有点迟疑，不知道自己做出的这个决定，究竟是对还是不对。但那句在他喉间打转了半天的话，最终还是被他轻轻吐了出来。他和西木做了一个约定："剩下的，我回来再种。"

栗说星再一次被这款游戏惊到了。毫不夸张地说，玩了这么多款游戏，他还是第一次碰见游戏里的人物担心玩家的钱包，主动提醒玩家别忘了种南瓜赚钱。

怎么说呢……虽然这很可能是制作者的套路，但这套路做得妙，明知是套路，栗说星还是没有抵抗力地被套住了。

我错了，之前还以为崽崽是长大了、叛逆了，所以坚持离家出走，结果崽崽是长大了、懂事了，还知道分担家里的重任了……可是家里真的不贫穷。

栗说星感动地打字："崽，你真的很棒，你可以直接去旅游没有关系，我自己种南瓜就好了。"

但宿鸣谦没有答应。他让栗说星买了南瓜种子，并异常坚定地独自把它们都种下去。

男人，总有些事情必须始终坚持。比如，不吃软饭。

种完南瓜，时间也到了中午。

离去的时间终于到了，栗说星已经做好了一切心理准备。

他深吸一口气，拿出飞机票，使用。刹那间，飞机票消失，一扇蓝色的半透明光门出现在庭院之中。光门深邃，从中透出的荧荧蓝光，铺陈在简单的庭院之中，为置身在这里的每个人与物染上一层淡淡的色彩。

屏幕中，小人儿已经穿好全套装备，走到了光门前。他的一只脚甚至已经跨过了那蓝色的分界，探入了门的另一边……可也是在这一刻，那只脚不知怎的，又突然向后一缩。只是一个小小的动作，但栗说星奇异地从中看出了小人儿的些许迟疑与紧张。

他心头一动，开始打字："崽。"

宿鸣谦："？"

栗说星："旅游快乐，好好玩儿。"

小人儿头上冒出一个"+5"，还有一个微笑的小表情。

宿鸣谦："我会的。"

宿鸣谦："我还会回你的邮件。"

他说完，再度迈出脚步。

这一次，他坚定地穿过光门，前往门后的世界。

游戏突然黑屏。几秒钟的黑屏后，新的景象出现在屏幕上。

游戏的画风突然从二次元纸片画风切换到了三次元现实风景。

一条宽阔的马路占据了屏幕的正中央，弯弯绕绕，如同一条灰色长蛇那样指向前方；马路的两侧是森林，茂密的森林和嶙峋的怪石混杂一处，粗犷、放肆、又美丽。而在宛如高清照片一般的现实风景之中，还站着仅有的一个人。他二头身，戴帽子，背背包，拉着行李箱，孤零零地出现在大马路的正中央，前不着村，后不着店，左右别说一辆车子、一个人，连一只鸟也没见着。

这不是栗说星想象的旅游，也不是宿鸣谦想象的旅游。

有那么一两分钟的沉默，一个文字泡出现在宿鸣谦脑袋上。

宿鸣谦："西木，你在吗？"

栗说星："我在。"

栗说星震惊了："我居然在？"

栗说星震惊三连："我怎么会在？"

他在这时终于意识到了。其实……

游戏好像从头到尾都没有跳出新手指引，告诉他旅游系统究竟是什么样的。

他只是在看见"未知目的地"和"旅游"这两个关键词之后，就下意识地把那款大热的旅游游戏框架套了进去。所以……

这其实不是独守空房待崽归的游戏，而是双人旅游浪漫行的游戏。

可是……

真相出现得太迟了。他不仅絮絮叨叨了一整个早上，表演了无数依依不舍的羞耻戏，还花了150的好感度和700的贡献值买了一大堆东西。

算算好感度倒还剩下463，可是贡献值只剩下455了。

栗说星眼前一黑，这游戏，真的还能玩？

宿鸣谦向前走了两步。行李箱的轮子与地面摩擦，发出沉闷的声响，在空旷的马路上远远传开。他试着往前走了一会儿，可越走心情越沉重。这里真的没有人，不仅没有人，连大点儿的动物也没有。它很美，很空旷，可也冷冰冰的，像一个静止的空间，一个只有他存在的世界，让人恐惧。

宿鸣谦再一次出声，低低的，正如他低落的心情："西木。"

光屏一闪，刷新出文字："嗯？"

无论如何，熟悉的存在释放了心头的压力。宿鸣谦能够清晰地感觉紧绷的神经放松。他再次说："你知道我们现在在哪里吗？我们现在要去干什么？"

栗说星被问住了。

也是在同一时间,屏幕忽然刷新,一个任务跳了出来:

旅游任务:尽情享受假期吧
放松精神,远离人群。
日出的时候,新的一天就到来了哟!
请在这个地方,寻找出最美的日出,以迎接美好的明天。

栗说星对比了这个任务和之前的任务,发现它没有时限和奖励。

虽然可能是因为旅游本身就是一个奖励,但没有奖励的任务,总感觉缺了点什么……

不过栗说星至少能回答一个问题了:"我们现在要做的,应该就是沿着马路向前走,一直走到一个能看最美日出的地方。至于我们现在在哪里,嗯……"

栗说星也想知道他们在哪里。他在游戏中找了一圈,没有提示,顿时有点为难。他看来看去,看着完全就是现实风格的新地图,索性死马当作活马医,截了一个游戏画面,上传到搜索引擎搜索。

别说,还真有搜索结果——*Grand Canyon National Park*。

大峡谷国家公园,一个位于美国的知名景点。

栗说星将自己的搜索结果告诉了宿鸣谦。

宿鸣谦很迷惑:"我们为什么会出现在这里?一般就算是旅游,不也应该在车站或者飞机场下来吗?再不济也应该到景点,但我们好像在半路……"

栗说星也很想问系统这个问题,但系统秉持着一贯的装死模式:

我就让你骂,出声算我输。

栗说星无可奈何:"我也不知道……"他打字,"但我刚才看了看,现在也没有回去的方式,可能还是要旅游完了,看完了日出再回家。"

两个人也没有更多的办法。

宿鸣谦:"道路现在还没有分岔,我们先往前走一段看看。"

有了决定,两个人一起上路。栗说星看见屏幕里,小小的人儿沿着马路一点点前进着,二头身的画风和周遭的风景极不相称,看着居然还有点"囧萌囧萌"的。道路虽长,但并不是一条路通到头。两个人走了一会儿,前方出现了分岔，分岔处还有一块公路牌，写着各个岔道通向的目的地。

宿鸣谦问栗说星："我们现在应该往哪边走？"

栗说星看着公路牌，英文他倒是能够看懂，不过地名就那么回事，看懂和看不懂区别不大。他将这些地名放在搜索栏搜索了一下，也没有多大的帮助，于是盲指了一条路，让小人儿前进。

但走了一会儿，就发现这条道路正在施工。

他们又回到了分岔点，另选择前进方向。

这次似乎幸运了一点，一路向前，没遇到什么阻拦。

游戏里的风景确实很美，毕竟是完全照搬现实中的景色。但再美的风景，一直看也会腻味，尤其是行走在其中的人还肩背手提，拖着沉重负担的时候。

宿鸣谦开口说话了："西木。"

栗说星："？"

宿鸣谦："我们走在大马路上。"

栗说星："……"

宿鸣谦："这里这么远，你还让我背这么多东西。"

栗说星心虚："意外。"

宿鸣谦："背这么多东西就算了，你刚才还指错了路。"

栗说星第二次心虚："第二个意外。"

宿鸣谦小声地指责："都是你的错。"

栗说星连连点头："我的错，都怪我，对不起。"

宿鸣谦又说："西木。"

栗说星："？"

宿鸣谦："我有点累。"

这句话，他说得很小声，甚至有点儿羞愧。他觉得自己其实不应该这样，旅游是他坚持要来的，他应该有足够的承受力去承受一切问题。

可还是……还是想和别人聊聊天。哪怕隔着一块屏幕，可屏幕那头没有回答。正当宿鸣谦隐隐有点失落的时候，他突然感觉身上一轻。

宿鸣谦："？"

没等他发出疑问，光屏一闪，新的内容出现了。

栗说星："我试了试，原来是可以帮你拿背包的。这样就好了，走吧，我提着背包，你拖着行李，我们一起流浪到天涯。"

最初的问题解决之后，前行的道路就变成了一种机械式的重复。

机械的前进之中，栗说星终于有了空闲，可以好好思考这次的旅游了。

其实，他觉得这个旅游系统设计得有点不对劲儿。这倒不是出于游戏体验感糟糕或者骗"氪"、骗"肝"的因素，而是这里存在一些很直观而且很浅显的逻辑上的问题。

游戏要加一个旅游系统当然没有问题，它想加就加。但作为一个Q版画风的游戏，它加旅游系统、开新地图，必然也应该考虑Q版的画风，怎么可能发生小人儿保持着Q版，周围的风景却是现实画风这样不统一的事情？

这个问题别说专业的游戏从业者了，就算是普通人看着也觉得奇怪。

再说眼前风景的情况，这显然是美国大峡谷国家公园……那么第二个问题就来了，一个中国的游戏，它在选择旅游景点的时候，为什么要选择国外的而不是国内的？

总不能是国外的风景看着比较"高大上"的缘故吧？

根本解释不通啊！

栗说星吸了一口气，将按着屏幕的食指换成了中指，按屏幕按久了，手指头都要僵硬了。

就算这个游戏再弱智，也不应该弱智成这种低端水平。毕竟它可是能搞出宿鸣谦这样水准的AI的游戏公司，真要犯这种"陨石级"错误，水准也太分裂了吧。

所以……这个旅游，这个现实场景，是不是有些深意？

有什么东西我还没有注意到吗？

栗说星不觉陷入了思考。作为一个作者，他总是忍不住认为某些太不符合逻辑的问题是阴谋。然后他就看见屏幕上的游戏画面渐渐变暗，渐渐变暗，突然一黑。

栗说星："！"

他陡然一惊，手臂一抖，抓在掌心的手机差点飞出去。

好在他反应够迅速，在最后一刻钩住了手机的外壳。重新抓稳后，一按功能键，发现一切都好，只是手机快没电了。

想想觉得也是，都玩了六七个小时了。居然已经过了六七个小时？栗说星有点难以置信，扫一眼墙上的时钟，又扫了一眼。

无论是横看还是竖看，时针都稳稳地指向数字"2"。

14点了，总感觉我忘记了点什么。嗯，还没吃午饭。不过还没吃午饭这点小事，不值得我产生这种疑虑。

肯定还有一件重要的事情……

正想着，手机一振，QQ里有人找他。他打开一看，找他的是夜游。

这位终点主编言简意赅，直入核心："今天的章节到现在还没有更新，你不会没存稿了吧？"

栗说星："……"

栗说星终于明白自己忘记什么了！

他打游戏打高兴了，居然忘记了每天10点的更新！

栗说星赶紧回到游戏，匆匆对小人儿说一声："我有点事，先离开一下，马上回来。"

说完这句话，栗说星下线，翻出充电线，先将手机充了电，再回到电脑前，一边开网页准备更新，一边回复了夜游的话。

栗说星："这点小事也值得你专门来敲我一趟。"

夜游也很无奈："要是你按时更新让我准点看文，我至于找你吗？"

虽然之前菖蒲说两个人关系好……但他们真的没有什么肮脏的交易。

他们私下里关系好，就是因为夜游喜欢栗说星的文而已，再加上作为终点六组主编，夜游本身也是一个非常资深的读者和评论者，对于文章的一些发展与情节设计确实有不俗的见地，栗说星也愿意和他交流。

一来二去，聊得多了，关系也就好起来了，毕竟为了同一篇文，两个人携手熬过了许多个夜晚，一起奉献了不少生命。

夜游又问了刚才的问题："停了三四个月才开的新书，你不会现在就没存稿了吧？这样的话真给了你好榜和渠道，你要怎么爆更？"

栗说星："还有。今天忘记更新了。"

夜游："……"

栗说星也不知道得到这个答复的夜游心中是什么感觉。

反正他发来一个省略号，就没有然后了，人下线了。

几句对话之间，浏览器已经打开，并自动恢复了关闭前的页面，一个是作者后台页面，一个是文章前台页面。

　　栗说星已经将要更新的文章复制了，本来要进入作者后台，但刚才挪背包的时候用了太大的劲儿，手指还没有完全恢复，握鼠标的手滑了一下，滑到文章前台去了。

　　前台一打开，他就看见密密麻麻且五花八门的催更评论。

　　往下一滑，单单讨论区的讨论似乎就有一两百条，其中最火的一条已经盖了超过500楼，看一眼标题，上面写着：

　　"明知道西木不是男人，我还是爱上了这个男人。建个楼探讨一下，西木今天何时变成男人。支持西木，10币一楼，百楼一结，上不封顶。"

　　栗说星："……"

　　我谢谢你帮我暖讨论区了！评论这种东西，本来不看也就不在意，可一旦看见了，就忍不住想看完。

　　于是，栗说星不仅看了讨论区，还点进了讨论区的高楼，还进入自己上一章的章节，看了章节中的"本章说"。

　　他本以为讨论区的种种讨论已经够夸张了，没想到进了章节页面看"本章说"更夸张，看看统计，居然有4000条留言。

　　栗说星："……"

　　这些家伙到底是怎么留言留到这么高兴的，不会是系统计数出错了吧？

　　栗说星谨慎地点开，发现并没有记错，真的有这么多条留言。一群人在催更、怒骂、讨论情节、讨论他上本书的情节、认亲、告白……总之说什么的都有。

　　栗说星默默关了网页。

　　一条催更无所谓。

　　十条催更无所谓。

　　五十条、一百条压力似乎也不是很大，但人毕竟是有承受极限的。

　　今天的评论盛况，有点超出栗说星承受的极限了。

　　于是，栗说星在按原计划更新两章5000字，并解释了自己忘记更新时间这回事之后，又心痛地更新了今天的第三章，并在第三章的标题之后加了括号，内容如下：

　　（加更一章补偿大家，请大家当作一切都没有发生过。）

发完三章，栗说星看着进一步缩水的存稿，理智告诉他应该放下游戏写文了，但是……

栗说星看看电脑，又看看手机，脑海里突然闪过一句话：文章，我对你一向爱得深沉；崽崽，我对你始终无法割舍。

他晃了晃脑袋：我在想什么乱七八糟的东西。

几分钟后，栗说星艰难地做出了抉择。无法割舍战胜了爱得深沉，毕竟存稿还有一些，可以坚持，而崽崽现在正待在游戏中眼巴巴地等他回去。

这一次进入游戏，栗说星打算一鼓作气把旅游场景"刷"过去，所以他做了充足的准备。

他从冰箱里翻出面包和牛奶，又顺便拿了一个冰袋。

电继续充着，确保续航；冰袋塞在手机下面，让机身不至于过热；又打开牛奶和面包，吃几口，缓解饥饿；再做做手指操，让紧绷的手指舒展开来。

一切准备完毕，栗说星再度进入游戏。

在蔚蓝的天空下，白云浮涌，宛如浪涛，红褐色的山石被风吹出岁月的皱痕，重重叠叠，其上攀附着如同虫蚁的绿点，是一株株生长在山间的树木。

还有宿鸣谦。二头身的小人儿几乎保持着他离去时的姿势，似乎在他离去的这十几分钟里一动也没有动，就等着他回来。

栗说星打字："我回来了。"

几乎同时，一个文字泡跳出宿鸣谦的脑袋。

宿鸣谦："嗯。"

栗说星继续打字："我有一个好主意。"

他真的有一个好主意。下了线再回来，他的脑袋突然清醒了，想起了一件本来早该想起的事情。他对宿鸣谦说："我们应该买辆车，你试着说自己想要一辆车，看能不能成。"

宿鸣谦："……"

其实他一度有点疑惑，为什么自己说想要什么就能出现什么，并且不是自己直接得到，而是由西木买了再转交。

不过，现在不是纠结这一点的时候，这些小问题可以等回去了再说。

宿鸣谦顺从地按照对方说的喊了一声："我想要辆车。"

栗说星已经打开商店等刷新了，然而，商店没有刷新。

屏幕上跳出两行字：

系统："……"

系统提示玩家：游戏初期，请理智消费。

栗说星："……"

不满有点多，栗说星一时竟不知该从何说起："理智消费就理智消费，为什么要加个'游戏初期'？难道游戏初期不行，游戏后期就行了？这是想着把玩家养肥了再杀？"但无论他用什么方式说话，都不能得到系统的回应。

于是他只能再指示系统"亲儿子"："换个说法，说我们想租辆车子，便宜的就可以了。"

宿鸣谦依旧照做。新的文字泡刚刚出来，系统商店实时刷新，刷新出一辆山地车来，这辆山地车居然没有直接购买选项，倒是多了一个租赁功能，每小时5贡献值。

你可算出来了！

栗说星恶狠狠地一指头点下去，将其租了出来。

租了代步工具，接下去的路程就好走了一些。他们再度上路。马路上响起了车轮的声音，背包被挂在山地车上，行李箱则到了栗说星的手中，它伴随着山地车，在车轮前进的韵律声中，曲曲折折，倏忽飞驰。

明朗的天色不知什么时候慢慢暗淡下来，宿鸣谦的背包里倒是带了手电筒，不过他以拿着手累为借口，没有将手电筒拿出来，而是让西木每隔一会儿就随便发条消息，使光屏一直保持着显示的状态。

银白色的光屏在夜里可以充当光源，还可以发挥一些更为重要的作用。

它让这趟奇怪的旅游变得不那么孤独。

因为还有一个人，始终陪在他的身旁，和他说话。

不知往前行驶了多久，大概在天色越来越黑，黑到都快要伸手不见五指的程度时，一直向前的宿鸣谦突然停下来，文字泡跳出他的脑袋，上面写着："前面有栏杆。"

文字落下，屏幕的光开始发生变化。

先是一点深红的浑圆在远方的漆黑中透露出来，接着，深红越来越亮、越来越亮，它撕开了漆黑的天幕，染红了左近云层，再通过这道裂口，将自身的热力倾泻而出。

金光成片，一方一方抚过峡谷，抚过深深的沟壑，抚过重重的山峦。而后，灼热的太阳于云海之中猛然一跃，跃上无人可及的高空，俯身下望，照亮这雄浑壮阔的世界！

"日出的时候，新的一天就来到了哟！"

看着手机里的峡谷日出，栗说星突然想起了任务中的一句话。这句话在当时看来只觉得傻，现在回想，却有一丝异样的契合。

也是这时，屏幕里跳出一行字。

宿鸣谦："西木，我觉得……"

我觉得……这三个字在宿鸣谦脑海之中打转。

他情不自禁地握住面前的栏杆，向前倾身，壮阔的景象倒映入他的眼睛，再通过他的眼睛进入他的脑海。他的神经被轻轻扯动了，似乎模模糊糊地记起了一些东西。他觉得眼前的美景异常眼熟，好像曾经看见过它们。

我……

也许……

宿鸣谦喃喃自语："西木，我觉得，我来过这里。还有，你上次搜不到我的名字或许是因为我有另外的名字，一个英文名字，但我记不起来……"

屏幕忽然一闪，原本以半透明形式存在于边角的任务图标在此刻打上了"已完成"的标记。

随后，它倏忽散碎，化成点点金光，融入空气之中。刹那间，光点在屏幕上晕开，彩虹的色光模糊，如同太阳的尾巴，于不经意间从此处一扫而过。

栗说星将手机放在指尖转了转，若有所思。好了，这趟旅游有意思了。只从这个UI设计（注：指对软件的人机交互界面美观的整体设计）的精美就可以看出用心程度，这个现实的旅游场景绝对不是游戏设计者一拍脑袋做出来的，这个场景果然颇有深意……

这条线埋得挺不错。栗说星难得被游戏里的设计吊起了胃口，稍微动了动脑筋，把今天关于旅游的种种琐碎线索集合起来分析。

首先，飞机票。飞机票由抽奖获得，是金色物品，备注上写有"目的地未知"，可以推断：一、飞机票很珍贵；二、旅游地点不止一个。

其次，来到旅游地后，宿鸣谦说出了"我来过这里"的话，可以推断：已获得一块记忆碎片，有关记忆剧情的隐线展开了。

最后，考虑到现实贴图并不是游戏设计者犯的极其低端的错误，可以继续推断：现实的贴图有其必须存在的意义，也许游戏里的现实可以和实际的现实互动；现实的贴图可能并不突兀，而是超前。从任何制作都天然保持整体画风一致这一点来看，也许在记忆解锁的未来，小人儿的画风也会从Q版变为现实。

对目前掌握的线索做了一个简单的分析之后，栗说星基本猜到了设计者在制作旅游系统时的想法。他一把抓住旋转的手机，陷入沉思。

不得不说，这款游戏的设计点还蛮不错的。

关于"失忆"这个梗，宿鸣谦在游戏开头就说了，但栗说星其实没有很在意。毕竟"失忆"这种老梗，他看了没有一百个也有八十个了，各种题材的经典款都"品尝"过了，一个游戏的脚本作者还能写出什么花来？如果游戏一开始就将其并入主线大书特书，他最大的可能就是完全不感兴趣，直接跳跳跳，把剧情全部跳过。

但现在不一样。现在他已经和小人儿建立了稳固的感情，对小人儿的方方面面都有长足的兴趣，当然也有耐性看关于小人儿的种种背景设置了。

而此时，系统送了他一张飞机票……没错，栗说星现在觉得这张飞机票根本不是自己运气好抽到的，而是系统"暗箱操作"直接送的，目的就是告诉他：超大隐藏剧情，劲爆全新设定，全在旅游系统之中！

亲，来张飞机票不？还能怎么办。

栗说星微笑着想，当然选择"氪"了它。因为稀少，所以珍贵啊。分析罗列出来看着挺长，实则转过脑海也就花费了三五十秒钟。栗说星对旅游系统的思考犹如和游戏设计者面对面地交谈。

他被设计说服了。他决定主动投入其中，探索参与。他开始接话，试着主动触发相关剧情线索："看来这场旅游对你很有意义。"

光屏的出现让宿鸣谦恍然回过了神。那点触动神经的熟悉感像受到了惊吓，一忽儿消失无踪，也不知藏到了哪里。

但宿鸣谦依旧感觉很好，他的感觉前所未有地好。

就在刚才，他从这个陌生的世界找到了些许熟悉，虽然这些熟悉感模糊而且遥远，但它就像一粒种子，落地了，生根了，让他突然有了脚踏实地的感觉。

世界不再是那么虚幻的了,除了西木这个真实的人,他又找到了同样真实的事物:他的过去。他找到寻找记忆的方向了。宿鸣谦不觉对光屏微笑了一下,他的微笑是冲着光屏后的人的。

一个数字跳出他的脑袋,硕大的"+50"!然后他收敛了笑容,直视光屏,严肃地询问:"西木,我有一些问题,希望你能够回答我。"

说罢,不等光屏闪现新的内容,宿鸣谦再度开口,详细询问:"在来旅游之前,那封邮件中的'你们',究竟是谁?前往旅游地的飞机票要怎样拿到?你对于这个世界总共知道多少?你到底在哪个地方?你是怎么看见我的?"

又是开放主观题。

栗说星在这款游戏里没有见过ABC的选项,从这个角度来看,设计者也是奇葩。他冷静思考,沉着回答,将游戏的游戏性化成宿鸣谦可以理解的句子:

"那封信里的'你们'具体是谁,我也不知道,我只能笼统地将他们称为操控者。因为他们不仅控制着你的世界,也控制着我的一部分行为。我相信你在这方面也多少有些感觉。基本上在所有的时间里,他们单方面同我联系,否则我也不会把邮件发送到你那里去。

"至于前往这里的飞机票,还有你使用的很多东西……基本上所有的东西。那些突兀出现又突兀消失的所有物品,也都是他们放入商店里的。"

宿鸣谦喃喃道:"商店?"

"对。"编故事是栗说星的老本行,他越说越顺口,将一个游戏系统编得似是而非,自己都快信了,"他们将商店分成两块,把进货的权利给你,把购买的权利给我。所以之前我想给你买些什么特定的东西,都需要你先许愿,商店才会上架该物品。但有时,商店也会自动上架一些别的物品,这里的规则究竟如何,我还没有彻底搞清楚。"

四个问题回答了一半,栗说星舒缓了一下激情打字的双手,再继续。他很注意不在聊天中出现类似"系统""游戏世界"这样直接剧透的文字,但并不忌惮用诸如"商店""抽奖"等并不独特的名词:

"飞机票并不是从商店中购买得到的,它算是一种概率事件。在正常情况下,每隔七天,我能得到一张抽奖券,用于抽奖,可能获得的奖品有很多,比如之前你使用的那款香水中样,飞机票应该是其中比较珍贵的一种。

"对于你所在的地方，"栗说星谨慎地给"这个世界"换了个称呼，"我也还在摸索，但我觉得这里也许比我们想象的都要大。

"至于我……"最后一个问题要怎么回答呢？

栗说星想了想，决定实话实说，两方和谐交流的关键，即在于没事别说谎。

再说了，他为什么要对小人儿说谎？隐去"系统""游戏"这些关键词只是觉得以设计者肮脏的心脏，一旦他挑破这是一个游戏，设计者八成干得出把好感度即刻清零甚至让小人儿死亡的丧心病狂的事情来。

"我在家里，我是隔着一块屏幕看你的。"

这段话很长，但总算说完了。

宿鸣谦沉默不语，全程都极其认真地看着出现在光屏上的句子。

今天的遭遇让他对这个地方有了新的猜测。只是单纯的监禁根本没有必要放他出来，周遭这么多高科技的设备也绝非很容易就能凑齐的，从各种角度来看，如果这是牢笼，这个牢笼未免太过奢华。

无论如何，这里还有很多疑点，需要他在后续的时间中研究。他现在更关心另一件事情：既然西木对这里也不是非常了解，那么……

宿鸣谦："他们威胁过你吗？威胁你照顾我，威胁你看着我？"

光屏一闪，长长的句子被一张满头问号的表情包取代。

接着对方明白了他的意思，说："你别乱想，我是完全自愿的。能看见你，我非常高兴和惊喜。"

宿鸣谦："嗯……"

我也是，他将这半句话吞了，又若无其事地问："你能碰一下我的手吗？"

下一秒，宿鸣谦感觉自己的手被碰了一下。对方真的伸手碰了他，他手腕一颤，想回握对方，可力量在转眼间烟消云散。他有点遗憾，又有点不好意思地将手背到了身后，把话题导回正轨："现在我们该做什么？"

这个问题栗说星能够回答！在旅游任务消失的时候，他就发现屏幕上多了一个"返回"的按钮，应该是供他们一键返回用的："现在看完了日出，我们可以直接回去了。当然，你想在这里多待一段时间也可以。"

文字发出以后，屏幕里的小人儿又将脑袋转向远方。他迎着日出久久地眺望着，明明是二头身，栗说星居然觉得自己依稀从其身上看出了点深沉的东西。

这游戏在耍酷上，走得也挺远。不太久的等待，文字泡再度出现，小人儿说:"差不多了,不用再停留,我们回去吧。"

栗说星按了"返回"键。屏幕一黑,之后熟悉的画面闯入眼中。他和宿鸣谦回到了家中,一切如旧,只有房间的桌子上,突兀地多了一本厚厚的牛皮手账本,拿手点它一下,本子翻开,左侧的部分贴了大峡谷日出的照片,下面配有日期和三行文字,线条流畅,微露笔锋。

这是?栗说星一眼扫过,正想打字,但点开聊天框的时候,手指不慎点到了手账本空白的右侧,刹那间,一个菜单跳了出来,里面排列了许多照片,全是现实风景加上Q版小人儿,正是刚才他们在峡谷旅游时候的截图:

名称:大峡谷日出贴纸
售价:1好感度/张
用途:可贴于手账本"峡谷日出"页右侧空白处。

Chapter 6

第六章
纸性恋

栗说星："……"

游戏内嵌消费跳得突兀，栗说星一时也不知该说它是与时俱进，还是见缝插针，只能在片刻的无语之后先将其关掉。

他再度将注意力集中到手账本的本体上。这是一本深褐色牛皮本子，内页的文字是蓝色的，颜色不深，有一种水洗过的感觉。他再看内容：

> 09.13
> 我被John塞了一张机票就赶出了办公室，他让我出来散散心，别整天工作，大峡谷就是他替我选的目的地。
> 不可否认，黑夜之后的太阳有种叫人神魂颠倒的魔力。
> 我会找到我的太阳吗？

短短三行字，透露了不少信息。

宿鸣谦摸着手账本上的文字，沉吟片刻："我有一份工作，有一个叫John的同事。我和他关系还不错。我被一些事情困扰着，也许是工作，也许是别的……"

栗说星："翻翻别的页面。"

这正是宿鸣谦想做的。他将手账本往后翻翻，试试看还能不能找到其他的东西。大概一厘米厚的手账本在翻阅上没有任何问题，其余页面上倒也有内容，但除了"峡谷日出"这一页，其他位置的文字与图片都像蒙了一层薄薄的雾，看不清具体的内容。

这本身也是一种内容，而且和他的猜测完全吻合。

这是一本代表过去的手账本，所以所有页面都有记录，只是还没有前往的地点记不起来，于是用灰雾表现失忆。而等前往这些地点之后，手账不仅能够解锁，还会送你两三行日记，透露一些人物情况，从侧面帮助你了解小人儿。真是煞费苦心，栗说星对设计者表示敬服。然后，他指示小人儿再将页面翻回"峡谷日出"那一页，点击右边的空白位置，重新呼唤出贴纸的购买界面，稍作研究：

一张贴纸1好感度。

一套贴纸5张。

只要支付1好感度，看中哪张拿哪张。

只要支付5好感度，全套贴纸入怀中。

居然真的这么便宜？栗说星眼也不眨地买了。

买完之后，贴纸散落在手边，他尝试片刻，发现这些贴纸不仅可以以各种角度贴在手账本的空白位置，还能自由地放大、缩小，堪称想怎么贴就怎么贴。

不仅如此，栗说星还发现自己能在白色的内页框中书写内容。

所以，左侧代表过去，不能编辑，只能揭露；右侧代表现在，随意书写，随意创造。

啪的一声。

又是啪的一声。

正拿着手账本沉思的宿鸣谦被惊醒了，一眼就看见突兀地出现在手账右侧空白处的照片。那些照片是普通照片的二分之一大小，背景是峡谷里的各种风景。这是正常的，可在各种风景的正中央位置，还贴了一张贴纸。

那是一个戴帽子、拖行李箱的Q版小人儿。宿鸣谦认出了那是自己。

两个人都一起旅游了，想拍人物照大可以直接拍我，不想拍人物照就干脆直接拍风景。为什么明明拍了风景照，还要再贴上一张人物贴纸，还是我的Q版人物画？

宿鸣谦有淡淡的疑惑："这个……"

一行字出现了。但这行字这回并没有出现在光屏上，反而出现在了手账右侧照片的下面："可爱吗？"

宿鸣谦看着这行字回答："很可爱。"

之前的那行字消失了，新的一行字出现。这本会自动出现文字与照片的手账，在此刻简直像一本魔法笔记本："我也觉得超可爱。"

宿鸣谦委婉地说："会不会太可爱了点？"

手账上闪出一行字，十分理所当然："但你本来就这么可爱。"

宿鸣谦又产生了一丝纠结，他暂时还没有办法太直白地接受西木的称赞，尤其是这种……方向比较偏离正轨的称赞。

他在心里轻轻地抱怨了一句：明明都把我当恋人了，为什么还一直把我想得这么可爱？现在的女孩子心里到底在想些什么？怎么说，也应该是我这样称赞你吧？

宿鸣谦盯着照片，盯了片刻，突然站起来，翻找背包，然后从中翻出一支笔来，再坐回座位上，问栗说星："西木，我能问问你吗？"

栗说星对宿鸣谦的举动觉得有点纳闷。

没事拿笔干什么？

他回答："你问吧。"

宿鸣谦："你是长发还是短发？"

栗说星更加觉得奇怪了。

为什么我还会有一个长发的选项？

他回答："短发。"

宿鸣谦："戴眼镜还是不戴眼镜？"

栗说星："不戴眼镜，我双眼5.2。"

宿鸣谦："现在正穿什么衣服？"

栗说星："？"

他越发觉得小人儿奇怪了，不过还是回答了："睡衣，短款的。"

宿鸣谦突然咳嗽一声："咳……"

栗说星："？？？"

他立刻关心："你怎么了？为什么突然咳嗽，是不是生病了？"

宿鸣谦："没、没什么。"

话是这样说，但是……真的没有问题吗？

栗说星看着在回答过程中越发把脑袋垂下去的小人儿，心中暗暗嘀咕。

正当他准备再说点什么的时候，屏幕里的小人儿忽然行动了。

小人儿拿起笔，在本子的空白处，画了一幅Q图。

短发、睡衣、有大大的眼睛和扬起的嘴角,手里还提着一个大背包,累得满头是汗。画完了这幅画,小人儿再拿笔写字。

短短一行字,正出现在Q图的旁边——送给你的,希望你喜欢。

栗说星:"……"

栗说星:"!!!"

一刹那,栗说星不动如山已有二十六年的心脏都硬生生被撼动了,他的震惊简直难以用笔墨来形容!

虽然看着有点简单。但为什么小人儿会画Q版图片?

震惊之后,就是惊喜。

甭管为什么会画Q版,反正看见小人儿画出自己Q版图的瞬间,栗说星就被征服了。他突然明白自己为什么这么快沉迷于这款游戏了。

因为这款游戏……真好玩啊!

他深吸了一口气,手都是抖的,开心得快要飘了:"崽,你真的太——"

你不会又要说……

宿鸣谦被这熟悉的句式弄出了淡淡的心理阴影,赶紧打断栗说星,硬生生地转移话题:"好了,还有空白的位置,我们也为今天的旅游写点什么吧。"

栗说星的注意力被转移了。

栗说星:"写什么?"

宿鸣谦:"嗯……"

栗说星突然提议:"写下我们今天的心情怎么样?"他接着解释,"这是你的记忆本,你会在这个本子里找到很多你的过去。但只是寻找过去太无聊了,所以我们也来制造一些记忆如何?

"现在制造的记忆到了明天,就是过去。前面的过去是你接受的过去,后面的过去是你选择的过去。这样一来,就算最后你找到的过去不太符合你的期望,你也拥有你选择的过去了。"

宿鸣谦的手指在纸张上抚过,纸张柔滑的触感让他有了瞬间的、仿佛碰到对方皮肤的错觉,指尖似乎生出了一点儿暖意,还让心脏也跟着感觉到了。

他觉得西木很神奇。

她绝大多数时候都显得天真又随性,年纪轻轻,强装大人。

可有些时候,比如现在,她又是一个真的成熟者,思维敏捷,心胸豁达。

然后，宿鸣谦在书页上写了字，就一个字："好。"

他答应对方的提议。我们来制造一些属于我们的回忆。

巨大的"+100"出现在了屏幕上！知足的笑容同时出现在栗说星的脸上，看着这个数字，他就知道这次的操作妥了。

他心情惬意，于是行动越发殷勤，先将本子的空白处整理了一下，把自己之前的对话全部删掉，只保留宿鸣谦画的小人儿和那句"送给你"的留言。

然后，他对宿鸣谦说："你先来，随便写一句当时的心情。"

宿鸣谦的第一句话中规中矩："峡谷的日出确实挺好看的。"人掉陷阱里了。栗说星开始写了："景色的美丽与否还得看身边站着的究竟是谁。"

宿鸣谦愣了愣，思忖片刻写下："和朋友一起去旅游感觉确实很不错。"

栗说星再度接话，骚上加骚："你沐浴天光之下，美轮美奂。"

宿鸣谦："……"

栗说星："XD（注：网络表情，不怀好意的笑容）。"

手机世界之外，栗说星看着电脑上的粉红页面，心情十分愉快，大手一挥，就给灵感赞助商打赏了100块钱。

术业有专攻，专家套路精！

这时，屏幕上又冒出了一个文字泡。

宿鸣谦："西木，我想……"

栗说星打眼一看屏幕，正看见藏在文字泡后一连串的"-1"，目测一下，一串五个。不用再说了，我知道你想说什么。

栗说星内心稳如泰山，既然敢做出骚操作，总要承担骚操作后的结果。

再说了，只扣区区5点而已，怕什么。

崽崽真是越来越温柔了。栗说星淡定地打字："好了，今天真的待太久了，我要去工作了，明天见。"

他退出了游戏。游戏里，宿鸣谦再喊一声："西木？"但没有回应，面前的光屏闪了闪，渐渐变淡，下一步就是消失。

宿鸣谦有些懊恼地按住因为紧张而略微绷住的胸口。

他想问西木要一张她的照片，但是……

也许还是太早了吧。

从游戏里出来，时间是16点。

一天正好过了一多半，还有小半天给我写文。不过在写文之前总想摸点"鱼"……

　　栗说星估摸着今天发的新章和补更应该都被大家看见了，于是大胆地刷新了一下网页，看向文章讨论区，只见讨论区里又多了不少评论，而这一次，评论和两小时前天差地别：

　　"一切无事发生过，九票在此不客气。"

　　"一切无事发生过，西木今天两米八。"

　　"一切无事发生过，明天再来会更好。"

　　"天花乱坠，感激涕零，百万虽巨，不过区区心意。"

　　整整齐齐的玩梗评论区独独被一条系统默认的万元打赏飘红破坏了队形。

　　栗说星点进去一看，发现除了系统主题，还有一行留言。

　　"一切无事发生过，一个白银小意思。Ps：有加更吗？今天有第四更吗？by：混世摸王"

　　加更是没有了。普通盟主没有，白银盟主没有，黄金盟主也没有。

　　这辈子都……好吧，这辈子还是有可能加更的。

　　既然看见了，栗说星顺手给加了个"精"，随后关掉网页。

　　关了网页，开了文档。不过，栗说星还是没有马上开始写文，而是先上QQ，在终点吃货群里嚷了一声："拼文的有？"

　　蛋定自若永远第一个出现："没有。卡文。"

　　栗说星："卡什么？"

　　蛋定自若："卡怎么撩汉子。"

　　栗说星："……"

　　六味小僧："……"

　　索任："这个群越来越变态了。"

　　十零陵："蛋蛋你是不是打错字了。"

　　蛋定自若长吁短叹："没打错字啊！我真的在写汉子！你们还记得我上一本被封的书吗？封我的理由是描写过多社会负面习气，引起不良模仿行为，但那本书真的没写什么官场、黑道。后来我和编辑分析了很久，可能是我写了男主救了被绑架的有夫之妇，收留流浪街头的女大学生，让一位大胸同事给自己洗衣做饭，身旁还有个冰清玉洁的未婚妻吧……"

指间风雨："其实看你的正文是觉得没什么的。但看这总结，不知怎么一下就感觉你真是活该被封。"

蛋定自若："[大哭][大哭]世界上就男人和女人，写不了女人，我只能写男人了！"

群里的众人没什么同情心，集体哈哈大笑。

哈哈大笑之中，栗说星发言："其实我刚才撩了个汉子。"

沉默。

索任冷冷道："这群完了。"

16：15分索任已退出群。

没人在意。反正这家伙一个月少说退群两三次，这才刚开头呢。

蛋定自若赶紧道："你撩什么汉子了？怎么撩的？快说说，我看文里能不能化用一下。"

栗说星觉得自己刚才撩得挺好的，简单说了一下背景，就非常大方地把自己和崽崽的四句对话贴了出来。

依旧沉默。沉默是今天的聊天群。

蛋定自若："……虽然感觉确实不错，但公公你是不是撩得太深入了？"

六味小僧："对话写得可以，但小僧也觉得这有点超出男性与男性纯洁的友谊了。"

没有了瞎说大实话的索任，说实话的重任就落到了指间风雨身上："死基佬。"

栗说星不以为意，谁管游戏小人儿的性别？他说："你们不知道他有多可爱。"

没等众人对这句话做出什么评价，一句话插了进来。

热闹的群终于"炸"出了平常不怎么出现的桑无鬼。

桑无鬼十分受不了："这是什么直男审美土味情话，你们是认真地觉得上面的对话写得好？而且'美轮美奂'是形容建筑物的，不是形容人的。"

栗说星："这我知道，不过我以为这个成语现在已经被化用了，原来没有吗？"

桑无鬼语重心长："论写感情戏，你们都得向鹿哥学习学习。"

鹿过芳草："有人找我？"

突然跳出来的ID让群里众人吃了一惊。

蛋定自若:"鹿哥来了!"

十零陵:"鹿哥也在?"

指间风雨:"鹿哥,上本完结后你说去相亲,现在相到没有?"

16:20分索任已加入群。

退群的索任仿佛有千里眼,在鹿过芳草出现的第一时间就自动回归。

索任:"今天刮什么风,将鹿哥吹过来了?"

众人清一色的"鹿哥"中,只有六味小僧的称呼与众不同:"芳草女施主,好久不见了。"

眼看两种称呼的对比,电脑屏幕后的栗说星露出了一言难尽的表情。

因为鹿过芳草这个作者……确实比较一言难尽。

鹿过芳草是终点的作者,这是一句废话。鹿过芳草是写都市后宫文的大神作者,被众多男读者奉为"我神鹿哥",有美名"芳草丛中一鹿过",这也不是很让人惊奇。

但鹿过芳草的真实性别是女,是个不折不扣的写都市后宫文的大美女作者……这就揽尽终点年会的风头了。

情况是这样子的:当时这位身高腿长的大美女走到台上,台下的男作者都觉得对方是隔壁女频网站的大神,结果她微微一笑,向台下众人说:"大家好,我是鹿过芳草。"

栗说星为什么知道得这么清楚呢?因为他也是把鹿哥当兄弟,结果成当场崩溃的男作者之一……

回忆到此为止,栗说星心中升起了淡淡的阴影,虽然已经过去两三年了,但每逢想起,依旧能回味当时的晴天霹雳……

栗说星再看屏幕,发现鹿过芳草正在评价自己说的那四句话。

鹿过芳草:"这……"

鹿过芳草语重心长:"几位兄弟,妹子不能乱撩啊。看了这些话还没有把你拉黑的,就娶了吧,是真爱的。"

后宫文大神一语定乾坤。

其余几位直男纷纷倒戈,指责栗说星写得稀烂,没事瞎撩,肯定掉好感了。

栗说星:"……"

他突然想起了那掉下去的5个好感度，心中再度蒙上一层名为鹿过芳草的阴影。一群没有自己观点的墙头草！

鹿过芳草又说："西木子啊，这瞎撩的口吻很熟悉，你别是从我们的女频中参考过来的吧？你要是想锻炼感情，那不能只看我们的女频，我们的女频是'无线风'，不够文艺。你得去隔壁的隔壁看看，多少缠绵悱恻的爱情，尽在……"

栗说星没有看完，心中阴影太重。他默默关群，匿了，决定写自己的文，让群里的人"水"去吧。

关了群，还没关软件，新的对话就跳了出来。熊猫找他。

熊猫："有空吗？西木。"

栗说星："？"

熊猫："《大争》的1至3册马上印好了，想跟你约个签售的时间。"

栗说星对签售没什么兴趣："要写文。"

熊猫解释："不用你全国各地到处跑，我们先搞一场在你的城市的签售，你只需要空出一个下午，来个人就行了，有出场费的。"

栗说星还是没兴趣："读者看书就行了，何必看脸。"

熊猫："读者就想看你的脸，我又有什么办法呢？"

栗说星："……"

栗说星抵死抗拒："就是不给看。"

熊猫："……"

熊猫退了一步："那好吧，这样，我们暂时不办签售会，但你得来印刷厂给我签一些名字，就现在，我正好在印刷厂看样，花不了多长时间的。"

栗说星还是不松口："焦糖西木这个笔名太长了，我的手会写断。"

熊猫都被震惊了，心想你的手有多脆弱，写这点字就能断了？！

但作者就是上帝。他给出一个主意："那我们简化一下，我把'焦糖'两个字直接印刷在扉页上，你签西木就够了。反正你笔名里的'焦糖'没有任何存在感。"

还能这样？栗说星很震惊。不过他很快就有了新的主意："但翻书签名太累、太重了。"

熊猫立刻击破："怎么可能劳您尊手翻书？我们还没装订，是还没装订的扉页叠在一起的，而且也不用您动手抽纸张，我在旁边，帮！您！抽！"

栗说星："……"

话都说到了这份儿上了，他只能屈服："至于吗？"

熊猫："呵呵。"

熊猫："帮你叫车了。"

三分钟后，一辆车子飞驰到栗说星楼下，接了他就走。

四十分钟后，栗说星在充斥着噪声和粉末的印刷厂与熊猫见了面。

四十五分钟后，栗说星坐在了办公室之中，开始对着一叠印刷好了"焦糖"两个字的扉页签名。

他一开始很认真地签"西木"两个字。

签了大概五十页之后，就"颓"了，正楷变成了草书。

草书又签了大概一百页后，手痛了。于是栗说星停了下来，对着还剩下很多很多的扉页思考片刻，灵机一动，有了主意。

草书再度变成四笔。一笔栗子左边框，一笔栗子右边框，再剩下两笔，还可以给栗子点两个小眼睛。

别说，看着还挺可爱的。

凭借这一笔简笔画，栗说星签完了所有的名。

他放下签字笔，浑身轻松地抬头，就和熊猫炯炯的双眼对上了。

两个人对视片刻。

熊猫："这是什么？"

栗说星："栗子。"

熊猫："我知道是栗子。"他顿了一下，"但你不该签你的笔名吗？"

栗说星淡定自若："这有什么关系？我相信聪明的读者肯定看得懂。而且你还可以说……"

熊猫："说什么？"

栗说星："这是特签。打出西木公公灵魂绘画的旗号。"

熊猫半晌无语，最后评价："西木，你真是一个充满灵性的作者。"

栗说星："谢谢夸奖。既然签完了，那我就……"

熊猫赶紧拉住作势要走的人："大神，你出来还真就签个名啊？现在时间差不多了，我请你吃个饭吧，顺便商讨一下实体书的推广方案吧。"

栗说星习惯性地要拒绝，但转念一想，这事早晚要花时间处理，而自己反正要吃饭，正好趁着吃饭一起解决了，回家还可以直接开始写文。

于是他点点头："行，聊聊吧。"

俩人谈拢，熊猫选了附近的一家海底捞。火锅这种东西，最适合谈这些需要沟通，但又不是特别重要的事情了。

到达海底捞，俩人选了靠窗的宽敞卡座坐下。熊猫将菜单递给栗说星，大手一挥："想吃什么点什么，不用替我省钱，反正这顿饭是公司报销。"

那确实没什么好客气的了。栗说星拿起菜单看了看，点了自己习惯吃的菜再搭配两个应季新品之后，就把单子还给了熊猫。

熊猫拿过单子，扫一眼，再添两道肉菜，招来服务员下单。

他开始说话："既然你不愿意参加签售，那我们的签售活动就没有办法展开，所以得再想个新的宣传点子。公司里对你这部书还是非常重视的，确定了A类宣传渠道，有专门的宣传经费，这个经费不用白不用。我们现在要考虑的就是，如何在有限的经费中宣传出最大的效果。关于这一点，我有些不太成熟的想法……"

话到这里，兜里的手机突然响起。

熊猫低头看了一下手机，从座位上站起来："不好意思，我出去接个电话。"

栗说星："没事，你随意。"

熊猫拿着手机出去了。

栗说星等在原位，这一等还等了不少时间，直到锅底都端上了桌，熊猫才匆匆回来，一迭声地道歉："对不起对不起，孩子生病了，我现在要赶去医院看看，西木，今晚你得自己吃了，我已经把单买完了，我们下回再约。"

说完了，他甚至没等栗说星回答，就旋风般地冲了出去。

栗说星："……"

菜也上了，单也买了，栗说星还能怎么办，当然是留下来把这火锅吃了。

他继续一个人坐着，等上菜。

锅底已经放在桌上，菜品也很快送上，差不多要上完的时候，端菜的服务员突然问："先生，我看您一直一个人坐着，今天您是单独来吃火锅的吗？"

栗说星随口回答："是。"

服务员："您等等。"

他转身离去，回来时，手上拿了一只大猫玩偶。

他将大猫玩偶放置在栗说星座位的对面，还仔细地替玩偶整理了一下小衣服，接着抬起头来，贴心地对栗说星说："一个人吃火锅还是有点寂寞的，今天就让Candy来陪您用餐吧。"

贴心的服务员留下玩偶，走了，坐在位置上的栗说星开始迷茫。

一个人吃火锅孤独吗？其实他觉得没有那么孤独。

一个人和一只玩偶相对坐着吃火锅孤独吗？他觉得真的很孤独……

他和坐在对面的微笑的玩偶面面相觑半天后，不忍直视地垂下双眼，摸出手机，打开恋爱吧App，上游戏："崽啊，准备吃饭了吗？"

宿鸣谦有点惊讶："怎么突然来了？现在还没吃。"

栗说星先拿手机对着一桌子的菜拍了照，发送给宿鸣谦，然后"吐槽"："被人放鸽子了，现在正一个人吃火锅。一个人吃火锅也就算了，这里的服务员还给我拿了一个玩偶，叫Candy，说让它陪我吃……"

这寂寞有几级，10级都打不住了吧？

宿鸣谦哑然失笑："不要理玩偶，我陪你吃。"

栗说星："好好好！我来找你也是为了和你一起吃。你晚上想吃什么？如果你那边也有火锅，我们就能吃同款……"

他打字打到了这里，忽然一愣，再仔细想想，觉得这其实完全是可以实现的。毕竟游戏能变出崽崽想要的任何东西，只要让崽许个"海底捞套餐"的愿望，不就可以和崽崽吃同款饭菜了吗？

他立刻指示："崽崽，许愿要个海底捞套餐。"

宿鸣谦许了愿。一份"海底捞套餐"即刻上架，一点儿也不贵，不过99贡献值。现实中别人替我买单，游戏里我替崽崽买单。栗说星想。

一份钱，两份饭，完美。

栗说星淡定地买了，直接使用。等看见宿鸣谦的桌子上多了全套火锅菜品之后，他的心忽然得到了满足。

不知为什么，他突然有一种真切被陪伴的感觉了。

于是，在服务员再度过来，准备给栗说星烫黑牛肉片的时候，栗说星说："麻烦把对面那个Candy拿走，我有伴儿了。"

说着，他将手机放到对面位置，支起来，摆出和自己面对面的架势，再拿一个碗放在手机面前，再度开口："待会儿你烫肉的时候分成两份，一半给我，一半给他。"

服务员："……"

他看了正显示游戏画面的手机片刻，虚心地询问："请问，这是？"

栗说星："我的恋人，我的崽。我和他一起吃火锅。"

服务员："……"

"这……这位客人，请您稍等五分钟。"服务员冷静地说，"五分钟内我会回来为您服务。"

说完他立刻转身，快步离去。至于吗？心理承受能力这么弱？不就是跟手机吃个饭吗？少见多怪，还不许人和游戏谈个恋爱啦？

栗说星望着服务员快速消失在人群中的背影撇了撇嘴。他没把对方说的五分钟当回事，直接拿起筷子，将桌上的菜品拨入烧开的锅中。

但还没煮两分钟，刚才快步离去的服务员又快步回来了。这一次，他昂首挺胸，笑容沉稳，从头发丝到手指头都散发着一种绝对的自信。

他就这样大踏步地来到栗说星面前，将捧在手里的便携屏幕放到了栗说星对面的桌子上。

他语气亲切："您好，客人，我们注意到您的恋人正待在一个比较局促的空间里，恐怕不能在接下来的这场用餐中进行完美的享受，于是我们为您拿来了一个便携屏幕，您可以将手机上的画面投屏到便携屏幕之中，这样，您就可以和您的恋人进行更直接与清晰的交流了。"

栗说星目瞪口呆。

服务员又从口袋里抽出一个透明的小袋子，明明是很普通的手机防水袋，到了他的嘴里，也变得高端大气起来："还有这个，这是我们为您的恋人特制的小围裙，穿上小围裙，您的恋人就不会蹭到脏污了。"

栗说星继续目瞪口呆。

他眼睁睁地看着服务员一边说话，一边娴熟地帮他打开屏幕，完成投屏，再将他的手机装入防水袋中，最后安置在一个小小的可爱的手机座上。

等一切做完，服务员再问他："您还有什么需求吗？如果没有……"

栗说星终于找回了自己的声音："没有了。我有一个问题。"

服务员："什么？"

栗说星："你们的服务收费吗？"

服务员失笑:"没有没有,客人不要误会,我们的服务全部是免费的。"

栗说星实事求是:"还是收费吧,这样不会破坏市场。"

兄弟,之前是我愚钝了,还是你们厉害啊!

交谈完毕,栗说星赶走了还想替他烫肉的服务员,和宿鸣谦开始双人火锅晚餐。

别说,把游戏投屏到便携屏幕上后,看着大了不少的小人儿,确实更有感觉了一点。可惜想和崽崽互动,还是要使用手机屏幕,而手机又被套在防尘袋里,不太方便。

栗说星索性也不赶这点时间了,和自家崽崽一个在游戏外,一个在游戏里,一同好好吃饭,享受美食。

享受的过程总是比较短暂。

当栗说星解决了桌上差不多一半的食物之后,有点吃不下了,于是将杯盘推到一旁,只拿点自助区的水果,慢吞吞地吃两口。

也是在这时,那位服务员兄弟又过来了,手里还推着一辆小推车,小推车上面放着两样东西,一样是一碟红丝绒心形蛋糕,另一样是一台数码相机。

他笑容可掬:"客人是要吃完了吗?"

栗说星:"嗯,差不多了。"

服务员:"是这样子的,因为今天是您和您恋人的烛光晚餐,所以我们厨房特意为您二位准备了一份小蛋糕,祝你们心心相印,幸福美满。"

太会说话了,我是不是太久没有走出家门了,现在社会上对服务的要求都这么高了吗?

栗说星"哒"了一声:"谢谢你们了。"

服务员将红丝绒蛋糕端到了栗说星与屏幕的中间。

接着他又表示:"因为我们还是第一次招待像您这样独特的客人,所以如果可以,我们希望为您和您的恋人拍一张照片,作为留念,可以吗?"

嗯?栗说星对于露脸这件事比较敏感,正想拒绝,又听服务员解释:"我们不会对着您的正脸拍的,也会对屏幕的内容做模糊处理,绝不会泄露您和您恋人的任何隐私。"

得了,所有话都被你说了。

看在对方确实将他服务得叹为观止的分儿上,栗说星没有再拒绝,只是说:"可以。不过这事我要先和我家那位说一声。"

服务员依旧微笑,就是微笑依稀龟裂:"当然。"

这一眼对望之中,两个人均从内心听见了一声感慨:看这家伙的入戏程度,真是活成了戏精啊。栗说星将自己的手机从防尘袋中取了出来,先给红丝绒蛋糕拍了照,又把照片传给宿鸣谦。

栗说星:"碰到好人了。我说我和恋人一起吃饭,他们居然还送了蛋糕过来。"

宿鸣谦:"……"

刚刚吃完火锅、正喝水的宿鸣谦被嘴里这一口水呛到了:"喀喀喀……"

栗说星紧张起来:"怎么了?呛到了?小心点!"

宿鸣谦:"没、没事。"

他的心紧绷起来,精神也紧绷起来,身上的每处都是紧张的。

西木的暗示几乎到达了明示的程度,她表达得很明确了,我,我……

他紧张极了,越想说点什么,大脑越是一片空白。僵了半天,他小心翼翼地说:"那肯定是因为西木你很可爱……"

回答完了,宿鸣谦也没有放松下来。他更加紧张了,屏息凝神,等待西木的回答。他的心简直像一团乱麻,纠在一起,也没个头绪。

欸?学会夸我了。崽崽真是个聪明的崽崽!

栗说星很高兴,挑挑眉,输入一句话:"崽,你说对了,我人见人爱。"

发完这句话,他突然发现,长久的寂静,游戏里的小人儿背对着他,并缓缓冒出一个"-1"。

栗说星:"???"这又是怎么了……

不过算了,负好感度总是来得这么措手不及,不怕,习惯了。

栗说星给游戏里的小人儿发完消息,再让海底捞的人拍了照后,总算踏上了回家写文的道路。

在专注写文的道路上,总是布满了各种各样你无法想象的阻碍……

从这里到家还有半个小时。

半个小时时间,栗说星没有浪费。他惦记着小人儿想看评论的事,顺手就把讨论区里的评论截图给小人儿看,还没截两张,游戏里就出现了一个文字泡。

宿鸣谦问:"他们说的'一切无事发生过'是什么意思?今天发生了什么

事情吗？"

栗说星："……"

AI为什么能这么敏锐……

他稍稍解释了一下自己忘记更新所以补更一章的事情，话才说完没有两秒，一个巨大的文字泡就从屏幕上冒了出来。

宿鸣谦很严肃："西木，我知道你早上是为了我才忘记更新的，我很感谢你。但你不该这样。工作是你人生的重要支柱，你不应随便破坏自己的支柱。既然和你的客户们约定了时间，那就不要迟到，一分一秒也不要迟到。你对工作负责，就是对你自己负责……你明白吗？"

栗说星："我明白了。"

宿鸣谦："我会关注你的更新时间的。"

栗说星："我真的明白了。"

宿鸣谦："我想知道更多关于你文章的事情，这次不是内容和评论，而是你的写作计划、存稿数量、更新频率。"

栗说星："我可以假装不明白吗？"

我认识的崽崽不可能这么严厉！

好不容易到了家，刚刚和游戏里的小人儿探讨过人生的栗说星再也不敢"摸鱼"了，衣服都没换就坐在电脑前激情码字。

一个晚上，激情5000字。5000字写完，已经1点多了。

比平常晚睡不少的栗说星冲了个战斗澡就瘫倒在柔软的床上。他的脑袋陷入枕头，在黑夜里长长地打了个哈欠，闭上眼睛。睡意袭来，将睡将醒的迷糊中，栗说星不知怎的，脑海中又闪过了白天想到的两句话：

文章，我对你一向爱得深沉。

崽崽，我对你始终无法割舍。

若要两者和平共处，却将我榨干了去。

"嘀嘀。"

"嘀嘀嘀。"

"嘀嘀嘀嘀嘀。"

一连串的嘀嘀声由远及近，越来越响，栗说星慢慢从睡梦中清醒过来了。

167

他茫然地看了一会儿天花板，反手一拍，拍中了不停吵闹的手机，再拿起手机一看，现在才上午9点多，群里的人也不知道发了什么疯，一直在@他。他眯着眼睛，打开群，压着火气打开了群聊，发现……

蛋定自若："@焦糖西木，公公，想不到你是这样的公公。"
十零陵："@焦糖西木，西木，你红了。"
索任："@焦糖西木，我佩服你，玩手机上了社会新闻。"
指间风雨："@焦糖西木，你和你的屏幕一起出道了，你到底在你的手机里藏了多少不可描述的东西，让人家服务员误会成这个模样？"
栗说星一头雾水："你们搞什么乱七八糟的，我怎么一句也听不懂？"
蛋定自若发了张图："里头是你吧。"
照片跳跃到屏幕之上。

只见光线昏黄的火锅店里，一块红丝绒蛋糕在光圈之中静静闪耀，它的左边是个露了小半个侧颜的男人，右边则是一面屏幕，他们都笼在模糊的光中，看着不是很真切，但这反而凸显了这张照片的迷人静好……

栗说星一个激灵，瞬间清醒，从床上翻身坐起，打字问："哪儿来的？你们是怎么看见这张照片的？"
蛋定自若："不仅我们看见了，全微博人民可能都看见了。它现在还在热搜榜第一呢。"
栗说星立刻打开微博，进入搜索区，看见热搜榜第一：

#海底捞纸性恋#

栗说星："……"他再点一下，进入热搜，一眼看见海底捞的官博在昨天20点的时候发的微博。

@海底捞
今天，一对特殊的恋人光临海底捞门店，我们有幸为客人和他的卡通恋人送上最诚挚的服务和最真诚的祝福。通过便携屏幕，我们的员工帮助客人摆脱手机的局限，与他的卡通恋人面对面地共进晚餐。这是海底捞在服务模式上更多元化的一次探索。海底捞承诺，每种心动滋味，我们都将与你共同追寻。

客人和他的卡通恋人，唯美食与恋爱不可辜负。

看着这条微博的广告语，栗说星一个恍惚，脑海里就响起了女配音员温柔的煽动之声。实在太真实了，引起略微的不适。他赶紧晃晃脑袋，将脑海中的声音晃出去，定睛再看面前的微博。

转发7万，评论3万。不愧是热搜第一，果然很火。

他又点开了具体的内容，看见热转前几名。

"没毛病，有了纸片人，要啥自行车。"

"正常情况下异性恋多，微博上同性恋多……直到今天，我发现其实大家都是纸性恋！"

"海底捞，就是你了，我和我的纸片人定情之所！"

五花八门的热转风格迥异，不乏骚气之作，但在第一热转3万转发量之下，它们都得甘拜下风。

热转第一："是我了。"

"微博里说的是我了。照片里照的是我了。这不就是我的模样吗？"

"同一个世界，同一个我，今天大家都是好朋友！"

就连为寻找真相而来的栗说星，在看见这条转发的时候，都有了一丝冲动。但他及时清醒，并在清醒的过程中，敏锐地察觉到了疑点。

其实认真说起来，这张图片确实像昨晚服务员承诺的那样，拍得蛮模糊的，屏幕是看不清具体内容的，他的侧脸也并没有暴露多少，除了露出嘴唇和一方下颚，其余部位都看不清楚。

而且这条微博底下没有人提他，他的后台同样清清静静，证明从昨晚到现在，都没有人把热搜和他联系在一起。

"马甲"保住了，没有真的上社会新闻头版头条。

栗说星松了一口气后，突然醒神。等一下，既然微博上没有人把我和这件事联系在一起，那么群里的那些家伙是怎么凭借着这张照片，认定上面的人是我的?

仔细想想，刚才那会儿，那群人是不是表现得太急切了点儿，一个人用召唤术就算了，居然一群人一起排队用召唤术，队列排得整整齐齐的，中间一句插播也没有,就好像预先排练好了似的……

他们根本不能确定这就是我!是诈我的!上当了!

栗说星一时懊恼,立刻点开QQ群,亡羊补牢:"这照片骚,海底捞的广告越来越厉害了,我都被他们撩得心动了。"

但太迟了,他的辩解换来了群里更大声的嘲笑。

索任:"成熟点,别解释了。"

十零陵:"你刚才彻底暴露了。"

蛋定自若:"看你刚才那样,我笑死了。"

指间风雨:"西木,枉费你文中智斗写得那么高端,现实之中……啧啧。"

栗说星:"……"

万幸屏幕隔开了彼此,否则极有可能引发谁也不想看见的群体斗殴事件。

栗说星定了定神,稳住,打字:"好吧,你们是怎么发现的?那张照片明明已经P到连亲妈都不认识的程度了。"

蛋定自若嘚瑟:"虽然脸差不多遮住了,但公公你的骚气,就算隔着屏幕也能闻到。"

栗说星发了一个呕吐的表情,索任、十零陵、指间风雨跟上,大家都受不了蛋定自若的形容。

蛋定自若虚心接受,积极改正,认真地说:"其实也没什么,就是觉得身材和感觉都挺像的,反正闲着也是闲着,就随便问问你了。"

栗说星用单引号加重语气:"……你还真是很'随便'啊。"

蛋定自若状似谦虚:"一般一般,普通普通,也就是花了一分钟随便想了个主意而已。毕竟我也是个官场文的写手,要是写得不好,至于一本接一本地被封吗?上头这是专门单杀我来着,就算我换了无数个笔名,他们也能透过现象看本质,发现我那有趣的灵魂。"

他说得真的很有道理,大家一时无言以对。

蛋定自若意犹未尽,继续发挥:"公公,这照片都到了热搜第一了,要不你顺势脱了马甲,承认这回事吧,反正你新书刚开,也需要一点宣传。"

栗说星:"算了,没什么意思。"

众人也就提个建议,栗说星不愿意,也没人多嘴。

话题一转，又谈别的去了。

栗说星关了群聊，打开另一个聊天框。

五分钟前，熊猫"敲"了他。

熊猫："西木，你看见微博热搜了吗？"

果然是这件事。

栗说星："看见了。"

熊猫："昨天我们才去吃了海底捞……"

栗说星嘴角一抽。

是的，要不是你，我不至于和Candy吃饭，不至于拿出手机，不至于上了热搜，更不至于一失足掉进坑里，被群里的那些家伙埋了。

你就是幕后真凶，罪魁祸首！

熊猫感慨："海底捞的策划真是个人才啊。宝刀一出，斩获热搜，这种完美的策划推广方案，我怎么就想不到呢？"

哈？栗说星突然感觉熊猫的话锋有点不对劲。

他本能地把自己打的一长串话删掉，并回了一个省略号。

栗说星："……"

熊猫继续感慨，并对栗说星分析："你看，这次热搜，海底捞稳抓根本优势，扩大目标群体，精准狙击宅系青年的心，一跃成为宅系青年的火锅圣地。而这所有所有的花费，只是一个Idea和一张照片，无比小的付出得到了无比大的成果，一本万利不过如此。"

栗说星："……"

他也迷惑了。半年没见的蛋定自若单凭一张模糊的照片就做出了精准的猜测，而昨天和他面对面坐着的熊猫居然一副失忆了的模样和他聊那张照片。

这至于吗？就算记不住他的脸，总该记得他穿什么衣服吧！

熊猫抱怨两句："唉，每次和你说到推广宣传，你都不是很上心。"

栗说星的省略号大法重出江湖："……"

他对电脑对面的这个瞎子万分无语，乃至只能敲下省略号。

然而他再仔细一想……罢了，想想我也没记住昨天熊猫穿了什么，毕竟谁会在意一个男人究竟穿了什么衣服？他又不是我的崽。

熊猫不知道栗说星心中究竟在波动着什么，所以还在继续："虽然宣传确实不是作者的工作,但对小说最了解的是你,我们多多交流,才能激发灵感。好了,不多说了,我们这里开始工作了。西木,你有想法随时敲我。"

栗说星寂寞如雪:"……"

虽然我试图不和你沟通,但感觉你已经顺利地结束了和我的沟通。

结束了网络上的聊天,栗说星立刻把QQ关了。他坐在床上,长长地叹了一口气,感觉今天都还没开始呢,身体里的力量就已经用了一多半。

为了积攒一些能量,栗说星从床上爬起来的同时打开了游戏,上线观察自己的崽崽。

进入游戏,什么都还没有看见,屏幕先是一闪,一封信件像纸飞机似的飞过屏幕,投入邮箱之中。栗说星愣了一下,正好看见小人儿已经起了床,正坐在桌子旁不知干什么,索性打字问:"崽,你有给我写信吗?"

宿鸣谦被突然出现的光屏惊醒。他遮了遮手中的纸张,回答:"没有。你今天也这么早过来。"

栗说星轻快地回答:"醒来就想你了,所以过来看看。"

宿鸣谦静静地问:"你今天的工作做了吗?"

栗说星:"……"

宿鸣谦:"10点的更新呢?"

栗说星:"……"

宿鸣谦:"现在还剩下多少存稿?"

栗说星:"……"

宿鸣谦:"你接下去的——"

栗说星不能再沉默了!

再沉默下去他就愧对所有追文的读者了!他脑袋都大了一圈,顶着被"戳"出来的满头包小心翼翼地回答:"崽,其实我刚刚起床,而且早上一般不写文,嗯……我都是从中午开始写文,一直写到晚上睡觉的。"

宿鸣谦安静地看着,没有说话。

栗说星大胆了一点儿,继续说话,既然计划表可能迟到却不会消失,那还是早做早好:"我上午起床,和你见面,等到差不多中午就写文,写到晚上睡觉。一天进度差不多6000字吧。"

宿鸣谦还是没有说话。

但 "+1" "+1" "+1" 的数字撕破了沉默的外表，开始在他脑袋上跳跃起来。

他的内心有一点点开心，如果可以，他也想在早晨起床的第一时间看见西木，只是工作很重要，当然，如果不影响工作，那还是可以起床先见面……

宿鸣谦确定："一天6000字？"

栗说星已经从好感度上摸准了宿鸣谦的想法，一时都忘了自己的"天残手"，肯定得毫不犹豫："一天6000字！"

微笑的小表情出现在小人儿的脑袋上。

接着，一张对半折起来的纸张被小人儿拿了出来。

宿鸣谦："这是我今天早上在门口捡到的宣传单，你也看看吧。好像过两天这里会办一场叫作11·11的购物活动。"

栗说星："……"

他点开一看，一眼看见宣传单上血红硕大的四个数字——11·11，再看紧随着标题之下的宣传口号——劲爆"双十一"，活动等你来！天降红包任你拿！

"双十一"活动将于三天后正式开启，届时，庭院将在9点、15点、20点这三个时间点洒下藏有丰富奖品的红包雨。

接得越多，收获越多。

请玩家和恋人积极准备，共同努力哟。

栗说星只朝宣传单看了一眼，就痛苦地闭上了眼睛，甚至无法期待马上就要来临的两人合作接红包小活动。

明明已经逃过了现实中的"双十一"轰炸，为什么还要在游戏里回味这个选择困难症患者的恐惧日？那么多东西，我真的不知道该买什么……

栗说星刚想丢了宣传单，念头一转，又想：不，等等。现实中的"双十一"不看也罢，反正真的没有什么想买的，但游戏里的"双十一"还是要看看的，按照这款游戏时不时出点新东西的特性，说不定会直接在这场"双十一"里放出珍稀又重要的物品，比如飞机票……

考虑到这一点，栗说星也不急着丢东西了。

他再往宣传单上看，看见宣传单对于"双十一"的简单介绍。

活动内容之后，就是会场介绍。

这个"双十一"的活动会开放三个会场。

第一个会场是生鲜与百货，将会在10—12点开放。

第二个会场是服饰与家具，将会在15—17点开放。

第三个会场是"？？？"，将会在20—22点开放。

栗说星的目光盯住了三个问号，一个很简单的逻辑推理在此时成立。

既然没有搞事的想法，为什么要打码会场分类？显然是有搞事的想法，才会将会场分类打码。

不过你有张良计，我有过墙梯。栗说星娴熟地打开聊天框，把小人儿当阿拉丁神灯擦："崽崽，你来许个愿，许愿要'双十一'三大会场爆款物品清单。"

宿鸣谦愣住："这个……也可以许愿吗？"

栗说星万分相信"神灯"的力量，笃定地回答："肯定行。"

只是许个愿而已，宿鸣谦没有反对，照着栗说星的话说了。

栗说星则同步打开商店界面，开始等商店的刷新。

但是一分钟过去了，两分钟过去了，商店不动如山，一点儿要更新的意思都没有。怎么回事……

栗说星先蒙了一会儿，接着突然想起自己上游戏时看到的飞过屏幕的信件。

难道……他关掉商店，打开邮箱，果然看见系统邮箱里躺着一封未读邮件：

发件人：系统

主题：恋爱吧1.03版本更新

全新内容：

大型11·11系列活动上线，红包、满减、优惠券，统统都有。

更多优化：

（1）优化了系统邮件功能。

（2）修复了商店货物上新的程序漏洞。

（3）解决了恋人请求被滥用问题。

更新解释：

近期，系统检测到玩家多次利用系统照顾恋人生活的内置程序，劝诱恋人向系统提出物资请求，并成功获取的程序Bug。

为保障恋人的身心健康及游戏的数值平衡性，系统已将内置程序逻辑更改为检测恋人真实需求再予以实现,从而解决玩家操纵恋人、欺骗恋人的情况。

例1:玩家哄骗恋人提出需要[物品A],善良的恋人被迫许愿,系统不会给予[物品A]。

例2:善良的恋人出于生理需求或学术研究主动想要研究[物品B],系统商城会开放相应[物品B]选项。

温馨提醒:

请玩家珍惜恋人、爱护恋人,在遵守游戏规则的前提下,与恋人共筑美好明天。

沉默、窒息,沉默中混杂着窒息。

栗说星不敢相信自己看见的东西,下意识地揉揉眼睛,再度向屏幕看去,但不管看上几次,冷冰冰的文字都没有任何变化。

他就是那个诱骗善良恋人的坏蛋玩家。

栗说星愣住了,连三字国骂都忘记了,直接在聊天框里打起了字:"你——"

宿鸣谦:"?"

小小的文字泡紧跟着跳出来。

宿鸣谦看光屏里的文字,感觉到栗说星的激动,关心地问:"怎么了?"

糟糕,一不小心发错地方了……

栗说星立刻从愤怒的深渊爬了回来。他默默地将手从键盘上收了回来,深吸一口气,再倒回头看着邮件,想从中找一个游戏制作者的联络方式。

可惜没有,这封系统邮件没有回复选项。

找遍了邮箱的内置通信录,也只有个001,还是宿鸣谦。

栗说星服气了。这游戏是认定了自己只会被骂,所以连开放联络方式都不敢吗?

算了,没关系。一代版本一代坑,代代版本让人疯。

习惯就好。

栗说星自我安慰成功,平心静气地关掉了邮件,假装自己没有看见这份更新日志。

随后他挤出一丝微笑,继续打字,回应小人儿先前的关怀:"没什么,就是看到'双十一'的宣传太过恐慌了点儿。"

宿鸣谦疑惑："恐慌？"

栗说星一字一句说出了消费者的心："就是一种明明没什么需要买的，又觉得所有东西都该买的恐惧。"

宿鸣谦有点儿糊涂："那你是想买，还是不想买？"

栗说星解释："我自己的懒得买，东西太多，眼花缭乱了，等真需要了再动手吧；你的还是必须要买的，因为这里的会场不会长期开放，得抓住机会，多买点现在和将来的必需品。"

宿鸣谦摇头拒绝："现在很好，我不缺什么，不用费心了。"

栗说星纠正："不，你缺了很多东西。生鲜百货、服饰家居这些东西就不说了，反正到时候看什么好看买什么。宣传单上还有一个让我很在意的点，就是'双十一'晚上开放的那个只有三个问号的会场，我在想里头会不会卖点什么特别的东西……如果真的有类似飞机票的东西，砸锅卖铁也要买回来。"

说是可能，其实可能性接近百分之百，毕竟系统就是这么骚。栗说星已经看破这游戏的一切了。

他说完了，等待小人儿的回应，可不知怎么了，游戏里的小人儿突然不说话了。栗说星有点疑惑，发了个问号过去。

然后他看见文字泡从小人儿脑袋上冒出来："谢谢你。"

一个不意外的回答。唉，崽崽什么都好，就是太客气了。

我不想要他谢谢我，就想要他惊喜万分，跳起来抱住我给我一个"么么哒"。

嗯……也许还是好感度不够高的原因吧。

栗说星遗憾地打字："别说谢谢，我又不要你谢谢，来个'么么哒'嘛。"

文字出现在光屏之上。面对光屏的小人儿一动不动，似乎化成了一尊雕像。

但是，"……""……""……"，三个省略号，一个接一个从小人儿脑袋上跳出来。

再来，"-1""-1""-1""-1""-1"……

"-1"蜂拥而出。

诚实的系统将小人儿剧烈波动的内心完全展现在栗说星的眼皮底下。

这个时候，栗说星又对系统爱得深沉了。

欺负了小人儿一下，栗说星就心满意足了。他开始打字，准备用甜言蜜语中断这不断下降的好感度的时候——

"哒。"一个文字泡浮了出来，文字泡后面还带着一条小小的尾巴——+1。

栗说星："！！！"惊喜总是来得这样突然。

虽然只有一个字，但我已经知道你的爱了！

栗说星被巨大的幸福击中了，但他没有迷失。他沉着冷静，眼疾手快，"咔嚓"一声截了图，将这个能够完美证明小人儿"口嫌体正直"的画面保存了下来。然后他开始打字，将长长的兴奋都用文字表达出来："么么么么么么么么么么么么么么么么么哒！崽崽我爱你！"

光屏再一次忠实地显现了对方的句子，宿鸣谦只看了一眼，就纠结地扭过头去。

可惜光屏浮现在宿鸣谦眼前，所以无论他往哪边转脑袋，光屏都如影随形。这种情况平常是方便，但在这种时候，就显得特别无赖了。

简直跟西木一样过分。

宿鸣谦暗暗吸了一口气，索性闭上眼睛，什么也不看。

他催眠自己：我没有亲。

没有吗？就是"哒"，"哒"了一下而已。东西掉地上也会"哒"一声的。

但西木说她爱我。这真的太快了。

我得找个时间，和西木严肃地交流一下，告诉她，我们还需要更加了解彼此，我才能给她一个正式的回应。她似乎对我颇为在意，为我付出了许多，这件事情，我得和她说清楚，宿鸣谦默默地想。

不过等过了今天再解决吧，她现在似乎很高兴的样子，今天说，太扫兴了。

宿鸣谦重新睁开了眼睛。他假装没有看见屏幕上的文字，另找了一个话题，试图把两人的对话导回正轨："西木……"

栗说星："你说你说你说……"

宿鸣谦整理了一下自己的思路，"双十一"的宣传单提醒了他，是时候将"多赚点钱"加上任务表了。而想赚钱，种地无疑是一个性价比极低的工作，就算这里的南瓜三天一熟也不行。他准备和西木聊聊这个："我觉得，种南瓜价值不高……"

栗说星："那就别种，反正也没多少钱。"

好感度：-1。

宿鸣谦耐心解释："我们应该寻找一些性价比更高的产业。无论什么时候，种植业都不是赚钱的行当，因为它的技术含量低，我……"

栗说星："崽，你不用考虑那么多，我会养你的。"

好感度：-3！

宿鸣谦认真地回答："西木，我很感谢你一直以来的帮助，但是养我不是你的责任。我希望自己能够照顾自己。"

光屏一闪，一张满头问号的表情发了过来，接着又是文字。

栗说星："崽，你说这话，是想离我而去吗？我做错了什么？"

简直无法交流！巨大的"-10"冒了出来！宿鸣谦很生气，甚至口不择言："你什么都没有做错。唯一错的就是太照顾我了！而你才是该被照顾的那一个，你为什么就不明白这一点呢？"

他说完了。银白色的光屏静静悬浮。突然没了文字，周围重新空旷，两个人之间的距离感再度浮现，一点担忧的苗头出现在宿鸣谦的心头。

我刚才的语气是不是过于激烈，西木……生气了吗？

栗说星没有及时回复，是因为他恍惚之间，真的满头问号了。

万万没想到能看见这种回答……

这岂不是说……

崽崽，你是一个成熟的崽了，你学会照顾阿爸了？

又一个文字泡出现在屏幕上。

宿鸣谦："西木？"

栗说星正襟危坐，对于一个试图养阿爸的小人儿，顿感敬重："嗯？"

宿鸣谦："你生气了吗？"

栗说星："没有，我很高兴。"

宿鸣谦："说回刚才的话题，我们应该换个思路。"

栗说星："比如？"

宿鸣谦："庭院旁边的工坊。我注意到了，工坊里有不少工具，我们可以利用这些工具制作一些东西，尝试售卖。"

关于这一点，宿鸣谦空闲时间也稍稍想过。

他向栗说星解释："制造工坊里的制衣间已经使用过了，我们可以收集布料，然后继续用它来制作衣服。除此之外，里头还有斧头、锯子、锤子，甚至各种雕刻刀，我认为它们应该是用来做木雕或者石雕的，不过我感觉自己似乎不太会雕刻手艺，所以这个先放在一边，不考虑。倒是可以找找木头原材料，用锤子做些简单的家具，比如小凳子什么的。"

栗说星本来还在打字，想告诉宿鸣谦自己上次就卖过了自制衣服，可惜系统评价那件衣服过于差劲，没有收购的价值……

这句话才打出来，栗说星就回过了味，系统的意思是，做得太烂，而不是不收购。所以，小人儿的想法其实是科学的，是可以实现的，而且在常规情况下，制造业确实比种植业收益高。

他情不自禁地打开了系统商店，果然看见商店里突然刷新了不少布料与木材，都是使用好感度购买的物品，售价在2到50好感度。2好感度就是他上次买的普通布料，50好感度是一块木头，看介绍是南柏。

系统还真的侦察了小人儿的内心，满足了小人儿的愿望。

栗说星的心情颇为复杂。东西变多了，但他没有立刻下手购买，而是先出了房屋，和崽崽一起进入了制造工坊，查看木工工具。

之前没有原材料，所以每次进入制造工坊，栗说星都理所当然地忽略了距离制衣间不远的木匠间，现在仔细研究了一下，发现小人儿并没有说错，制造工坊里的木匠工具，居然备得颇为齐全。

最引人注目的是摆放在里面的台锯。那是一张不小的桌子，金属桌面，上面有一个圆形锯片，了解木工这项工作的人士可以从款式与造型上进行一些专业的分析，但在栗说星看来……一部恐怖悬疑小说的某个血腥画面诞生了。

他晃晃脑袋，继续观察别的设备，发现这里的东西林林总总，确实不少，看样子似乎真的能够满足制作一张木头凳子的需求。

但还有一个问题，到底要怎样制作一张木头凳子呢？

栗说星点了一下工坊中的各种工具，看看能不能从中找到一张木凳制作图来。但里面好像并没有这个配置，倒是在跳出来的各种菜单里，有一幅灰色的长木棍图，看着像木棍的制作图纸。

没制作图也没关系，反正木凳结构简单，想想似乎也就是一块横木板加上四根竖着的腿，没有什么难点。

这时，小人儿又冒出文字泡："西木，你搜一下木头凳子的制作图发给我。"

栗说星："……"

还能这样？他从游戏里切出去，上网百度了五分钟，随后他冷静地回到游戏里，口风大变，答复小人儿："嵩啊，我感觉做凳子是一件很困难而且颇为危险的事情，而我们都不是木工，恐怕做不好这件物品。"

他不等宿鸣谦回答，继续打字："不过你的思路是对的，我们可以尝试做一些简易的手工制品来贩卖。我刚才简单地思考了一下，发现可以将木匠间和制衣间同时利用，比如一根木棍加上两片布，就是一副简易的日式窗帘；一根木棍加上一片带口袋的布，就是一个布艺挂兜……你觉得如何？"

这段打完，他依旧没等小人儿回答，继续说话，微微得意："至于布料表面的花色，也简单。我看了网上有很多中国风禅意窗帘……其实也就是在一块白布上写几个毛笔字而已，超简单，我的字写得还不错，完全可以搞定！"

宿鸣谦："……"

他想起了衣柜里的那些衣服，忽然，就不太自信了。

Chapter 7

第七章

性感西木，拒绝女装

但无论如何，短窗帘和挂袋确实比凳子简单一些。

在宿鸣谦的默认下，栗说星打开商场，开始购买原材料。

两块比较挺括的布料，一块是花色的，一块是素色的，总共10好感度。

一份颜色比较轻柔的松木，6好感度。

材料齐备，栗说星将它们放入工具间。

当把木材摆上加工车床的时候，互动菜单跳出来了。栗说星从几个切割法中选择了成品是"木棍"的选项，这还没完，居然还跳出一个数据框来，让他填写木棍的长与直径……

总觉得在一些小细节上，这款游戏过于真实了。

栗说星愣了一会儿，也只得放下手机，打开网络，上网收集一些数据。

等收集完毕，逐一填写确定，屏幕再跳，木匠间和制衣间一样，弹出一个小游戏来。

静止不动的车床通了电，机械臂和电锯一同动了起来，小人儿站在桌子的边缘，手扶一根长长的木头，木头的一段正对着"呜呜"作响的电锯。

屏幕上跳出一个文字泡来。

宿鸣谦："这里有操作说明，让我站在桌子的边，扶稳木头。"

栗说星打字："我这里也有。"

进入小游戏的一刹那，屏幕上就出现了一条半透明且带着箭头的光带，光带旁边是一部顺着箭头方向移动的手机，还有文字提示：

玩家将操纵切割机，以朝箭头及指示带所指方向平移手机的方式切割木料。

他按照指引那样做，第一次行动，手有点生，在平移的过程中抖了一下，木头就被切歪了。

不过切歪了好像也没有什么事……就是系统提示木料少了多少尺寸，然后重新开始。

向前平移，翻转，向前平移并翻转。再平移，再翻转，再向前平移并翻转。熟练了以后，觉得这个小程序非常简单。

栗说星利索地将一整块松木切成了6根木棍，三长三短，长的有小窗户的宽度那样度，短的就是正常的布艺挂兜的宽度。除此之外，还余下了一些边角料，暂时不知道应该怎么用，就堆放在木匠间的一角。

解决了木棍问题，栗说星将目光瞟向另一侧的制衣间。是发挥人类创造力的时候了，只要再将布料扯开并套上木棍，窗帘和挂兜的主体就彻底完成了！

这个过程很简单，栗说星本来想亲自动手，但不知道为什么，宿鸣谦坚决反对，并且从他的手中接过了布料，自己拿到缝纫机的位置认认真真地工作了起来。还别说，Q版的小人儿缩在小凳子上，低垂着脑袋，只露出小半边侧脸的样子，有种谜一样的魅力……

宿鸣谦："好了，我们可以进行下一步了。接下来，我们先做窗帘还是先做挂兜？"

突然跳跃到屏幕上的文字让栗说星一下子惊醒。

他答非所问："崽啊，你越长越好看了。"

宿鸣谦："？"

栗说星颇感自豪："是我养得好。"

宿鸣谦："……"

栗说星卷起袖子："来来，我们先做窗帘上的文字，我已经想好要写什么了。"

这时候就需要一只屏幕笔。栗说星记得自己家里是有这么一样东西的，他在书房找了一会儿，总算从某张桌子的深处翻到了这样东西。

他拿着笔回到沙发上，试着在布上画了一道。

果然没有任何笔锋，而且太细了，这样写出来的字不好看。

不过没有关系，他可以先将汉字的边框画出来，将笔锋点顿逐一描绘，等画好之后，再往里头填色就行了。

麻烦是麻烦了点儿，但好看比较重要，这事关物品能不能卖上好价钱呢。

不知为什么，从西木兴致勃勃开始要写字的时候，宿鸣谦就有点不祥的预感了。

当第一道黑色笔迹落在布料上时，他心中不祥的预感越发严重……

预感应验了。宿鸣谦沉默地看着出现在窗帘布上的字。

第一副窗帘的左右两块布上："崽崽。"

第二副窗帘的左右两块布上："吾爱。"

合起来就是——崽崽吾爱。

或者——吾爱崽崽。

而眼前的光屏上，对方还扬扬得意："怎么样？我写得还挺好的吧。这笔字我练了两年。"

宿鸣谦深吸了一口气，没用；再深吸一口气，还是没用。

于是栗说星就看见屏幕里的小人儿，顶着一头瀑布一样降落的"-1"，一路走到制造工坊的大门位置，礼貌地开门，走出去，再礼貌地关门。

栗说星："……"刚才至少掉了12好感度吧。

他看着空无一崽的制造工坊，开始思考：我家崽，居然这么久了还没有习惯，他真是一个超害羞的崽啊。

一下子掉了12好感度，毕竟还是有点伤心的，栗说星没有再撩拨小人儿了，而是自己留在制造工坊，勤勤恳恳地做着剩余的东西。

三副窗帘已经制成两副，只剩下一副。三个挂兜也不复杂，方才宿鸣谦已经把主体都做好了，现在只需要补上几个口袋就好。

他做到一半，出去的小人儿又回到了制造工坊，但并没有朝他走来，而是往制衣间去，不知在里边干些什么。

栗说星没跟过去看，很贴心地给小人儿留了自己的空间。

在同一个空间里，两个人默默做事。等到一切完工，栗说星将东西堆放在一起，挨个儿点击售卖，随后惊异地发现……

这一堆东西居然真的能卖，而且售价不算低，加起来总共有45贡献值。

系统还给出了一个评价：

普普通通的批发市场小商品，并没有太多价值。

不不不……

相较1贡献值1个，还要三天才成熟的南瓜，这简直是天价了！

就是成本高了点儿，要16好感度。

也辛苦了点儿，基本上花了一上午的时间。

这样一想……

看着游戏给出的收购价格，栗说星先是惊喜，随后疑惑，最后仔细算算，有点迷茫。所以这个早上，我到底是亏了还是赚了？

不管怎么说，栗说星看着墙上快指到十二点的时针，发自肺腑地感慨："这个游戏在骗'肝'这件事情上，始终没有认输啊……"

感慨完了，栗说星将东西一起卖掉，收入45贡献值，还是蛮开心的。

他转向木匠间，准备看看刚才就进入了工坊的小人儿在干什么，结果一凑过去，就看见小人儿低垂着脸，拿着一根小小的木条在雕刻。

刻什么呢？栗说星准备戳一下小人儿，提醒对方自己来了，但手指真正碰到小人儿之前，又想：嗯……还是换个位置吧，他讨厌被戳脸。

手指轻轻一转，从脸颊到了胳膊，随后，栗说星点了点屏幕。

专注的人抬起了头，光线轻轻曲折，灰色的眼睛在这光芒之中，沁出琉璃色彩。

栗说星看见宿鸣谦在雕刻什么了。

那是一枚小小的印章，印章上写着两个字——西木。

"西木？"同样的文字重叠在了一起，将栗说星从奇异的感觉中拉了回来。

他再看屏幕，发现小人儿还在说话：

"你怎么过来了？"

"你把东西都做完了吗？"

"能卖吗？"

顾左右而言他地发了三个气泡之后，小人儿沉默了一会儿，又一个气泡跳出他的脑袋："我闲着没事，就刻了章玩儿，你的名字笔画比较少，挺好刻的。"

我懂我懂我都懂！

你才没有特意为我刻印章，一切只是凑巧罢了。

栗说星特别高兴，但为了好感度，将高兴憋在心里，一本正经地回答："嗯，我明白。你刻得挺好的。"

宿鸣谦："嗯。"

好感度：-1。

栗说星看破了这一切，他又补充："我很喜欢，谢谢你。"

宿鸣谦："嗯。"

好感度：+3。

栗说星实在忍不住，转头闷笑两声，再转回头，继续淡定道："回头我也做一个刻了你的名字的印章送给你。"

宿鸣谦："好。"

好感度：+5。

栗说星看着屏幕里的小人儿，可稀罕了。这崽崽，怎么能这么波澜不惊地把撒娇和傲娇一起诠释了？

想到这里，栗说星又发现一个至关重要的问题——为什么明明好感度一直在降，小人儿对我的亲密举动却越来越多了？

他想了半天，没有结论，只能认定这游戏就是这样。

做完了手工制品，也到了午饭时间，栗说星没有让宿鸣谦把印章雕刻完，很果决地将小人儿从制造工坊中拖回了房间，并进厨房给小人儿买午餐。

今天的厨房照例刷新了两道美食：

浓香鸡汤：25好感度。

凉拌黄瓜：5好感度。

今非昔比，栗说星对凉拌黄瓜这种菜色已经看不上了，倒是鸡汤挺不错的，正好当成肉菜和汤。他给小人儿点了这份菜肴，炉灶上出现了一个汤锅，里头"咕嘟咕嘟"地冒着白汽。

宿鸣谦走进厨房："今天中午喝鸡汤？"

栗说星："对。另一道菜是凉拌黄瓜，你要吗？"

宿鸣谦："不用，我可以自己炒盘蔬菜。"

这句话出来之后，屏幕里的小人儿已经来到了冰箱前。他从冰箱里拿出了一棵白菜，走到水池前面，开始剥洗，一边剥洗，一边堆放，堆得可认真了，大片叶子放底下，小片叶子放上面，像堆一座宝塔一样慢慢堆高、堆尖。

时间并不太久。很快，小人儿洗完了白菜，从柜子里拿出一个汤碗来，将锅里的汤倒了一半出来。

这是宿鸣谦的习惯，能吃完的尽量吃完，不能一餐吃完的则提前分好，储存起来。当他倒好了汤，端着汤碗向前走的时候，手肘一不小心碰倒了自己堆高在料理台上的白菜，一些白菜掉入了旁边的汤锅里。

也是这个时候，栗说星发现了一个很神奇的变化。

屏幕上弹出提示，新手指引在消失许久之后再度出现，"刷"了一下自己的存在感。它提示：

> 游戏并非只有成品菜肴，玩家可以通过厨房制作属于自己的美食。第一次自创菜肴，系统会辅助玩家制作成功。

下面还有一个选择提示：

> 是否开启自创菜肴功能？是/否。

栗说星："……"

一时之间也不知道是该"吐槽"这游戏真的功能繁多，还是该"吐槽"都玩这么久了，居然还有系统功能没有触发……

总之栗说星选择了"是"，进入了自创菜肴的功能。

屏幕再度发生变化，一个小小的白菜模样的图标出现在汤锅上，示意栗说星加入更多白菜。

栗说星看图说话："崽，把白菜放入汤锅里。"

宿鸣谦："？"

栗说星："我们制作一道新的菜肴。"

宿鸣谦依照栗说星说的那样做，抓了一大把白菜，丢进去，又抓了一大把白菜，丢进去。栗说星突然发现，汤锅上的白菜上多了一道红叉，很直白地表示不要加白菜。

他急忙打字喊停："等等，够了——"

太迟了。就在打字的这点时间里，宿鸣谦已经将白菜丢入了锅里。

栗说星眼睁睁地看见一条绿色的、宛如生命条一样的东西出现在汤锅的上方，接着，宛如被攻击了似的掉了10点"血"。

糟了……

这不会是新菜肴的生命值，扣减到一定程度，自创菜肴就要失败了吧？

栗说星紧张了起来，一边看图说话，一边打字，速度都快了起来："现在打开炉子……不不，不是大火，是小火……对！"

"煮一会儿……好了，就是现在，关火，关火，赶紧关火！"

"菜要蔫了，蔫了……赶紧把菜捞出来……全部捞出来，放在盘子里！"

不尝试不知道，一尝试，栗说星顿时觉得这个自创菜肴步骤又多又麻烦，他一直看着屏幕都不敢眨眼睛了，有时候还是会来不及打字，就算来得及打字，有时候小人儿也会会错意，还得纠正一下。

打到后来，栗说星也烦了，干脆开启了输入法的语音功能，开始用语音指挥："把捞起来的白菜放在碗里，用糖浇它们……"

"不不，不是用过去的糖。"

"是用你刚才装起来的糖！"

宿鸣谦："？"

他蒙了一会儿，试探性地拿起自己的汤碗，把碗里的汤倒下去。

栗说星："分批倒！分批倒！"

宿鸣谦："？？"

他琢磨片刻，分批倒了起来。

栗说星："再倒两次……三次。好了，可以了，留一点汤在碗里，总算做好了！"

说出这句话的时候，栗说星忍不住长长地出了一口气。

虽然时间挺短，就五分钟，但正因为时间短，才更容易让人手忙脚乱。

只是一眨眼的工夫，原本整洁的厨房已经乱了一半，锅碗瓢盆散乱各处，汤汁、菜叶堆满了水池，看着跟遭了灾一样。

而这一灾难的罪魁祸首……

栗说星的目光转向放置在桌子上的那一小碗鸡汤白菜。

他虎视眈眈地看了它一会儿，伸出手指，点了一下。

然后发现，在售卖菜单下，这碗鸡汤白菜的价格是……35贡献值！

这么贵？！栗说星震惊了。震惊之中，他看见屏幕上跳出文字泡。

宿鸣谦忍不住了："为什么你的错别字这么多？"

栗说星打字回应："我在用语音输入，刚才的步骤太复杂了。打字来不及，就用语音转文字了，识别度不是很高……崽，你听我说，我发现新的赚钱方式了，原来制作新的菜肴可以赚钱，你做出来的这碗鸡汤白菜可以卖35块钱！"

长长的文字"刷"过屏幕，宿鸣谦一下子就看见并抓住了重点句子。

宿鸣谦："你也想要语音通话？"

栗说星懒懒地打字："当然，语音多方便啊。"他还想把话题拉回新菜式上，"我觉得自制新菜谱是创收的道路，我可以去找点菜谱来……"

好感度倏然：+20！

好感度迅疾如闪电，从宿鸣谦脑袋上蹿了出来。

宿鸣谦还是没有理会新菜，他说："我们达成了共识。我也觉得语音通话挺好的。"

说完后，一个微笑的表情出现在他的脑袋上。

栗说星刚被好感度闹得一愣，系统提示又跳了出来，在屏幕上"刷"出三句话：

更新预告：游戏将在明天3点至5点进行一次维护。维护之后，游戏将解锁语音系统。

维护总是来得这么突然，但这一次的维护不仅没有将栗说星踢下线，还正巧加上了栗说星喜欢的功能。

栗说星一愣之后，心花怒放，几乎瞬间原谅了之前胡乱打了补丁的系统。

他开开心心地说："崽，我们的联络设备会在今天晚上进行一次维护，开放语音功能，等明天我过来，我们就能进行语音通话了。好了，时间差不多了，我先下了。鸡汤……"

宿鸣谦这才注意到那碗鸡汤。

他问："卖了？"

栗说星："不，你喝了，看味道怎么样。如果味道好，我们以后就自创菜肴！又可以吃又可以卖钱，一举两得。"

他发完这句话就下线了。今天已经玩了一上午，游戏时长确实超标了，得吃个饭开始工作了。栗说星做出了决定。他先打开外卖App，挑挑拣拣，给自己买了一份午餐，随后坐到电脑前，开启文档，一边等外卖一边写文。

今天思路还不错，写了半小时，外卖还没来，栗说星已经完成了1500字。他决定休息一下，顺手"刷"了一下群，就看见……

终点吃货群。

十零陵："西木那本的成绩真不错，现在已经冲到周推荐和周点击上了。"

蛋定自若："周推荐上和寂流咬得紧了，就差几万票了。"

指间风雨："几万票还是有点距离的。"

蛋定自若："我注意过，从昨天零点到今天中午，他的推荐票已经涨了7万，这甚至不是黄金时间，涨势非常猛，如果寂流不发力，搞不好推荐票会被公公暂时性反超。倒是点击榜，目前还是没什么指望，公公的文毕竟还短，不到6万字，点击能冲上首页摸个首页尾巴，已经不错了。"

栗说星："……"他发出了自己惯用的省略号。你们在说什么，我怎么看不懂？

十零陵："西木来了。"

蛋定自若："公公今天打算几更？要不多发点，今天你有希望超过寂流。"

指间风雨认同："机会不错，可以试着超一下。"

栗说星："什么机会？"

群里沉默，沉默片刻。

指间风雨："开屏推荐的机会。"

蛋定自若："之前谁说公公八成没记住这回事的？"

索任："我。"

蛋定自若感慨："阿索，你真是公公肚子里的蛔虫啊。"

索任："滚！"

群里的聊天记录一排一排地往上刷新，栗说星终于弄明白了他们在说什么。

鉴于这些家伙有前科，他并不敢直接相信，而是开了终点App，扫上一眼，是真的，群里的人居然没有诈他。

仔细一想，前两天菖蒲好像确实和他说了这回事儿，然后，他给忘了。

无话可说之中，他再看群里，发现蛋定自若居然和其他人讨论起他的文来。

蛋定自若："话说，你们有没有觉得公公这本书的男主角有点奇怪？"

栗说星意外："蛋定你看了？"

蛋定自若感慨："看了，看得太早了，想想你的更新速度，就觉得前途无量。"他淡淡地点了一句，继续说，"其他内容倒是你的惯有风格，但是男主角，我总觉得哪里不对味。"

栗说星纳闷："哪里？"

蛋定自若还没说话，指间风雨接上，显然他也在看："有一种只可意会，不可言传的感觉。"

蛋定自若有点愁，把自己的感觉说了出来："虽然能够猜到他未来会很牛，但他什么时候才真正牛起来让人打Call喊666啊？不然我老是想欺负欺负他，又想疼爱疼爱他，这不知不觉都快变态了……"

指间风雨评价："我觉得是角色栏里'谦妹'这个印象带来的效果。"

蛋定自若反驳："那也不是，其他文里也有类似的调侃，照样没这种奇怪的感觉。"

索任潜水看着众人的对话，此刻终于忍不住了，冒泡说："是攻和受的差异。以前公公写攻，现在公公写受！"

群内的讨论戛然而止，只有索任那句话，白底黑字，明晃晃地挂在QQ群聊天框中。

许久，鹿过芳草冒出头来，佩服道："阿索，你懂得真多。"

索任："……"

13：11索任已退出群。

索任退出群后的3秒钟，群里开始爆笑，数指间风雨和蛋定自若笑得最厉害！栗说星内心同情了索任1秒钟，随后打开索任的QQ，把群里面聊天的内容全截图发给了索任。

截图才发三张，就发不出去了，他又被索任拉黑了。

呵呵，居然说我写受，让你凭空污人清白，该。

栗说星淡定地关掉对话框，还没打开文档继续写文，另外的对话框又跳了出来，这回是菖蒲找他。

菖蒲："西木，今天开屏推，记得加更！寂流的两次开屏都爆发了五更，你不能输给他！"

栗说星："……"

栗说星实话实说："在爆发更新这一点上，我还从未赢过他。"

菖蒲："……"

她明白自己对栗说星要求太高了："就算你凑不够寂流的五更，今天也要比平常多更点，至少三更，字数可以输，气势不能少！"

栗说星："……"

菖蒲突然担忧："等等，西木，你不会已经没有存稿了吧？"

栗说星有存稿，只是存稿不丰，不能随便浪费，好钢也要用在刀刃上啊……但话又说回来，编辑提了加更要求，他总不好直接拒绝。

栗说星双手抱胸，盯着文档沉思片刻，脑海突然冒出了一个两全其美的主意。说干就干。他将更新复制入后台，将新的两章直接发表，又开了一个求推荐票和评论的单章，最后把章节目录截图给菖蒲。

栗说星："三章正文，一个求票单章。虽然比寂流还是少了一章，但我相信气势上已经差不太多了。"

菖蒲一看，大为满意，发了一个"爱心么么哒"过去，再打字："西木，你的成绩很不错，继续加油，我相信你这本书绝对没有问题！"

栗说星："[ok]"

大中午的，菖蒲也没和栗说星说太多。

她关了屏幕，抱着午睡枕，打着哈欠，趴在办公桌上睡了一个小时。等到将近两点，下午的工作快要展开的时候，她再懒懒起身，打开手机，看《九渡》刚更新的章节醒醒神。新的章节依旧精彩漂亮，末尾的钩子勾得人心痒难耐，心里一痒，人就精神了。

菖蒲放下手机，收拾桌面，意犹未尽地想着：唉，公公文写得是不错，就是写得太少了点儿，每次看完了就跟什么都没有看似的。今天也是，明明加更了一章，但依旧和平常看两章一样，只花了三分钟就看完了，精彩实在太过短暂了……

嗯？菖蒲突然觉得有点不对劲儿。

她回忆了一下，虽然今天是三章的量，但似乎自己根本没怎么翻页，三章就完了。她觉得有点不对劲儿，于是开了电脑，登上网页，打开《九渡》界面，看今天更新的三章的字数：

第一章，2500字，正常的。

第二章，1400字……

第三章，1500字……

三章合计，5400字。

菖蒲默默地看着这些数字，又摸出了自己的手机，打开《九渡》的最后求票单章，点进"本章说"，看见里头被赞得最高的几条……

本章说：

"作者，你是终点培训班中'短更狗'里最优秀的那一只吧？"

"炉子加好了，火烧旺了，西木你觉得炒栗子的话，栗子壳上要割几刀？里边是放盐好呢，还是放糖好呢？"

"把一章的量切割成两章发表，再骗我们加更，然后还发了个求票单章。呵，男人……"

此时的栗说星刚刚吃完自己迟到的午饭。今天的外卖也不知怎么回事，平常半小时送达被硬生生拖成了一个半小时。

十二点半就点了外卖，硬是到了将近两点才送来。

送来的时候，饭菜都冷了，还得自己拿到厨房热一下，但要自己动锅动碗，那点外卖又有什么意义？

栗说星的这种怅然一直保持到他将午餐吃完。吃完午餐，栗说星顺手开了App准备追个更新。

他没有打开自己的文，他对自己今天的更新心里有数，打定主意绝不自虐。

但是……

进入App的那一刻，书架上方，一个白银宝箱横空飞过，宝箱之前有一条横幅，横幅上写着——书友荷叶刀打赏《九渡》1000000终点币。

宝箱系统也算是终点的一个特色，每当有书友打赏小说百万币和千万币的时候，就会生成一个白银宝箱和一个黄金宝箱。

这两个宝箱会以横幅的形式滑过用户App书架的顶端，其余用户可以点击宝箱，只要将书友打赏的那本小说加入书架，就可以抢宝箱。宝箱中有不少奖品，比如终点币、经验值等等。

栗说星："……"

他心中产生了一点不祥的预感，这点不祥的预感促使他一个手贱，点开了宝箱，就看见在宝箱页面的黑底留言区里，一行白字飞驰而过——我是荷叶刀，进来抢宝箱的注意了，先和我一起骂一句：西木你牛×，一章切两断，两章2900字，还想骗推荐！推荐真没有，只有一把刀，你把章两断，短小没良心，我把你三切，刀刀断你根！

栗说星："……"

他点进来的时候，还只有这一行留言。

可只是一会儿工夫，留言区的留言就多了起来。它们在屏幕上滚动着：

"666666大佬有钱就算了，还会吟诗，还吟得一手好诗！西木你短小，被人切了根！"

"邪神199携《逆天邪神》前来拜访。谢大佬。西木切两章，三刀切西木。"

"我笑死了，这也行，哈哈哈哈哈……西木短小又无力，断根大佬找上门。"

中间还掠过无数吟得一首好诗的同好们。

最后，白银盟主又出来了。

"我是荷叶刀，我后悔了，别叫我断根大佬，谢谢。"

栗说星眼前一黑，这些读者究竟是怎么回事？钱多得没处花吗？

为了全站骂我，甚至愿意花1万块钱？

多大仇，多大怨，至于吗？

被读者用白银宝箱全站求怒骂，已经很尴尬了。但其实，这只是开始……

差不多在白银宝箱出现的两个小时后，纸观天下里出现了一个帖子。

主题：[刷榜]古有神农尝百草，今有粮团抗千炮11.08——本期强推一位特别嘉宾。

内容：

老规矩，文的评价分为毒草、干草、粮草、仙草。

毒草绿色，干草棕色，粮草蓝色，仙草红色。

阅读章节宜在20章以上，可以一句话评价，但只有300字以上的评论会被评选为优秀评论，并奖励徽墨。

老规矩说完了，说一下私货。

特别嘉宾是今天开屏推的那一位。

他今天刚刚做了一个骚操作……具体什么骚操作不提了，反正特别骚。骚到楼主都被吸引去看文了，看完之后有强烈的"吐槽"欲望，所以夹带私货把他放进特别嘉宾一栏。总之帖子的主要任务还是三江和强推，特别嘉宾大家有兴趣再去看看。

楼主说完了。

说完后的一分钟，楼主自己跟楼。

刷榜：《九渡》

等级：毒草—仙草

一句话评价：一本让人难以割舍的文，一个让人难以评价的作者，仙毒结合，噬、魂、夺、魄。

2楼："我想说楼主中病毒了吗？仙毒结合没毛病，但至于一个字用红色，一个字用绿色这样搭配着写了一整楼？看得我头皮一麻。"

3楼："楼上的没去看公公这篇文吧？这篇文从方方面面让人头皮一麻，楼主的评论恰到好处，确认过眼神，是坑底的同伴了。"

4楼：

刷榜：《九渡》

等级：**毒毒毒毒毒**

一句话评价：被毒死了，天天追文追得想手撕作者。真是"哗"——

5楼："毒草是绿色，楼上的紫色是什么意思……"

6楼："毒上叠毒，毒性剧烈的意思。"

7楼：

刷榜：《九渡》

等级：凡书的等级不适合他。

一句话评价：凡人的评价不适合他。

8楼："这楼都进展到七彩霓虹'镭射'色了？！"

9楼："非如此，不足以显现公公之绝尘脱俗。"

……

一个小时过去了。

楼主在第150楼提醒大家："我们的主要任务是扫强推，不是花式评价公公这个人。"

两个小时过去了，楼主在第300楼"扑通"跪下了："各位粮团们，我错了，我不该带头评价特邀嘉宾。我知道特邀嘉宾剧毒，真不知道特邀嘉宾能毒成这个样子。大家给我一个除特邀嘉宾以外的正经评论好吗？刷榜任务要完不成了！啊啊啊啊啊！"

然而太迟了，歪了的帖子已经正不回来了。

进了帖子的"粮团"们欢快地用各种颜色编写评论，力证公公与众不同！

最后的最后，楼主被逼无奈，只能在论坛另开一个帖子，重新刷榜。

没有了某个剧毒人士，新的刷榜帖总算回到正轨。

楼主再度回到老的帖子里，琢磨片刻，把刷榜标题改成——主题：[推文]一纸九渡立宫中，半壁瑟瑟半壁红，可怜天下神农氏，舍身跳坑探公公。

论坛里发生的事情，栗说星并不清楚，一整个下午，他都在电脑前勤勤恳恳地写文，好不容易写完了5000字，也到了18点。

他缓口气，上网看了一眼，意外地发现自己的《九渡》在周推荐榜上超过了寂流，成了周推荐第一，其余点击、收藏数据也跟着攀升，现在后台都有10万收藏了。

这本书的数据涨得确实快，不过具体怎么样，还得看上架时候的成绩。

他正自考虑，手机忽然一振，快递员发来消息："您好，你家的快递已经在门口快递箱中进出三回了，您去旅游还没回来吗？"

栗说星："……"

他完全忘了这回事，晚上得去取个快递。正好不想再吃慢吞吞地送来还冷掉的外卖了，干脆下去吃个饭，顺便散散步吧。

做了决定，栗说星慢吞吞地从沙发上爬起来，换衣服下楼，沿路边走了一会儿，找到一个之前没吃过的小馆子，随意吃了一顿。

等吃完出来，天色已经暗淡，星火次第盛开在城市的冬夜，将城市渲染得辉煌光耀，也只有夜里的寒风，还能吹来几分凛冬的萧瑟……

忽然，一阵北风呼啸，猛地扑在栗说星的头脸上。

栗说星："……"

他抬手擦了一下脸，全是水，再抬头看看，雨水像圣诞夜的银丝，滴滴答答地洒了下来。

马路上的人群骚动了一下，绝大多数拿出了雨伞，撑着往前走。

两手空空的栗说星成了人群中的异类，但他很沉稳，拿出手机搜索了一下。

最近的小卖部距离他300米，他的家距离他500米，小卖部和他家位于相反方向，两者相距800米。

他收回手机，继续沉稳地冒着小雨回家。

不就500米吗？五分钟就到了。买什么雨伞，还不够折腾的。

栗说星从不折腾。他花了五分钟走回家中，并在这五分钟内想到了一个特别不错的后续写法，于是刚进家门，脑袋上的水珠没舍得多擦两下，就冲回电脑前快速码字，把触动自己的情节用文字固定下来。

一个晚上，再度爆发5000字。

等文写完了，栗说星的精力也用尽了。他用尽最后的力量，把自己带入浴室，五分钟后再出来，躺在床上沉沉睡去。

然后，第二天。

早起的栗说星摸到了手机就直接进入游戏。

进入游戏的过程中，他觉得有点不对劲儿，自己的嗓子很痛。

进入了游戏，他先加载语音包，一封信件先行自屏幕上飘过，投入邮箱之中。

栗说星惦记着语音功能，赶紧打开邮件看了一眼：

发件人：系统

主题：恋爱吧1.04版本

全新内容：开放语音系统

更新解释：

亲爱的玩家：

在凌晨两个小时的维护之后，系统已经开放语音功能，点击聊天框语音标记，即可与恋人进行语音聊天。感谢玩家的耐心等待，特此送上一份小礼：

贡献值×50，

发家致富靠维护！

这个系统很上道。

栗说星满意地接收了50贡献值，立刻关掉邮箱，开始找小人儿。

今天游戏里的天色很漂亮，蓝中带着点儿碧绿，还点缀着片片白云，有种异样的妩媚。

他在庭院之中找到了正在给南瓜苗浇水的小人儿。

三天时间差不多到了，庭院里的南瓜一个个都长了出来，但皮还是青色的，估计等到中午就能成熟。

为了不吓到小人儿，栗说星先点开聊天框，输入一个字："戳。"光屏一闪，出现在眼前。

宿鸣谦先是一怔，随后放下水壶，惊喜地站起来："你来了？"

栗说星："我来了！功能更新成功了，我们试试语音聊天。"

说着，他按照系统的提示，点了一下聊天框上的语音按钮。按钮按下，聊天框界面一变，输入的区域消失了，变成了类似语音通话的界面，上边一只摇晃的话筒，下边是"等待接听"四个字。

相似的画面出现在光屏上，但"等待接听"四个字变成了"接听/拒绝"。

宿鸣谦心头一跳，天气在一刹那炎热了起来，让他掌心里沁出一层薄薄的汗水。

他擦擦指尖，抹去那点汗水，再不动声色地吸了一口气，然后抬起手，点了接听。

宿鸣谦："西木？"

清亮的声音从听筒里传来，像晨间看到的那一颗露珠，剔透澄净，进入耳朵转了一圈后，还能感觉到一种从心里传出的宁静。

这声音意外好听啊！

栗说星听得一愣，随即回答："崽，你的声音真好听啊！"

说完他就皱眉了，喉咙更痛了，声音简直发不出来，全变调了，早知道昨天就不出门了……

心里还没抱怨完，栗说星突然发现周围安静了。他发出一声疑问："崽？"

但屏幕里的小人儿没有回应。小人儿不知为什么呆住了，定定地站在原地，话也不说，身体也不动，连眼睛都不转，只知道牢牢地盯着光屏，目光呆滞。

系统旁白开始闪烁，一行行紧急提示刷新出来：

警告，恋人情绪波动过大，请玩家赶紧做点什么！

警告，恋人情绪波动过大，请玩家赶紧做点什么！

栗说星没来得去关注这些提示。他看看屏幕，看见呆滞的小人儿脑袋上如同洪水一样冒出的好感度变化。

"-1"飘出了小人儿的脑袋。

"-2"飘出了小人儿的脑袋。

"-3""-4""-5""-6"……负数一直在继续，每个负数都比前一个负数多加1，仅仅一会儿，就扣了将近100好感度！

到底发生了什么事？！

栗说星差点吐血。他急忙伸手去推屏幕上的小人儿："崽崽？崽，你还好吗？"

然后，屏幕里呆滞的小人儿终于清醒过来了。他像被鞭子抽了一样，猛地后退两步，避瘟疫一样避开了栗说星，结结巴巴："你，你——"

栗说星："我怎么了？我——喀喀喀喀……"

他说得急了，喉咙一痒，顿时剧烈咳嗽起来。

宿鸣谦茫然无措，特别无助："你的声音，怎么……"

栗说星好不容易从咳嗽中缓过来，声音更加哑了："我昨天感冒了，喉咙肿了，所以声音变调了，怎么？吓到你了？"

栗说星觉得这并不可能，得多胆小才会被沙哑的声音吓到，但不是因为这个又是因为什么呢？

他看着如同泄洪一般往下降的好感池，束手无策了。无助之间，栗说星突然发现自己说完之后，宿鸣谦眨了一下眼，又眨了一下眼，脑袋上一直下降的好感度，居然缓了一缓，降得没那么快了。

哈？

宿鸣谦："你感冒了？"

栗说星："是？"

宿鸣谦："嗓子哑了？"

栗说星："是。"

宿鸣谦小心翼翼："哑得很厉害？"

栗说星:"很厉害……"

宿鸣谦宛如抓住了一根救命稻草:"那、那你原来的嗓音不是这样的?"

栗说星:"不是。"

那根稻草止住了向下滑的好感度,又变成小小的"+1",从宿鸣谦脑袋里飘出。

宿鸣谦紧绷成弓弦的声音舒缓了,松气声是那么明显:"那你原来的嗓音是什么样的……"

居然真的是因为我嗓音沙哑,小人儿才降好感度的?

栗说星感觉不可思议,但游戏里出点不可思议的事情也算正常。他回答得特别理直气壮:"我原来的声音比现在好听100倍!"

他说完还意犹未尽,不顾隐隐作痛的嗓子,又补了一句:"我身体好,大概明后天嗓子就好了,那时候你就可以听见我真正的声音了。"

西木……感冒了。因为感冒了,嗓子坏了,所以才会发出奇怪的声音。

她原来的声音比现在的声音纤细100倍……1000倍!

她明后天就能好了。

明后天,我就能听见她正常的声音了。

所以,一切都是正常的,只要再过两天就好了。

宿鸣谦似乎说服了自己。他心中的惊恐缓缓消散了,信心重新聚集起来。然后,沙哑的声音再度响起来,像砂纸磨过他的脑皮层。

"崽?"

宿鸣谦一个激灵,依稀听见啪的一声,好像方才才建立的信心,突然崩碎了一个边角。

又一个数字从小人儿的脑袋上跳了出来。

好感度:-20。

左上角的好感池成功瘦身到了3开头,而这个过程快如闪电,从头到尾只用了十分钟。

辛辛苦苦十几天,一朝回到一贫如洗。

栗说星满脸复杂,真没想到,我家的居然是个"声控"崽,只因为听见了不满意的声音,就立刻摆出一副要和我大闹一场的模样。

真是惯着你了!小脾气长得这么快!无法无天了!

栗说星闭上了嘴，恨恨地打字，自我挽回尊严："嗓子太痛，不说话了，还是打字吧。"

安静，久得有些让人不耐烦的安静。忽然，声音又传了出来，还是那道清亮犹如清泉的声音。

宿鸣谦问："你、你是怎么感冒的？"

栗说星："昨天出门淋了雨。"

宿鸣谦："严重吗？"

栗说星言简意赅："除了喉咙痛，其他一切都好。"

凡事经不住念叨，不提这个还好，一提这个，栗说星喉咙又痒，忍不住又咳了起来。也不知道是不是咳嗽的姿势不对，栗说星越咳越厉害，到了后来，差点呛住，只能发出"嗞嗞"的抽气声音。

声音传递信息，未知引来恐惧。

宿鸣谦颇为失措，紧张与惊慌覆盖了他心中对于这道声音的不适应，担忧重新浮上，一下子就在他心头聚成浓重的阴云。他下意识地朝声音传来的方向伸出手，那些文字，那些声音，距离他的手那么近，一臂的长度都不到，抬抬胳膊就能碰触。

他抬起的手臂穿过了光屏，一层轻薄的假象被揭下来，文字和声音就在眼前，但文字和声音的主人，在他无法估测的远处。挫败突然袭上他的心头，与挫败同时升起的，是更浓更深的担忧。

宿鸣谦极力辨别传来的声音的同时，忍不住开了口，话里满含无法掩饰的紧张："西木？你还好吗？你现在感觉怎么样了？"

咳嗽来得快，去得也快。

栗说星很快止住了咳，正好听见宿鸣谦声音的尾巴。

他朝屏幕看去，惊奇地发现屏幕里，小人儿脑袋上正冒着数字，不是负数，而是正数。

"+5" "+5"的数字冒出来的速度虽然不快，但也不慢。

栗说星看过去，发现三个数字出现在屏幕中，总共加上15好感度了！

嘿，心情又变了？我知道了，肯定是崽崽听见我咳嗽，担心起来，所以升好感度了。

栗说星稍稍一想，明白了其中的关键，也在同时有了一个好主意。他继续

201

打字，开始示弱，故意突出关键字眼："喀喀……没事，现在好了。"

再来一个"+5"！

呵……

我就知道，没有我搞不定的游戏。

栗说星的信心恢复了。

宿鸣谦关切地问："吃药了吗？"似乎因为紧张，对方的音色变得低沉，有水流卷起微澜的感觉。

栗说星竟然从中听出了些许感情，能做到这样丰富又有特色，这款游戏在配音方面，恐怕也花了不少钱。

栗说星暗暗想了想，继续打字："还没，刚起床，想着我们昨天约好了，就先过来看你了。"

宿鸣谦简练地说："先吃药。吃完了药好好休息。今天别劳神了。"

栗说星窥视着宿鸣谦的脑袋，观察他的好感值变化。

但这次，小人儿脑袋上干干净净，好感值没有升，也没有降。

嗯……提示了我此时应该说点什么。

栗说星琢磨琢磨，继续打字："好……看你一会儿我就走了。[笑]"

这句打完，栗说星突然发现屏幕中的小人儿剧烈抖动了一下。

接着，一个"-10"跳出他的脑袋。

栗说星："……"

难道我分析错了？不应该啊！这句话明明很好地展示了我对他的眷恋与不舍。

他顿感狐疑，盯着屏幕看，没一会儿，就看见屏幕中，小人儿的脑袋上又冒出了一个"+3"。

当这个好感度冒出来以后，小人儿的脑袋上就热闹了。

下一个是"-9"。

再下一个还是"+3"。

又下一个是"-5"。

再下一个依旧"+3"。

栗说星不知道宿鸣谦究竟有多纠结，但旁观的他都快纠结了。

虽然我能够直面你的纠结，但看在我们多日感情的分儿上，你能不能不要每次都扣这么多，加这么少？崽啊，阿爸给你吃好穿好，嘘寒问暖，真的没有对不起过你啊!

也不知道是不是宿鸣谦听见了栗说星的心声,在又冒出一个"-1"之后,宿鸣谦似乎放弃了挣扎,一个醒目的"+10"出现在他的脑袋上。

然后,他说:"不要胡闹。生病的人就该好好休息。你现在去买药,等买完了药再回来,把药品拍给我看,我要看着你吃药。"

这句话说完,宿鸣谦顿了顿,再说:"西木,听话……好吗?"

那微微扬起的尾音,如缱绻的风,自耳畔一勾而过。栗说星居然有点被"苏"(注:网络用语,指帅、有魅力、完美等)到了,他以惊叹而赞赏的目光看了一眼屏幕中的小人儿,觉得自己应该肯定宿鸣谦的"苏"力,于是简单地回了个"好",就关掉游戏,下楼吃饭、买药,顺便把昨晚再一次忘记拿的快递带回家。

到了家里,栗说星把治感冒的药排在桌上,拆开来,取出一次的分量,再拍张照,随后登录游戏,把照片发给小人儿。

宿鸣谦看了一眼:"中午和晚上也要按时吃药。"

栗说星:"好……"

宿鸣谦:"快去休息吧。"

栗说星:"嗯。"

宿鸣谦:"等你好了……"

他还没有说完,栗说星的文字已经显现在光屏。

栗说星:"等我好了,第一个告诉你。"

宿鸣谦哑了,哑过两秒,愧疚涌上他的心头,忍不住说:"西木,可能我今天的态度有点奇怪,不好意思。我就是……"

栗说星:"就是什么?"

就是声控?他猜测。宿鸣谦屡次张嘴,最后还是放弃了:"没什么,好好休息,等你感冒好了,我们再聊吧。"

最后一个"好"字出现在光屏上,随后,光屏渐渐消失在视线中。

伴随着光屏的消失,宿鸣谦慢慢低下自己的脑袋。他脑袋沉重,身体沉重,脚步更是异常沉重,几乎是用挪的,从庭院一步步挪到了制造工坊。

他在制造工坊中找到了自己刻的印章。印章已经刻好了,他手握印章,看着上面的"西木"两个字,回想着过去自己和对方相处的一点一滴。

他在心中默念：

这么关怀我的西木不可能是男的……

会对我动手动脚的西木不可能是男的……

怎么会有男人闯进男人的浴室……

怎么会有男人买下女性装扮……

怎么会有男人，说崽崽，说爱我。

宿鸣谦的手用力握起。

他坚定自己的心，西木很可爱，西木是女性，西木对我有好感，西木一直是女性。

……

西木可能是男性。

……

好感度：-50。

吃了药，睡上一觉，等爬起来再痛快地喝上些温水，才下午，栗说星感觉自己的喉咙已经不怎么疼了。

他试着发了一下音，还是有点儿失真，不过相较早晨已经好很多了，估计晚上就能彻底康复了。

然后他顺手上了游戏，倒没打算和小人儿互动，只准备窥视对方一下，然后就下线。

但栗说星没有想到……

就是一个上午的时间罢了，他再登录游戏，突然发现，原本"3"字打头的好感度变成了"2"字打头，直接再度缩水了100不止。

栗说星："？？？"

他疑惑地打开闪烁的系统旁白，疑惑地看着系统旁白下的文字：

今日，AM9：30

宿鸣谦进入制造工坊。

宿鸣谦拿起印章。

宿鸣谦对着印章发呆。

宿鸣谦一直对着印章发呆。

宿鸣谦："……"

宿鸣谦心情波动极大。

今日，AM10：00
宿鸣谦离开制造工坊。
宿鸣谦在庭院站了很久。
宿鸣谦似乎在寻找什么。
宿鸣谦没有找到。
宿鸣谦进入厨房。
宿鸣谦从冰箱拿出一棵白菜。
宿鸣谦带着印章和白菜在桌旁坐下。
宿鸣谦观察白菜。
宿鸣谦开始撕扯白菜的叶片。
宿鸣谦："西木不是……
宿鸣谦："西木是……
宿鸣谦："西木不是……
宿鸣谦心情波动极大。

白菜叶子落下。
一片，一片，又一片……

栗说星："……"
栗说星看着这个旁白，仿佛看出了很多，又仿佛什么也没有看出来。但是，他的心也和缓缓飘落叶片的白菜一样，渐渐空了。
缓缓茫然，缓缓失措。
是什么？不是什么？究竟发生了什么？
宿鸣谦忽然站起来了！

这突如其来的举动牵得栗说星心一颤，手一抖，原本点开的聊天框不慎又点掉了。

这时，小人儿从房间里走了出去，来到了庭院的南瓜地旁边。

系统旁白再度刷新：

> 宿鸣谦审视南瓜。

崽崽想干什么？

他不是讨厌南瓜吗？怎么突然研究起南瓜来了？

栗说星有点狐疑，今天发生的一切都让他狐疑。一动不如一静，所以他决定暂且不忙着干些什么，就暗暗观察一会儿，等摸出个头绪来，再视情况应对。

他看见小人儿看了南瓜地片刻，突然伸出手，从瓜田中摘下了一个南瓜。

摘南瓜能干什么……一般都是吃吧。

所以崽这是已经克服了南瓜恐惧心态，决定给自己增加食物品种了？

栗说星按常规来揣测，然后他发现小人儿拿起小刀，从底下捅破了南瓜的屁股，把里头的籽都挖空，再在南瓜表面割出眼睛、鼻子和嘴巴。

栗说星："……"

他意识到自己刚才的猜测可能不是宿鸣谦的想法，但眼前的这个做法也算眼熟。

也许……栗说星继续揣测，崽是突发兴致，打算做个南瓜灯？

他不动声色，继续观察。

小人儿制作了南瓜头后，将南瓜头放在草地上。接着他回到屋里，把刚才撕下的白菜抱在怀中，再次走入庭院，将白菜一片一片地放在南瓜的脑袋上。

旁白刷新。

> 宿鸣谦装扮南瓜。

栗说星："？？？"

他发现自己开始看不透小人儿的举动了。他眼睁睁地看着白菜叶子一层一层摞在南瓜的头顶，充当了这个南瓜头的头发。

这个南瓜头开始变得有点滑稽……

而当小人儿再度离开，并拿着一把斧头回头的时候，滑稽之中，似乎添上了一丝恐怖。

但栗说星还稳得住。他觉得，宿鸣谦应该是准备收割南瓜了吧？虽然拿斧头收割南瓜怎么看都有点奇怪，但也许崽崽是觉得镰刀钝了点，于是拿一把更锋利的斧头过来……

斧头高高举起，重重落下，劈在南瓜脑袋上。

砰的一声，白菜叶子四下飞溅。

栗说星："……"

他忽然出了点虚汗，忍不住扯扯衣服，散散热，先喘一口气，再看屏幕。

屏幕里头，小人儿还在剁南瓜。他脑袋上平静无波，脸上也平静无波，因而根本不能分析他此刻的心情，栗说星只能看见斧头扬起、落下，再扬起、再落下。

眨眼间，南瓜头就变成了南瓜碎。

而此时，系统旁白才姗姗来迟：

宿鸣谦将南瓜砍成南瓜碎了。

虚汗变成了冷汗，栗说星觉得自己身上凉飕飕的。他不由得开始庆幸：还好我没有冲动，没有一开始就出声，而是暗中观察，要不然，真不知道这平静的文字之下，居然蕴含着这么富有冲击力的画面。

他忍不住再倒回头看了看自己没来时系统平静的旁白。

总觉得，平静是假，平静底下，波涛汹涌。

栗说星的内心已经剧烈波动，但游戏里的小人儿似乎还不愿意放过他，还在行动。对方把砍成了一块块、散落满庭院的南瓜碎块和白菜叶子收集起来。

这是要干什么？栗说星提心吊胆，总不能还要鞭尸吧？

他屏息凝神地看着，发现宿鸣谦把这些东西带进了厨房里。然后，白菜叶子被扔进了垃圾桶。

栗说星松了一口气，突然明白了小人儿是想把东西收拾收拾，我就说嘛，都砍成这样了，还想怎么样……

然后他看见小人儿把南瓜块放进水池里，洗洗，捞出来，削皮，丢进锅里，开火，加水，煮了起来。

栗说星："……"

他忍不住放下手机，站了起来，拿起自己的保温杯，喝上一大口热水压压惊。

压完惊之后，实话实说，栗说星犯愁了。情况严重了，现在解决问题的最好办法，当然是找崽崽问清楚他究竟为什么生气。

但是，现在的小人儿简直是个刺猬，刺还是倒着长的，压根儿没碰他，他就能自己掉好感度，掉成了泄洪模样，要是自己再傻不拉几地直接上去问，这好感度不得雪崩？

得想个更稳妥点儿的方法。要不然……先哄哄他？先把他稳住了，再循序渐进，慢慢摸索真相？

栗说星仔细想想，觉得这不失为一个好法子，但具体要怎么哄，又是个问题了。

栗说星独自思考片刻，没什么思路，于是他上了网，再一次打开了女频网，诸位女频大神们，真是辛苦你们了。

搜索一圈之后，栗说星基本上有了想法。

他胸有成竹，开始准备。

首先，把药品盒子放在桌子上，唤起对方心中的关怀，这是之前验证过行之有效的方案。

其次，找来家里放着的大块橡皮擦，在上面写上宿鸣谦的名字，再画出小人儿的Q版样子，这是之前答应过的，答应过的事情，就一定要做到。

再次，拿出一张白纸，写下一行画龙点睛的句子。

最后，将这三组结合在一起拍照。

一切准备完毕，栗说星重新上了游戏。

他依旧不忙出声，而是先暗中观察，等发现小人儿正坐在桌子前，默默吃着蒸南瓜的时候，他……还是感到了一丝寒冷。

不过不怕，只要用心，他相信还是能把崽崽哄好的。

栗说星稳了稳心态，开始行动。

他发出一条消息："崽……"

光屏出现，吃饭的宿鸣谦抬起头来："你来了？"

栗说星："嗯，刚才忙一点事情，所以迟到了。"

宿鸣谦："午饭吃了吗？药呢？"

栗说星就等着小人儿的这句话！他将自己精心准备的照片发送过去："都吃了。[笑]"

文字随同照片一起出现在光屏之中。

白色的桌子上放着感冒药和感冒糖浆，糖浆的下面压着一张纸。

纸张不知道是从哪里撕来的，边角被撕得凹凸不平，上面写着一行字——药都吃了，也好好休息了。

下面还有花样。

他看见了自己的名字和自己的Q版头像。

宿鸣谦一下就想起昨天栗说星对自己说回头给自己刻个章。

他忽然感到内心有一丝复杂。明明是自己先开始刻章子准备送给西木的，可先把章子刻完的，却是西木。

复杂之后，有一点愧疚就自正混乱着的心湖之中翻涌出来。

他抬起手，将这张照片从光屏之中揭了下来，拿在手中默默观察。

这一拿下来，他忽然发现一个问题，照片的边缘，那只嫩黄色的，上面有可爱的红绿猫咪的东西是……

宿鸣谦："这个黄色的，是什么？"

声音是从手机里传出来的时候，栗说星愣了一下。

他模拟过宿鸣谦的很多反应，但真没想到这个情况。

我特意刻的章子、特意写的话，不好吗？不让你感动吗？

为什么要关注一个不小心进入画面的保温杯……

栗说星颇为纳闷，倒也没耽搁，顺手又给保温杯拍了一张照片发过去："我的保温杯。"

保温杯的全景出现了，嫩黄的瓶身上，各种憨态可掬的猫咪，或看书，或喝茶，或扑着毛线团玩，仔细看看，这些印在瓶身上的图案似乎还是凸出来的。

这么可爱的保温杯啊……

宿鸣谦感觉死寂的心脏突地鼓噪一声。

他小心翼翼地说："这个保温杯看起来还挺可爱的……"

栗说星盯着对方头顶那小小的"+1"，回复："是很可爱。"

又冒出一个"+1"。

宿鸣谦委婉地试探："原来西木喜欢可爱的东西？"

栗说星："还行。"屏幕里没有动静。

栗说星毫无节操地转了口："可爱的东西没人会讨厌吧？"

再冒出一个"+1"！

宿鸣谦："我也这样认为。"

栗说星觉得自己隐隐摸到了套路。他决定主动出击，试探试探："其实我家里还有些可爱的小东西……"

突然冒出一个"+3"！

栗说星信心大增："之前一直是我看着你，反正现在也是休息，要不然我把它们找找，拍照片给你看？"

猛然冒出一个"+10"，甚至有一个小小的开心表情冒出了宿鸣谦的脑袋。

栗说星还听到了对方的声音，那声音雀跃又快速，答应得不能更顺溜，像生怕他反悔了似的："好，麻烦你了，西木。"

栗说星从电脑前站了起来，开始翻找家里自己觉得可爱的东西，逐一拍照发给宿鸣谦看。

一些精致的茶器酒器，不加好感度。

一些竹木玉器小摆件，好感度：+1、+2。

一些游戏的扭蛋周边，不加好感度。

一只粉红色的小熊，好感度：+50。

当这个数字从屏幕中跳出来的时候，栗说星以为自己看错了。

他下意识地揉揉眼睛，再看屏幕，发现好感度真的加了50，不仅这样，宿鸣谦还再一次伸出手，将这张有粉红色小熊的照片从屏幕中揭了下来，和刚才的鹅黄色保温杯的照片放在一起。

栗说星陷入了沉思。难道……崽崽喜欢和动物相关的？

他在家里找了找，找出一个贱萌贱萌的黑企鹅，拍了张照片送进去。

好感度纹丝不动，小人儿看都懒得多看一眼。

于是栗说星再次将目光转向先前的粉红色小熊，他换了一个思路，拿着手机在家中寻找粉红色的东西……好不容易，又在厨房找到了一个粉红色的罐子和一双粉红色的洗碗手套。

后者实在太诡异了,于是栗说星用纸巾把粉红色的调料罐擦了擦,拿回书房,放在书桌上摆拍一下,再发送给崽崽。

又冒出一个"+50"。

没有疑问了,栗说星这回真的明白了。

他开始思考,家里还有什么粉红色的东西吗?

这题有点难。真没有想到,我的崽崽,既是个胆小崽崽,又是个傲娇崽崽,再是个声控崽崽,现在还是个可爱控及超级粉红控崽崽。

他的设定,真的太多了。

而且,男孩子,这么喜欢粉红色,真的好吗……

算了,喜欢粉红色就喜欢粉红色。

这个设定给人的第一感觉是恶趣味,但仔细想想,也不乏萌点,尤其是搭配着之前的狂砍南瓜一起想的时候……

再仔细想想,这个可爱控和超级粉红控,其实也不是没有蛛丝马迹的……比如那套曾被仔细收入衣柜的小恶魔公主服!

我怎么忘记了这个!

栗说星一弹而起,快速打字:"崽,你喜欢小裙子吗?要不然我再给你找几张小裙子的图?"

宿鸣谦怔了怔:"你要找小裙子的图,给我看?"

栗说星:"嗯,你想看吗?"

宿鸣谦:"……"

他一时没有说话。

不用他说话,屏幕里那个抵定乾坤的"+100"已经说明了一切!

栗说星兴冲冲地打开淘宝搜索女装,但不知道为什么,跳出来的女装风格统一、款式相近,一眼看去,老气横秋,和他内心所想的那种层层叠叠,有轻纱、蕾丝、蝴蝶结的小裙子相去甚远。

栗说星沉默着,搜索了十分钟,依旧找不到自己想要的那种裙子。

于是他打开QQ,在自己的朋友列表中找到鹿过芳草——一位唯一可能了解这些东西的作者,咨询咨询。

栗说星:"鹿哥在吗?"

鹿过芳草:"鹿哥在的。"

栗说星:"问你个事。"

鹿过芳草:"说。"

栗说星:"我想找洛丽塔的裙子,应该去哪里找?"

鹿过芳草:"……"

栗说星:"要那种华丽一点的。"

鹿过芳草:"……"

鹿过芳草:"[链接][链接]前一个链接是洛丽塔裙子的宣传站,后一个链接是购买站。"她说完了,仿佛不经意地补了一句,"你需要哪个?"

栗说星已经点开了两个网站。

他大略一扫,满意地回复:"都需要。"

鹿过芳草:"……"又是一个省略号。

栗说星有点纳闷了,一般和人聊天中,发省略号是他的专长,怎么最近接连被人……难道现在大家都对省略号情有独钟了?

栗说星:"谢谢了。"

鹿过芳草:"不用。没想到你需要这个……"

栗说星:"正好有用。"

他打完这四个字,就关了QQ,甚至没看见鹿过芳草随后发过来的又一个省略号。

关了QQ,再上游戏,栗说星开始给小人儿发图。

第一张图片,是一条粉白色的小裙子,裙身上有蝴蝶结、缎带、蕾丝和粉红色的纱制蔷薇花,还搭配着一顶同样造型的遮阳帽,超美貌、超华丽。

栗说星:"你觉得这条裙子漂亮吗?"

宿鸣谦:"很漂亮。"他的声音很稳,很肯定,很有感染力,让听众不由自主地就认同他说的话。

当然最肯定的,不是他的声音,而是此刻从他脑袋上飘出的大大的"+100"!

出师顺利,栗说星笑了,他发出了第二张裙子图片。

这张裙子图片同样是经过精心挑选的。

它是一条鹅黄色的裙子，相较上面那条略显复杂的粉白裙子，这条裙子就显得简洁可爱了许多，泡泡袖，小高腰，木耳边裙摆，上面还有绵羊图案的小印花，这可是栗说星根据自己的保温杯风格挑出来的裙子！

他笑吟吟地打字："崽，喜欢这条吗？"

宿鸣谦："也喜欢。"

栗说星："那我买下来好吗？"

好感度：+100！

好感度掉得毫无头绪，可来得，也是这么猝不及防！

但无论如何，之前掉下去的好感度都补回来了。

栗说星完全没料到好感度还能这样刷，惊喜之余，完全放飞了自我，一条一条地给宿鸣谦发裙子，这个过程里，虽然好感度略微波动，但最低也有70，最高就是100了。

到了最后，还是宿鸣谦打断了这一仿佛无休无止的看图过程，一连看了六七条裙子，他也有点累了，开始觉得这些裙子都是一个模样了。

他说："西木，差不多了，你还生着病，应该去休息了。"

栗说星意犹未尽，但他停了自己的手。

确实差不多了，再刷下去，感觉系统又要报Bug了。

最关键的是——栗说星朝左上角的好感池看了一眼，999显现于好感池中，金光闪闪。

他心满意足地截了个图。这个数字很好了，要细水长流，慢慢来……

栗说星道别下线，把放在桌上用来摆拍的感冒药吃完，然后上床睡觉，很快就在药物的作用下昏睡过去。

昏睡之中，诸事无忧。所以栗说星根本不知道，在自己和鹿过芳草聊完天没有多久，她就悄悄找了一个人。

鹿过芳草："指间，我们俩关系好不好？"

指间风雨："这不废话？我们俩哥们儿，铁的。"

鹿过芳草："那我跟你说个秘密，你别和别人说。"

指间风雨："你说，我保证不说。"

鹿过芳草:"你知道最近在终点流行的那个作者女装风潮吧……就是读者起哄闹作者穿女装,然后给作者打赏的事情。"

指间风雨:"好像听说过,怎么了?似乎有几个作者真穿了吧。"

鹿过芳草压低打字音:"今天公公跑来问我要洛丽塔小裙子……"

指间风雨:"……"

鹿过芳草神神秘秘:"我给了他链接,然后旁敲侧击地问了一下,他居然跟我说他要用……"

指间风雨:"……"

五分钟后,鹿过芳草和指间风雨结束对话。

指间风雨转头"敲"了一个人。

指间风雨:"老桑,我们是不是铁哥们儿?"

桑无鬼:"要借钱的话……"他大喘气,"也不是不可以。"

指间风雨的语气同样神秘:"不借钱,我就跟你说个公公的八卦。不过你要先答应我,不把这事传出去,就我们哥俩分享分享。"

桑无鬼满口答应:"你说你说。"

转头桑无鬼就"敲"了别人。

"师弟,你不是'粉'焦糖西木吗?我这里有个关于他的八卦,说给你听。"

……

舒舒服服地休息了一整天,第二天醒来,栗说星神清气爽,精神百倍。

他坐在床上,长长地伸了个懒腰,又对着空气试试嗓音。

嗯——喉咙舒适,声音如常,感冒完全好了,嗓子也彻底恢复了!

栗说星感觉很开心,在窗外明媚的天空下,难得起了兴致,先给自己弄了一份不错的早餐,然后坐在电脑前吃早餐,并刷新了一下自己的文章。

先看数据。数据的增长颇为可观。

好心情×2。

再看讨论区。讨论区的讨论也增加了不少,还有一个很火的帖子,标题是——一个黄金总盟10万块钱，真的能换来一个性感作者在线穿女装吗？

栗说星不觉眨了一下眼睛，下意识地朝网页上方看了一眼。

没错，不是《我的校花×××》，也不是《都市极品×××》，就是《九渡》，他的文。

所以，为什么，书评区里会出现这么一个诡异的帖子？

栗说星定定神，点击进入，先看见楼主一长串以多取胜的名字——伟大谦虚又严谨的头条语录。

栗说星："……"

太长了，这么长的ID，打起来不嫌累吗？

他继续看主题帖内容：

"如标题。一个黄金总盟有点困难，公公接受分部位付款吗？我先来一个白银大盟，公公换上一双丝袜就可以了。可以先付钱后发货，如果不够买一双丝袜，一只也是可以的，但是要到大腿根的那种哦。"

栗说星："……"

他艰难地向下看去：

1楼："楼主果然伟大、谦虚又严谨，服！"

2楼："楼主一分钱一分货，是个实诚人。"

3楼："6666公公也赶上了女装大佬这一潮流大部队？我就知道这风能吹起来！"

4楼："想想那美丽的画面，忍不住扬起了奇怪的微笑。"

5楼："我集资来条小裙子，啦啦队的小裙子，跳起来能上下飞扬的那种哦。"

6楼："其实比基尼泳装也是可以的嘛，两个小件，两个白银盟，如何？"

……

233楼，混世摸王："集资一个白银盟，赞助楼主。不用再加小件，公公穿上丝袜之后让我摸一下就好了。"

此楼一出，群雄拜服，无有争锋。

大家排着整齐的队列，一边拜大佬，一边催促作者是男人就爽快点，赶紧出来答应了事！

"真·男人·栗说星"："……"

他冷冷地关掉了帖子，接着又打开，冷静地拉黑头条语录三天后，再关闭帖子，冷酷删除，把一切湮灭于虚无。

时间也到10点了。

栗说星进了后台，准备更新。更新的时候，还是忍不住，在新章的标题后面加了个括号，写了一句——作者不穿女装！

发完新章，栗说星关了网页。

他双倍的好心情虽然被砍掉了一个，但还剩一个。

他的心情还是非常好的，今天感冒好了，可以和崽崽语音了，还有点想知道崽崽听见我的真实声音之后，会流露出什么样的感情呢。

栗说星上了线。

10点，小人儿已经起床，正在庭院里锻炼。

栗说星先戳了一下小人儿的胳膊，在小人儿因为感觉到力量而抬起头来的时候，他打开了语音功能，含着笑，用自己完美的嗓音说话：“崽，我感冒好了，嗓子也好了。”

与栗说星同时张开口，但比栗说星慢一步说话的宿鸣谦怔住了。他站在原地，僵直着，如同一块风化的石头。

栗说星莫名觉出了些危险，收起了脸上的笑容，带点疑惑地问：“崽，你怎么了？”

宿鸣谦没有说话，当然也没有动。

栗说星总觉得昨天的某些画面似乎重复了，他伸出手，想推推又一次陷入僵硬的人……但手还没碰到对方，僵硬的人突然动了。

宿鸣谦突兀开口：“你的嗓子好了？”

栗说星：“是，好了。”

宿鸣谦摇头：“你的嗓子没有好。”

话音落下，好感度：-999。

栗说星：“？？？”

这个数字太过夸张，他一时半会儿都没有反应过来，本能地回答：“我的嗓子……”

“不！”宿鸣谦一声呐喊，激动得整个人都狠狠震了一下，无比大声地说，“不，你的嗓子根本没有好！”

话音刚落,又冒出一个"-999"。

宿鸣谦同时转身,大步跑向制造工坊,狠狠摔门,挡住了栗说星的视线。

同一时间,系统旁白一闪,连出三条内容:

宿鸣谦非常激动。

宿鸣谦情绪波动极大。

宿鸣谦陷入自闭。

三条过后,系统提示也出来了:

系统检查到恋人情绪波动到达临界值,已陷入逃避状态。系统友情提示,玩家应暂时下线,不要再做任何刺激恋人的行为,并于下线时间里好好反思如何与恋人和谐相处,有爱互动,共筑美好明日。

栗说星彻底蒙了。

现在,他脑海里就循环着一句话——原来,破游戏单次好感度增减的上限,不是100,而是999?!

Chapter 8

第八章
通往现实的窗户

冷冷的游戏展示着冷冷的系统公告。

栗说星蒙了几分钟后，终于明白了现在的情况。他盯着紧闭的制造工坊和左上角的好感池，只觉得一股热辣辣的气体从胸腹的位置一路上升，最后化成一声极大的冷笑，冲出喉咙。

愤怒和冲动在这一刻占据了栗说星的脑海，并驱使了栗说星的身体。

等他回过神来时，发现自己已经离开了家里，来到小区之外的一家手机修理店，三四十岁、头发半长、看起来颇为颓废的店主懒懒地问他："刷机是吧？做了数据保留没有？有什么数据是需要留下的？"

栗说星："有。我的QQ和微信的数据要保留。"

这两个是必须保留的，朋友和编辑的账号都在这里。

店主："嗯。"

栗说星："还有备忘录里的东西也要保留。"

那里头都是梗，写过的、没写过的，数量不少，万一遗失了也是极大的损失。

店主："嗯。"

栗说星："还有图库里的各种照片，也要保留。"

店主："嗯。"

栗说星："还有……"

店主："一般应该没有了。"

栗说星："……"

他先是无语，片刻后也承认，保留了这几样之后，手机里也没什么其他东西需要保留的了。

他把手机递过去。

店主接了一下，没接到，稍微加了点力量，可手机还是牢牢地握在客人的掌心之中。

两个人就这样僵持了几分钟。

店主妥协了："小哥，你不把手机给我，我怎么刷机？"

栗说星醒过了神。他说："不好意思啊……"

他松开自己的手指，看着薄薄的手机被人接过放在柜台之后的电脑前，内心陡然感到一些烦乱。

他也不知道自己为什么会有这种感觉，也许是因为手机里装了太多东西，随便交出去没什么安全感吧……

小小的店铺二十平方米不到，放了一个长方形的柜台和一张桌子，连转身都有点困难。

栗说星倚靠柜台站着，目光随店主移动而移动。

他心不在焉："刷机能把流氓软件刷掉吗？"

店主："那肯定能，不然大家刷机干什么？"

栗说星："那被刷掉的流氓软件会怎么样？"

店主："……"

流氓软件会怎么样？

流氓软件当然还是流氓软件了。

他觉得今天的客人有点奇怪，索性闭上嘴不说话，沉默是金。

栗说星继续说话，店主不回答他也无所谓，他可以自言自语："如果流氓软件被使用过，里头产生了数据。删了软件，那这些数据……"

其实什么软件、什么数据，都是虚伪的。

栗说星想问的是……

删了游戏，小人儿怎么办？他会不会饿了，会不会冷了，会不会因为我的突然消失而寂寞、抑郁？

啧，数据怎么会抑郁？！

不过家里储存的食物够吗？虽然还有点南瓜，但他本来就讨厌南瓜，不会因为南瓜配白饭再度哭唧唧了吧？

啧，哭唧唧又怎么样？他今天毫无理由地扣了我1998的好感度！敢情我的好感度不是辛辛苦苦、一点一点赚回来的吗？

但游戏里马上就要开"双十一"的活动了，而且那厚厚的一本旅游手册也刚开了个头，对了，还有贡献值，我都还没把自己充进去的钱花完呢！

两种相悖的念头在栗说星的脑海之中来回拉扯，让他的神色变幻不定。

然后，他看见店主将手机插上充电线，鼠标一甩，打开软件。

栗说星脑袋一蒙，脱口而出："等等！"接下来的事情和开头超级相似，另一种情绪又控制了栗说星的大脑，驱动了栗说星的身体。

等他再回过神来时，已经拿着手机回到了家里。

除了时间被奇怪地吞噬了一个小时，其他一切似乎没什么变化。

栗说星："……"所以我折腾个什么劲儿啊？！

他长叹一声，一低头，脑袋抵在了桌子上。低头两秒钟，栗说星在妥协之余，还是感到了浓浓的不甘心。

小人儿是舍不得骂的，但这游戏不能不喷。

过去栗说星在游戏里没找到开发商的联系方式就算了，但这回，他决定一找到底，宁可一笔笔查自己的消费记录，也要把这家公司的电话找出来，再打过去怒骂一顿。

栗说星直接打开了自己的微信。他支付宝、微信混用，那笔648块钱的单子是通过微信消费的。

这个数字很好找，栗说星还没滑两下，就找到了消费记录。

他恶狠狠地点了进去，看公司名字，咦？他意外地发现，这笔648块钱的收款方，不是公司账户，而是一个昵称为"Su"的私人账户。

Su。

宿？

宿鸣谦？

栗说星的神色有点古怪："游戏不能设置小人儿的名字，小人儿的名字是默认的，游戏的付款账户是私人账户，其昵称就是小人儿的姓。"

他有一个猜测，宿鸣谦不会就是游戏开发者的名字吧？

这个，把自己的名字使用在游戏里，是不是有点"水仙"（注：指自恋）？他又点了下面的联络方式，发现私人账户的联络方式并不带电话，倒是给了一个留言的系统，留言系统最上面，还显示有私人账户的头像。

栗说星一眼看去，看见深紫底色、浅白垂缕，是一幅紫藤花图案。

头像也这么文艺，更加符合"水仙"气质……

嗯？第一眼没觉得什么，但多看两眼之后，栗说星突然察觉到了一点不对劲儿。他对着小小的图片仔细辨识了半天，总算从图中发现了不对劲儿之处。

那些挨挨挤挤积攒在一起、拥成垂缕飘洒而下的，不是花叶，而是"0"与"1"。

这是一幅由"0"和"1"组成的紫藤风景图。

别说，科学和美学结合在一起，还挺浪漫的，浓厚的"水仙"感消去了不少，游戏开发者的身份倒是凸显了出来。

可是……

"好像也不对。"栗说星皱起了眉头。玩这款游戏的时候，他虽然时不时地就要骂两声"垃圾游戏、迟早要完"，但心里其实已经默认了这是一个颇具实力的游戏开发商。

这是一个很好理解的逻辑。要没点实力，怎么可能把游戏做得这么好。

但是现在，资金流向告诉他，这不是一个公司的开发成果，而是个人的开发成果。

虽然似乎也是有这种可能性的，但总感觉有点奇怪……

栗说星有点儿被这个意外震惊了，思索之间，原本准备的怒骂都在不知不觉中散去一半，但找都找到了，不能就这么算了。

他开始打字："'恋爱吧'这款游戏是你个人开发的还是你们团队开发的？里头大多数都还行，回忆系统有亮点，游戏世界开放程度让人惊喜，重点是恋人的AI系统做得超赞——"

写到这里，栗说星突然发现这段留言的走向违背了自己的本意，赶紧纠正："不，重点不是这个。重点是你能不能整整你们家的好感度系统？不是我说，从游戏开始，这好感度就神神道道的，一下子加，一下子减，根本没个定数，以前'+10''-10'的不算多，我就忍了，结果现在你们游戏越发牛×了，一下子来个'-999'，还双击，嫌玩家不投诉你们是吧——"

字数受到限制，编辑不了更多。

栗说星看着上面的一长串文字，觉得意思差不多到了，于是干脆利落地在留言下的联络方式中写下自己的电话号码，直接编辑发送。

发送之后，栗说星还等了一会儿。

可惜对方没有回复。接下来一整天的时间，对方始终没有只言片语的回答，那条发出去的留言，像一咕噜沉没海底，连个反馈的水花也看不见。

现在已经是24点了。

栗说星"爆肝"了一天，解决了12000字，有点兴奋，虽然停了笔，依旧亢奋得睡不着觉，只好躺在床头，有一眼没一眼地看历史书。

就是这本书写得有点烂，既不能让他产生睡意，也不能让他沉浸于文字之中，栗说星都努力了半个小时，还瞪着一双乌鸡眼。

忽然，叮的一声，手机屏幕上，一条广告横幅弹了出来。

栗说星漫不经心地扫了一眼，目光忽然顿住：

> 恋爱吧："双十一"大促即将开始，玩家准备好迎接一年一度的购物盛宴了吗？三大会场，百种物品，专属皮肤，神秘好礼，尽在明日盛典！

栗说星："……"

他探身，拿手机，滑动屏幕，打开游戏。

进入游戏的那一刻，栗说星感觉浑身都轻松了。

他告诉自己：我进游戏是为了明天的限时活动，我还有游戏币没有花完呢，不能浪费。

屏幕一闪，熟悉的画面呈现在眼前。

栗说星一眼扫去，没有看见小人儿的身影。

他打开屏幕上闪烁的系统旁白，就见一连串的文字从屏幕中刷新过去，都不知道在这短短的一天里，小人儿究竟独自做了多少事情……

大概几秒钟的时间，文字的滚动终于停止了。

栗说星再看旁白，发现出现在屏幕上的是这样一些文字：

> PM11：00
> 宿鸣谦洗澡。

宿鸣谦："……"

宿鸣谦在发呆。

　　今日，AM0：00
　　宿鸣谦上床。

宿鸣谦："……"

　　宿鸣谦在发呆。

　　今日，AM0：30
　　宿鸣谦闭目。
　　宿鸣谦没有睡着。

宿鸣谦："……"

　　宿鸣谦翻身面向墙壁。
　　宿鸣谦揉了揉眼睛。
　　宿鸣谦又揉了揉眼睛。
　　宿鸣谦揉红了眼睛。
　　宿鸣谦埋头臂弯。
　　宿鸣谦拉高被子，遮住自己。

　栗说星看到这儿就心软了。
　虽然游戏很坑，但这只崽崽真的会哭唧唧，还是藏在被子里哭唧唧的那种。
　算了，骂游戏是骂游戏，养崽是养崽，两者不是一回事。大不了问题不解决就不再充钱，当一个快乐的不"氪"玩家……反正好感度没了，贡献值还是有一些的，暂时也可以保证崽崽的基础生活。
　栗说星暗暗做了决定。
　室内幽静，游戏里也安静。
　一轮孤月轻轻悬在窗户外面，同样沉默不语。

栗说星待了两三分钟，没想好要做什么，索性开了七天签到，提前把今日份签了。

在上一个七天签到食物周之后，游戏里又刷新了新的签到周期，依旧是一周的分量，签到满七天送一张抽奖券，就是这周不再是食物周，而是运动周，还是规则比较离奇的那种。比如前几天，栗说星签到的奖励就是——

网球
网球拍·A
网球拍·B

再看接下去三天的签到奖励，规则也差不多：

乒乓球
乒乓球拍·红
乒乓球拍·黑

这两套东西拆分下来，就用去了六天。等到第七天，总算放了个大招，在固有的飞机票之外，还给了一套模样挺霸道的室内高尔夫练习器，就是……

栗说星扫了一眼房子，东西多了，感觉房间越发狭小了，也不知道这个房子能不能升级扩大。

念头转到这里，栗说星忍不住伸出手，点了点房屋的门窗四角，看看能不能触发什么升级改造系统，但手指还没戳两下，床上被子一掀，小人儿突兀地坐起来了！

我被发现了？栗说星心头一惊。

没等他做点什么，掀起被子的小人儿已经走下床，来到了房间的桌子前。

他拿着水壶，给自己倒了杯水，喝了一口。

随后什么也没做，就握着杯子，站在那里，一动也不动。

栗说星下意识地看了一眼系统旁白：

今日，AM0：45

宿鸣谦起床。

宿鸣谦喝水。

宿鸣谦："……"

宿鸣谦正在发呆。

我没有被发现，栗说星松了一口气，隐隐又有点偷窥心虚感。

算了，反正也没什么事情可以做，还是下线吧。

栗说星放置在屏幕上的手指已经挪到了手机功能键上。但在他即将点下去的时候，小人儿突然将手中的水杯放下了。

玻璃杯碰触桌面，发出了不大不小的碰撞声，打破了游戏的寂静，也打断了栗说星下线的举动。

栗说星又朝游戏看去，发现小人儿已经走到了书架前，他从书架上拿下一本书，回到床上，但没有睡下，而是靠着床头看书。

只瞅了一眼，栗说星就发现宿鸣谦看的是那本牛皮封面的旅游手册。

系统旁白再次刷新，前面描述行动的句子都不用看，栗说星盯着最后一句：

宿鸣谦注视着旅游手册里的涂鸦。

手册只有两页有内容，一页是过去的记录，这个记录应该不能被称为涂鸦。

那能够被称为涂鸦的，就只有……

栗说星迟疑地转了一下屏幕，将视角调整到宿鸣谦的身后，再从宿鸣谦的位置看过去，发现对方注视的，确实不是过去的内容，而是那天自己和对方新写的对话。

栗说星有点意外。

他本来以为好感度都变成"-999"了，小人儿的态度也会随之变化，说不定他再上线看到的就是一片狼藉的逃跑现场或者小人儿冷酷无情、横眉怒目的模样。

但怎么感觉现在……

这么像清纯少年被冷冷玩弄并抛弃之后打落牙齿和血吞的现场?

这时,一声很低很低的声音响起来了,像风藏在窗户外头,悄悄叹息一声。

宿鸣谦:"西木……"

栗说星突然觉得自己无法旁观了。

他有点冲动地点开聊天框,发了一个字:"崽。"

银白的光屏突兀地出现在室内,靠床看书的小人儿身体陡然一震,手里的牛皮本子也"啪"地合上了。

又被吓到了。

栗说星有点无奈,又有点好笑,这崽崽真的有点胆小……

空气有点安静,短暂的沉默之后,宿鸣谦开口说话:"你来了。"

夜里的风变成了夜里的云,声音比方才的缥缈多了几分凝实。

说话的时候,小人儿从床上站了起来,将双手背在身后,抓住手账。

栗说星觉得这个姿势颇具深意,于是特意看了一眼"剧透大师"系统旁白。

果然——

> 宿鸣谦紧抓旅游手账。
>
> 宿鸣谦感到有点紧张和无措。

唉……

栗说星心中的最后一点纠结也消失了。

我这崽崽啊,还能怎么办?当然选择原谅他了。

栗说星保持微笑,心中有点凉飕飕的,总觉得自己提前十年体会到了照顾自家熊儿子的心酸。

他打字:"上午你究竟怎么了,反应那么大?"

宿鸣谦停顿片刻,才回答:"没什么,确实是我反应太大了,对不起。"

好感度没有动,可见这个道歉很表面,但栗说星现在心态很平和,已经"佛"了。

其实仔细想想,"999"和"-999"相差也不是很大,只是多了个"-"号,小尾巴罢了。

他继续:"你不想谈这个就算了。现在都十二点多了,怎么还没有睡?"

宿鸣谦："有点睡不着……"

栗说星："睡不着的话，干脆运动运动吧。"

宿鸣谦："……"

栗说星："正好有网球拍，我们去院子里打网球。"

宿鸣谦："？？？"

他下意识地看了一眼窗外，冷月黑夜，幽幽静静。他正想拒绝，就见光屏一闪，又一句话刷新出来了。

"心情郁闷压力大的时候，运动一下，会好很多的。"

屏幕外边，栗说星已经准备好了。

虽然这个游戏没有压力值提示，但他真的觉得现在小人儿的压力值颇高，而按照一般套路，压力值都是可以通过运动消减的，所以现在去院子里打网球，再合适不过了。

唯一的问题就是还没有一个网球场地，但运动嘛，富有富的玩法，穷有穷的玩法。

栗说星进入制造工坊，先搞来两根差不多半人高的木杆，把这两根木杆敲入庭院，又从制衣间里找出一根长布条，往两根木杆上一绑，一个简陋的网球架就做好了。

他再招呼小人儿："崽崽，过来打球了。"

片刻，房间的门开了，小人儿拿着网球拍从屋里出来，板着脸，来到球网一侧停下，先将手里的球拍放下一只，接着又拿着剩下的拍子和一只网球，走到球网的另一侧，随后停下，抛球，发球。

一道白色的亮光倏忽自屏幕中飞来。

栗说星一点球拍，将球拍拿在手中，再一点网球，轻轻松松便把飞来的球又击打回去。

此时系统还跳出一个指引，没什么稀奇。

长按增加力道，短按减少力量，操作非常简单。

栗说星适应了两下，已经完全掌握了这个小游戏，点屏幕点得无比轻松，力度一时大一时小，还以各种刁钻的角度发球，再看小人儿来回在庭院奔跑不停，满头大汗，顿时找到了一点小时候玩掌机游戏的快感。

嗯——

运动果然减压。

躺在床上就动动手指的栗说星美滋滋地如是想。

"砰——"

"砰——"网球和球拍的碰撞声响在黑夜里异常响亮，几乎占据了宿鸣谦的耳朵。

同样的，那反复飞来还调皮刁钻的白色小精灵，也完全占据了宿鸣谦的视线。

他打得吃力，但不肯认输，几乎把精神全都集中在了这场运动上，也不知接了几个球，当又一个球飞来的时候，宿鸣谦慢了一步，网球擦着他球拍的边缘飞了出去。

而他没控制好力量，扑倒在地上，感觉自己身上的汗水在这一时刻扑湿了地面。

很累，也很轻松。

他躺在地上，刚刚深吸了一口气，就看见光屏再次出现："崽崽，累了吗？累了就去睡吧，正好我也要睡了。"

还是打字，没有声音。

从上午他反应过度之后，西木就不再说话，是为了……照顾他的心情吗？

宿鸣谦心里一时五味杂陈。

栗说星打了一个哈欠，有点想睡了。

他提议打网球，本来是想给小人儿释放点压力的，没想到看着小人儿奔来跑去，居然意外神清气爽，不知道小人儿的压力值如何，自己的压力值倒是真的被释放了。

他的心情愉快起来，打出的句子也变得流畅而飞扬："好了好了，运动完了也别纠结了，洗个澡就可以上床休息了，既然明天总会来到的，那有什么事也放到明天去想吧。好好睡觉才能好好长高高——"

宿鸣谦的声音忽然响起："我以为你是女孩子。"

正要下线的栗说星被镇在了当场。他干巴巴打了个字："哈？"

他终于想起了自己刚进游戏时候的情况了。

小人儿的名字是默认的……

也没有给玩家选择性别的机会，所以这游戏是默认女性玩家在玩吗？

这不就是性别歧视吗？

天底下居然有这种钱还没赚到就自废一半武功的智障游戏策划？！

栗说星超级无语，就听到屏幕里的小人儿继续说话。

宿鸣谦继续："你之前做的种种行为，让我误会了，让我觉得你是女孩子。所以在听到你的声音的时候，我才会那么失态……当然，关于你的性别这一点，我从未向你求证过，只理所当然地做了假设，这是我的错，我太不严谨了。

"但是，"宿鸣谦还有话讲，"你为什么要买小裙子，又给我看小裙子？"

栗说星："……"

那当然是为了让你穿啊……

小人儿不开口说话还好，一开口说话，真实感就扑面而来。

栗说星再品品自己的行为，顿觉自己似乎有点变态。

不过变态怎么了？做人就该变态点，小裙子多漂亮啊！

宿鸣谦："所以西木……"

他的声音低下去，他默默抚平自己心上的一点裂痕和幻想。

事情已经很清楚了，情况就是这样子的……

西木喜欢我。

西木是男性。

西木有异装癖。

这三种情况，哪怕随机两条组合，宿鸣谦也比较能够接受。

但三种情况叠加在一起，宿鸣谦仔仔细细想了一整天，还是只能"十动然拒"（注：网络用语，指十分感动，然后拒绝）："所以西木，不管怎么样，我们都是好朋友。"

栗说星这时倒是陡然回过了神来，这句式怎么这么耳熟，耳熟到让人不由自主就联想起某种知名道具。

等等，栗说星脑袋一转，终于厘清了思路。

这是一款恋爱游戏。

小人儿觉得我是女孩子，但今天小人儿知道了我是男人。

所以好感度：-999×2。

所以晚上说"我们都是好朋友"。

什么句式耳熟……

这就是一张"好人卡"啊！

栗说星目瞪口呆。他下意识地打字："我不是好人……"

宿鸣谦疑惑："西木？"

栗说星硬生生把后边半句"不需要你的好人卡"收回。他左思右想，觉得自己其实也没有把这款游戏当成恋爱游戏来玩，所以似乎也没有必要为了被发一张"好人卡"而生气。

再说，相较于"好人卡"，明明还是被认为是"基佬"更加糟糕。更微妙的是，把自己当成"基佬"的，还是自己游戏里的崽……

但这也不能怪对方，毕竟这是恋爱游戏……

栗说星绕回来了，更觉得微妙了，只能淡淡地敲下一句话："崽，你不要想太多，事情其实不是这个样子的……"

宿鸣谦没有说话，但一个小小的"-1"出现在他的脑袋上。

栗说星："……"

他盯着那个"-1"看，这个数字正无声透露着一种信息……

宿鸣谦并不相信你，并冲你微微一笑。

小小的"-1"飘到了上方的好感池，"-999"变成了"-1000"。

毫无征兆地，游戏突然传来一声效果音。

屏幕上，系统文字闪现：

系统：宿鸣谦与玩家的好感度降至-1000，完成隐藏任务[越来越远的距离]。

系统：玩家获得以下奖励：称号[旧梦难寻]×1。

系统：请玩家进入称号界面领取称号。

突然闪现的系统提示出人意料，但解开站在庭院中的小人儿的误会也很重要。

栗说星憋了半天，没有立刻去开称号系统，而是先把自己的话打完了，解开两人的误会。

栗说星简单直接，一句命中红心："我们是朋友。"

这话一出，蓦地，宿鸣谦脑袋上冒出了其他数字。

好感度：+50、+50、+50！

三个"+50"出现在小人儿脑袋上，直接将好感池中的好感度变成了"-850"，用飞快而坚决的姿态，表达着小人儿内心的喜悦。

一时之间，栗说星心里五味杂陈，明明是我想要的结果。

为什么，总感觉哪里怪怪的……

他怀揣这份古怪，手指一挪，点开称号系统，看自己新得的称号：

称号：旧梦难寻

条件：好感度-1000

奖励：入梦（5/5）

入梦：恋人每次入睡做梦，均有一定概率梦见过去的场景。所梦见的场景将会化成线索，记录在"旅游手账"中。取得五条线索后，入梦效果消失。

嗯……栗说星神情微妙地看着新得到的称号。

为什么好感度-1000了也会有称号和奖励？

怕是白天的留言终于被开发者看见了，于是紧急给我打了个补丁挽留我吧？

栗说星觉得这真的挺有可能。虽然这个补丁颇有不见棺材不掉泪的意味，但知错能改，证明系统还是可以挽救的。

栗说星稍加琢磨，便将称号领取了。

领取的那一刻，一道金光闪闪、似轻薄云雾的烟气从称号面板之中脱离出来，变换着不同的色泽，在室内绕出几个漂亮圆圈之后，突然扑到刚从浴室里走出来的小人儿身上，融入他的身体。

融入的那一刻，烟气的色泽定格在粉白上。

清浅的光并不突兀，只像一盏夜里的灯，让他在黑暗里更加明亮。

栗说星："……崽。"

宿鸣谦："怎么了？"

栗说星看着小人儿脑袋上徐徐浮现，又徐徐消隐的"入梦（1/5）"标记，说："……嗯，有个好梦，祝你能够梦到过去。"

他还挺好奇,"入梦"被触发之后,会在游戏里呈现出什么样的效果。

宿鸣谦已经上了床。他穿着睡衣,正拉被子,冷不丁看见出现在屏幕上的句子,忽然顿住。

他就这样定定地看着屏幕两秒钟后,突然抬起手,摸了一下屏幕。

光屏被手指碰触,泛起水一般的涟漪。

这样的涟漪惊醒了宿鸣谦。

宿鸣谦放下被子,在床上坐直身体,姿势变得正式,连带声音也变得极为正经:"西木,如果我上午的行为有任何伤害到你的地方,我向你郑重道歉。"

栗说星:"???"

他有点蒙,怀疑自己是不是中途跑了神,导致错过了什么。

栗说星:"嵩,你为什么突然这么严肃……"

宿鸣谦继续说话:"从我醒来到现在,你一直在陪伴我。你给了我非常多的帮助……"

而这并不是因为你想从我这里得到什么,诚然你或许有些喜欢我,但被我拒绝了之后,你对我的态度也没有变化,你还是一如既往地关心着我。

宿鸣谦感到了很深的歉意,而这直白地表现在他的好感度上。

好感度:+50、+50、+50!

又是3个"+50"的连击。

栗说星眼睁睁地看着好感池上的"-850"还没待稳两分钟,就变成了"-700"。

怎么说呢……忽然就觉得,其实好感度"-1000"也没啥不好的,除了能拿新成就、新技能,这眼看着不是在我还不知道究竟发生了什么的情况下,就快要加回去了吗……

宿鸣谦:"所以,如果以后有什么事情是我能够做的,西木,你一定不要和我客气。"

栗说星:"嗯……"

宿鸣谦:"我睡了,你也早点睡吧。也祝你有个好梦。"

栗说星:"嗯……"

宿鸣谦:"还有,明天你来的话直接用语音吧,这样方便点。"

栗说星:"嗯……"

宿鸣谦:"另外。"

栗说星复制、粘贴,习惯成自然:"嗯……"

这真是个永远也道别不了的晚上啊。

宿鸣谦的声音里添了一丝笑意:"忘了和你说,你的声音也很好听。"

好感度:+50!

这句以后,游戏里终于没有声音传出来了。

躺在床上的小人儿闭上了眼睛。他睡觉的姿势非常乖巧,就平平整整地躺在床上,被子拉高到胸腹的位置,两只手则从被子中伸出来,交叠着压住被子。

他还呼出了一口气。那口气先带着一点沉重,随后越来越轻,慢慢变得懒洋洋,就像主人在睡觉的时候,终于卸下了心中所有的负担,可以酣然入梦了一样。

系统旁白适时刷新出一句话:

宿鸣谦睡着了。

栗说星也下了线。他躺在床上,看着手机上的时间,子夜1:38。

过了平常的那个睡点,栗说星现在一点儿也不困了。他双手抱胸,在床上默默思考片刻以后,突然从床上起来,走到电脑前,打开电脑,调出文档,查看明天要发表的章节。没有记错,明天要发表的章节里果然有一段宿鸣谦的锈铜片鉴定不同物品等级的情节。

原本的文章里,锈铜片鉴定物品的方式,是在宿鸣谦的世界里给各种物品打上不同的颜色,白色代表着几乎没有价值的物品,金色代表着价值最高的物品。

但现在……

栗说星在这段文字里调整了几个字,把金色变成了粉色,又补了一句宿鸣谦对此的茫然反应:

宿鸣谦奇怪地皱起眉头:"为什么等级最高的物品是用粉色来表示的?"

对此锈铜片没有给予回答。

栗说星嘴角微扬，先改了这两个小点之后，脑海里灵光一闪，又有了新的想法。

于是，他又在后续的两章里补上一些小情节：

首先，宿鸣谦虽然奇怪，但还是接受了这个设定。

其次，接受这个设定的后遗症是，从此他每次看见粉红色的东西，都忍不住驻足凝视两秒钟，判断这东西究竟是否是珍稀物品。

久而久之……

唉，谦谦崽就是不明白。

他表现得越乖巧、越可爱，就越让人想虐他啊……

栗说星的嘴角越扬越高，写着写着，再度写兴奋了，一不小心，窗外的天都亮了。

等发现阳光洒在桌面，房间里亮着的灯也被太阳的光芒衬得暗淡无光的时候，栗说星才陡然自这种奇怪的状态中清醒过来。

他检查了一下自己一晚上的成果，除了把前面关于宿鸣谦的一些内容增补修改了，后续的情节又写了三章，总共8000字。

也就是说，昨天一天加上今天凌晨，他居然写了2万字！

栗说星算出来就倒抽了一口冷气，我从来都不知道自己这么恐怖啊……

"20000"这个数字确实有点超出栗说星的预计，让他突然有了一种一夜暴富的感觉，于是在将文档放入后台的时候，他微一犹豫，考虑到"粉红光芒"这一恶搞可能会让一些读者产生不适，干脆加更一章，一共存入三个章节，总字数8000。

加更一章。

一切无事发生过.jpg。

栗说星又审视了一遍文档，有点想看读者对这段内容的反应，但9：00的时候，游戏里还有一场红包雨呢，只好比往常早发一点，定个八点半，先更新一下了。

十分钟后，更新时间到，三章存稿一起放出。

栗说星估摸着现在还早，大家不会这么快看见更新，干脆从座位上站起来，跑去浴室刷牙洗脸后，又给自己弄了一包麦片做早餐。

十五分钟之后，栗说星再度回到电脑前，发现文章讨论区开始躁动，读者似乎都被今天早上的更新震惊到了。

"还躺在床上就被更新提醒吵醒了。我是不是眼花了，今天公公居然一下子更新了8000字？"

"特意上了网页，点进每章里看字数，居然总共有8000字！没有两章变三章，也没有一章变三章！"

"公公今天吃错药了吗？之前开屏推荐都没有更新这么多。"

"公公，你实话实说，是不是对开屏推荐有什么意见？"

"哦嚯，粉红色的光芒？"

浏览到这里，相当于看见了一个关键词，栗说星精神为之一振，点进了帖子，就看见更新之后的短短十五分钟，这帖子不仅出现了，还盖了34楼，非常不简单。

楼主："这是西木的恶趣味吗？"

1楼："看，天边闪现一道粉红色的光芒。"

2楼："和谦妹一样觉得怪怪的。"

3楼："似乎窥探到了公公的内心。"

4楼："仔细想想，居然有点好笑，尤其是谦妹站在广场上，认真盯着粉红小猪看，蠢蠢欲动想使用鉴定术的时候。"

5楼："你们都是小女孩吗？居然喜欢粉红色。[狗头]"

6楼："男人就不能喜欢粉红色啦？你这是歧视。[喵头]"

……

栗说星浏览了几分钟，看前面几楼，还有点蠢蠢欲动想跟帖说话。

不过……我可是本书作者，开小号下场留言，影响有点不太好。

不如这样吧，给角色加个TAG（标签）。

终点的App，每篇文的文章界面都有一个角色栏目，只要拥有该文章一定"粉丝值"的读者，就可以在角色栏目里自由地给文中各个角色添加TAG、人物关系和为角色上传图片等。

而一旦角色界面下出现了TAG，那么终点的用户就可以自由地为TAG比个心，每人每天都可以比一次，像签到和点赞的结合体，比心最多的，会显示在文章首页角色栏中各个角色的名字底下。

现在，宿鸣谦角色卡底下的第一TAG就是"谦妹"。

栗说星打开了角色详情，选择宿鸣谦，准备添加标签。

他一开始打了"粉红佳人"这四个字，品品，觉得有点娘，琢磨一会儿，改了两个字："粉红甜心"。

再补三个字："粉红甜心宿鸣谦"。

很好，完美，就这样，栗说星打个响指，满意地提交。

提交完毕，他看看时间，觉得差不多了，于是拿着手机走到客厅的沙发上，选择了一个舒服的姿势窝下去，上游戏，准备开启"双十一"的活动。

时间静悄悄地走着。

栗说星上线没多久，一派沉寂的终点吃货群里，发生了一场云遮雾绕的秘密接头会。

蛋定自若："粉红甜心。"

他发出了这条消息之后秒速撤回，并换了一个打码字眼。

蛋定自若："淡Red。"

虽然打了码，但其余人似乎一秒就明白了蛋定自若在说什么，完全无缝衔接接上了。

指间风雨忍笑："蹲到第二了，我也去比个心。"

十零陵："啧啧，实锤。"

桑无鬼感慨："天边那淡Red的烟霞啊，进入了人心。"

索任："想不到，他真是个变态。"

鹿过芳草："为什么你们都知道了？！"

六味小僧这时候冒出了头。

他很茫然："众位施主今日的对话似乎颇有禅机，大家都知道了什么？淡Red是什么？"

蛋定自若一本正经："大师，我们今天确实在参悟天机。"

六味小僧："敢问天机是？"

指间风雨："粉红女郎机。"

六味小僧："？？？"

六味小僧连发了好几张疑惑的图出来，惹来群里的大笑。

笑完之后，蛋定自若再次说话，既感慨又向往："这都写进了文里。没想到公公是真心想要小裙子，还是粉红色的那种，真该给公公一个'粉红甜心'的头衔啊⋯⋯"

消息出现在聊天群，一道压抑的公鸡尖叫般的声音霎时在城市的某个房间里响起。

鹿过芳草在尖叫："啊啊啊啊蛋蛋赶紧撤回，别害我，我可从没说过他爱小裙子，是个变态啊！"

距离9点还差十分钟的时候，栗说星进入了游戏。

一进游戏，他就被全新的游戏画面惊到了。只见原本色彩清淡的房间被重新装饰，门廊和窗户贴上了写有"11·11"的红色贴纸，贴纸上都画着手捧大小购物盒的线条小人儿。庭院则更夸张，索性直接将绿色的草坪变成了红色，中央的位置是大大的黑色"11·11"。

栗说星无语片刻，明白了游戏推广"双十一"骗玩家"氪"的决心。

他试着点了一下这些装饰，居然有互动菜单跳出来：

庭院皮肤：双十一·请尽情购物吧！ （11·11当天，6点至24点）

价格：——

效果：装扮庭院皮肤时购物将获得9折优惠。

获取方式：限定日期游戏赠送。

除了上面的介绍，游戏还弹出一个选项：

是否收起皮肤？是/否。

栗说星当然选择了"否"。

虽然9折优惠并不多，但免费的不浪费，蚊子腿也是肉。

就是⋯⋯

"总说免费的才是最贵的。"栗说星喃喃自语，用怀疑的眼神审视了一下游戏，再度坚定自己暂且不"氪"的决心，并开始搜索画面，寻找小人儿。

小人儿还没找到，倒是先发现房间里书柜的一角正闪烁着淡淡的光芒，再定睛一看，散发着光芒的正是那本旅游手账。

栗说星心中一动：入梦成功了？他伸出手，将旅游手账滑出书架，放到桌子上，但并没有立刻打开，而是喊了一声："崽？"

片刻，声音从游戏里传来："西木？"

能用语音就是方便！栗说星又问："你在哪里？"

宿鸣谦回答："庭院里，我在看南瓜。不知道为什么，今天上午一起来，房间就变了样。好在南瓜似乎没有受影响。"

说话之间，房间的门被推开了，宿鸣谦从外头走了进来，左右看看，有点犹疑："西木，你是在这个房间里吗？我听着你的声音像从这里传出来的……"

要不是宿鸣谦提醒，栗说星都忘记自己还种了一些南瓜没有收获。

勤俭持家的崽！正好今天是个购物日，还差贡献值呢，栗说星赶紧出门把南瓜收割了卖掉，又收回了39贡献值的血和8个南瓜碎片。

算算南瓜碎片的总数，如今已经有31片了。

上回10个南瓜3个碎片，30%的概率。

这回39个南瓜8个碎片，大约20%的概率。

而游戏公布的概率是10%。栗说星有点担心："该不会我在这游戏里的'欧洲血统'（注：网络用语，指运气极好），全在种植和收碎片上吧？"

多想无益，收了南瓜就回房间，这个过程其实非常快，栗说星甚至赶得上回答宿鸣谦的问题："更准确地说，我正看着房间，所以声音就从这里传出来了吧。"

他继续："崽，你昨天晚上有做梦吗？"

宿鸣谦一愣："好像有吧。"

栗说星："什么样的梦？"

宿鸣谦："不记得了，醒来的时候就没什么印象了。"

栗说星感到很意外。居然还能这样，原本以为"入梦"的意思，是让崽崽在梦中回想起过去的情况。但现在看来，似乎只是把一些过去的片段记录在了旅游手账里。

宿鸣谦眉头微皱，又问一声："为什么这么问？"

"也没什么……"栗说星开始解释，当然没有说真实情况，这会泄露游戏的存在。但他一时又想不到有什么科学的说法能诠释入梦，索性开始瞎扯：

"我替你购买了一次寺庙法事,法事能够帮助你在梦境之中回忆起过去。所以我来问你昨天有没有梦见什么。"

长久的沉默。小人儿一动不动,一句话也不说。

栗说星:"……怎么了?"

宿鸣谦很迷惑:"为什么你会相信这种东西?"

好感度:-1。

宿鸣谦继续:"这种东西不可信的。"

好感度:-1。

栗说星虚心接受,接着提醒:"但是,旅游手账里好像出现了点新的东西。"

宿鸣谦依旧面带狐疑,但他还是打开了旅游手账。

宿鸣谦:"……"

然后,好感度:+1、+1、+1。

两个"+1"和两个"-1"打平了。

最后一个"+1",栗说星就愉快地把它当成小人儿对自己的赔礼了。

接着他凑上去,看见了新出现在手账中的内容。

空白的页面上出现了全新的照片和文字。

看见照片的第一时间,惊讶就自栗说星心中浮现。

这张照片太独特了,上面是一些摆放在实验室桌子上的美食。

用烧杯装的果汁、用锥形瓶装的红酒、用培养皿盛的布丁,还有蓬成一团像云朵一样的东西,正在烟云火焰之中燃烧的水果,以及摆放在最中间的、用引流棒充当蜡烛的生日蛋糕。

这应该是一个生日聚会。

因为摆满了食物的实验长桌子周围,坐着一排身穿白大褂的人。

这些白大褂有男有女,有些和左右的人说笑交谈;有些低头握手,正在许愿……

而最中央的生日蛋糕上,除了点缀着鲜艳欲滴、红得骄人的草莓,还插着一块特别定制的巧克力牌。巧克力牌的款式就和这满桌子的食物器皿一样,十分独特,是一连串数字的组合体——551/12&0。

栗说星一开始压根儿没看明白这是什么意思,直到看见照片底下的几行熟悉的字体：

"John强烈要求将他的生日推迟到它诞生的那一天。他要和它共同度过这个美好的日子。John也建议我这样做，但我拒绝了。要是把我的生日也写上去，就真的太长了。无论如何，大家都很高兴，休息区狼藉一片。

"这是值得铭记的时刻，它诞生了。

"要给它取个什么样的名字呢？"

栗说星弄明白了。

五十五又十二分之一，说的是John的年纪，他55岁过一个月了。

而零，指的是那个"它"。

这是一个两个人合过的生日，生日的重点不是John，而是"它"。

不过……还没有名字的"它"，是什么？

栗说星观察照片的时候，宿鸣谦也正在看这页新出的内容。他的手指在厚实细腻的纸张上轻轻滑过，看着微微褪色的文字一个接一个地从指尖滑出，感觉就像自己握着笔，一个个地写下了它们。

"西木。"宿鸣谦忽然开口。

栗说星："嗯？"

宿鸣谦："我没有关于这张照片的任何印象。"

他说到这里，轻顿一下。小人儿的脸上看不出什么表情，可接连有两个"+50"跳出了他的脑袋，表明他的态度。

等他再开口时，更是连声音也渲染出了一分笑意："但不知道为什么，看着这张照片，我就非常开心。我似乎能明白里头的那些食物是怎么做出来的。比如蛋糕上的草莓，红成这种晶莹剔透的模样，肯定是因为做了真空处理；比如果汁，肯定是用了离心机；说不定还会用液氮做出冰淇淋，再端出打成泡沫的马铃薯……"

他说到这里就收住了，最后又补一句："想想还觉得挺好玩的。"

旅游手账上的分子料理生日照，也是全实景拍摄，栗说星在宿鸣谦说话的时候截了图，上网络搜索，但没有搜索出什么结果来。

可见这张照片至少不是随随便便从网络上扒下来的。

这样的话……栗说星在内心赞叹了一下策划在宿鸣谦回忆这部分系统的用心程度，随后接上宿鸣谦的话："想想还有点想吃。"

宿鸣谦："嗯？"

栗说星："分子料理啊。我这里正宗的分子料理都挺贵的，而且看着还没有你们桌上摆着的有食欲。"他接着提议，"虽然这回没有去实地，但我们也来写点东西吧。"

宿鸣谦将本子递给栗说星。

栗说星拿起了笔，正想写字，突然想起一件事。

之前的峡谷日出解锁的时候，他是能够购买小贴纸的。这一次……

栗说星有种不祥的预感，试着点了一下空白的页面，看见了互动菜单，但没有贴纸。系统用冷冰冰的现实告诉他，没有通过飞机票开启的场景，贴纸是真的没有的。

虽然现在好感度负了那么多，就算有贴纸也不能购买，但是……还是感觉福利被克扣了！栗说星发出了磨牙的声音。

宿鸣谦敏感地察觉，问："怎么了？"

栗说星长叹一声："这次没有贴纸了。可能是因为我们没有使用飞机票真实地去过这个地方吧，这么抠门又是何必呢！"

他说罢，大笔一挥，写下自己此刻的想法："想吃分子料理，可惜没有贴纸。"

本子回到宿鸣谦手中，宿鸣谦看了看这行字。

贴纸他没有办法，但分子料理应该还在能力范围之内。

他同样写下一句话，作为回应："等有了实验器材，替你做分子料理。"

栗说星很感动。

但不知为什么，他再一次想起了那盘被炒成黑色的野草……

也在这时，一颗红色的心忽然从窗前飘过。

两个人一同朝窗户看去，就见第二颗、第三颗……无数个红色、粉红色的心自庭院的天空之中缓缓飘洒下来。

栗说星一看时间，9点整，天降红包雨来到了！

他闪电般出了房间，来到庭院，同时大喊一声："崽，快出来接红包，我们今天买东西的优惠和福利都在这里了！"

他在心中发誓：今天的我坚决不"氪"！只把系统给的所有优惠补贴花个精光！

进了庭院，栗说星发现庭院的角落不知什么时候多了两个竹编的篮子，上面写有大大的"11·11"，显然是"双十一"红包雨的配套物品。

栗说星点中一个篮子，篮子立刻黏在了他的手指上，随着他的手指移动，只要及时挪到下落的红包下方，就能将红包收入篮子。

这时宿鸣谦也来到了庭院里。

栗说星立刻指挥："崽，我负责上半部分，你负责下半部分。我先接一拨红包，你负责接我没有接到的那些红包。注意了，红包时间总共一分钟。"

宿鸣谦没有疑问。他两手平端篮子，头颅微抬，小脸紧绷，目光朝天空看去，特别认真而严肃！

严肃得让栗说星想戳一下他的脸，最好戳出酒窝来。

滑动篮子接东西而已，栗说星游刃有余，中间还有时间朝宿鸣谦那里看一眼，就看见刚刚超严肃的人现在已经抱着篮子，迈着小短腿，开始"啪叽啪叽"地跑了起来。他的头发连同衣服一起颤动，衣服的后背处还有点深色痕迹，似乎被汗水浸湿了。

但就算这样，他也一丝不苟，没有放缓一点速度。

于是栗说星的手也跟着抖了一下，落了好几个红包下去。

宿鸣谦抗议："西木，小心，红包掉下来了，注意力集中点。"

栗说星巨冤："……"

我注意力不集中，怪谁？因为你过度可爱，所以我手抖！

两个人负责各自的区域，通力合作，除了某些实在接不住的红包，基本上接住了这一分钟倒计时内90%的红包。

倒计时结束，红包雨停止。

两个人统计成果，宿鸣谦："一共110个红包。"

栗说星沉吟着："我看看红包里头出东西的概率。"

说着，他翻了一下篮子，很快在篮子的底部看见这场活动的简单介绍：

> 红包雨：限时一分钟。开启后，有10%的概率获得物品。

这样算算，110个红包大概能出11个奖品。

栗说星随便开了一个红包，一张满减券掉了出来：

系统：生鲜品类精品鸽子购买券满80减50。

"开门红！"栗说星扬了扬眉，觉得自己今天运气的确实不错，于是又点开了一个：

系统：生鲜品类精品猪肉15抵扣券。

不错不错。于是他又点开第三个红包：

系统：全品类满200减50红包券一张。

10%的概率下，接连开了三个红包，居然都没有落空，栗说星还是很开心的。
这时，对面。
宿鸣谦也在拆红包。
一张抽奖券掉了出来。
一张20面值的无门槛使用券掉了出来。
一张可以直接兑换一排酸奶的兑换券掉了出来。
两个人对比一下彼此拆出的奖品。
本来很满意自己收获的栗说星渐渐狐疑起来："虽然我的券面金额比你大，奖励确实也还行，但不知道为什么……总感觉我这里是面子光，你那里是真实惠。"
无论如何，拆还是要拆的，两个人继续行动，把剩下的红包一起解决了。最后计算一下，一共有30个红包掉出了东西。
算算概率，$30 \div 110 \times 100 \approx 27.27\%$，跟收南瓜时差不多，远远高于系统公布的10%了。
栗说星更满意了。最让他满意的是，在开红包的过程中，他和宿鸣谦一共开出了3张抽奖券。
感觉三个金光闪闪的抽奖物品已经到手了呢！
开完了红包之后，两个人简单休息一下，"双十一"活动的重头——三大会场终于开放。

只听一声鞭炮似的炸响，一条新的道路出现在了庭院的正前方。

道路开得突兀，两个人都愣了一下。

宿鸣谦："这条路……"

栗说星回过神来："应该是通往会场的。"

宿鸣谦微一迟疑："我们走吗？"

栗说星："当然。快走，赶紧去看看第一个会场有什么好东西。"

他说完，怀揣着对新地图的好奇心，没等小人儿，直接点中道路，先一步转换场景进入新区域。

宿鸣谦还站在原地。他听着另一个人的声音，这一句话开头的时候，对方的声音还在自己的耳旁，到了这一句话的末尾，那声音就像袅袅的烟，飘远了。

往前去了吧，宿鸣谦心想。他看着面前的道路，明明在最早的时候，最希望看见的就是一条出去的路，但到了现在……到了现在也没有变化。

就是失望的次数多了，让他忍不住踟蹰了一下。

宿鸣谦已经踟蹰完了。

他深吸一口气，按捺下心中的一点激动，同样往前走去。

出了庭院，走上一条漂亮的街道。两侧高楼耸立，中间马路宽敞，左右树木虽然带着点隆冬的积雪，但树干笔挺，根系遒劲，显见来年春天，还将披上全新的绿衫。

这里很漂亮，就是和以往一样，一个人也没有，一点儿声音也听不见。

宿鸣谦站在这里，在呼吸之中触及了风的寒冷。迎面而来的冷风灌满他的肺腔，他不禁打了一个寒战。

也就是在这时。

"崽？"熟悉的声音又响在了耳畔，这次传过来的声音里带着疑惑。

"你还没到吗？"

"马上。"宿鸣谦反应过来之前，他的嗓子已经自作主张地做出了回答。

笼罩在身体里的微寒突然消失了。

人是群居动物，宿鸣谦想。

我能遇上西木，是一件挺幸运的事情，他又想。

虽然西木也有各种各样的问题，比如老爱叫我崽崽什么的……但人无完人，我要有包容的心，宿鸣谦很认真地想。

然后，他走完了这条街，眼前豁然开朗，三座大商场呈"品"字形伫立，中间一个小型喷泉正汩汩流水，两侧道路宽敞，植被葱茂，林立的路灯杆上，绑上了许多不同商品的广告，乍看去，像一排招展的彩旗。

"崽崽，这里。"栗说星已经先一步观察过这里了。

三座大商场就是今天会开放的三大会场，左手边的是生鲜与百货，右手边的是服饰与家具，至于最前面的那个，估计就是"三个问号"会场了。

现在，左手边的会场已经开放，两个人进入，只见货架层层叠叠，货品琳琅满目，如果不是周围没有其他人，都有一种置身现实世界逛超市的震撼感了。

没有优惠买必需品，有优惠买优惠品。

栗说星手上有鸽子的满减券和精品猪肉的抵扣券，先找这两样东西。

很快，冰柜出现在眼前，鸽子和猪肉都在里头：

　　精品鸽子：39贡献值/只。

栗说星对比了一下手头的满80减50券，他开始计算：两只鸽子78，凑不到满减，三只鸽子117，117-50=67，我花了67贡献值买了3只鸽子，每只鸽子单价22.3，四舍五入打了对折。

好像是挺划算的……

栗说星犹豫了一下，还是拿起了三只鸽子，但感觉有点不对劲儿。他接着看隔壁冰柜，上面还有优惠。

5斤/组，一组折扣80%：

　　精品猪肉：9贡献值/斤。
　　普通猪肉：4贡献值/斤。

猪肉是肯定要买的，毕竟做菜有肉才好吃，有肉才卖得上好价格。

唯一的问题是：要买多少……

栗说星开始沉吟：我有精品猪肉15贡献值的抵用券，可以花3贡献值买两斤精品猪肉，触底优惠！

但两斤似乎少了点，直接买5斤，会场有八折优惠，两种优惠可以叠加。

所以——"靠，到底怎么样买更加优惠？！"

栗说星感觉自己已经习惯编写故事的脑袋似乎有点承受不住这种计算方式了。

他恍惚地晃晃脑袋，继续计算：

精品猪肉5斤，各种折扣下来要21贡献值。

普通猪肉5斤，各种折扣下来要16贡献值。

虽然精品猪肉还是比普通猪肉贵一点，但毕竟前面带了个"精品"，还是很值得的……吧？

栗说星再一次拿了猪肉。他犹犹豫豫，感觉到了更多的不对劲儿。但是鸽子和猪肉只是很小的两样，周围的商品还像山海一样多。

栗说星很快就被其他东西勾去了注意力。

一个小时后，两个人重新会合。

宿鸣谦手里提着一个快装满的篮子。

栗说星带着两辆塞满了各种生鲜和制作原材料的车子。

宿鸣谦："你买的是不是有点多？"

栗说星的声音听起来很苦恼，但他不是苦恼自己买多了，而是："崽，我这里买了533块钱的东西，你那边买了多少？只要凑到600块钱，就能再用一张优惠券了。"

宿鸣谦："0。"

栗说星："哈？"

宿鸣谦解释："我就把那些兑换券送的东西兑换了。"

栗说星："那我们再随便拿点别的什么，凑到600，这样折扣下来，也就450，比现在533折扣后的433合算不少的。"

宿鸣谦还是有点迟疑："真的没有买太多吗？"

栗说星："当然没有，这些都是原材料，回头不管是制作物品还是制作食物，都可以卖出去回本的。"

他说得无比坦然。此时此刻，神秘的力量遮住了他的双眼，让他完全看不见屏幕左上角贡献值的真正数值了。

宿鸣谦一想觉得也是。于是他又和栗说星一起，随意凑上些东西，再叠加会场内部优惠、红包赠礼，以及"双十一"皮肤自带折扣等种种优惠，最终结算了450贡献值。

活动有自动送货入家门服务,两个人买完东西,两手空空地走出会场。

栗说星一开始还兴致勃勃地和宿鸣谦讨论要怎么用原材料制作可以卖出的物品。

走三步之后,栗说星一眼扫过自己的贡献值池子,悚然惊叫:"……靠?!"

宿鸣谦被吓了一跳:"怎么了?"

"没、没什么。"栗说星从震惊中回过了神。

他定定地盯着贡献值三秒钟,回忆起了自己刚才究竟干了什么。

但……买了就买了吧,反正都是原材料,而且价格也确实优惠,等制作完毕卖给系统,就一拨回血,还赚了不少。

"再说了,"栗说星小声自语,"把必要的东西都买了,接下去没钱了,就不会随便浪费了,反正我是不会再'氪'的……"

话音才落。

系统突然"叮咚"一声:

系统:玩家触发隐藏任务——狂欢的胜利。
系统:玩家获得物品:恋爱信用卡×1。
恋爱信用卡:一张漂亮而尊贵的信用卡片,额度为18888贡献值。
在额度之内,玩家可以随意刷卡。刷出的贡献值需在15天之内还清。

栗说星的嘴角当时就抽了一下。恋爱信用卡?额度18888贡献值?

系统在骗"氪"这条道路上是越走越远,绝不认输了啊!

他看着这张粉红色的卡片,冷笑了一声:"放心吧,我都不'氪'了,怎么可能用信用卡?垃圾游戏,休想骗我!"

说完就把弹窗关了,一看表,距离下一场开始还有点时间。

熬了一个晚上,栗说星也有点累了,打了个哈欠,决定下线吃个饭、补个午觉,等到15点再上线参加下一场活动。

栗说星:"嵩,我先离开一下,15点再回来,继续抢红包、看会场。"

宿鸣谦点点头,叮嘱一句:"好。等你回来的时候带些与料理相关的内容,我研究一下怎么做菜。"

两句话说完,栗说星关掉游戏,先给自己点了外卖,再顺手刷新终点吃货群，就看见群里出现了难得一见的大片消息撤回提示。

搞什么？奇奇怪怪的。

栗说星懒得探究，把手机一丢，该吃饭吃饭，该睡觉睡觉。

一觉醒来，14：50，正好上线继续游戏。

一回生、二回熟，第二场红包雨下来，两个人一共拿到了115个红包，基本上把一场红包雨的所有红包都接到了，相信等到第三场的时候，一条漏网之鱼也不会有。

吸取第一次的教训，这一回，栗说星把所有红包都交给宿鸣谦开。

结果喜人，又有3张抽奖券到手，又有3个金光闪闪的物品在等着他拿。

除此以外，栗说星还得到了三张200贡献值的抵用券、一张精品睡衣兑换券、一张精品礼服兑换券。虽然总数没有第一次多，但其价值绝对远远超过了第一次。

哪怕隔着屏幕，栗说星也兴奋地抱着手机"吧唧"一声，亲了小人儿脑袋一大口！

"崽崽，你这小红手，真是太棒了，我们第二个会场完全不用花钱了！"

宿鸣谦愣了一下。

"吧唧"是什么声音？他脑海里闪过这一个疑问，可还没来得及深思，栗说星的声音就把他拉回了现实。

他不由得笑道："能省钱就好。"

栗说星兴致昂扬："行了，我们出发去会场吧，去挑最漂亮的睡衣和最漂亮的礼服，再拿价值600贡献值的东西——"

五分钟后，他们到了会场。

栗说星看见了自己的灵魂物品：

房屋扩建·冬日暖阳休息室

原价：1888贡献值

11·11特惠价：1000贡献值

备注：想拥有一间有玻璃房顶的阳光房吗？想拥有占据一整面墙的大书架吗？想拥有嵌于墙中的壁炉，在冬日温暖的火光中蜷缩在铺有厚实绒毯的大沙发里昏昏欲睡吗？一切您所期望的，尽在冬日暖阳休息室之中!

宿鸣谦看见了自己的灵魂物品:

  自动洒水器：300贡献值/个
  备注：每日7点准时启动，浇湿50单位的土地，"好助手"自动洒水器，是您养花种菜的不二助手！

栗说星："崽崽！"
宿鸣谦："西木！"
他们异口同声："我要买这个！"
冲动之后，彼此的声音又让对方冷静了下来。
栗说星先说话："我看看你的，你看看我的。"
宿鸣谦："好。"
栗说星看见了自动洒水器，宿鸣谦看见了休息室。
两个人都有点心动。
栗说星直接盘算了起来："我觉得这个也很有必要，可以直接将人解放出来，还不贵，一个300贡献值，两个600贡献值，种18天的南瓜就能回本，还能在这18天里顺便把万圣节的套装凑齐，600个南瓜，怎么也能把剩下的69个碎片凑齐吧？"
宿鸣谦则相反。他虽然隐隐心动，却没有表现出来，还劝栗说星："建造休息室不便宜，现在的房子已经够用了，暂时不用买这个吧。"
栗说星坚持："但它现在打对折。"
宿鸣谦："就算如此，也超过了我们有的600贡献值。"
栗说星挣扎："但它真的很漂亮。"
宿鸣谦："不是必需品。"
栗说星深吸气："但我已经买了。"
宿鸣谦："……"
栗说星又补了一句，声音美滋滋的："房子和自动洒水器都买了，感觉都很棒的样子。"

宿鸣谦："……"

他也深深吸了一口气，然后说："西木，跟我走。"

栗说星："去哪里？"

宿鸣谦："去隔壁服装店，我们还有两张兑换券可以兑换。"

这个家具店太可怕了，动辄500、800贡献值的，还是去隔壁安全点，把两张兑奖券兑换了，也就差不多了。

宿鸣谦想。

十分钟后，他发现自己错了。

他的面前堆出了小山一样高的衣服。

西木似乎想将这店里的所有衣服都塞给他，他还从中发现了两套女装。

他沉稳地将这两套女装挑出来，放在一旁，继续整理出自己并不那么喜欢的男装……然而没有用，总有更多的衣服从天而降，将"小山"堆得越来越高。

他忍不住说了句："西木……"

耳旁响起对方一本正经的声音："我不买，我就试，试完了截一张图。嗯，我想看你穿不同的衣服，你穿什么衣服都好看！"

宿鸣谦："……"

他叹了一口气。

屏幕里的小人儿在短暂的停顿后，开始试穿商场里的衣服。栗说星是真心只打算让小人儿试试，自己再截图，就这样假装已经拥有了。

但等小人儿试完之后，他的想法就变了。

他看小人儿穿了牛仔裤，突然觉得牛仔裤上的水磨白色特别动人。

他看小人儿穿了风衣，突然觉得卡其色风衣竖起的领子超级酷。

他看小人儿穿起了真丝睡衣，突然觉得这种质感的小人儿抱起来肯定特别舒适。

他看——

他看什么，都觉得想拥有，一套不过68贡献值罢了。

加上满减，加上打折，50贡献值一套完全可行。贡献值放在那边，能有什么意义？它所有的意义不都是拿来使用的吗？

栗说星眼也不眨，拿了卡就开始刷。

17点，第二会场结束了。

两个人从会场回到小屋，带着一堆衣服袋子、两个自动洒水器和已经建好了的休息室，以及一张已经少了3000贡献值的恋爱信用卡。

栗说星侧头撑额，心里有点混乱，可这点混乱只持续了短短半分钟。

半分钟后，栗说星自我开解成功了。我使用的是信用卡，并没有充值。信用卡中的贡献值完全可以通过种田和制作物品来偿还。

而这完全可以交给未来的我负责，还款的事宜就拜托他了！

Flag（注：旗帜）完全没有倒啊。

栗说星满意了。满意之余，他算算自己的极限产能，忍不住对小人儿说："崽，我算了算，其实我们还有500贡献值的额度可以用，晚上还有第三个神秘的会场——"

宿鸣谦平静道："不行，晚上你要写文。"

栗说星一听这话就得意："我已经写8000字了。"

宿鸣谦眉头一皱："什么时候写的？"

栗说星："今天凌晨，所以——"

宿鸣谦继续平静："所以，你晚上要休息。"

然后他冷酷地把栗说星赶走了。放任这家伙再在这里多待一秒钟都有危险。

栗说星被宿鸣谦赶下了游戏。他闲着没事，索性坐在电脑前，又写了3000字。3000字写完，时间也到了20点。

栗说星再度上线，清咳一声。他的声音被宿鸣谦听见了。同一个瞬间，正待在休息室里的小人儿脑袋上冒出了一个纠结的毛线团。

他说："西木……"

下午下线得太快，直到这个时候，栗说星才真正看见新建好的休息室。

透明的玻璃组成了天花板，星光从中漏下来。

墙上的壁炉点起了火焰，皮质的沙发在火光之中闪闪发亮，而坐在它上面的主人，也像被光感染，有了层层温暖的釉色。

栗说星仔仔细细看了一圈，感慨道："这间房子给人的感觉很舒适，我觉得没有买错。"

宿鸣谦："是很舒适。"

藏在夜里的声音似乎被夜感染，隐约而轻柔。

宿鸣谦觉得自己应该对栗说星说声"谢谢"。但他已经说过好多遍"谢谢"了，所以决定换一种方式。

以后不用"说"来表达谢意，用"做"来表达谢意。

宿鸣谦："好了，红包雨来了，我们去接红包吧，接完红包去会场，但不准浪费钱。"

栗说星一扬眉："好！"

最后一场红包雨如约而至。但不知道是不是上午和中午用了太多运气的缘故，这一次，他们拆开了所有的红包，只拿到4张抽奖券，其他什么也没有。

虽然抽奖券凑齐了10张是一件很让人兴奋的事情，但这次的掉落确实有点奇怪，就算运气不好、手不红，也没道理光掉珍贵的抽奖券而不掉其他物品……

会不会是因为，第三个会场已经不需要这些东西了？

栗说星暗暗想着，也没多说，决定先去第三个会场一探究竟。

最后一栋商业大楼终于开放了。

他们进入大楼，看见了一个奢华的大厅，一张奢华的桌子。以金色为基础色，以红色为点缀色，迷幻的光芒在室内流转徜徉，最后落于桌面的4张牌上。

奢华的桌子上放着4张倒扣的扑克牌。

扑克牌是黑色的，流光溢彩宛如黑钻。背后中心的位置，有一颗涂饰金箔的凹陷爱心。

栗说星点击了一下桌子，游戏跳出说明菜单：

> 欢迎玩家光临扑克小屋。玩家可在扑克小屋中抽取恋爱扑克。每局恋爱扑克共4张，每翻1张卡牌需要10贡献值，一局最低翻出1张卡牌。每张卡牌都将描绘游戏的一样道具。玩家需要在这4样道具中选择最珍贵的一样，若选中，则此局胜，玩家可将该道具带走；若未选中，则此局败，玩家付出的贡献值归扑克小屋所有。

栗说星研究片刻，明白了。

一局4张牌，4张都翻开来看：40贡献值。

只翻1张看：10贡献值。

猜中拿走，用10贡献值博了一个最珍贵的道具。

猜不中，最少亏10贡献值，最多亏40贡献值。

这个会场就是博彩，难怪不需要乱七八糟的优惠了。虽然理智上明白自己拿走奖励的可能性很低，但看着抽奖不想去玩的玩家……还能称为玩家吗？

　　栗说星不能免俗，所以他说："崽，这个看上去还挺好玩的，我们玩两局吧。"

　　宿鸣谦："两局？"

　　栗说星改口："三局。事不过三，三局玩完我就走。"

　　宿鸣谦笑了一下："那就玩吧。"

　　栗说星按照国际惯例，先去洗了手，然后坐回原位。

　　他先开一局，只花10贡献值，随便挑一张。这个游戏有多少道具他压根儿不知道，也就是说，其实根本没法通过看清所有牌面来判断哪个物品最珍贵。

　　既然如此，与其浪费40贡献值在一局，不如花30贡献值博三局。

　　牌面是一部手机。栗说星心头动了动，没有想到游戏里也有手机……游戏里的手机有什么用？莫非小人儿能用手机给他发消息？

　　他点中手机，选择带走。

　　可是紧接着，一道闪电劈中扑克牌，将扑克牌劈成了黑炭。

　　同时，屏幕上闪现文字：

　　　　扑克小屋：很抱歉，玩家做出了错误的选择。

　　栗说星感到有点遗憾，选择开第二局。

　　这一次，他没有随便选，而是问宿鸣谦："崽，你随便挑一张。"

　　宿鸣谦挑了最左边那一张，翻开扑克牌，翻出的是一支镶钻钢笔。

　　虽然这支钢笔看着确实奢华又漂亮，但是……

　　栗说星："嗯……"

　　宿鸣谦实话实说："我觉得这局要糟。"

　　栗说星也是这样觉得的，所以虽然三秒钟前才说一局翻一张最合算，但他还是又花了10贡献值翻出第二张。

　　第二张卡牌翻出，是一个黑色的钱包。

　　栗说星不甘心，又翻了第三张，翻出一款银色的时尚耳机。

　　栗说星的心都凉了，但3张都翻了，还差最后一张吗？说不定我和胜利就只差了10贡献值呢?

总之，10贡献值又下去了。

他把第四张牌翻出来，这回出了一个大件，一个安置于房子里的吧台。

钢笔、钱包、耳机、吧台。

栗说星决定通过一般方法判断物品价值。

他选择了吧台。随即一道闪电，将吧台劈成黑炭。

栗说星："……"

突然不能呼吸。然后他咬牙开了第三局。

宿鸣谦突然发声："喀……"

栗说星："我知道。"

宿鸣谦继续："喀喀……"

栗说星："我明白！"

宿鸣谦依旧："喀喀喀……"

栗说星指天立誓："事不过三，玩完这一局我绝对放手，不放手就剁手！"

宿鸣谦这才收住了咳嗽声，冲栗说星微微一笑："刚才嗓子有点痒，玩完这盘我们就走吧。"

栗说星再次赌咒："最后一盘，没有就算了。"

说着，也没多选，随便开了第三号的牌面，看见牌面上出现了一扇黑漆漆的窗户。

栗说星："……"

宿鸣谦："……"

栗说星抬起的手指好几次想再点其他，但都在宿鸣谦凝视的目光中停顿住了，最后，无奈地说："好吧，可以走了。"说罢，直接点了选中键，点完的那一刹那，金光乍亮，音乐奏响，心和彩带一同出现。

系统一连在屏幕上刷新出三条消息：

扑克小屋：玩家获胜，恭喜玩家获得此局最珍贵的道具。

系统：玩家获得游戏唯一道具——向外开的窗户。

向外开的窗户：这是一扇可以通往现实的窗户。

栗说星也有点愣住了。他仔细地观察了一下拿到手的道具，发现这扇窗户的设计图还蛮有意思的。

这是一扇向外打开的窗户，但视角并不立足于窗户里面，而是立足于窗户外面。也就是说，这扇窗户名字虽然叫"向外开"，但给玩家呈现的是窗户内部的景象。

那是一团幽蓝，深深浅浅的蓝色汇聚到一起，自由拥簇与浸染，形成了一幅如同水彩般肆意又充满意境的画面，让人忍不住想探索深蓝之后的秘密。

栗说星旋即发现，除了简单的备注，这个道具的互动菜单里，比别的道具多了一个使用要求栏目，里面有使用物品的前置要求，而且是两个：

名称：向外开的窗户

等级：唯一性

备注：这是一扇可以通往现实的窗户

使用要求：

1. 与恋人好感度达到1000。
2. 达到隐藏条件。

栗说星看着使用要求。

第一个要求是正常的，拥有唯一性的珍贵道具，不设点使用条件反而不正常，但第二个要求就让人迷惑了。

隐藏条件是指什么条件？它只有一个要求达成隐藏条件的描述，而没有任何其他的提示吗？

如果我一直没有达成隐藏条件，这件物品该不会就不能使用了吧？

栗说星莫名感觉自己的前方又出现了一个坑，坑似乎还不浅，而自己一只脚已经站在了坑里头，周围还有一把铲子在往坑里填土，试图把他埋了……

栗说星摇摇头，把引起不适的画面赶出脑海。他再度研究道具，整理自己的思路：

游戏没有必要给出一个根本完不成的任务，不然直接不给这个道具就好了。

所以第二个"隐藏条件"的关键，必然落足在道具本身。

而这个道具界面里最值得探究的，还是备注里的那句话——这是一扇可以通往现实的窗户。

他的眉头微微皱起，是像飞机票那样的意思吗？

不太像。飞机票上的形容是"前往未知的目的地"，既没有强调过去，也没有强调过去的现实画风。

说起来，玩这款游戏时间不短了，他还是第一次从游戏的道具之中看见"现实"两个字，如果按照字面意思来理解，那就是……

这是一条开在二次元但通往三次元道路的窗户。

小人儿可以透过窗户，观察三次元。

小人儿说不定还能爬出窗户，然后从手机里"啪"的一声掉到我的掌心。

"哈。"栗说星因为自己的想象而笑出声来。

宿鸣谦："西木？"

栗说星："没事，想到了一个有趣的画面，所以笑了。"

他说罢，招呼一声："崽，我要离开了，明天见。"

宿鸣谦："晚上早点儿休息。"

栗说星："好。"

他下了游戏，走到书桌前坐下。

现在不到9点，他抓紧点儿的话，还可以在睡觉之前再写一两千字。

他想得很好，就是在开文档之前，一不小心看了一下QQ，一不小心被热闹的吃货群吸引了注意力。

终点吃货群。

蛋定自若："@思不群，你的电视剧再过十分钟就开播了，出来侃侃怎么样？"

索任："视频网会员已开。"

十零陵："恭祝大爆。"

鹿过芳草："我看了片花，效果还挺不错的，演员也给力，这部说不定能火。"

六味小僧："小僧今天已经为不群施主上了一炷头香，相信此事已被佛祖关注。"

思不群:"@全体成员,谁有空来帮我写个为电视剧站街的小论文?十万火急,今晚就要,先钱后货,千字千元!兄弟们,救人一命,胜造七级浮屠!"

大召唤术一出,除了原本就在群里聊天的几个人,指间风雨也被召唤出来了。

指间风雨姗姗来迟,笑道:"不群兄从影视公司回来了?这点小事谈什么钱,谈钱伤感情,千字两千,我保证帮你写得花团锦簇。"

鹿过芳草:"不群兄,我我我,快看我。就凭我多年混迹女频看文历练的能力,一定能把你写成一朵白莲花,保证不管电视剧结果怎么样,你都清清白白,纯洁又无瑕。"

蛋定自若同样不甘示弱,跳出来说:"刚好我也有空,不群考虑一下我,我可以帮你把阶级斗争写得春风化雨,润物无声,让你好像站在制作方那边,但其实又字字有玄机,句句有深意。可进可退,可攻可守。"

思不群很感动:"海内存知己,天涯若比邻!好兄弟,事情就拜托你们了!"

电脑前面,栗说星挑了挑眉。前两个月跑去影视公司写剧本的家伙居然回来了,而且电视剧也要播出了,不知道改编成什么样子了。

栗说星本来摸向键盘的手改向了手机,身体也从电脑椅上起来,回到了柔软的沙发上。他打开电视,开启视频网站,选择思不群的《一剑》看了起来。

这是一部仙侠小说,完结于四年前,也是在四年前卖出的版权。

思不群是栗说星挺喜欢的一个作者。他是很难得地写仙更写侠,写仙更写人的那种仙侠小说作者。

这一部作品更是对方写作实力的具体体现,当年在网站连载的时候,栗说星几乎实时追看,有几次还"敲诈"了对方的存稿来一睹为快。

四年之后,好不容易,影视作品瓜熟蒂落。

栗说星决定先睹为快,至于写文,什么时候都可以嘛,反正还有不少存稿呢。

9点整。

电视剧一下子放出八集来,普通用户看两集,会员用户永远比普通用户多看六集,而栗说星是所有视频网站的会员。

他兴致勃勃地开了第一集,为特效不错的片头和片头曲赞叹一声。

五分钟后，坐在电视机前的栗说星低头看手机，并开了1.25倍速。

六分钟后，栗说星开了1.5倍速。

十分钟后，栗说星开了2倍速。

十三分钟后，栗说星在研究视频网有没有3倍速选项。

又过了两分钟，栗说星放弃了。

他低头看手机，刚刚还热闹万分的群里此时已鸦雀无声。

只有思不群还在说话。

思不群发出呐喊："@蛋定自若，@鹿过芳草，@指间风雨，大家别消失啊，来个人替我写站街小论文啊！"

片刻，蛋定自若出现了。

他语气沉重："这任务太难，臣妾恐怕做不到了。"

栗说星也从水里冒出来："写个毛线，安静如鸡吧。"

一句话落，栗说星想到自己喜欢的书被改成这般模样，心中隐隐作痛，又嘴贱了一句："后爹卖崽。"

下一秒，他的QQ被人"敲"了。

思不群私聊了他。

思不群干脆利落，当头一句："西木，你电视剧的编剧是我。"再吟，"万般皆是命，半点不由人。"

栗说星："……"

栗说星："？？？"

Chapter 9

第九章
北京之行

栗说星冷静地打字："你莫非想威胁我？"他冷笑一声，"你觉得我会受威胁吗？"

思不群也冷静地打字："并不是。"他沉痛地说，"西木，你应该知道你那本《寂静奏鸣》和我的《一剑》是同一个制作公司制作的吧。"

栗说星："这个倒是知道。"

算上现在的这本《九渡》，栗说星一共写了七本书，《寂静奏鸣》是他的第二本书，比思不群的《一剑》早多了，卖得很早，大概刚有小说改编电视剧的苗头就卖了。

但或许是那本书的世界观中西结合，不太好改编，所以中途转手几次，一直到现在都还没有出结果。栗说星听见的关于这本书的最后消息，就是它到了《一剑》的制作公司手中。

思不群："我那部做成什么鬼样你基本看见了，整个一傻×。"

栗说星实话实说："确实傻×。"

思不群："傻×就算了。因为在签合约的时候签了配合宣传条款，我现在还要写篇小论文，先后发在纸坛和微博上。微博就不用说了，肯定被骂得一塌糊涂。纸坛那边，我还要散财……吐血，散财……"

散财散的是纸坛的货币，也算是纸坛里一个约定俗成的规矩。

一旦楼主开贴公布好消息或者打什么广告，都会给进来跟楼的"纸糊er"散财，也算喜气共享。

栗说星同情起来了："你不容易。"

思不群幽幽道："人生更在艰难内，盛事年来不易逢。早知道做得那么烂，我一定卖给另一家。真羡慕你们'白金'，还可以决定卖给谁，不卖给谁。这本卖出去都两年了，我才知道当时竞价的还有一家……"

栗说星微感头皮发麻。

吃货群里的各个作者其实都有点自己的聊天小癖好。

比如六味小僧三句不离"施主"和"小僧",比如索任能说两个字就坚决不说三个字,还比如说,栗说星懒得尬聊,喜欢发省略号。

但基本没有像思不群这样攻击性强的癖好……

这家伙的癖好就是每逢三句,必然吟诗一句来表达自己的心情。

栗说星:"不群兄,克制点。"他又安慰,"就算我能够决定卖给谁,也不能决定做成什么样。写书靠笔,改编靠命,想开点。"

思不群:"你说得没错。但你恐怕还不知道,制作公司已经决定,用拍《一剑》的原班人马,续写《寂静奏鸣》的曲谱。"

栗说星:"……"

思不群深沉出声:"同是天涯沦落人,相逢何必曾相识!"

思不群真的不是来威胁栗说星的,是来和栗说星抱头痛哭的!

栗说星:"……"

他忍不住开始回忆,自己签这份合同的时候有没有签配合宣传条款……靠,太久远了,就只记得当时卖多少钱了!

他理了理思绪,说:"你刚才不是说,由你编写剧本吗?我相信你的实力,有你加入项目,我放心。"

思不群:"说起这个……"他决定从头开始说这件事,"其实这个项目开始两个月了,当时对方来邀我,拿的就是你的书。我一想,你的书我熟啊,有内容、有人物,改编太容易,好好做搞不好还能爆,二话不说就答应了下来。"

栗说星:"谢谢你的夸奖……"

思不群:"然后我花了五天,把你文里的几个经典情节撸撸串串,写了一份分集大纲交上去。制片亲自和我对接,很亲切,跟我说:'不群,你写得非常棒,就是我们认为有一个地方需要改动。'"

对面不愧是个会讲故事的人。

栗说星的好奇心都被勾起来了:"哪个?"

思不群:"'我们觉得应该添加一个男二号,原创的。'"

栗说星:"……"

思不群:"当时我的手就颤抖了。不过这点小事儿,难得倒我吗?我琢磨着，既然编剧看你原来的男二号不太顺眼，那我就把你的男三号、男四号、男五号这几个角色中的一些散线和性格杂糅起来，这样虽然不是你真实写出来的男二号，但后续的情节也可以用你书中原有的情节。"

栗说星刮目相看："够兄弟！"

思不群铿锵有力："惠而好我，携手同行！"

他继续："'第二版交上去后，制片再度回应，依旧很亲切：'照理说，不群，你写得真的很棒，但我认为我们还是有一个小地方需要改动。'"

栗说星开始迟疑："哪个？"

思不群："'《寂静奏鸣》里，女主角的戏份太少了，人物不够立体，我们应该给男女主角之间加上一些波折才行，就是把故事搞得狗血一点儿。'"

栗说星："……"

思不群："当时我的胃跟着手抖了一下。不过我寻思着这倒也不算太过分的要求，电视剧确实要求有更多的剧情，所以我给加了两个情节：一个是男主角遇难，女主角救男主角；一个女主角遇难，男主角救女主角。一人一次，比较公平。然后我第三次把分纲交上去，制片还是很亲切。"

栗说星已经有了不祥的预感："……"

思不群："这一回，我们终于开剧本会议了。制片对我说：'你写得非常棒，但我们认为还有一小点需要修改，就是我们认为还需要加一个女二号，原创的。'"

栗说星："……"

思不群："'这个女二号得和男主角、男二号、男三号都有联系。'"

栗说星："[突然脏话].jpg"

思不群大发感慨："此情无计可消除，才下眉头，却上心头！听到了这段话，我的心也跟着抖了。公公，当时我据理力争，好不容易把女二号和三男纠缠的感情线变成了剧情线，再学鹿哥那种似暧昧非暧昧，似兄弟非兄弟的写法，把女二号插了进去，然后交了第四遍分纲。"

栗说星听得好累，无比庆幸自己没有掺和编剧事项："总该结束了吧？"

思不群冷笑两声："然后制片态度很好地找了我第五遍。他们说：'你做得已经很完善了，我们都很满意，但是——'"

他补充："听到这两个字，我的肝儿就抖了。"

栗说星的内脏也抖了。

思不群："'但是，我们认为，前面人物太多，后续的线太繁杂了。'没等我说话，他们又补充，'所以我们经过内部讨论，认为男主角身上牵的线是最多的，为了平衡各个角色之间的轻重，我们要将男主角的线一分为二，一半保留，一半拆分到男二号身上。'"

思不群说完了情况，用一句诗总结这一切："便做春江都是泪，流不尽，许多愁。公公，我真的尽力了。我也不知道为什么，好好的一部大男主角戏，最后会变成男二号戏。"

栗说星回了很多省略号给思不群。

思不群："然后我就辞职了。辞职的时候，我还接到了一个好消息。我的《一剑》的总编剧，确认要操刀你的《寂静奏鸣》了。公公，你开心吗？"

栗说星："滚哪！"

思不群还在温情脉脉："所以公公，来帮我写小论文吧。现在你帮我写，来年我帮你写。无可奈何花落去，似曾相识燕归来啊……"

栗说星赶紧关闭QQ逃离，他的心都被思不群说得有点儿惶恐了。

他在书房里认真找了一遍，总算把当年签的影视合同找了出来，然后开始搜索里面到底有没有一条条款，写着作者必须配合影视公司宣传……

当天晚上，栗说星做了个梦，梦中他签了《九渡》的版权合同，然后不知怎么，他写的书突然变成了游戏里的小人儿，身上还穿着他刚买的漂亮衣服，接着，这个小人儿就被版权方一把夺走了，夺走还不算，对方还不准小人儿看粉红色的东西，说粉红色特别"娘"，不会受观众喜欢。

……

然后栗说星就被吓醒了。

天还麻麻黑，时间还不到5点，他发了会儿呆，然后翻个身，满心疲惫地又睡着了，然后就被QQ消息吵醒。发消息来的是夜游，这夜猫子难得上午起床。

他也不废话，单刀直入："西木，你的《大争》有人来联系电影、电视剧版权了，我看价格给的还不错，如果你有想法，我们就去影视公司和影视方具体谈谈对文章的看法，没啥问题就签约了。"

栗说星从床上一惊而起："不！"

夜游："不？"

栗说星抹了一把脸,醒了一下神:"怎么突然有影视方来找了?"

夜游纳闷:"有影视方来找不是一件好事吗?而且你的版权一直有影视方来找,就是之前的都不够有诚意,所以没和你说而已。版权的开发方还是要挑一挑的,只要版权开发得好,对你来说是一个非常难得的助力。"

栗说星:"要拍成傻×剧就不是助力了。"

夜游:"哦……你说的是《一剑》?"他笑道,"西木,你别看网上喷得厉害,其实我从后台来看,现在《一剑》的订阅比电视剧没有上线之前多了10倍。这个数字只是开始,必然还会随着电视剧的播出而增加,从利益角度来说,只有赚的,没有亏的。都赚钱了,别人想骂就让别人骂两句吧。"

栗说星觉得道理是这个道理,他换个角度:"那问问对方,能不能给我保留建议权。能保留再去影视公司吧。"

夜游意外:"你要建议权?"

栗说星:"我作为原作者,跟跟项目也是可以的吧?"

夜游:"这个我可以替你提出,但你要这个权利,价钱上必然让步。而且你仔细想想,有这个必要吗?你有了建议权,也不是说你就能够决定一部电视剧最后拍成什么样的。写书是你一个人的活儿,电视剧是一个团队三五十号人的活儿。你就算一个人拿着十个喇叭,也喊不过其余三五十号人吧?你拿了建议权,亏了版权费,花了那么多时间、精力下去,最后出来的作品依旧被'粉丝'骂,还耽误你自己写文赚钱,何必呢?"

他一语中的:"写小说赚得到钱,去搞什么影视剧。"

栗说星:"……"

栗说星:"你说得很有道理。"

夜游无语:"五年前我问你要不要参与编剧保留建议权,你说不,还洋洋洒洒说了上面这么多话。怎么?五年一过,你就失忆了?"

栗说星震惊了:"我居然和你说过这样的话?"

夜游:"不要真的失忆啊!"他一顿,再转折,"就算失忆了,你也先说说,这个合同你签不签。"

他不再废话了,将过来咨询的影视公司报价告诉栗说星:"北京明旭娱乐,开价1000万元买你《大争》的电视剧及网络电视剧版权。我们认为这家公司实力雄厚,这个价格也充分证明了他们对你的重视,你考虑两天,给我答复。好了，我去睡觉了。"

栗说星："……"

他看了一眼时间，两个人聊了这么一大堆，现在也才上午6点50。

他无语："我就说你怎么上午来找我，原来不是起来了，是还没睡。"

夜游打了个哈欠："这就要去睡觉了，早安。"

一句话刚闪出聊天框，头像就暗下去，夜游下线了。

栗说星跟着躺回去。他躺在床上，发了一会儿呆，没什么睡意，索性摸出手机，上了游戏。

游戏里的天色和现实里的天色几乎同步。

天已经亮了，但有一层云雾笼罩天空，把太阳藏在了云层后面，又使天空不见蔚蓝，而多了一种玉色的朦胧。

时间走到了萧瑟的寒冬，庭院里那株保留下来的大树也开始脱掉泛黄的衣衫，露出衣衫下遒劲的身躯。落下的黄叶铺满了地面，将秋千淹没了。

"双十一"特有的购物皮肤已经消失，游戏恢复了日常的清淡配色，此时再回忆昨天的热闹，居然还有点怀念。

栗说星朝庭院里扫视两眼后，目光转向室内。

这个时间点，小人儿还躺在床上休息。他侧过了身，面朝外，一只手从被子中伸了出来，曲肘压住被子，另一只手则藏在被子里，只露出五指，虚扶着被沿，睡姿放松而惬意。

蓦地，闭着眼睛的人突然睁开了眼睛，翻身坐起，先怔怔地看了一会儿天色，接着突然扭头拿起床头的闹钟看了一眼。

这是怎么了？感觉崽在记挂着什么事情。

栗说星有点儿纳闷。他也顺势看了一眼时间，上午6：59，还很早。

就在走神儿的时间里，房间里的小人儿已经从床铺上下来了。他一路走到大门的位置，开了门，站在门里向外望去。

最后的一分钟也悄然走过。

突然，"扑哧扑哧"两声。安装在庭院里的洒水器突然洒出漫天水雾，正好此刻云消雾散，太阳的身影出现在天空之中，水雾与阳光相遇，在半空之中结出半截彩虹的身影。

栗说星发现，站在门口看着外面的小人儿脑袋上，突然冒出了数字。

好感度：+50

好感度：+50

好感度：+50

三个"+50"快活又轻巧地跳了出来，迎接太阳，宣誓主人的心情。

栗说星："！"

惊叹号还没有从栗说星心中消退，守在门口看着洒水器工作的宿鸣谦转了个身，又往休息室走去。从通向庭院的大门到休息室，也只是两三步的距离。

到了休息室的门口，宿鸣谦就像刚才看着庭院一样，站在外面，朝里面瞅了一眼。

一眼过去，好感度：+50、+50。

栗说星："！！"

他还说昨天怎么没有好感度的变化。

原来是一起攒着，攒到了今天，好放个大招？

栗说星对这个大招深感满意，出声招呼："崽。"

属于另一个人的声音突然出现，宿鸣谦微微一怔，但没有被吓到。他已经习惯了："西木？"

栗说星："嗯。"

宿鸣谦："你今天怎么这么早上来？"

栗说星："被人吵醒了，睡不着，索性早点儿过来了。"他又说，"好了，你先吃早餐吧，我去制造工坊里看看。"

宿鸣谦："好。"

栗说星走进了制造工坊。昨天买了那么多东西，还欠了外债，今天不管怎么样，都要用原材料制造物品开始还款了……

说起来，刚刚才有一份1000万的合同摆在我面前，我制造个什么劲儿，直接充值还款不就好了。

……

不行。说了不"氪"就不"氪"。绝不打脸！

毕竟是游戏里的制作工序，不要求全神贯注。

栗说星开始一边刷牙一边制作，然后一边吃早餐一边制作，再接着一边听书一边制作……再后来，小人儿就进来了。

宿鸣谦走到正虚空活动的工坊之前，说了一声："西木，我和你一起吧。"

栗说星懒洋洋地应了一声："嗯。"

宿鸣谦也不再多话，拿了东西就开始工作。

两个人沉默地做着手头的事情，制造工坊之内，时不时响起一两声音效。当栗说星将今天早上的第三本书听到一半的时候，宿鸣谦突然放下了手上的工作。

宿鸣谦："10点了，我们休息一会儿吧。"

栗说星回过神来："居然10点了？好吧，休息一下。"

栗说星说着，将两个人一早上的成果卖给系统，系统返还了他们120贡献值。

栗说星看了一眼自己的存款。贡献池里原本的35贡献值和现在的120贡献值合并在一起，变成了155，恋爱信用卡上，则还负着3060，3060平均到15天里，每天要攒将近200块钱。

现在他和崽崽两个人合力做了半个上午的活儿，才获得120贡献值……

栗说星突然抬手关了语音功能，敲敲屏幕："系统，分期付款最低还款额了解一下？"

昨日机灵警醒的系统纹丝不动，好像死了一样。

栗说星礼貌地将中指送给垃圾游戏。

这时，游戏里又传来小人儿的声音。

宿鸣谦："西木，你在吗？"

栗说星再度打开语音功能："我在。"

他发现两个人已经从制造工坊回到了休息室。

宿鸣谦正动手将原本放在卧室里的书籍和小垫子等东西搬进休息室。

他先将书籍分门别类，一个长格子放一个种类，等三种类型的书籍在大书架上占据小小的位置之后，宿鸣谦又捡起自己的小垫子。他把垫子放在阳光下，拍一拍，掸一掸，又塞进浴室的洗衣篓里过一遍，等再拿出来的时候，已经崭新如初。

宿鸣谦将两个垫子放在沙发上，一左一右地搁着，布置出两个最舒适的位置之后，又去卧室，倒了两杯水过来，放在两个垫子前的桌面上。

做完了这一切，他才坐到位置上。

栗说星看得有点茫然。他发现自己越来越猜不透阿崽的心了，对方做的这一切怎么看怎么像是在招待客人，但游戏里明明没有别的生物……

宿鸣谦："西木。"

栗说星下意识："嗯？"

宿鸣谦："你今天的状态不太对，是碰到了什么难题吗？"

栗说星："……？！"

这种招待客人促膝长谈的架势是为我而准备的？

栗说星受宠若惊，但更为关键的是——他惊悚地问："你怎么知道我今天碰到了难题？"

宿鸣谦困惑地眨了一下眼睛："你今天来得很早。我问你为什么来得这么早，你说被人吵醒了，接下去就不怎么说话了，很明显正对此感觉不悦和纠结。"

栗说星："我……"

宿鸣谦："所以出了什么事？"

栗说星："这个……"

宿鸣谦："是很机密的事情吗？"

栗说星："那倒不是。"

被小人儿接连追问了两句，栗说星冷静地思考了一下，觉得和游戏里的小人儿"吐槽"还真没什么问题，于是他的话匣子也打开了，将之前的情况简略地和宿鸣谦说了一下。

宿鸣谦沉吟片刻，做出了回答。

他的回答出乎栗说星的意料。

宿鸣谦："合作是一个趋势，这是合作的年代。你的小说是你的小说，对方的影视是对方的影视，这既是你小说的一个衍生，也是一个全新的作品。对方已经支付了版权费，你不能强求对方怎么做，也不能强求对方的衍生作品和你的小说一模一样，毕竟你们面向的也并非完全相同的受众。你也无法对投资人做出如下肯定的回答——"

"'按着我的小说走，一定能红'，不是吗？"

栗说星感到很意外："所以你的意思是，我授权出去之后，就不要过多干涉了？"

宿鸣谦："不，我想说的是，你不需要过多干涉他们的具体制作，但你应当选择一个良好的合作方。一个良好的合作方，才是一个良好的合作的开端，也才能让事情走在正确的轨道上。而我觉得……你应该可以判断这一点。"

栗说星没有说话,打开输入法,下意识地回了一个省略号给对方。

栗说星:"……"

他有点震惊,甚至感觉到了一丝混乱。他发现宿鸣谦没有说错,正是因为对方说得很有道理,他才不由自主地产生了困惑——现在的人工智能已经强化到这种程度了吗?

它能够回应我的感情,能够察觉我的隐瞒,能够解答我的疑虑。

那它和人类的差别究竟在哪里?

仅仅是一种生理形态上的差异吗?别人的科普已经不能满足栗说星了,他决定买两本最近出版的专业书籍,系统地了解一下人工智能的发展程度。

但在此之前,栗说星切回语音,说话:"崽,我明白了,谢谢你,MUA!"

宿鸣谦一愣:"……"

匆忙下线的栗说星没有看见,坐在椅子上的小人儿在弄懂他最后发出的音节之后,脑袋上先飘出了一个纠结毛线团,接着:

好感度缓缓"-1"。

好感度又缓缓"+1"。

宿鸣谦自我解释:看西木的语气,这对他而言应该只是一个惯用的语气助词。

虽然确实有点过界……

但我也不应该反应太大。

栗说星下了线。

他"敲"夜游:"老夜,你说之前一直有人来问我的版权是吗?除了这家,还有哪家问了这本书的版权?"

五分钟后,暗下去的头像慢慢亮起。

夜游口吻幽幽:"兄弟,这么早啊,让人好好休息一下,成吗?"

栗说星:"现在真不早了,快回答我的问题。"

夜游:"让我想想……还有一家,同样买电视剧版权,开价八百万,不过那家不是特别好沟通,感觉有些锱铢必较,我就没通知你。"

栗说星:"什么时候谈?"

夜游反应了一下："你愿意谈了？"

栗说星："有钱不赚王八蛋。"

夜游赞道："想明白就好。这就是一个衍生作品，做得好我们鼓掌，大家真是辛苦了。做不好你当没看见不就成了吗？既然你想谈，就别拖，我马上让人给你买机票，你今天还是明天直接来北京谈吧。"

栗说星："今天吧，我拎个包就能走。对了，我这次去想问影视方几个问题。"

夜游："什么问题？"

栗说星："我这本书的哪个地方打动了你。你的改编想法是什么。"

最近两个月内，对《大争》这本书的电视剧和网络电视剧的版权，一共有三家公司报过价。其中一家价格太低，夜游都懒得谈，直接挡了。剩下两家，一家明旭娱乐，开价1000万；一家元轩传媒，开价800万。

今天天色不错。栗说星下飞机的时候，蔚蓝的天空上霞光满天，城市笼罩在这金红的光芒之中，金碧辉煌、生机勃勃。

他在机场和前来接机的夜游碰了个头。

夜游三十五六岁的年纪，头发半长，发尾微卷，眼皮耷拉着，眼下有很重的黑眼圈，下巴上还有星星点点的青紫胡楂，看着不像文学网站主编，倒挺像地铁通道里弹吉他的文艺青年。

栗说星对迎上来的人说："好久不见。"

夜游："好久不见。"

他说罢，打量打量人。对方穿球鞋、牛仔裤、毛衣，外边再套一件基础款式的黑色长款羽绒服，背后则斜背着一个普通的牛皮背包，那牛皮背包虽然大，但软软塌塌的，看着也没装什么东西。

他情不自禁地问："你其他行李呢?"

栗说星："什么行李？我的东西都在这里了。"

夜游提醒："你至少得在这里待七天，衣服够吗？影视的事你上午才说，明旭那边好说话，明天就见，元轩刚才回了话，要安排到第四天，然后再来回折腾一下，七天都算一个保守估计了。"

栗说星无所谓："没衣服就地买啊。我特意订了一个商圈中心的酒店，下楼就是吃饭、买衣服的地方，要什么都有。我这包里就装了三样东西。"

夜游有点感兴趣："手机和笔记本，还有什么？"

栗说星："一盒内裤。"

夜游给了栗说星一个大拇指。两个人穿过机场来来往往的人群，进入地下停车场，上了轿车。

黑色轿车缓缓驶出机场。

时间在推移，金红的色泽开始褪去，夜幕伴随着霓虹，从四周掩了上来。

车子的后座，栗说星心不在焉地看着窗外的车水马龙，思维却轻轻散了出去，散到明天的见面会上……

第二天10点。

栗说星和夜游一起来到明旭的时候，项目的负责人迎了上来，开口就笑道："公公你好。"

听得栗说星愣了一下。

负责人又笑道："西木老师，我是你的书友，也是你的'粉丝'。你的书是由我做主推荐给购买部的。我认为你写的东西非常有意思，有一些普通网络小说没有写出来的东西。"

栗说星这才找回自己的舌头："您好，请问您——"

负责人："我姓陈，是制片。"

栗说星："陈制片，你好。"

陈制片招呼他们："两位快坐，来来，先喝口茶。"他说着，一边烧水泡茶，一边继续说话，"之前西木老师说想亲自来公司，了解我们对这本书的想法和计划，其实我是很高兴的，如果不是最近确实没空，我是要亲自去你那里，和你讨论一下这些东西的。

"说回刚才的，我认为你的小说不一样，是因为你的小说除了有一个完整的世界观，还有一个非常复杂、非常不落于俗套的人物关系表。而这，是我认为一部成功的电视剧作品必须具备的要素。西木老师，你如果同我们签约，我会争取让你的这部作品成为我们今年的重点项目，全力还原你在《大争》里书写的世界和人物。我们打算做一个非常精良的项目。"

再接下去，陈制片开始洋洋洒洒，更为具体地说如何制作、打算找什么样的导演和演员、预计什么时候开机、总体的投资额度和成片时间,确实十分胸有成竹。

栗说星不怎么说话,但一直听得很认真,只偶尔插两句话。

等到将近十二点的时候,陈制片才歇下一口气。他看了一眼时间:"中午了。西木老师、夜主编,我们一起去旁边吃顿午饭吧?"

栗说星:"不用,太麻烦了。我已经了解制片的想法了,谢谢制片。"

陈制片又邀请了两次,见栗说星不是客气,才将他们送到办公室的门口。

走到门口的时候,他还从助理手中接过了一袋食品递给栗说星:"西木老师,这是我们这里的特产,虽然是路边的'苍蝇馆子',但味道真的不错,给你尝尝。"

一袋二三十块钱的零食,在此时显出了一份东道主难得的贴心。

栗说星也觉得很意外,接过袋子,再次向陈制片道谢:"谢谢制片。我会认真考虑的。"

陈制片又说了最后一席话:"西木老师太客气了。我还是刚才那句话,如果西木老师愿意做这个项目的编剧,我绝对欢迎。由小说作者亲自操刀改编原著,肯定能够最大限度地保留原著的精髓。如果时间实在凑不上,西木老师也不用担心,你可以作为编外的一员阅览剧本,我们这个项目组,都将尽最大可能,尊重原作的意见。"

两个人出了明旭,夜游这才说话:"这个制片是真用心了,难得还是你的'粉丝'。要不就这家?不过编写剧本就算了,真的很烦,你还是把精力放在《九渡》上比较好。"

栗说星纠正对方:"不全算。"

夜游:"哈?"

栗说星解释了一下:"不全算我的书友。他应该看过《大争》,但看得可能不是很仔细。我刚才交谈的时候把一个看完那本书的读者绝对不会记错的情节稍稍扭曲了一下,他没有发现。"

夜游不赞同:"你要求太高了。人家事情多着呢,你的《大争》几百万字,他怎么可能全追着看完,估计是看了一半,中途事忙,放下来还没接上。"

栗说星其实也认可夜游的话:"这个制片确实厉害,送的特产也真的挺好吃。"

夜游打眼一看，也没发觉什么时候，走在旁边的人手伸进袋子里拿零食吃了，还吃得津津有味。

他无语片刻，忍不住感慨："公公，也就是你有这江湖地位，提要求、问问题不虚。要换一个小作者，有影视方来问价，话都不敢多说一句，就怕多聊两句版权就黄了。"

栗说星实话实说："其实我是做好版权黄了的准备过来的。"

夜游："……"

他嘴角抽了抽："西木，做个好人吧。我们死命给你推版权，吃饭、喝酒、联络影视方，可不是为了让你自己跑来搅黄它的。"

栗说星笑了一下："能不黄当然好，好多钱的。不过不着急，后天不是还有元轩那家吗？"

见完了明旭，栗说星婉拒几个北京朋友的约饭邀请，回到酒店休息。接着就开始了看书、看电视剧、上游戏陪崽崽，间或写写文的宅酒店日子。

栗说星最喜欢做的一件事，就是在每天差五分钟到7点的时候，上游戏看崽崽。

因为每天7点整，庭院的洒水器就会开始洒水，在水声之中，小人儿会睁开眼睛，从床上起来，先走到窗户旁向外看上一眼。

此时，每天的此时，都增加20—50不等的好感度！

也就是说，每天7点，只要栗说星睁开眼睛上了游戏，就能在什么都不做的情况下，看着游戏里好感池的数据自己往上跳，真的是一个成熟的好感池了。

心情愉悦。

心情超级愉悦。

心情充满了薅羊毛般的愉悦！

清晨时分，游戏内外，两个人都在吃早餐，也趁着吃早餐的时间闲聊两句。

宿鸣谦先行询问，假装自己不是很在意，但还是有点儿在意："西木，你最近几天不怎么出现，是不是比较忙？"

栗说星："记得我上次和你说的影视版权吗？"

宿鸣谦："当然。"

栗说星把盘子里的太阳蛋搞破，嫌弃地让半生的蛋黄冲走盘子里的葱和香菜，只吃剩下的东西："我这几天就在跑这个事情。"

宿鸣谦关切地问："顺利吗？"

栗说星："影视的事情倒还顺利，两家公司购买的意愿都挺强的，就看卖给哪一家。就是人一直在外头，不太稳定，没找人拼文，每天也没什么时间写作。"

宿鸣谦发现了一个自己不懂的词汇："拼文？"

栗说星："两个以上的作者在规定的时间内写文，写得最多的那个人胜利。"

宿鸣谦听懂了："目的是刺激写作欲望、提高效率吗？"

栗说星："就是这样。"

宿鸣谦默默思索，又问："是不是还有别的什么方法能提高你们的效率？"

栗说星闲闲地道："有啊，比如关小黑屋。那是一款强制码字软件，没写到规定字数不能从软件里离开，不能上网、不能聊天，外部的作用力总是很强大的……"

宿鸣谦若有所思。

说到这里，栗说星的手机突然响了，夜游打了电话过来。

栗说星："嗐，我有事，先走了。中午回来陪你吃饭。"

他关掉游戏，接起电话。

夜游在电话那头说："我到酒店楼下了，我们一起去元轩吧。"

和元轩的见面没有和明旭的见面那么轻松惬意。

当栗说星和夜游到达目的地的时候，和元轩的一位项目经理见了面。

对方四十来岁，精英人士，开门见山地问："西木老师，你之前问了关于书本的两个问题，是打算参与电视剧的编剧吗？"

栗说星有点儿意外对方开场就问得这么直接。

他回答："不打算，我没有这个时间。"

"明白了。"项目经理点点头，和栗说星一握手，"我姓许，单名弘。"

接着，他又从桌斗里取出两份关于《大争》的文件，一份是项目申请书，另一份是项目策划书。

将这两份文件交给栗说星的时候，他同时播放项目PPT，并介绍："西木老师那两个问题的回答都在这里。前者是我们购入项目的理由，后者是我们对项目的想法。"

栗说星很意外自己能拿到这么具体的东西,更没想到能看见PPT。

他和夜游对视了一眼。

这家虽然不够热情,但同样具备诚意,就是比第一家强势很多。

栗说星先翻开申请书,看见推荐理由上写着:

"想象瑰丽,气势狂放,是一部世界创新与人物故事兼具的作品,适宜改编。同样也有不俗的成绩表现,有助于我们在最初打开局面。"

栗说星接着翻开策划书,眉头忽然一皱。

对方就电视剧市场和对他文章的分析,认为需要删除过于复杂的部分,保留有趣的人物和人物之间的强烈冲突,再添加观众期待的情节。

栗说星问了一个问题:"我看见策划里有一句'添加观众期待的情节',你们认为什么是观众期待的情节,狗血的恋爱情节吗?"

许弘微微一笑。这次见面直到现在,他第一次露出这样的表情来:"当然不是,我们又不是傻子。为什么要在一部智谋权斗电视剧中加入这些内容?我们的所有添加,都会在电视剧语言的基础上,全力贴近你文章的基调。这才是我们买原著再进行改编的目的。"

一场交谈,耗时也不少。

从十点到十二点,再到十三点半。

从十二点到十三点半这段时间,栗说星忍不住在交流的过程中拿出手机看了两眼,他出门的时候和小人儿说过要一起吃午饭,但现在都快到喝下午茶的时间了。

只是和人谈合作,看手机没有问题,上游戏就十分奇怪了。

栗说星不自觉地将手机放到桌面上,手指下意识地在屏幕上滑来滑去,滑去滑来……

谈话的后续,许弘的着重点不是《大争》这本书,而是他们公司制作的某某电视剧有成功的先例,还有从这个先例之中,他们分析出的种种成功要素。

这是一段满是干货的交谈。

栗说星听了好一会儿,也认可了对方的说法,接着才陡然意识到,对方这是在说服自己。

先拿现有的成功案例做例子,再解释要怎么将《大争》做出这种成功的模式，别说，这样的方式确实有理有据。

栗说星仔细地听完了许弘的所有观点后，说："我明白许经理的意思了。很感谢许经理向我解释。"

许弘："不客气。我认为双方的良好合作是建立在一个公开透明的环境之中的。所以一些话会说得直接一点儿，也希望西木老师不要介意。"

栗说星摇头："不介意。"

他没再在这里逗留，直接和夜游一起离开了元轩。

回程的路上，夜游一边开车一边说话："你觉得元轩这家怎么样？"

后座没有声音。夜游瞟了一眼后视镜，看见坐在后座的人脑袋垂着，眉头微皱，一脸不高兴。

夜游想了想，说："这一家我认为也是比较有诚意的一家，他们策划做得确实明白，同时也非常强势。如果你想和他们合作，恐怕对怎么拍摄根本插不上话。而且他的报价比明旭少了两百万，这个差价也不算小数目。"

紧接着，他就听见一声游戏音效，但游戏音效还没持续两秒钟，又陡然消失。

随后，栗说星骂了一句。

夜游："怎么了？"

栗说星眉头紧皱："手机没电了。你有充电宝吗？"

夜游："……"

原来你是不高兴这个啊？他微笑："没带。"

好在回酒店的道路并不拥挤，在栗说星坐在车子后座隐隐开始暴躁的时候，车子终于到酒店了。

他和夜游简单道个别，就直奔房间给手机充电。等熟悉的开机画面出现在眼前的时候，栗说星心中的烦躁一扫而空。

现代社会，手机就是一切啊。

他熟门熟路地进了游戏，一眼看见小人儿，又一眼看见好感池。

距离午饭的时间已经过去了很久，他有点儿担心小人儿会因等得不耐烦而开始掉好感。

但出乎他的意料，小人儿没有掉好感，不仅没有掉，好感池的数据在他下线之后又上涨了不少。

栗说星感到有点儿错愕。

他不由得出了声："崽。"

然后就看见，自己声音响起的那一刻，坐在沙发上看书的宿鸣谦倏然抬头。

一个"+10"从他的脑袋上飘了出来。

接着，他听见对方松了一口气："西木，你来了？我刚才还以为你出了什么事。"

栗说星："……"

因为觉得我出了什么事，所以坐在这里，一边担忧着，一边默默地加好感吗？

怎、怎么能"奶"得这么甜！栗说星都被感动了，赶紧解释："没发生什么事，就是这次去和影视方谈版权，谈得久了点儿。"

"那就好。"宿鸣谦沉吟着，"西木，我能提一个要求吗？"

栗说星："什么要求？你说你说。"

宿鸣谦想这个问题想得有点儿久："我能有你的联络方式吗？比如主动给你发信息、给你留言，这样我们约好之后，你中途再有什么事情赶不过来，发一条消息给我，我就知道了。"

栗说星被说得愣住了。他仔细想想，有点儿心动。

如果小人儿可以主动给我发消息，那这个互动方式就多了，我就算是写文的时候，也可以随时随地"吸崽崽"（注：吸，网络用语，意为极度喜爱而做出亲昵举动），就是不知道，这个系统能不能实现……

系统表示这很简单：

系统："恋人向玩家提出了通信留言的要求，请问玩家是否同意？是/否。"

这还用问？栗说星毫不犹豫地选择了"是"。

几乎同一时刻，游戏里传来了宿鸣谦的微"咦"："光屏多了一个留言功能，通信录上有你的名字，我可以给你发消息了吗？"

栗说星："试试？"

宿鸣谦略略思考，在新的功能界面打下第一行字："西木，你在吗？"

手机"叮咚"一声，横条闪出屏幕：

  恋爱吧App
  宿鸣谦对您说："西木，你在吗？"

这句的后面，还有一个可爱的"回复"按钮。
栗说星："！"
原来是这种功能，这也就意味着——
他直接下了游戏，回到屏幕，但游戏推送出的横条并没有消失，依旧停留在屏幕上面，栗说星点击"回复"，编辑内容："我在。"
又是"叮咚"，新的横条闪出。
宿鸣谦："西木，你忙完了吗？"
栗说星超喜欢这个功能："忙完了。"
再是"叮咚"，宿鸣谦软软地发消息："西木，我觉得这个功能挺好的，可以让我监督你写作。"
栗说星："……"
栗说星："？？？"
宿鸣谦再软软地发来一句："我会好好为你做一个写作时间规划的。"
栗说星："？？？"
从这一天开始，两个人的相处模式突然发生了变化。
AM7：30，栗说星刚刚吃完早餐，正思考着待会儿是看看书还是看看电视剧。
手机"叮咚"一声。
宿鸣谦："西木，上午好。你开始工作了吗？"
栗说星："……"
这就开始催文了？
AM8：30，栗说星刚刚写了500字，有点儿困了，打着哈欠想叫个人来按摩按摩。
手机又一声"叮咚"。
宿鸣谦："西木，走两步，休息五分钟。"
栗说星："……"

虽然你这样说，但我已经看透你催促我五分钟之后继续开始！

AM9：30，栗说星艰难地写了1500字。

手机不忘"叮咚"。

宿鸣谦："西木，你写了多少字？"

栗说星："1500。"

宿鸣谦："两个小时1500吗？"

栗说星："……"

这是在质疑我写得慢吗？

这样可不行！

栗说星不淡定了，当即上线，寻找小人儿："崽！"

熟悉的声音冷不丁响在耳旁，宿鸣谦讶异地眨了一下眼，放下提在手里准备砍骨头的大刀："西木，你不是在写文吗？怎么来了？"

栗说星："……"

如果时间能够倒退，我一定……

他沉痛地说："崽啊，我觉得你给我加了太多的压力。"

宿鸣谦："？"

栗说星："虽然有些作者，能够一个小时写三千、四千、五千、六千字，但我真的不是那样的作者！"

宿鸣谦："……"并不知道原来有作者能够一个小时写这么多字。

栗说星："我的日常时速就是1000字到1500字，快的时候能写2000字，这已经很了不起了！"他强调，"对我而言！"

宿鸣谦："……"也并不知道原来西木每个小时能写这么多字。

栗说星做出总结："所以我刚才写得其实并不少了。"

宿鸣谦做了简单的算术题："但两个小时1500字，750字/小时，确实不如你的最低速度。"他接着说，"昨天虽然说了要为你做一个写作时间规划，但因为数据太少，所以还没开始。不过你刚才解释了一下，我差不多明白了。"

栗说星："？？？"

我这是搬起石头砸自己的脚吗？！他痛定思痛，想了半天，突然明白了，自己其实不应该跟崽崽说太过具体的东西。不说，崽崽不明白写作上的一切，说了，就是帮崽崽丰富数据库啊！

而一旦崽崽的数据库加载完毕，他作为一个人类，怎么可能计算得过人工智能……

栗说星意识到这一点之后，赶紧更换思路，不和宿鸣谦列数据了，尤其是正确的数据，他和宿鸣谦打感情牌，用感情牌来对抗崽崽的催更！

栗说星："崽，其实情况是这样子的……"

宿鸣谦："？"

栗说星一本正经地瞎忽悠："我们作者的神经都比较纤细，很容易受到外界的影响。但是写作又是一个创造性的工作，需要良好的心态来支撑——"

宿鸣谦一秒就信了栗说星的说辞，他感觉西木就是这样的人。

他无比包容地问："然后？"

栗说星图穷匕见："所以，太过频繁的催促会让我紧张，而紧张会让我写不好文。"

他说到这里停顿了一下，特意看了一眼小人儿。

他心里有一点儿惴惴，我这样是不是拒绝得太过直白了？

崽会不会生气，会不会感觉失落？

等待的时间有点儿长，栗说星越来越不安，于是在沉默达到半分钟的时候，他抢先说："但我不是说不能催，我的意思是，你可以每隔一小时提醒我一次，但要温柔点。比如我和其他人拼文，赢了都会有奖励的。"

此句是假，真相是输了都会受惩罚。

宿鸣谦："……"

正在考虑三日回顾计划还是七日回顾计划的宿鸣谦目光有点呆滞。

西木是那种需要人每个小时问他一次的作者吗？

这个要求，有点儿高。

但是……我似乎也没有其他什么事情可忙。

宿鸣谦："你觉得怎样询问比较温柔？是……"

他想着西木的性格，试探着：

"西木，你要加油，哒。"

"西木，你做得很棒，MU…A？"

"是这样吗？"

这崽崽，平常天然萌就算了，现在还学会了主动萌，以为我吃这一套吗？

哼！当天，从8点到20点，栗说星总共写了1万字。

写完之后，他再度被自己的牛×折服了。

栗说星到北京的第十天，也就是和两家影视公司都见了面的第五天，他和夜游再度来到元轩传媒。

这一次，他是来签合同的。

一张圆桌分三方。

一方是元轩传媒，一方是终点网站，还有一方是他自己。

白底黑字的合同加盖了公章，先在前两方手中过一过，再传递到栗说星手中。

具体的条款都在之前的时间里看过、研究过了。

栗说星没再多看，直接翻到最后一页，签上自己的名字。

当写完最后一笔时，他心里突然有一丝复杂的感觉。两家都谈过，确实能够发现元轩传媒脚踏实地，对项目的规划更有可行性，而这也是栗说星决定少赚两百万和元轩签约的理由。

但这不意味着元轩没有丝毫问题。

从之前的交谈可以很明显看出，元轩并没有任何让他参与或考虑他意见的想法。大概对于元轩而言，他们有非常成熟的制作体系、非常专业的制作人员，他们不需要一个外行的作者再来指手画脚。

他想起了夜游之前说的那句话："也就你有这江湖地位。"

大概还是江湖地位不够高吧。

栗说星有点儿不爽，然后他对自己发问：寂流的江湖地位足够高吗？

显然寂流的江湖地位也不够高。

小说和影视是两个领域，就算是网文界的绝对"大神"，在这里也很难发出多少属于自己的声音。

栗说星更加不爽了。他没有继续想下去，利索地签完了剩下的两份合同，这个仪式就算完成了。后面还有一个大家一起吃顿饭的节目，不过不算太重要。

栗说星在跟着大部队前往饭店的时候，感觉兜里的手机振了一下。

他拿出来看一眼，看见横条闪现。

宿鸣谦："西木，你在忙吗？"

栗说星："忙着，正和影视方见面签约。"

宿鸣谦："不要担心，这个项目会成功的。"

这是在安慰我吗？栗说星笑了一下。他回复："MUA。"

野风徐徐地吹着，枝头上的最后一片叶子，打着旋儿落在了地上。

宿鸣谦将目光从光屏的信息上挪开，看着自己从庭院的信箱之中拿出来的账单：

您好：

您本期应还款项为3060。

该账单将在5天后到期，请及时还款。

他有点儿失落。西木最近很忙，可能没办法过来帮忙了，得加紧工作的进度。

除了去制造工坊和厨房制作物品与食物，还要充分利用庭院的剩余空间，把那些没有被自动洒水器洒到的土地也种上南瓜。

……

原来就算买了自动洒水器，也还是不能摆脱种南瓜的魔咒吗？

宿鸣谦更加失落了。他拖着脚步，慢慢地走向制造工坊。

真想见西木啊，他这样想着。

同时。

好感度：-1。

好感度：-1。

好感度：-1。

"-1"是一条长长的崎岖的路，一路将宿鸣谦送到制造工坊的门口。

原本堪堪到了"-182"的好感池，又无声无息地掉回了"-200"。

而栗说星对于游戏里发生的一切一无所知。

他在外面活动了一整天，回到酒店的时候已经快22点了。

他有点儿累，躺在酒店的大床上，双手交叠盖在小腹上，静静地看着天花板上的斑斓光块，那是水晶灯转出的光芒。

看着看着，斑斓光块变成了今天白天三方签合同的画面。

怎么还阴魂不散了！

栗说星有点儿不爽，这主要是针对自己不够牛×的不爽。

男人一不爽就上头，何况栗说星真的喝了点儿小酒有些上头。

他一下翻身从床上坐起，来到电脑前，打开文档，开始把存稿复制、粘贴入网站的后台。

一章一章复制，一个小时一个小时设定时间。

从明天10点开始，一直到明天24点，总共十四个小时，一共十五个章节，一口气爆发了将近4万字！

设定完了，哪怕存稿同样一口气缩水了三分之二，栗说星还是突然爽了。

于是他关掉电脑，懒懒地回到床上，摸出手机，上了游戏。

进入游戏之中，照例先看看好感池和贡献池。

好感池中的好感度"-200"，贡献池在这几天的努力制作贩卖之下，也有了1200点的贡献值。

嗯？好感池的好感值有这么少吗？贡献池的贡献值有这么多吗？

栗说星有点儿迷糊，认真想了一下，但迟钝的脑袋没能回想起他上回下游戏时看见的数据，于是放弃了思考，直接寻找小人儿，很快在制造工坊里发现了小人儿的踪影。

栗说星："崽。"

宿鸣谦："西木？"

栗说星："我今天……"他突然看见从工匠房中抬起了脸的小人儿，嘴里的话默默转了个圈，"你脸上蹭脏了。"

宿鸣谦有点儿意外，抬手擦了一下脸颊："好了吗？"

栗说星："不在那里，在这里。"

栗说星说着，抬起手，擦了擦屏幕里被弄脏了的小脸蛋。

突然有力道出现在脸颊上，带起一串摩擦后的热意。

宿鸣谦愣了愣，没反应过来，而这时候，身前又传来了栗说星的声音。

栗说星想找个人说说话，"吐槽吐槽"，游戏里的小人儿正是不二人选。

他说："崽崽，今天三方签约成功了，在一个月内，款项会由影视公司打到终点账户上，再一个月内，终点会在扣完代理费后，把钱打到我的账户上。虽然马上就能有一大笔钱了，但是我有点……怎么说呢……感觉无能为力，唉……"

他一口气把心里的憋屈全说了出来。

然后发现，游戏里的小人儿待在那里一直没动。

是在发呆吗？栗说星又叫了一声："崽崽。"

宿鸣谦："我在，西木。"他顿了一下，"你继续说，我听着。"

栗说星忽然被安抚了。

夜深人静，有一个人愿意听你废话，这感觉，真挺好的，像大冬天喝了一杯热水，顿时舒服了。

同一时间。

终点新书潜力榜上No.3的位置，一部叫作《我的女友是公主》的小说，刚刚加更了一个章节。

作者五陵少年旋即开了一个言辞恳切的求票单章。

他在单章里是这样写的："各位读者老爷，大家好。这本书更新了二十来天，为了大家能看得爽点儿，我三不五时就加更，如今也快要20万字了，而新书榜的要求是，作品在20万字以内，发表时间在一个月以内的作品。今天我考虑了很久，是要放缓更新速度，把新书榜剩余的日子占满了，还是继续更新，在三五天之内就下榜。

"但我决定，两者都不选。

"从上了新书榜的那一刻开始，我们一直都被上头的两位压着，我不知道你们是不是甘心，但我真的不太甘心。所以，我不打算缓更新书。

"没有第一的新书榜没有意义！明天我保底五更大爆发！每冲上一个位置就加五更！

"也就是说，如果能够在最后一天里摸到新书第一的位置，我就在明天更新十五个章节！！！

"我不要长久，我只争朝夕！

"就在这一天的时间里，爆了上头两个家伙，冲到新书榜第一。

"兄弟们！你们敢战不敢战！

"兄弟们！上头那两位的菊花，是不是我们的？！"

厚重的窗帘遮住了窗外的光。房里房外悄无声息，但趴在床上睡觉的栗说星却突然被惊醒了。

他茫然地睁开眼睛，从被子里伸出手，在床头胡乱摸索一会儿，摸到了自己的手机，一看，时间还早，6点50。

玩游戏都玩出生理时钟了,哈……

栗说星打了一个大大的哈欠,按着抽痛的脑袋,先登录游戏,像往常一样先在床上找小人儿,但扑了个空,又去看其他地方,终于找到了站在庭院之中的小人儿。

他含混不清地和正在庭院里埋头工作的小人儿说:"嵩,我今天头有点儿痛,不定什么时候上线,先跟你请个假……"

宿鸣谦抬起了头,有点儿担心:"宿醉还没醒?"

栗说星:"好像有点儿……"

宿鸣谦:"赶紧去休息吧,有人帮你买药吗?"

栗说星:"有,我可以让酒店的服务员帮忙买。"

他实在有点儿晕,说完就下了线,并在床上翻个身,翻身的同时,他突然想起点事情。

我是6点50分上线的,平常这个时候,嵩嵩都在睡觉。

今天怎么突然提早起床了?疑问冒出,然后就没有然后了。

栗说星翻了个身,又睡着了。

11月22日,AM9:00

五陵少年实现承诺。

《我的女友是公主》五章连发!

与此同时,准备了整整一夜、蓄势待发的书友们倾巢出动,激情投票,《我的女友是公主》与《九渡》的差距,正以肉眼可见的速度缩小,预计会在12点实现超越。

《我的女友是公主》的"粉丝"们摩拳擦掌,虽然还没有正式超过《九渡》,但已经将目标放置在最高的《万乘之主》上,商量着如何在超越《九渡》之际实现连击,继续超车,一举登顶。

AM10:00

《九渡》更新。

书友们在惯常的时间里看见了日常的更新。

唖摸唖摸,真是蚊子腿般的章节,还没尝到滋味就没了。

他们也惯例在书评区里涨涨经验值。

其中有个帖子的主题："给公公求个票。"

主题内容：

"下面的文放话冲榜，连更五章，更新完一个小时就和我们的距离拉近了一半，大家有票别藏着，给公公多投两票，保住现在的位置。"

1楼："已投。"

2楼："已投。"

……

5楼："连更五章？突然羡慕。"

从这一楼开始，帖子的讨论内容就变了。

没人再说投票的事情，倒是对隔壁读者的羡慕之情甚嚣尘上，引得后来进帖子的人不禁开始畅想某一天《九渡》连更五章的情景……

旋即就被残酷的现实冷冷打醒，再突然对公公由"粉"转黑。

"刺啦。"撕了推荐票，短小的公公是没有资格获得尊贵的推荐票的！

AM11：00

《九渡》忽然更新。

书友们："今天的二更怎么这么早？"

顺手把推荐票投了。

《我的女友是公主》和《九渡》的距离还在拉近，但拉近的速度依稀缓慢了一点儿。

AM12：00

《九渡》又更一章。

书友们："？？？"

恹恹欲睡的人们顿时惊醒，五分钟之内，讨论区就多了三个讨论公公为什么突然加更的帖子。

直到有这样的帖子出现，人群一下子被聚集。

主题帖标题："《我的女友是公主》五更爆发要爆我们的菊。"

主题帖内容："公公可能感觉受到了威胁。"

主题帖发帖人："点烟繁灯。"

1楼："从不知道公公居然如此有上进心。"

2楼："五更VS三更，公公菊花堪忧。"

288

3楼："去看了一下对方的更新速度，实名动摇想投敌了。"

4楼："烟大佬，《大争》之后，许久未见了！"

……

三更爆发，看文的"粉丝"们受到了鼓舞，各项数据都产生了一个阶段性的增加，让本来只差一步就追上来的《我的女友是公主》反而落后半步，到了尚差一步半的程度。

屡次想超，屡次没超。

《我的女友是公主》的作者五陵少年也关注到了这边的情况。

你加更我也加更，反正也准备爆十五更，不差再多一章。

来啊，互相伤害啊。

五陵少年果断加上一章，这回没废话，就一句："兄弟们，向前冲！"

他们冲上去了，就在12∶35的时候，《我的女友是公主》的潜力值换算推荐票，只要再来1万票，就能将上头的《九渡》踹下来！

《我的女友是公主》书评区群情激动。

大家已经做好了庆祝的准备。

五陵少年把第二趟的五更拽在掌心，只等超过《九渡》，就再爆五章，巩固战果！

PM12∶35

睡了一个晚上再加一个上午的栗说星终于清醒了。

他抱着被子从床上坐起来，宿醉醒了，头不疼了，但因为睡得太久，身体开始疼了。

栗说星自己也无语了。他转转脖子，只听一声"咔嗒"，顿时抬手，心有余悸地摸了摸。

我的老脖子哟。算了，难得出趟差，正事也做完了，今天也别工作了，干脆好好放松一下，先去吃个饭，再在北京逛一逛，晚上回来早点睡，明天就买机票回家。

做了决定，栗说星也不磨蹭，刷牙洗脸之后，便揣了手机，慢悠悠地向酒店餐厅走去。

从头到尾，他都没有朝桌子上的电脑看一眼。

不写稿的日子，一点也不想开电脑呢。

而这个时间，刚好PM12∶55。

PM12∶55

一位《我的女友是公主》的盟主进了点烟繁灯的主题帖。

513楼，吾家女友：《九渡》的朋友们，辛苦你们了，接下去不用再努力了，来迎接我们的胜利吧。倒计时5，4，3……"

此人一出，水油掺杂，帖子顿时哗然！

514楼："呵呵，欺我《九渡》无人？"

515楼："头可断，血可流，公公菊花不可爆。"

516楼："公公的菊花不足为虑，我们的菊花不能被爆！他们想爆的是公公的菊花吗？不，他们罪恶的手伸向的是我们的菊花！"

原本销声匿迹的楼主同时出现，坚决捍卫自己的帖子。

点烟繁灯先列一大串数学公式，做了让人眼花缭乱的计算之后，冷冷地嘲笑："你的数学怕是不过关，对比你方与我方现阶段的增长速度，你方想赶上我方，至少要到15点。"

其实那一大串数学公式并没有人能看懂。

没有人能看懂也无所谓，大佬说的，必然是真。

再说了，这是自家的地盘，还能让外人跑来撒野？

帖子里的诸位立刻花式嘲笑来犯的敌人，也在这时，时钟一跳，从"12"迈入"1"。

PM1∶00

《九渡》再更一章，这是今天的第四章。

本来就激动的书友们完全惊住，片刻，文章讨论区直接爆炸：

"公公是真的要和下边的杠啊！"

"要杠不早说，你悄无声息发章节，谁知道你的想法？"

"公公，你即使前面是不完整的，也不愿意放弃对后面的保护！"

"闷骚，这是真的闷骚。"

"公公，你总是在该开单章的时候不开单章，不该开单章的时候死命开单章！"

同一时间，点烟繁灯再度在自己的主题帖中发言。

733楼，点烟繁灯，缓缓说："我找几个人来，拉大一下彼此的差距吧。"

他说完这句话的五分钟后，一个属于《九渡》的白银宝箱横过终点App全体用户书架的上空。

点进去一看，打赏了白银大盟的点烟繁灯在宝箱留言区这样写道：

"《大争》天下，何劫不渡？吾王之菊，谁人敢触？万金求票，邀君相助！"

白银宝箱一出，立刻吸引了一大批围观群众。

"发生了啥？大佬似粉又似黑，似黑还似粉，真真假假，参悟不透。"

"是真粉！假粉绝对Cos不来这中二文青之气。终点文豪《大争》粉再现尘寰辽！"

半个小时里，在线能看见宝箱的《大争》"粉丝"们全部进了新书，直接点击推荐，为《九渡》的数据添砖加瓦。

半个小时后，原本只差1万票就能冲上来的《我的女友是公主》，和《九渡》的数据差再度扩大，变成了5万推荐票。

五陵少年把章节发表时间定好了，答谢感言写好了。

万事俱备，只欠东风。

东风不来，净刮西风。

五陵少年一声发自肺腑的郁闷呐喊："不就是个一天的新书榜第一吗？公公，你还是那个天残公公吗？公公我什么时候得罪了你？你至于和我点对点Battle吗？！"

然而回应他的，是在突然之间一骑绝尘，不仅甩开第三名，还陡然拉近了与第一名《万乘之主》的距离的《九渡》，其剑锋所向，直逼寂流！

五陵少年看着这一幕，一咬牙就将本拟超车之后再发的五章存稿发出，然后再来一封椎心泣血的求助单章，不要厌，就是战！

网上的新书榜第一、第二、第三名之争沸沸扬扬，煊煊赫赫，但这一点也没有影响到正胡乱游玩的栗说星。

今天是难得的悠闲日子，栗说星打定主意管管自己的网络依赖症，因此在吃完饭从酒店出来的时候，就把手机直接设置了静音，接着又去距离自己近的景点街道随性逛了逛，逛到差不多累了的时候，又去一家很不错的盲人按摩店，让按摩师好好帮他按了按酸痛的脖子。

一切做完，回到酒店，已经将近21点了。

大半天时间没有盯着网络看，感觉人都清爽了不少。

栗说星优哉游哉地想着，开了电脑，上了主站，惯例朝新书榜看了一眼，突然发现——我第一了？

《我的女友是公主》第二了？

《万乘之主》倒成第三了？

三个问号齐刷刷地排在栗说星的脑海里，手拉手跳踢踏舞。

怎么回事？终点别是抽风了吧？他纳闷地点进文章页面，再看一眼。就这一眼，他惊在当场，谁动了我的存稿？！

偷存稿的小贼还没头绪，时针一摆，指向9点，又一条更新自后台刷新出来。

《九渡》的讨论区完全兴奋了，所有人都在押公公是不是要一更到底，直接更到24点。

还有无数人在帖子里留下了深深的忏悔：

"今天的公公不是过去的公公，今天的公公，是完整的公公，他是焦糖西木！"

"看西木更新了这么多，都不好意思再叫他公公了。"

"西木，我错了，从今往后我再也不叫你公公了，我叫你大雕。"

栗说星："……"

大雕和公公又有什么区别，一点儿都不稀罕好吗？

栗说星深吸一口气，进了自己的作者后台。他是喝醉了又不是失忆了，如今已经隐隐想起昨天晚上发生的一切……

他赶紧将后台里还没来得及放出的最后三章改了时间，然后再度深吸一口气，关了网页，重回文档。

他放在键盘上的双手微微颤抖，什么脱离网络好好休息，不存在的；什么不工作好好休息，不存在的。

今晚又要熬夜了，感觉完全进入了熟悉的节奏！

当天24点。

一天的新书榜征战盖棺论定。

《九渡》第一，《我的女友是公主》第二，《万乘之主》第三。

其中，除了《万乘之主》本来就在首页的点击和推荐周榜上，《九渡》与《我的是女友公主》先后冲上了两个榜单，并在榜单之上压住《万乘之主》，《九渡》更是直接摘取了之前开屏推荐也没有拿到的点击榜第三的位置，压住位于第五、第六的《我的女友是公主》和《万乘之主》，可以说压得很狠了。

虽然这一天从开头直至最后，栗说星都没有在文章之中留下开战的只言片语，但大家已经很满足了，毕竟是男人，没事求什么票。

不要厌，就是更！他们狂欢庆祝，已经开始畅想明天还会有这么多的更新了，就算没有这么多，砍一半也是可以接受的吧？

《我的女友是公主》的讨论区也在庆祝。

虽然没有真正到达第一的位置，但今天的五陵少年依旧爆更了十五章。

他宣战的话语虽然说一战到底，问鼎第一，但毕竟第一是寂流，冲不上去也是正常的，没想到过程虽然不同，结果倒是如出一辙，他冲到了第二，栗说星变成第一，而寂流倒是掉到了第三。

世事如棋，乾坤莫测啊——

只有《万乘之主》那边，将近24点，寂流才一脸蒙地出现，看着只一天就天翻地覆的新书榜。

他："？？？"

大家至于吗？为什么一个新书榜要争出月底月票榜的气势？

难道这一期的新书榜又有了什么我不知道的变化？

寂流试探地加更了一章，并附求票留言："向大家求个推荐点击哈。"

更新发出，评论区倒是骚动，但并非书友们慷慨解囊投推荐票的声音，而是——

"寂流，你变了。今天另外两本书，一本更新十二章，一本更新十五章。而你呢？"

"这是推荐票的问题吗？不，这是更新的问题！"

"不更新，就没票！"

"让你菊花变成向日葵！"

寂流："……"

这热热闹闹的一天终于过去了。

等到第二天上午六点半，整个晚上睡了不到三个小时，但总算又写了1万字填充存稿的栗说星顶着一双乌黑的眼圈上了游戏。

他本来觉得自己会见到正在熟睡的小人儿，然而小人儿居然已经起床了，并且正坐在桌子旁吃早餐。

栗说星一时惊讶，出了声："崽崽，你今天怎么这么早起床？"

宿鸣谦抬起了头，眼眶也有点儿乌黑："西木，你怎么也这么早上来？"

栗说星头疼："做了一件一言难尽的事情，导致昨天晚上熬夜赶工，多写了1万字……"

宿鸣谦："棒棒哒！"

崽崽的温柔用语词汇库又增加了。

栗说星颇感幸福。他打了个内线电话，让酒店将早餐送上来，就这样一边等自己的早餐，一边看游戏里的崽崽吃早餐。

但看着看着，他突然觉得不太对劲。

为什么崽崽吃了没两口，头就一点一点的；又吃了没两口，头还是一点一点的，看着简直像困得不行的样子……

既然困，为什么要这么早起来？

以及，崽崽现在穿的衣服，写字白T恤，是我之前给崽崽做的风格。

但是——"锄禾日当午"。

这句诗我写过吗？不过两天没怎么认真玩游戏罢了，怎么游戏仿佛变成了我不认识的游戏……

栗说星看着屏幕上的一切，突然深深狐疑了起来。

他点开系统旁白，开始翻阅。

虽然只是两天时间，但系统旁白已经积攒出了长长的一串文字，都是描述小人儿做了什么，又做了什么，还做了什么。

栗说星觉得小人儿似乎做得太多了。

然后他发现了一行字。

系统旁白：

　　昨天，PM3：00

　　宿鸣谦制作衣服。

宿鸣谦转过头，望着窗外的庭院久久不动。

宿鸣谦叹了一口气。

宿鸣谦在衣服上写下一行字——"锄禾日当午"。

宿鸣谦换上衣服，前往庭院。

宿鸣谦辛勤种南瓜。

栗说星："……"

真的很不对劲，于是他又继续往上翻，又翻了好一会儿，突然找到一行字。

系统旁白：

前天，AM10：30

宿鸣谦前往庭院。

宿鸣谦发现庭院邮箱之中的恋爱信用卡账单。

栗说星："……"

栗说星："？！"

栗说星："？！？！"

我的信用卡账单怎么会寄到我家小人儿的手里！

不对！我的崽崽，是在努力工作还我的信用卡？！

三层餐车无声驶过红地毯，来到点了早餐的房间之前。

戴着白手套的服务员身姿笔挺，抬起手，按响门铃。

"叮咚——"

"您好，客人，您的早餐来了。"

等了大概两分钟，房间内依旧无声无息。

服务员又按了一下房间门铃。

"您好，客人，您的早餐——"

话还没说完，栗说星就打开了门，两手端起餐车上的早餐盘子，再转身，用脚后跟关门，所有动作一气呵成，全程用不了两秒钟。

服务员默默地缩回了准备端盘子的手，闭上了准备提醒客人小心烫手的嘴。

他寂寞地推着餐车，和来时一样，无声无息地走了。

房间里，栗说星将餐盘随意地往桌子上一放，洗把脸刷个牙，开始吃东西。

酒店的早餐就那个味道，没什么值得惊喜品鉴的。

栗说星绝大多数的注意力，都集中在手机屏幕上的游戏里。

不就是一时忘记了信用卡的账单吗？我之所以会忘记，归根结底还是系统你猥琐地不将信用卡账单直接归入贡献池计算，意图让我多花钱的缘故！

结果我多花了钱也就算了，你居然还敢直接把账单发给我家小人儿？

他神情严肃，愤愤不平。

系统，你变了，你再也不是那个偏心恋人的亲妈系统了。

你已经变成控制恋人、威胁玩家的后妈系统了！

"不就是钱吗？"栗说星说得咬牙切齿，把自己十天前立的Flag吃了，"老子给你！"

这一声宣誓没唤出系统，倒是让游戏里的宿鸣谦听见了。

本来困得直打盹的宿鸣谦精神顿时集中，出声询问："西木，你刚才说什么？"

栗说星顺嘴回答："我说崽崽你不用这么辛苦，账单我会还的。"话刚说完，就看见小人儿头上冒出一个淡淡的"-5"。

小人儿并不高兴，还放下了吃饭的筷子。

栗说星："？？？"我说错了什么吗？

宿鸣谦并没有让人猜测自己的心思，直言不讳："西木，你愿意支付这笔账单我很高兴。但是如果你愿意帮助我制作东西来还账而不是直接给我钱，我会更高兴。毕竟我也不能什么事都依靠你。"

栗说星："……"他弄明白扣好感的缘由了。

宿鸣谦又补充："这几天我制作了不少东西，物品在制造工坊，食物储存在冰箱里，地里的南瓜也可以收获了。西木，你把它们都卖了看看能有多少钱吧。"

栗说星："……"居然不知不觉中多了这么一大笔存款。

宿鸣谦再次说话："如果价钱不是很高，剩下的三天时间里，我还能再加快一点儿速度……"他低着头，陷入沉思，"一个南瓜至少能卖1块钱，庭院可以种满500个南瓜，正好能收获500块钱……"

栗说星听到这里，不敢沉默了。他虽然想凑齐99个南瓜碎片兑换万圣节皮肤，但并没有想过要奴役小人儿种一庭院的南瓜啊！

他小心翼翼："阿崽，你是不是有点儿错误认知？"

宿鸣谦疑惑："什么错误认知？"

栗说星："你看，买东西的是我，刷信用卡的也是我……所以，为什么需要你来还呢？"宿鸣谦说得理所当然："但用这些东西的，是我啊。"

你……你说得好有道理，我一时之间竟然无法反驳。

栗说星顿感哑口无言，不知如何接话。他甚至感觉有点儿怪，有一种明明该花钱包养崽崽，却一不小心让崽崽包养了的错觉。男性自尊有微妙的受挫之感，可又感觉很幸福。

栗说星沉默了，但宿鸣谦没有沉默。他再度催促，非常关心："西木，你赶紧卖了东西告诉我价格，我好安排一下时间，还款日逼近了。"

栗说星只好依照宿鸣谦的吩咐，开始挨个儿清理游戏里的储存物品。

其中，冰箱里的食物给了他452贡献值，制造工坊里的是389贡献值，地里成熟的南瓜也一同收上来，除了232贡献值，还有48块南瓜碎片。

所有的加起来，有1073贡献值，加上原本的1200贡献值，共2273贡献值。

别说，再给崽崽三天，他不仅能把信用卡还清，还能小有富余。

栗说星："崽啊，我把东西卖了，总共……"

他本来想把具体的金额告诉宿鸣谦，但话说到一半，心头突然一动。

等等，崽崽能够制作东西，但不能卖东西，也就是说，他是不可能知道自己制作的东西具体能卖多少钱的。如果我谎称他制作的东西已经足够还款了，那他就不会再坚持辛苦工作了……

栗说星："总共有3060块钱了——"

突然冒出一个"-5"。

宿鸣谦淡淡说："西木，你骗我。"

栗说星："……"

宿鸣谦继续说："用膝盖想也知道，制作这些东西卖出，而价格刚好抵扣账单的概率有多低。"

栗说星："……"

宿鸣谦委婉地说："西木，你是个作者，不太适合做其他事情。"

栗说星有点儿心梗，各种各样的理由飞速转过他的脑袋……突然，他灵机一动,赶紧开口,首先承认错误:"崽,我刚才确实虚报了数字,你制作物品的总价值是1073,现在我们的总金额已经有2273了。但我试图还款不是单纯为了你,更多的还是为了我自己。"

宿鸣谦:"?"

栗说星:"每个人的时间都是有限的。我们要用有限的时间做最有价值的事情,只有这样时间才算花得恰当合理。而制作物品还债就跟种南瓜一样,都是一种低效的没有多少价值的事情。"

宿鸣谦:"那什么才是更有价值的事情?"

栗说星义正词严:"催我写文。"

宿鸣谦:"……"

栗说星吸取教训,就说自己熟悉的事情:"阿崽,我正式雇用你催促我写文,只要你能让我每个月多写一点儿,哪怕只是两三章,这个价值也比你做一个月的手工高。"

宿鸣谦:"……"

栗说星还在继续,而且说得很认真:"阿崽,我每个月给你一笔钱。你认真负责我的写作工作。就……"

1888这个数字到了栗说星嘴边,这是游戏其中一项氪金额度。但他又仔细一想,赶紧咽下到了嘴边的话。

这个穷困数字,怎么配得上我尊贵的崽崽?于是他对系统乾坤一掷,主动提价,将1888×2:"3776!我每个月给你开3776块钱的工资!"

不就是钱吗?垃圾系统,拿钱滚蛋,放开我可爱的崽崽!

说到这里,栗说星还有点担心宿鸣谦再度拒绝。于是他绞尽脑汁,声情并茂:"阿崽,你根本不知道你做了多少事情,自从有了你之后,我的生活全部改变了,我的作息稳定了,我的生活健康了,我每天都怀着期待的心情过来看你,这点钱是我在帮你吗?当然不是,是你在帮我!你的陪伴就是无价的。"

他深情款款:"所以,崽,答应我吧,让我们天天在一起。"

宿鸣谦:"……"

游戏里的小人儿不说话,不说话的时间还有点长。

栗说星感觉有点奇怪:"崽?"

宿鸣谦咳嗽了一下。这个告白有点过分热情和浪漫了,也许这是作者的天赋吧。原来西木对我依旧很有感觉。

原来我对西木确实很重要。

他感觉到了一丝为难，但这个为难飘飘忽忽的，甚至不是很抓得住。

虽然西木喜欢粉红色……

但是仔细想想，这其实也算另类的可爱……

宿鸣谦目光飘移了一下，没有直接答应，可也没有直接拒绝。他的心正在摇摆，还要考虑考虑："如果你是这样觉得……"

不过反正，不算讨厌就是了。

一个"+5"跳出来了，又一个"+5"跳出来了。

一串"+5"跳了出来，速度不快，胜在稳定，还随着宿鸣谦转头的动作而微微摇摆，惬意又荡漾。

宿鸣谦半推半就说了这么一句，想想实在不知该说什么才好，于是换了一个话题，再度向西木确认："西木，你是认真想要我督促你的吗？"

栗说星赶紧肯定："当然！"

宿鸣谦提醒："我是很严格的。"

栗说星："不怕！"

宿鸣谦欣然道："之前你和我说过，你每天更新两章，字数约4500。那我们的第一步，就争取每天更新6000字吧。"

沉默，宛如窒息的沉默。

害怕，突如其来的害怕。

栗说星商量着："阿崽，要不然我们还是别那么严格吧？"

宿鸣谦微微一笑："西木，效率是关键，你要增强你的核心竞争力。"

这一场让栗说星早餐变凉的交谈终于结束在栗说星催促小人儿赶紧回床上睡回笼觉的时候。

小人儿吃完了早餐，进浴室脱下身上那件"锄禾日当午"的衣服，换了一身舒适的睡衣，明明顶着满脑袋的"+1"，却还绷着一张小脸，假装自己没有任何感觉。

栗说星的心都快被他可爱得化了。他看着小人儿上了床，替对方拉高小被子，再轻轻地隔着被子拍了拍小人儿，看着对方埋头睡觉之后，便独自坐在沙发上，陷入沉思。

游戏屏幕上的好感池已经变成"-130"，床上睡着了的小人儿依然在"+1"。

栗说星的心情有点波动，一时喜，一时悲，一时满足，一时彷徨。

总觉得面前有个坑，还是他自愿为爱而挖的。

"就……"栗说星自言自语的同时，随手"氪"了1888元，接着继续徘徊，"应该也还好吧。上有政策，下有对策。要是实在写不完，我不是还可以虚报字数吗？崽崽是不会发现的……吧？"

不知为什么，栗说星在说这句话的时候，产生了浓浓的不自信感，甚至忍不住又偷看了一眼床上的小人儿。

这一眼过去，一缕薄雾闪闪烁烁，凭空出现，萦绕床头。

像彼此呼应，同样的光芒也出现在了书架上的牛皮本子上。

入梦效果再次发动了！

新触发的入梦效果让栗说星感到很惊喜，不过要等崽崽醒来一同观看新的内容，所以，栗说星在简单的欣赏期待过后，决定先做点别的事情。

比如经过这几茬收割，已经集齐了南瓜碎片，还有通过抢红包和七日签到收集到的十一张抽奖券。

栗说星先兑换万圣节皮肤，满足了自己的收集癖，转而打开抽奖系统，看着里头的十一张抽奖券，缓缓地吐出一口气。

照例，先洗手，再抽奖。

栗说星决定看看有没有保底，于是先来个十连抽，十张抽奖券一次性清空，十颗心掉入玩偶的篮子里，四种光芒交相闪烁，还有一道金光出现在奖池里。

栗说星眼前一亮。

不管十连抽有没有保底，反正他抽中了金色物品，真的保底了。

他迫不及待地看着自己抽中的十样东西。十样东西里，绿色物品有七个，还有一蓝一紫，再加上一个金色物品。

栗说星目光炯炯，先看金色物品。

那是一个约有半人高、看着像是用来放置报刊的金属架子。

点击一下，系统自动跳出物品情况：

名称：自助周刊架

备注：一款能够自动追踪推送世界最前沿周刊资讯的自助架，周刊架自带液晶屏，液晶屏每日刷新一次周刊资源，每次刷新四本不同的周刊，使用者可在其中任意选择订购；使用一段时间后，自助周刊架还将根据使用者的订购阅览习惯，进行有针对性的推送，为使用者打造全方位式自动化贴心服务。

这个物品……还不错啊。

想着小人儿看书时候的模样，栗说星基本确定了小人儿会喜欢这个东西的。

他在休息室审视一番，先将这个小巧的架子放置在书架的前面。

至于这一拨抽出来的其他那些绿色、蓝色、紫色物品，有了自助周刊架珠玉在前，栗说星也没什么认真看的心思，反正就是一些生活用品罢了。

他又将目光转向剩余的一张抽奖券。理智告诉他应该等攒齐十张一起抽，概率会高点，但想想现在抽奖程序还没开放氪金选项，集齐十张也不知道要多久……冲动就使他直接使用了抽奖券。

万一呢？真的万一了！

栗说星一发入魂，落入篮子的钻石心绽开的那一刻，喜人的金色光芒再度出现，新的金色物品跳出屏幕。

栗说星定睛一看，兴奋之中多了一丝惊异，出现在屏幕上的是一个黑胶唱片机。

对于这个黑胶唱片机，系统是这样描述的：

名称：宿鸣谦的黑胶唱片机

备注：这是属于宿鸣谦的东西。

"这东西好玩了。"栗说星忍不住自言自语，"游戏里第一款明确定义的，属于崽崽的东西。连那本手账都没这个待遇……这玩意儿八成有点独特之处。"

说着，栗说星又在休息室内审视了一番。

这回，他将黑胶唱片机摆在靠近壁炉的单人沙发旁边的小茶几上。

这时他无比庆幸自己在"双十一"的时候买了休息室的图纸。

不然只有一个卧室，这些东西到底该摆在哪里？

黑胶唱片机已经摆好，栗说星点击一下。

菜单跳出来，分左右两侧，左侧标题写着"宿鸣谦的歌单"，下面是密密麻麻的歌曲名称。右侧则是空的，中间有个"导入"按钮。

栗说星点了一下。

手机的屏幕底端跳出提示：

恋爱吧App请求音乐权限，是否授权？是/否。

栗说星不知不觉地又点了一下"是"。

都点完了，他才陡然意识到，刚才跳出来的不是游戏内部的授权提示，而是手机的授权提示。

栗说星有点狐疑，盯着游戏看了两秒钟，但一切正常。

算了。时间也有点迟了，先整理整理东西，准备回家吧。

栗说星下游戏之前没忘记还恋爱信用卡的账单，一下子，原本充值之后有3961的贡献池又缩水到901。

接着他下了游戏，简单收拾一番，打开旅游App，货比三家买了一张最便宜的机票，再算着时间退房去机场。

一路奔波，到了16点，轻轻松松背着一个背包去出差的栗说星又轻轻松松地背着一个背包回来了。

他先去小区的自提柜里将自己先前买的人工智能类书籍取了出来，然后回到家里。简单洗个澡之后，栗说星握住充好了电的手机，重新窝入自己的沙发宝座，登录游戏。

一眼扫去，就看见小人儿已经醒来，正穿着睡衣，站在休息室的黑胶唱片机前，默默地看着。

栗说星愉快地开口："崽，你是什么时候醒的？我到家了。"

宿鸣谦恍然醒神："刚刚醒。"他问，"这个唱片机是从哪里来的？它看着……"

栗说星替他补充："有点儿眼熟？"

宿鸣谦点头。

栗说星已经想好了理由："别人给我的，他们说这是你的东西。"

宿鸣谦："是吗？"

他的声音有点低，带着一丝犹疑，还有一丝期待。

他伸出手，爱惜地摸了摸唱片机炫酷的黑金边框，接着，碰了一下机器的开关，属于黑胶唱片机的菜单再一次打开。

栗说星这才发现自己授权音乐之后的变化，只见黑胶唱片机原本空白的右边歌单出现了新的内容，标题位置写着"西木的歌单"，下边则是他对自己音乐的分类，排行在第一的，是一个名为"我的起床音"的文件夹。

栗说星看见的同时，宿鸣谦也看见了。

但宿鸣谦看见的是许多黑胶唱片放在分成两列的唱片架之中，左边一列标注着他的歌单，右边一列标注着西木的歌单。

他抬起了手。手指先指向属于自己的那半部分，但奇异的是，他没有真正从中挑选出唱片，而是在即将选择的时候轻轻一转，转到了栗说星的那一列。

宿鸣谦好奇地看着上面的各种分类，比如打斗画面、日常画面、温情画面、悲情画面……他估计这是西木写文的资料，所以没有去碰，而是选择了位于最开头的那张唱片。

这张唱片上也有备注——我的起床音。

他将其放入唱片机。

栗说星："等——"

他说得太慢了，录音已经放了出来，是宿鸣谦的声音。

"西木，你该起床了！"

"给你一个哒。"

"还有MU…A！"

"要记得开始工作哦！"

属于宿鸣谦的，可爱的声音集合录音从游戏里接二连三地传了出来。

站在黑胶唱片机前的宿鸣谦石化了，久久的僵硬和不停播放的音效交相叠加，让气氛变得十分古怪。

不知为什么，本来只是做了一件很正常的事情的栗说星看着游戏里的画面，心中也泛起了淡淡的、古怪的感觉，忍不住出声："崽……"

宿鸣谦没有回答他。

此时的宿鸣谦在想一个问题——西木真的很变态。

冒出一个别扭的"-1"。

冒出一个别扭的"+10"。

还能怎么办？当然是试着理解他。栗说星盯着那接连跃出的两个好感度数字，福至心灵，点开闪烁的系统旁白看了一眼，看见上面刷新出两行字来：

宿鸣谦脸红了。

宿鸣谦似乎有点儿害羞。

栗说星提起手指，碰了一下系统文字，又碰了一下系统文字。

他碰得不亦乐乎，碰着这个，就像是在碰宿鸣谦的小脸蛋。

声音突然消失了。回过神来的宿鸣谦赶紧关掉了唱片机，将循环播放的自己的声音掐断，又欲盖弥彰地咳嗽了一声，转移话题："我刚才看见放在书架上的手账一直在闪烁，应该是有了新的东西，我们赶紧去看看吧。"

栗说星没有戳穿宿鸣谦，只用高高扬起的愉悦尾音回答了对方一声："好。"

牛皮手账再一次进入宿鸣谦的手中。

宿鸣谦将其打开，新的内容出现在两个人面前。

这次的内容还不少，先映入眼帘的，照例是一行宿鸣谦的手写文字。

"今天没有例会，George还是特意来到了实验室。他关于人工智能的书籍已经出版了，书籍的名称是《革命时代》。但他向我们炫耀的不是他的作品，而是他在书籍里夹带的东西。他说自己用一段长长的代码向Mary告白了，只要将这行代码输入程序，系统就会弹出他对Mary的热烈告白，他相信自己的这个点子一定能求婚成功！

"我们一致觉得他的点子非常厉害、非常有创意。

"许多女研究员都开始羡慕他的律师女友能得到这样一个浪漫的告白。

"他一定会求婚成功的。"

等等，这个求婚点子怎么感觉有点不对劲？

把一段没有人知道是什么的代码写入书里，然后让他的律师女朋友将这个代码从书上一个字一个字地敲下来输入特定的程序，得出结论……是这个意思吗？

这真的浪漫吗？

栗说星身为一个男性，想了想，并不觉得有什么浪漫之处。

他忍不住开口："崽啊。"

宿鸣谦："嗯？"

栗说星："你觉得这个主意浪漫吗？"

宿鸣谦肯定地回答："很浪漫的。用冰冷的代码表达炽热的爱意，想想也让人无法拒绝，不是吗？按照手账所说，我们全体人员都觉得浪漫呢。"

栗说星："……"你们是认真的吗？

但他没有立刻说话，因为他发现这页手账还没有看完，下面还有一多半的内容。

于是他继续往下看去，上面的简短记录结束之后，就是一张照片。

那是一群穿白大褂的研究员围着坐在电脑前的金发男人的照片。

金发男人高鼻鹰目，湛蓝的眼睛闪烁着哪怕只看照片也能发现的兴奋。

他扭过半边身体，手指指着电脑屏幕上的代码运算结果。

那是一行文字和一颗代表心意的小红心。

文字写着：

献给我挚爱的Mary：

你与我走过痛苦的深渊，给我无尽的支撑。余生还长，我愿将所有忠诚与荣耀，赠予你编织桂冠。

栗说星看完了照片，居然又在照片旁边发现了数行文字。

这些字应该是后来补上的，写得挺小，挨挨挤挤着才勉强写在这一页上。

"一年后，George又对我们提起了这件事。他的书籍已经出版了。他和Mary也结婚了。但直至他书籍收到再版通知的那一刻，Mary也没有从那段长长的代码中发现什么。

"他很失落，随后告诉我们，无奈之下，他决定在再版的书籍里增加扉页，把代码去掉，改成直接使用代码运算出来的告白截图。离开之前，他还慎重地告诫我们以他为戒，不要随便对外行人做这些事情。

"我们也感觉挺遗憾的。但实验室里的娱乐不多，这次的事情还是在大家的口里流传着，直到三年之后，才渐渐没人提及……"

这段文字才看见三分之一，栗说星就绷不住笑了起来。

"哈哈哈"的笑声一路传到宿鸣谦的耳朵里。

宿鸣谦困惑地皱起眉头："难道这个真的不浪漫吗？"

栗说星："哈哈哈……什么浪漫啊，这种男人也就是运气好找到了老婆，不然他注定要打光棍的……"他笑了一半，突然想起一点，"说起来，《革命时代》这个书名，似乎有点耳熟。"

宿鸣谦："也许你看过这本书吧。"

怎么可能？这可是游戏里的剧情啊，我怎么会看过……

栗说星这样想着。

但他再仔细一想，突然想起来了。这一次我买的书籍里，好像还真有一本名叫《革命时代》的书籍。这本书的广告还吹得很厉害，说是对未来50年人工智能的发展做出了最精准的预测……

为了验证自己的记忆，栗说星拆开了放在地上的包裹，在里面翻了翻，还真找到了那本《革命时代》。

这就……

栗说星随手关了语音，先将手机放在茶几上，再自言自语："可能是写这段剧本的时候，脚本作者特意找了现实的材料附会进去的吧？"

他说着，从书堆之中把这本书抽了出来，随手翻开封面看扉页。

扉页上有一张截图，截图里有一行字和一颗红色的小心心。

献给我挚爱的Mary：

你与我走过痛苦的深渊，给我无尽的支撑。余生还长，我愿将所有忠诚与荣耀，赠予你编织桂冠。

——George·Warren

栗说星愣住了，又看了一眼文字和姓名，然后下意识地，拿起手机百度了一下这个作者的照片，还真让他找到了。

对方长得和游戏里那张照片上的金发男人一样。

什么一样！他们分明就是同一个人！

Chapter 10

第十章
牵起的双手

栗说星稍感无语，用现实之中的风景与照片也就算了，现在又发展到了用现实之中人物的爱情故事。

从头到尾都用学术圈的事情，这款游戏的制作者是有多爱学术圈？

他随手搜了一下George和Mary的爱情故事，但没有搜到，又用关键词搜索了一下，还是没有搜到。

栗说星停下搜索的手，渐渐觉得有些怪异。

情况好像有点不对，能够被使用在游戏里的小故事，怎么也应该是大家都能知道的事情吧？就说这张照片，八成也是在互联网上广为流传的照片——

栗说星不死心地再次把游戏里的照片截下来，放到网上搜索查询，但还是没有搜索成功！

栗说星心中怪异的感觉再度转变，变成混乱。

他忍不住开始思考一个问题，既然爱情小故事和照片都不是网络上能够随便搜索到的东西，那么，游戏的制作者，那个Su，是怎么得知这一切，并将其写入游戏中的呢？

就算他有渠道、有方法，但他有必要这么做吗？每个关于过去的画面都是现实的、真人的、似乎有迹可循的。

搞得简直跟真的一样……

栗说星心不在焉地思忖着。

他的手指下意识地在键盘上移动着，想寻找更多的蛛丝马迹。

他找到了George的百科，上面罗列了一些东西，比如对方获得的奖项、荣誉，比如对方知名院校的客座教授身份，比如对方在哪一年哪一月和Mary结婚，现在有了多少个孩子。

但这对于栗说星似乎也没什么太大的意义，倒是在搜索的过程中，栗说星找到了第一版的《革命时代》，没找到扉页里的文字，倒是看见了日记里叙述的长长的代码。

日记里的记录确实又一次真实而准确地出现了。

栗说星看着密密麻麻的网页发呆。

直至一道声音将他叫醒。

"西木？"

栗说星恍然回神，看向手机，发现游戏里头，小人儿一边出声，一边来回转着脑袋，似乎在寻找自己的踪迹。

"我在。"他连忙回应一声。

但小人儿似乎没有听见他的声音。

他不仅来回观察，还抬脚走动，从休息室走到房间，从房间来到庭院。

一路走，一路寻找，一路出声："西木，你在吗？"

栗说星这才记起自己关了游戏语音，赶紧打开语音，重新说："我还在，不好意思，刚才离开了一下。"

宿鸣谦松了一口气："你还在就好。"他似乎觉得自己反应过度了，又解释说，"我看不见你，如果你突然消失，我就会有点儿紧张……"

"嗯。"栗说星忽然出声。他也不知道自己究竟出于什么想法说了这些话，也许就只是有点冲动："我找到了George的《革命时代》，这本书现在就在我的手边。书的扉页里确实有你日记里记录的东西。你要看看这本书吗？或者……它能对你有点帮助。"

他说完了。数字瞬间跃出小人儿的脑袋，一个大大的"+100"清晰地显示出，这一刹那，小人儿到底有多么惊喜！

意识到这一点的时候，栗说星的手指行动得比他的脑袋更快一步。他先将手边的书籍拍了照，又把扉页的内容也弄了进去。

两样和日记对应的线索进入游戏的第一时间，宿鸣谦就通过光屏将他们揭下来，放在手中来回观察。

栗说星能够发现对方隐隐的激动。

宿鸣谦的双手牢牢地抓着资料，目光甚至不舍得从资料上错开一秒。

宿鸣谦喃喃自语："我日记里记录的口吻挺亲近的，我和他肯定认识。如果能够联络到他，或许我就能得知所有关于我自己的事情……"

"但是，"栗说星不得不打断小人儿，并将自己浏览器上的网页逐一拍照发给对方，"我没有找到他的联络方法。书里没有，百科上没有，我还试着'翻墙'去外网看了看，但是脸书和推特也没有他的账号。"

栗说星将自己刚才打开的网页逐一拍照发给宿鸣谦看。

有中文内容的，有外文内容的，如同方才所说，他已经把各种想得到的内容都检索了一遍。

越来越多的资料到宿鸣谦手上。

小人儿冷静了下来，他略一思考，提出了另外的解法："John？"

栗说星一愣。

宿鸣谦思路清晰："日记中，我提到了例会。也就是说，我、John、George，很有可能在同一家公司，负责同一个项目。而已知George是人工智能方面的学者，那么今年55岁或者年龄更大的John，说不定也是。"

有年龄、有名字、有项目，就有了搜索的余地。

栗说星仔细一想，觉得可行，于是再度坐在电脑前，开始检索。

这一次，他全程保持着和宿鸣谦的沟通，每搜索一个页面，就把这个页面拍照发到游戏里给宿鸣谦看。而每发一张网页，宿鸣谦脑袋上就会冒出一个"+5"的数字来。

栗说星从未发现好感度居然这么容易积累，只拍了几个网页的工夫，负数的好感度就要变成正数了。就是……搜索结果不尽如人意。

他们不是没有搜索到内容，而是搜索到了太多的内容。

哪怕做了年龄和职业的限制，同时跳出来的科学家依旧非常多，他们根本无法在这么多科学家之中甄别到底哪一个才是正确的那个人。

更为关键的是，这些"疑似对象"也像George一样，没有公开的联络方式。

大概学术圈的学者都比较高冷。调查又陷入了僵局。

栗说星脑袋枕着扶手看天花板，宿鸣谦则在游戏里翻阅旅游手账。

栗说星盯着天花板，回想着游戏里给出的信息，直觉自己似乎漏掉了些什么，但漏掉的，到底是什么呢……

栗说星再一次回顾基本情况。

已知现在出现了三个有名有姓的人，但两个人已经变成了死胡同，走不下去。

三个有名有姓的人，两个死胡同？那剩下的那一个……

"Mary！"栗说星想到了关键问题！

他翻身坐起，感到了一丝成功解谜的兴奋，忍不住开始对宿鸣谦解释："Mary是George的律师妻子，律师这个行业和实验室实验员不同，它是一个必须和客户接触的职业。也就是说，只要我们能把Mary具体所在的律师事务所锁定，我们就一定能查到Mary的联络方式！"

宿鸣谦听着栗说星的分析，原本紧绷的神经竟然意外地松弛了一些。

他弯了一下嘴角，一个可爱的微笑小表情跳到他的脑袋上。

他回了一个信任的单音："嗯。"

冒出一个愉快的"+20"。

好感池：+10

持续了好多天的负数好感值，终于在此刻一跃回到了正数！惊喜来得太突然，栗说星都有点儿愣了。不过现在最重要的还是找线索，栗说星只花了五分钟欣赏好感池的美好正数，就继续回到电脑前，开始调查。

照例，每做一个搜索，都把搜索内容给小人儿看。

小人儿和他一起分析信息，找出下一步的搜索方向。

律师在网络上留下的信息真的比研究员多很多。相较刚才令人头疼的搜索，这一回，栗说星没花多长时间，就找到了Mary所在的律师事务所，进而在事务所的联络方式上，看见了Mary的社交账号。

这个社交账号的最后活动日期是三天前。

也就意味着，这个账号是一直被使用着的。

当栗说星把这个截图发给小人儿的时候，听见了一声呼气。细细的气流从宿鸣谦的嘴里冲出来，透过听筒，一路传入栗说星的耳朵里。

栗说星的耳朵敏感地动了动，似乎从中听见了释然和放松，当然，最多的还是期待。

这一句没被小人儿说出口的期待感染了栗说星。

他的手速飞快，五分钟就编辑好了一条半真半假的私信，发给对方：

你好：

　　我是宿鸣谦的好朋友，我们之前约好了一起去旅游，但到了约定的日期，他却没有打半声招呼就消失不见。我非常担忧，不得不向他的其他好朋友，也就是你的丈夫George寻求帮助。但我没有他的联络方式，只能将这份信息发到你这里来。希望你能不嫌麻烦，帮我转达。

PS：宿鸣谦和我交流时，一直使用中文名字。

但他还有一个英文名，虽然没和我说过，但我猜，或许是Su？

对了，他有一双灰眼睛。

写完，发送，再将发送了的内容截图发给小人儿。

等一切做完了，冲动也消退了。栗说星将自己刚才做的所有事情回顾一下，忽然打了个寒噤。

我到底在做什么？我发出这条信息，难道真的认为游戏里给出的线索都是真的，真的期待从现实之中得到反馈？

但这怎么想也不可能吧。

这就是个游戏而已。但是如果……如果真的有了回复，不是"你是傻×"这样的回复，而是认真的回应，那么我，应该怎么应对？

栗说星已经分不清楚自己到底是期待得到回应，还是不期待得到回应，但他本能地将目光转向了游戏。

他看见屏幕里，小人儿正抱着自己刚才发进去的截图上的所有资料，特别仔细、特别认真地看着，还有"+3"的数字，一直在小人儿的脑袋上跳动。

好感池里的好感值已经一路到了50……

算了，重要的是小人儿的好感度……不，重要的是，阿崽开心就好了。

栗说星用拇指搓了搓屏幕里的小人儿的脑袋，揉乱他的头发，得到了对方一缩头的反应和一声抱怨："西木——"

栗说星心情愉悦，继续揉毛。

宿鸣谦抗议了两声，没有得到回应，好感度默默"−1"。

栗说星赶紧将自己的手收了回来。于是那扣掉了的小"1"，又默默地加了回来。

看到这一幕，栗说星差点儿又将自己的手伸向屏幕……

不行不行，冲动是魔鬼。栗说星连着深吸了两口气，扼制自己的欲望。

对同一件事反复横跳没有意思。

我们要"皮"出不同，"皮"出特色，"皮"出——嗯，可持续发展。

栗说星咳嗽了一声，说："崽，先把这些放下来，你来看看休息室里的新东西，除了黑胶唱片机，我还弄了一个新东西，放在书架的前面。"

宿鸣谦怔了怔，目光顺势朝栗说星所说的位置看过去，总算看见了伫立在书架前的东西。

他说："这是？"

栗说星："自助周刊架，每天刷新四份周刊，你看见自己想看的周刊，买就行了。"

宿鸣谦确实被勾起了兴致。他将手上的资料放好，走到架子之前，看着架子上的液晶屏幕。

屏幕之中，四本周刊已经就位。

栗说星一眼扫过，刚看见Nature的名字，就见站在架子前的小人儿毫不犹豫抬起了手指，手指的方向，正是那本Nature。

同一时间，系统跳出提示：

> 恋人试图购买Nature周刊，周刊售价60贡献值，玩家是否付款？
> 是/否。

除了这一行，栗说星还看见了另一行提示：

> 恋人试图购买Nature周刊，周刊售价60贡献值，玩家是否授权恋人使用游戏贡献值？是/否。

针对同一情况的两行不同提示，同时出现在手机屏幕上。

栗说星琢磨片刻，感觉前者是单次授权，后者是长期授权，考虑到自己不可能时时刻刻出现在游戏之中，而小人儿想买东西的时候总不能囊中羞涩，于是果断选择了后者。

唉，作为一个成熟的App，你除了会赚钱，还学会了花钱。我不难过，这是必须经历的。

栗说星淡定地做出了选择，游戏再度跳出提醒：

玩家授权恋人使用游戏贡献值。授权之后，恋人将能够自由使用玩家所拥有的全部贡献值（包含贡献池贡献值及恋爱信用卡贡献值）。玩家是否确认授权？是/否。

第二次选择之后，新的卡片跳出了屏幕，卡片的样子和栗说星手头那张恋爱信用卡非常相似，就是小了一圈，还能自定义卡片名称。

栗说星沉思片刻，给这张卡片起了一个名字——崽崽的专属小钱包，然后选择"确定"。

游戏数据无缝传递。

原本要向西木预支自己的工资购买周刊的宿鸣谦突然发现，光屏在没人说话的情况下自己弹了出来，上面出现一行提示：

邮箱
您收到了一封来自银行的新邮件。

宿鸣谦："？"
他怀着奇怪的心情点开了这份邮件，看见里面写着：

尊敬的宿鸣谦先生：
您的信用卡"崽崽的专属小钱包"已经办理妥当，目前已寄送至您的庭院信箱，请及时查收。

宿鸣谦："……"
他足足看了"崽崽的专属小钱包"十秒，才转身前往庭院，拿到信件，取出里面的信用卡。信用卡拿到手，居然是粉红色的。

宿鸣谦又："……"
他再度顿住，这回顿了二十秒，然后开始担忧：该不会有一天，我衣柜里的衣服也变成粉红色的吧……

但他还是默默地接受了这一切，拿着"崽崽专属"的粉红色信用卡，回到周刊架面前，刷卡买了Nature，接着捧上杂志，一边看一边往沙发的位置走。

他看得有点儿入神，连腿撞到了室内的家具都不觉得痛。

小人儿不觉得痛，栗说星替他痛。

栗说星忍不住伸出手，在小人儿周身轻轻推搡，保护他、帮助他，让他走在正确的道路上。当然最主要的是，看着小人儿像不倒翁一样摇摇摆摆，超——好玩的！

就在栗说星玩得不亦乐乎，甚至暗暗加大推搡的力量，就为了及时保护倒下的崽崽的时候，看杂志的宿鸣谦突然抬头。

他很严肃："西木！"

栗说星赶紧松手，正襟危坐，假装一本正经："什么？怎么了？我什么也没有干！"

杂志提醒了宿鸣谦一些之前没有想到的东西，他问栗说星："关于George的联络方式，你查过SCI论文吗？"

栗说星当时一愣，紧接着，脑袋跟被闪电劈过似的，瞬间清醒起来："对啊！George得了那么多奖项，肯定发表过很多论文，这些发表在专业期刊上的论文，应该是附带有联络方式的！我去，我刚才绕了那么大一个圈子……"

栗说星赶紧开了网络，进入专业网站，搜索George·Warren发表的论文。

他一边搜索，一边震惊："不敢相信，我竟然忘记了这个最简单的查联络方式的办法，肯定是因为我已经从学校毕业了，再也用不到查论文的网站了……回想一下，查论文、写论文、刷绩点，为申请外国院校做准备的日子，简直跟上辈子似的。"

宿鸣谦有点儿好奇："你申请了哪个学校？"

栗说星："哪个学校就不说了，反正没去成。这事是我心中永远的痛……"

话到这里，不等宿鸣谦发声，栗说星感叹一声，自己把当年的事说了："当年我准备得还是很充分的，把所有材料给那所学校发去的时候，是比较有把握能过的。但是，这中间出了个意外，其中一份材料，我错放成我写的一个短篇了。"

宿鸣谦反应了一下："你把申请材料错放成小说了？"

栗说星吐出一个字："是。"

栗说星又吐出一句话："不仅放错了，我还是在一个月后才发现自己放错了，连弥补的机会都完美错过了。"

栗说星第三次吐出句子:"想想对方明明是来看材料的,却翻出了一篇小说,幸好是中文的,对方估计看不懂,不然真的有点羞耻。"

宿鸣谦:"……"

栗说星沉重道:"总之,从此我就与这所学校失之交臂,成了彻彻底底的作者了……哈!"他的尾音忽然扬起,充满了兴奋,"崽,我找到对方的工作邮箱了!"

宿鸣谦也不免兴奋起来,一半是被好消息刺激的,一半是被西木感染的。

他开始期待,期待更多的好消息,也期待西木的声音响起来。

宿鸣谦没有看见,自己这样想的同时,一个"+50"从他脑袋上跳了出来,还接连跳了两次。

屏幕外,正专注写邮件的栗说星没有发现这个小惊喜。

他略略琢磨,很快写了一封和刚才发给Mary的意思相近但细节稍有出入的邮件,依旧着重强调"Su"和"灰眼睛"。

发完之后,没过两秒,邮箱接到新邮件,邮件来自George。

回复来得太快,栗说星反而没有惊喜感。

他点开邮件,果不其然,这是一封来自邮箱的自动回复:

您好:

我已经收到了您的邮件。我会抽时间将邮件看完。但我最近正参与一项长期研究,回复时间不定,希望您能够理解。

G.W.

栗说星看了一眼邮件中的"长期研究",才将这些都截图发给了小人儿。

发完之后,他乐观地说:"虽然这次搜索曲折了点,但是毕竟找到了两个人的账号,相当于上了双重保险,总该有个人能回复我们。就算两个人都没有回复——崽啊,你也可以选择多睡觉、多做梦,我们还有三次找线索的机会呢。"

"西木,你说得好像在打游戏似的。"宿鸣谦一下子笑了,笑完后说,"好了,西木,你该下线了,别忘了你还要写文。我也要看期刊了。晚点我会检查你的进度的。"

栗说星:"……"

面对着这样的崽崽,他愣是说不出今天舟车劳顿很辛苦,应该请假不写文的话来,只得乖乖下线,好好码字。

当然,他之所以开始写文,也不全是因为崽崽的催促……

他确实想到了一点需要补充的东西。

栗说星打开文档,看着明天该发的情节。

明天的情节里,锈铜片里的意识会苏醒片刻。

原本的设定里,锈铜片的意识体是一个老爷爷。但一路写来,栗说星一直有点犹豫,主要是他对宿鸣谦的代入感越来越强了,越发觉得文里的宿鸣谦就是游戏里的宿鸣谦,老爷爷也应该是自己才对……然后他决定满足自己。

他把老爷爷这个设定删掉,改成了自己。

当然不能直接用本名,这也太"水仙"了。

他用了"存星"两个字。反正这两个字在他刚出生的时候,就差点儿成为他户口簿上的名字。

确定了名字,栗说星决定再给自己加点特色。

大佬那必须是大佬的。但单纯"酷炫狂霸拽"的大佬也没那么有趣,所以结合锈铜片破败的设定,他给"存星"一个漏财的设定,非常苦恼于财宝三不五时地就消失了。于是,在刚刚苏醒见到宿鸣谦的那一刻,他迫不及待地做出了一个决定。

> 悠远而低沉的声音从锈铜片中传出来,苏醒的意识对他说:"我现在很虚弱……我有一个极其艰巨的任务要交付给你。"
>
> 世上没有白吃的午餐,拿了人的好处,也要替人消灾。
>
> 宿鸣谦淡然地说:"你说。"
>
> 下一刻,一个闪烁着粉光的球状物出现在宿鸣谦的眼前。
>
> 存星严肃道:"我多年来的积蓄都在这里。在我沉睡的时候,就由你替我好好保管吧。如果你有需要,也是可以拿去使用的。好了,我累了,要睡了,安……"
>
> 宿鸣谦:"???"
>
> 等一下,你别睡,说好的艰巨呢?!
>
> ——《九渡》

第二天，新章发上网络，存星露面。

男读者："嗯？"

女读者："嗯？"

同一个情节，不同的读者看见了完全不同的东西。

男读者一贯善于表达自己，在看完新章的五分钟后，就如同往常一样，在讨论区里占据有利地位，开贴讨论：

"金手指终于升级为金手指Plus，就知道公公的金手指设定肯定有嚼头。拿了存星的粉光球，主角是否能一夜暴富？"

"好久没有见到这么简单直接不做作的老爷爷了，说送装备就送装备，绝不抠抠搜搜、遮遮掩掩，甩手就是全部装备。"

"大家讨论讨论，看公公这个写法，谦妹是否马上就要用新到手的装备库招兵买马，开启团队路线？"

"开启团队路线也没有必要一下子出这么多的装备。合理推测，接着谦妹就要用手里的装备作为奖励，发布大批悬赏任务，再从这些悬赏任务之中收取比发出去的奖励价值高得多的物品，继续丰富自己的宝库，达到良性循环。"

聊得热火朝天的男读者之外，是保持沉默的女读者。

女读者嗅到了一点儿熟悉的异样的气息，还感觉自己被戳了一下，被撩了一下，但正因为被戳被撩，才要越发谨慎！

出于礼貌也出于真实性的考虑，女读者没有直接在评论区说什么，而是来到了更隐私的地方，比如自己的私人微博上，悄咪咪地问了一句："有点担心地问问首页互关，焦糖西木这位作者有没有种马或者后宫的习惯，或者有写一个男性角色，写着写着就男变女了的前科？"

当这条询问微博出现在鹿过芳草首页的时候，正刷微博的女人神色突然变得有点微妙了。这是她女频小号的首页，互关了一群耽美作者和同人写手，平常有事没事就跟着她们"刷刷剧吃吃粮"，也是很愉快的，就是没太防备在她们的微博上看见自己熟悉的主站作者……

这让她感觉颇为奇异，有种男频女频破了壁，自己的"小马甲"捂不太牢的错觉。

鹿过芳草点开了微博评论。微博已经发出了好一段时间，已经有好几个人回复博主了。

"怎么突然问起了这个？印象之中，公公没什么特别骚操作的地方。不过他在写感情戏上有个非常明显的特征……不知怎的，总会把男女感情写成兄弟情，导致我每次看见他的女主出场，脑海里总会刷出'肝胆相照''两肋插刀''情同手足'这样奇妙的Tag印象。"

"居然还有点萌。"

"有点萌+1。"

回答问题的人又补了一句："博主想问的是不是今天新出的人物存星？我个人觉得这个人物应该是男的，按照过去的惯例，他写女主真不太写得出这种一看就有奸情的感觉……"

奸情。鹿过芳草捕捉到了关键词。

她打开终点页面，品品新章，末了确认：是男角色，还真的有奸情。

她也感觉自己被戳了一下，于是又打开文章主页面中的角色一栏。

这个栏目是经作者开启，由读者自由为文章已有角色添加印象Tag，编辑人物关系图和精彩大事记用的。

新出来的存星后来居上，踢掉了原本出现的几个配角，紧挨着男主宿鸣谦，读者正在为这个新角色添加TAG印象，乱七八糟，什么都有：

#大佬#

#送装备的#

#干脆直接老爷爷#

#眠龙勿扰，扰起有惊喜#

#艰巨又艰难的责任#

鹿过芳草看了一圈，觉得这些Tag都不太符合自己的想法。

反正现在开着的也是小号，她重新添了一个角色印象。

#一醒来就上交老婆本儿#

11点。栗说星还懒洋洋地趴在床上没动弹。

这两天熬夜写文的后遗症出来了，他的作息再一次乱掉了，6点50分醒来上线看一眼崽崽之后，就又睡着了，再睁开眼睛，就是这个时间了。

栗说星懒懒地刷新了一下后台，数据的增长一如既往，好像还加快了一点。

他又看了一下角色栏的Tag，非常满意地发现"存星"这个角色很受大家的欢迎。

两样日常工作做完了，栗说星将手机放在掌心把玩，把玩了一会儿，突然想起一件事，又拿起手机上了国外的社交网站，查看Mary是否给了回复。但时间毕竟还短，所以查询的时候，栗说星是做好了没有任何消息的准备的。

但当他打开自己的社交账号，意外地看见账号里多了一条消息，正是Mary回复的！栗说星愣住了，睡意刹那间如潮水般退去，心脏突然开始怦怦直跳，头皮也有点发麻。

栗说星坐正了身体，抬起手指，手指在半空中停顿纠结片刻，最终慢慢地落到了屏幕上。他点开了来自Mary的消息：

你好：

你的消息我已经收到。我并不知道George是否有一个叫Su的朋友……

栗说星看到这里，没有失望，因为这不是结束。
Mary写了一封长长的回复信，这一句后面，还有很多内容：

但是我的丈夫身旁确实有一个瞳孔是灰色的朋友，他似乎是个亚裔。不知道他是否是你认识且关怀的那一位。我理解你对朋友消失的担忧，也很愿意替你转告担忧，但是非常抱歉，首先我对这位灰眼睛的人士没有太多了解，不能给你太多消息；其次，我的丈夫最近正在参与一个封闭式的科研项目，暂时无法联系外界，而这一封闭式的科研项目还将持续一个多月的时间。恐怕直到那时，我才能将你的担忧转达给我的丈夫。

对此我感到万分抱歉。

为了我们之间后续联系的方便，你是否愿意给我你的联络邮箱？

好像一口闷了一杯烈酒，有点晕，还有点慌。

栗说星在看完这段文字之后，就从床上起来了，在卧室里来来回回走了一圈，没有平静下来，于是捏着手机走到客厅，再走到楼梯——他没再往下去了。

打开家门还不到两分钟，栗说星就被室外的冷空气冻住了。他穿着单薄的短袖睡衣，在寒风里重重地打了一个喷嚏，随即清醒过来，赶紧退后一步，关上大门，回到温暖的室内待着。

清醒过来了，就得再度面对这条消息了。

栗说星捧着手机看了好一会儿，将已知条件逐一整理。

游戏之中：

宿鸣谦有一个英文名。

宿鸣谦有双特别的灰眼睛。

宿鸣谦失忆了。

宿鸣谦的记忆碎片里，出现了自己的朋友George。

现实之中：

George的家庭关系、个人隐私，和记忆碎片高度一致。

George的妻子确认，丈夫有一个灰眼睛的朋友，似乎是亚裔，英文姓名不确定。

好了，现在问题来了：George的灰眼睛朋友究竟是谁？是宿鸣谦吗？

恋爱吧App的收钱账户，那个微信ID为Su的用户，又在其中扮演着什么样的角色？栗说星的脑袋开始痛。他只是玩一个游戏而已，虽然很喜欢游戏里的小人儿，但完全没有做好在玩游戏之外还要进行现实之中的悬疑推理的准备。而且他也完全猜不到，这个悬疑推理的正确答案是什么。

这发展也太像小说了，如果是他写这样一个故事……如果是他写这样一个故事，他会给这个故事安排一个什么样的结局？

栗说星被自己问住了。他想了又想，没有随意地给这个故事安排一个结局，而是登录QQ，进了终点吃货群。

栗说星："@全体成员，大大们，在吗？帮我个忙吧。"

[月更50W]蛋定自若："呵，今天的公公被盗号了吗？"

[日码3W字]指间风雨："'大大'这个词从公公的嘴里出来，总有些奇妙的含义。"

[上架100章]索任一如既往地干脆利落:"说。"

[五年未断更]六味小僧:"阿弥陀佛,帮人即帮己,西木施主请说苦恼。"

[存稿200W]十零陵:"……"

栗说星还没来得及说话,先被这些人ID之前的头衔镇住了。

他迷惑道:"你们怎么突然都有了头衔?"

说话的同时,他还特意看了一眼自己的ID,前面光秃秃的,什么也没有。

栗说星更奇怪了:"而我没有?"

没人回答他的问题,倒是思不群跳了出来,莫名吟诗。

[时速7000]思不群:"我以我血荐轩辕,我以我命写小说!"

思不群之后,或许是因为群里真热闹了,连桑无鬼也出来了,还把话题扯了回去。

[废材滚出]桑无鬼:"大家都在?公公刚才在求助?"

消息刚刚发完,桑无鬼就被自己的头衔惊住了。

[废材滚出]桑无鬼:"我为什么会有这个头衔???"

[月更50W]蛋定自若嘴最快,一不小心暴露了什么:"那要怪你真是个废材,搜索过往成就都没有值得拿出来炫耀的,看看你上边的公公,人家这几天出差都能连爆十二更。当然距离我们还是差很多的。"

[废材滚出]桑无鬼:"……"

栗说星:"……"

忽然之间,他似乎明白了什么。

群里也沉寂了。众人都暗暗隔着屏幕盯着蛋定自若。

那天栗说星爆出十二更的时候,群里已经动荡过一回,动荡之后的结果,就是大家的ID之前都加上了过往最牛成绩的头衔,并对栗说星奉行"两个绝对":

绝对不谈公公的十二更。绝对不给公公炫耀的机会!

没想到准则才奉行没多久,就被自己人说破了,可见写官场文的作者,只要嘴巴一秃噜,也能一秒变棒槌啊。众人沉重地想。

栗说星满脸无奈:"你们……"

[月更50W]蛋定自若:"呃,我突然想起我今天的更新还没写。"

他招呼了这么一声,就要撤。

栗说星赶紧拉住对方:"等等,我真有事找你们,先听我把话说完。"

他说罢，也不耽搁，赶紧把自己的问题删删改改给说了。

栗说星："是这样子的，我最近接了个定制文的项目。这个项目比较特殊，是提前给了我半部大纲，要我在这个基础上补充接下去的发展。现在我对这个发展比较犹豫，不知道怎么接比较好，说出来你们帮我一起参详参详？"

众人一听，也有了兴趣，但这兴趣和栗说星预期的兴趣不太一样。

指间风雨率先疑惑，疑惑得还特别专业："先写了半部再给你续？那这个活儿的署名要怎么写？多少钱请你你接了？千字五六千都不值得吧。"

思不群："公公你别是出差一趟被版权方忽悠了吧。我跟你说，他们嘴巴特会说，和谁都兄弟姐妹，其实只认钱，别信他们。"

栗说星沉默半天，望着这一群突然精明的作者，只能回答："……这又是一个一言难尽的故事了。总之理由不是什么很重要，我先把大纲给你们简单说说吧。"说罢，他组织了一下语言，尽量简洁，"这是一个都市背景的故事。有一天，你玩游戏的时候，意外发现，游戏里的NPC具有非常高的AI，宛如真人。NPC自称失忆了，想找回自己的记忆。你以为这是游戏的一个任务，于是帮助NPC解锁记忆，但解锁出来的记忆竟能和真实事件相对应！你大为吃惊，产生了这些想法：

A：NPC是真实存在的人类。

B：NPC是超级AI。

C：NPC只是NPC，但有真人陪玩。"

栗说星又问："你们怎么想？"

蛋定自若："这个故事很老套啊……"

指间风雨也觉得无趣："什么时候的梗了现在还玩。"

索任："我选D。NPC怎样才不重要，NPC给你什么才重要。NPC开了一个全息网游，让你能够享受脑电波打游戏的乐趣。"

六味小僧："我选E。NPC很重要，但NPC不是人类也并非AI，这是你心灵的投射，是你的一场幻梦，勘破幻梦，得成正果。"

十零陵："那我选F吧。你随即发现，你获得了'金手指'，NPC在游戏里学会什么，你就能在现实中学会什么。怎么样？这个'金手指'是不是有点儿爽？"

栗说星眼前一黑："认真点啊你们！"

桑无鬼是这一群人中唯一认真的。

他给了栗说星一个答复:"B:超级AI。"

栗说星赶忙追问桑无鬼:"为什么选B?"

桑无鬼敲黑板,画重点:"看看我的身份——新锐科幻作者。"

栗说星被这群家伙一气,也不问了,自问自答,遵循直觉:"我决定了,接下去的发展就是A,小人儿是一个真实的人类!"

做了选择,他继续推演:现在又有了几个选择。

A:你对NPC的遭遇感同身受,你决心帮助他。

B:你觉得事情太过复杂,自己不过打个游戏罢了,不想当救世主,你假装一切没发生。

C:你很害怕,既担心自己卷入了复杂的事情,也怀疑自己被监控。你决定丢弃手机。

当这三个选项随之出现在栗说星脑海中的时候,每个选项再岔出三个分支,这三个分支又分别岔出三个分支。

三个又三个,九个再九个。

只是一眨眼,一棵枝繁叶茂的选择大树就出现在了栗说星的脑海里。

栗说星给自己的每个选择都安排了更多的未来,这个故事的八十一种结局都要出现在他的脑海里了!

然后,宿鸣谦的声音响起来:"西木?是你来了吗?"

栗说星陡然回神,这才发现自己在不知不觉间,已经离开了QQ群,来到了游戏中。

他的手指碰到了窗户,窗户碰撞的声响惊动了正在看杂志的宿鸣谦。

对方抬起头看,望着声音的方向轻声询问。

一个"+5"飘出小人儿的脑袋。我的到来让他很高兴,他在期待我的到来。

栗说星忽然有点难过。他想到了自己的另外两个选项。

如果我把他丢掉,那他自己一个人在外面该怎么办?肯定会挨饿受冻,说不定还会被捡走他的人虐待;如果我假装一切没发生,把那些发生的事情对他隐瞒,那他岂不是要一直生活在虚幻的泡沫之中?

栗说星被自己的想象搞得心里特别不是滋味,再往深处想,更是肝肠寸断。

这个刹那,他再一次依照自己的期望做出了选择:他把Mary的回复截图发给小人儿。他让自己的声音听起来开心一点："阿崽,你看,我们有了更确切的线索了——"

线索太真实了。他决定把小人儿当成真人来对待,并且尽可能地帮助他。

这样的话……我是不是应该缓缓地把小人儿正置身游戏的事情告诉他?如果他知道自己存在于一款游戏之中,会有什么样的反应?

栗说星还是没有放松,相反,更加忧心忡忡了。

总觉得一旦是真人,且知道自己身处游戏里,八成会崩溃。但如果他真的是真人,这事儿又不能一直不说……

糟了,怎么感觉这里处理不好,也是个BE(注:网络语,悲伤结局)。线索已经出现在光屏上。

宿鸣谦却没有第一时间去看,他问:"西木,你在难过吗?"

栗说星此时还有点"游魂":"确实有点,线索太少,可能性太多,我简直不知道未来会怎么发展了……"

宿鸣谦安慰道:"西木,我觉得你压力有点大,你不用这样。你忘了自己之前对我说过的话了吗?过去很重要,但现在同样重要。关于过去的线索,我们可以慢慢查找。我觉得……"

宿鸣谦笑了一下:"有你在,现在的日子也挺好的。"

栗说星听着声音,看着小人儿,突然觉得幸福,突然想通。

就算一百种结局都是BE又怎么样?我可是作者,"大神级"的那种。只要我想,就写得出第一百〇一个HE(注:网络语,美好结局)!

一旦想通,栗说星转换思路就是飞快的。

栗说星:"崽崽!"

宿鸣谦:"西木?"

栗说星:"你喜欢玩游戏吗?"

宿鸣谦:"?"

栗说星:"我给你看看我的游戏吧。"

宿鸣谦:"??"

栗说星心机道:"游戏可以使人放松,唉,我最近压力有点大,如果能和你一起玩玩双人游戏,放松放松就好了。"

宿鸣谦："？？？"

栗说星的行动也不输他的思维速度。既然决定了要帮助小人儿，他的思维速度就自然而然转到要怎么帮助小人儿上。

首先，好感度是一切的基础，好感度绝不能丢，这可关系着崽崽对我的依赖和喜爱。

其次，崽崽置身游戏之中，帮助崽崽了解和这款游戏相近的游戏，就意味着帮助崽崽了解自身处境，这种潜移默化的效果，应该比较温和。

最后，既然崽崽可能是真人，那么在知道阿崽进入游戏的真实原因之前，还是要谨慎行事，不能对其他人透露太多，争取多玩游戏，解锁更多记忆碎片！

三样基本准则已经拟定。

栗说星进行二次深入思考。现在好感度已经有137了，增长得着实不慢，自从买了洒水器，又有了自助周刊架之后，小人儿看看洒水器，翻翻周刊，哪怕自己什么也不做，好感度也会以每天50—100的速度递增。

有了这个打底，他能在11月底或12月初，轻轻松松达到好感度1000的指标。也不知道好感度达到1000之后，会有什么样的奖励。

还有那扇"向外开的窗户"。

栗说星忍不住把这个物品从游戏背包里翻出来。

结合他的最新猜测，窗户备注里的"通往现实"这几个字，一下就变得格外具有深意了，就是不知道道具使用的前置条件之中，"达成隐藏条件"究竟是什么样的隐藏条件。

栗说星喃喃自语："这破游戏，也不给点明确的提示……"

宿鸣谦耳尖听到了："破游戏？"

栗说星惊醒："呃，我的意思是——"

他在周围找上一圈，视线触及连接电视的主机，赶紧拍了张照片上传游戏，对小人儿说："我说的是这个破游戏，开发了这么多好玩的双人游戏，而我却是单独一个人，崽——"

他含义深远，感情丰富地又叫了一声："所以，你想不想拥有一个……能和我一起玩游戏的游戏机？"

宿鸣谦一点儿也不想拥有一个游戏机。他觉得今天的栗说星奇奇怪怪的。

他沉吟片刻："西木，你昨天没有写到6000字吗？"

栗说星的脑子都没转过弯来："我当然写到了。"

宿鸣谦又疑问："那是今天没有打算写6000字？"

栗说星："当然打算了。但现在毕竟才中午，不着急。"

宿鸣谦带着淡淡的疑惑："既然没有做坏事，那你为什么一直试图转移我的注意力？"

栗说星："……"

宿鸣谦直白地表示："我对游戏没有太多需求，同样也不是很了解。"

栗说星："……"

来自另一方的长久沉默让宿鸣谦有点小小的不安心。

他回顾了自己的态度，觉得刚才的拒绝可能太过直接，让西木伤心了。于是他放缓了语气，让步了，侧面同意对方的建议："不过如果你想对游戏的核心代码内容进行一些讨论的话，那我可以先去找找这方面的资料，再和你交流。"

栗说星："……"

但我并不想和你讨论游戏的核心代码内容。

我只想让你知道自己置身的环境和游戏很相似。

人生真的很艰难，而他还要笑着去接受："好，好啊，崽，你想得很周到。我们一步一步来，先了解游戏的内在，再了解游戏的表象……"

第一次尝试的结果不算太好，但也没有多差。反正总算成功地把阿崽的心思转移了一部分到游戏上。

有了个开头，接下去的道路就好走了，只要继续小心翼翼、步步为营就好了。

不过这种小心谨慎的感觉让人有点憋屈。

物极必反。

小说里，栗说星干脆彻底放飞自己，笔锋一转，把原来该睡上一段时间再清醒的存星直接弄醒，并快乐地写起了宿鸣谦和存星的对手戏：

新的世界，危机遍布。

一场突如其来的战斗被宿鸣谦解决了，他藏在山石之后，轻轻舒了一口气，用手按住腰腹的伤口，开始清点自己的战利品。

并没有发现，随着他鲜血的流淌，身上的锈铜片，闪过了一丝黑光。

——《九渡》

宿鸣谦面无表情地待在藏身处，为自己包扎伤口。属于他的血腥之气在空气里弥散。

锈铜片黑光频闪，突然，铜片被一层淡淡的黑光包裹，那道深沉而悠远的声音再响起来："人类，你太弱小了，总是受伤。每次受伤，我都要被你吵醒一次，你打扰到我睡觉了……我决定惩罚你！"

——《九渡》

一团黑雾浮现在宿鸣谦的眼前，拳头大小，像颗黑色的星星。

存星左踹一下，右踹一下，最后落在他的脑袋上，发出了深沉的声音："人类，我惩罚你，马上给我讲地球上最有趣的故事。快！"

宿鸣谦："……"

他差点儿没绷住自己的表情。

——《九渡》

存星的要求越来越多了。他已经不是那个刚刚苏醒、对地球什么也不了解的存星了。他总要求宿鸣谦给它带各种各样的东西，小到游戏机，大到飞机、大炮和导弹。

宿鸣谦满足了他小的要求，并告诉它大的东西自己无能为力。

存星很不满："无用。算了，你给我买个冰激凌过来，我要双球的，一颗巧克力球，一颗牛奶球。"

正在逃亡中的宿鸣谦："……"

宿鸣谦想打爆这黑星球的狗头，但他还是满足了黑星球的要求，买了双球冰激凌，交给他。

黑星球又变成黑雾，绕着冰激凌转了一圈。宿鸣谦只听见"乒乒乓乓"的声音从黑雾之中传来，没过两分钟，黑雾就变回黑星球，朝冲过来的敌人踹了踹。

存星："好了，把冰激凌丢过去吧。"

窜鸣谦下意识照做，把冰激凌扔向敌人。

　　哗啦——**冰晶如花盛放。**

　　所有冲过来的敌人，都被冻成了一幅生机勃勃的美丽图景。

——《九渡》

　　一系列紧凑的情节发展下来，栗说星写得很爽，文下的读者看得似乎也蛮"嗨"的。

　　有关存星的角色Tag，几乎一天刷新一次，每个Tag都充满了灵性。

　　#星星小公举#

　　#手工小达人#

　　#快，给我一个小灵感#

　　就连男读者也开始调侃起来：

　　"我觉得存星才是灵魂男主，同意的过来握个手。"

　　"本来美强惨的谦妹一碰上存星，画风突变。"

　　"哈哈哈哈谦妹风评被害，本来超认真打怪逃跑的，中途突然喊停，理由：'大家等等，我有急事，要去买个冰激凌，双球的！'"

　　而此时，栗说星也写到了一个比较关键的情节。他最近一直在思考着"向外开的窗户"这个道具，每次想到这个道具，都觉得手机的App上会开一个窗口，然后里头的崽崽就"biu"地从窗口掉下来，掉到他的掌心上。

　　这样他就可以在现实之中玩弄崽崽了！

　　栗说星越想越心动，越心动越心痒。

　　所以他决定把现实之中做不到的事情，先在小说里过一把瘾。

　　窜鸣谦倒在了地上，鲜血蒙上他的双眼。他眼中的世界，渐渐变色……

　　世界真的在变色。

　　这一方空间，彩色的世界变成黑白，变得陈旧，地上涌起了无数黑雾。

　　黑雾组成了一道人形，那人影模模糊糊，站在窜鸣谦的身前。

　　他的身后，余下的黑雾似一朵盛开的鲜花，也像一只巨大的手掌，将窜鸣谦缓缓自地上托举起来。

混乱的声音响在这个空间中的生物的耳朵里，声音之中，还有一道幽魅如鬼怪的低语："他是我的。"

　　立体的世界变得扁平，扁平的世界开始坍塌。只有被黑雾环绕的宿鸣谦和站在宿鸣谦身前的淡黑色人影，立体而鲜活。

——《九渡》

　　这情节一出，读者们再度受惊了！

　　男读者："？！"

　　女读者："？！"

　　新章刚发出没有多久，微博上突然出现了一张《九渡》同人图。

　　月见欢："#星宿##九渡#今天的章节太带感了，忍不住把他们画出来了。"

　　"今天的章节……"

　　讨论区里出现了这样一条主题。主题帖简单清晰，醒目吸睛，在出现的短短时间里，就用欲语还休的省略号撩进了一群书友。

　　而楼主也不负众望，在主楼进行连击。

　　主楼："这一天终于来到了，公公弯了。"

　　1楼："有一个严肃的问题，谦妹究竟是男主还是女主，存星究竟是女主还是男主？"

　　2楼："为什么非要是女主和男主，这故事难道不能是#我和我的霸道宠物二三事#吗？"

　　3楼："楼上犀利，同样的问题，谁是主人，谁是萌宠？"

　　4楼："你们真无聊，现在终点十个作者九个基，剩下一个男变女[鄙视][鄙视]。公公弯了有什么稀奇的，不过随大流罢了，不值一提。像我，就只关心今天存星有多帅。"

　　5楼："以及存星到底是什么生物。"

　　6楼："还有公公今天到底会不会加更。"

　　帖子一路盖一路歪，男读者虽然嗅到了"基佬"的气息，但并不以为意，相反还把这当成一个梗，拉出来嘻嘻哈哈调侃着，这还没完，他们甚至开始玩角色栏目。

角色栏目除了Tag，还能编辑人物关系。

宿鸣谦的人物关系被添加。

1．情侣

宿鸣谦×存星

2．主仆

宿鸣谦×存星

3．闺密

宿鸣谦×存星

无独有偶，存星的人物关系也被添加，和宿鸣谦被添加的关系，居然还有很多相似之处。

1．夫妻

存星×宿鸣谦

2．宠物

存星×宿鸣谦

3．单恋对象

存星×宿鸣谦

三条关系，两种顺序，每个字，似乎都充满了不可描述的深意。

栗说星正在看文章页面，其实今天更新的这章刚刚写完的时候，就觉得有点儿不对劲，别的倒不太奇怪，主要那句"你是我的"，读起来有点儿怪怪的。但考虑到崽崽确实是自己的，他还是保留了台词，就等着看读者的反应。

如果读者反应太强烈……

反应太强烈要怎么办，栗说星暂时还没有想好，只想着走一步看一步。

这一看，就看见他们把各种关系都给两位主角拉上了。

前面的宠物、主仆、闺密也就算了，后面的单恋、情侣、夫妻是什么意思？

栗说星："……"

这批读者是不是有点牛啊？

天地良心，我真的没有这个意思！

栗说星有点想把这个关系删了，他觉得这些东西可能会引起读者的不适，但出于谨慎，在删除之前，还是去书评区里逛了一圈。

接着发现没人不适，添加关系的书友得意扬扬地自爆。

其他书友在这位书友的主题帖中跟楼，跟得也贼开心了。

他挨个儿点进去，发现楼主是男的，跟楼的也是男的。

一溜儿近百楼"基里基气"的发言下来，女读者就寥寥两三个，玩得飞起的全是男性。

栗说星："……"

他甘拜下风。是我输了，这批读者真的很牛，最牛的就属你们这些人了！

但《九渡》的女读者也并没有栗说星想的那样淡定。

她们只是没把根据地设在讨论区罢了。

栗说星没有关注的微博上，月见欢那张关于《九渡》的同人图，在发出数个小时之后，已经获得了近百条的转发和评论。

评论之中，有一条热评以一骑绝尘的点赞数而凌驾众评："今天不仅官方骚操作，讨论区也骚操作……我险些被他们笑死，这年头的男作者真的知道自己在写什么吗？这年头的男读者真的知道自己在说什么吗？他们究竟发生了什么样的神奇变化啊？！"

热评再往下，是月见欢的互关好友——同样是画手的阿昼。

阿昼："《九渡》是男频的文？你怎么突然画起了男频的图？"

月见欢："这本真的好看啊，我们一起看吧！"

阿昼："不看男频……"

月见欢："看吧看吧，真的超戳的，不好看我在QQ上断头吐血，就是这么自信！"

然后……

这一条微博又转到了鹿过芳草的小号首页。

鹿过芳草刚刚看完最新一章，内心中充满了省略号，等她再配合着这张画风细腻的同人图更加直观地品读一番后，内心的省略号就变成了波浪号。

公公，我对不起你。不过人不为己，天诛地灭，而我不过想"吃个粮"罢了。

她在心中向栗说星忏悔三秒。

三秒钟后，她下场圈自己玩得好的同人写手，下钩引诱："虽然不知道这是什么文，但太太画的真的超好看啊！想去了解了！[心]@深深深林"

今天正是11月的最后一天。

栗说星在固定的时间上了游戏，并照例把文章的截图发给小人儿。

对于看文章数据这件事，小人儿真的格外执着。他不仅每天都看，还每天都做记录，从列表到文字，从柱状图到饼状图，分析得可仔细了。

栗说星偶然间看过一次，不禁肃然起敬，虽然不知道小人儿是怎么分析出这么多东西的，但从此就记住了每天给小人儿发截图的任务。

不过今天的截图要处理的地方好像有点多。

栗说星看着讨论区里的种种骚话，也是无语。

他先给小人儿截了文章的上半截数据，然后开始筛选下面的讨论。但讨论真的很多，骚话也真的很多，栗说星认真筛选了五分钟，累了。剩下的那些内容也不怎么注意去看，反正没有太露骨的东西就行了。

截图发到光屏，再从光屏进入小人儿的手中。

宿鸣谦如同往常那样浏览评论，看着看着，突然发现有些不对劲的地方。

今天的讨论区，怎么好几个人说自己和存星的关系亲密像情侣？

存星这个角色，难道不是男的吗？

宿鸣谦认真思索了一下，发现自己还真不知道存星是男的还是女的。

之所以有"存星是男性"的印象，只是基于之前评论区对存星的一些"厉害""恶劣"的讨论。

但是谁说女性不可以厉害和恶劣？倒是西木写的面向大众的文，情侣关系肯定只会出现在男女之间。

有了上回误认为西木是女性的教训，这一次，宿鸣谦及时纠正自己的偏差思维，将存星定义为女性。

然后他就有些纠结了。他并不是很想这么早就在小说里和女性谈恋爱。

就算要谈恋爱，也不想和一个性格恶劣的女性谈。

如果可以，他还是希望……嗯，和自己比较喜欢的那种性格的女性谈吧。

宿鸣谦想和西木提建议，但他也明白，写作是私人的事情，作者大多不喜欢作品被干涉。偏巧，他干涉的理由还充满了私心。

宿鸣谦决定委婉一点儿。

他先确认一下:"西木,这个存星是个很重要的角色吗?"

栗说星:"是啊。"

宿鸣谦:"会一直和主角在一起吗?"

栗说星:"肯定。"

宿鸣谦懂了。看来这真的是第一女主角,会和男主角绑定到结尾了。既然这样,现在不提要求,接下去就更难提了。

他赶紧试探:"那我可以说一点对她的想法吗?"

栗说星大方说:"说吧,想说什么都可以。"

宿鸣谦:"其实,我比较喜欢,那种性格温柔的,会默默陪伴我的,总是在我需要的时候站在我身旁给我支持的……"

他说着自己的想法,注视着西木的声音传来的位置。

他继续:"她的性格有些恶趣味,但是那种很可爱的恶趣味,让人无奈之中忍不住纵容。她还十分感性,需要人小心呵护。虽然她很强大,可能暂时比我还强大,但我还是愿意……好好照顾她。"

宿鸣谦说着说着,都遗憾了起来。

如果西木是女性……

唉,既然现实之中无法圆梦,那就期待能在小说里圆梦吧。

一路说完了私货,宿鸣谦有点忐忑地问:"这样可以吗?我会不会要求太多了?"

栗说星在思考,他竟不知要从何"吐槽"崽崽的品位。

栗说星:"嗯,是有点多……"

宿鸣谦赶紧争取:"但我喜欢这样的。"

栗说星的口风就松动了:"是吗?那我想想吧……"

宿鸣谦稳定战果,再接再厉,软软地请求:"我特别想和这样性格的存星相处,西木,你就满足我吧!"

栗说星瞬间屈服:"我明白了,回头就把性格调整调整。"

不就是加点性格嘛,超简单,添两笔的事情。不过崽崽说的性格也未免太软了点。这毕竟是我的化身,我不能这么软,还是得"攻"一点……

栗说星答应的那个刹那,宿鸣谦仿佛看见自己正抱着软软的女孩子西木的画面。

334

他突然感觉愿望被满足了，大大的"+100"出现在他的脑袋上。

他开心极了。

说话的声音里，都不觉流露出了浓浓的笑意："西木，你真好！窗外正下雪，等雪积得厚一点儿，我们一起去堆雪人吧。"

来自对方嗓音里浓烈的感情一下子就把栗说星包围了。

栗说星被小人儿感染了，不觉看向窗外。

窗外真的下雪了。徐徐飘落的初雪，和此刻正响在空中的声音一样，轻如飞羽，洁净纯白。

栗说星听着声音，看着冬景，一时之间，有点混淆现实与虚拟。

直至游戏里，系统的提示音效再度响起。

他定睛一看，看见如下文字：

系统：玩家与窟鸣谦好感度突破1000，达成系统隐藏任务——牵起的双手。

系统：玩家获得以下奖励：飞机票×1。

系统：玩家达到"向外开的窗户"使用条件之一。

系统：游戏将在明天3点至5点进行一次维护。

系统：维护完毕，系统将开启圣诞系列活动。

图书在版编目（CIP）数据

纸片恋人．上／楚寒衣青著．－－兰州：敦煌文艺出版社，2019.12
ISBN 978-7-5468-1805-4

Ⅰ．①纸… Ⅱ．①楚… Ⅲ．①长篇小说－中国－当代 Ⅳ．①I247.5

中国版本图书馆CIP数据核字（2019）第209776号

纸片恋人．上

楚寒衣青 著

责任编辑：赵　静
装帧设计：SUA DESIGN

敦煌文艺出版社出版、发行

地址：（730030）兰州市城关区读者大道568号
邮箱：dunhuangwenyi1958@163.com
0931-8773348（编辑部）
0931-8773112　0931-8773235（发行部）

嘉业印刷（天津）有限公司印刷
开本　700毫米×980毫米　1/16　印张　21.25　插页　3　字数　390千
2020年2月第1版　2020年2月第1次印刷
印数　1～20 000册

ISBN 978-7-5468-1805-4
定价：48.00元

如发现图书质量问题，可联系调换。质量投诉电话：010-82069336
本书所有内容经作者同意授权，并许可使用。
未经同意，不得以任何形式复制转载。